Zu diesem Buch

Nach dem weltweiten Erfolg von «Der Pate» (rororo Nr. 1442) ein neuer großer Roman Mario Puzos aus der New Yorker Welt der Mafia, der Armut und der Leidenschaft, des Lebenskampfes und der Daseinslust – «ein kleiner Klassiker» («New York Times»). Aufopferungsvoll nimmt Mamma Lucia in ihrer kleinen Wohnung im italienischen Elendsviertel den Kampf um das ständig gefährdete Wohl der Familie auf. Sie liebt ihre Kinder inbrünstiger, als sie je einen Mann lieben könnte, hütet und herrscht, teilt mit gerechter Hand Ravioli und Ohrfeigen aus, beweint die Toten und sorgt dafür, daß der Alltag weitergeht. Zwei Männer hat sie gehabt: der eine ist tot, der andere kommt in eine Heilanstalt. Ihr Leben sind die Kinder: die schöne Octavia, die bereits vom amerikanischen Traum eines besseren Lebens angesteckt ist, Larry, ihr Ältester, der, ohne es zu wollen, Karriere bei der Mafia macht, Gino, der einzige «Abtrünnige» der Familie, der unglückliche Vincenzo, der am Leben einsamer Armut zerbricht, die beiden Kleinen, die noch nicht für sich sorgen können. Mit gläubiger Einfalt nimmt Mamma Lucia alles auf sich, was das Schicksal ihr und den Ihren auferlegt. «Mamma Lucia ist jeden Morgen wieder voller Hoffnung. Zugleich zärtlich und resolut, fürsorglich und unsentimental, weiß sie den Alltag zu meistern. Sie schickt ihre Kinder zum ‹Jobben›, läßt sie Kohlen und Eisbarren von Eisenbahnwaggons stehlen ... Nichts kann sie aus dem Gleichgewicht bringen. Am Ende hat Lucia erreicht, was sie ihren Kindern wünschte: Ihnen geht es so gut, daß sie Geld und Nahrung haben, einer der Söhne wird sogar Arzt, eine Tochter Lehrerin. Und auch ihren größten Wunsch, ein Haus auf Long Island, kann sie sich am Schluß erfüllen» («Welt am Sonntag»).

Mario Puzo, geboren 1920 in New York, ist italienischer Abstammung. Er arbeitet als Journalist und freier Schriftsteller. Puzo ist verheiratet, hat fünf Kinder und lebt in New York.

Mario Puzo

Mamma Lucia

Roman

Rowohlt

Titel der Originalausgabe «The Fortunate Pilgrim»
Aus dem Amerikanischen übertragen von Gisela Stege
Umschlaggestaltung Mathias Hütter
(Foto: Sammlung Jürgen Menningen)

244.–246. Tausend Dezember 1990

Veröffentlicht im Rowohlt Taschenbuch Verlag GmbH,
Reinbek bei Hamburg, September 1972
 Deutsche Erstausgabe 1970

Satz Aldus (Linofilm-Super-Quick)
Gesamtherstellung Clausen & Bosse, Leck
Printed in Germany
880-ISBN 3 499 11528 x

Erstes Buch

1

Larry Angeluzzi gab seinem Rappen die Sporen und trieb ihn durch den Canyon zwischen den hochragenden Wänden der Mietskasernen. Am Fuß der Steilwände unterbrachen die Kinder auf den schieferblauen Gehsteigen ihr Spiel, um ihn mit stummer Bewunderung anzustarren. In weitem Bogen schwenkte er seine rote Laterne; die eisenbeschlagenen Hufe seines Rappen schlugen Funken, wenn sie auf die in das Pflaster der Tenth Avenue eingelassenen Bahngleise trafen, und hinter Roß, Reiter und Laterne zuckelte der lange Güterzug, der von der Endstation St. John's Park an der Hudson Street gemächlich nach Norden rollte.

Im Jahre 1928 wickelte die New York Central Railroad ihren Nord-Süd-Verkehr noch auf den Straßen der Stadt ab und schickte jedem Zug als Warnung für den Verkehr einen Reiter voraus. Nur wenige Jahre noch, dann sollte es damit zu Ende sein, sollte ein richtiger Bahndamm gebaut werden. Doch Larry Angeluzzi, nicht ahnend, daß er der letzte «Dummy Boy» war, daß er schon bald winziges Teilchen der Stadtgeschichte sein würde, hielt sich kerzengerade und arrogant wie ein echter Westler. Dicke weiße Segeltuchschuhe waren seine Sporen, eine mit Gewerkschaftsabzeichen gespickte Schirmmütze sein Sombrero. Die Beine seiner blauen Drillichhosen wurden von chromglänzenden Klammern zusammengehalten wie bei einem Radfahrer.

In leichtem Galopp ritt er durch den heißen Sommerabend, durch *seine* Wüste, die Stadt aus Stein. Frauen saßen schwatzend auf Holzkisten, Männer standen an den Straßenecken und rauchten De-Nobili-Zigarren, Kinder wagten sich von ihren schieferblauen Inseln und tummelten sich beim lebensgefährlichen Spiel, auf den fahrenden Frachtzug aufzuspringen. Über allem lag der rauchiggelbe Schein der Straßenlaternen und das grellweiße Licht nackter Glühbirnen in den Schaufenstern der Süßwarenläden. An jeder Kreuzung blies von der Twelfth Avenue, vom Betonufer des Hudsonflusses herauf, eine leichte Brise, erfrischte Roß und Reiter und traf auf das heiße, schwarze Metall der Maschine, die hinter ihnen unermüdlich warnende Pfiffe von sich gab.

An der 27th Street wich die Wand rechts von Larry Angeluzzi für einen ganzen Häuserblock zurück. Auf dem freien Platz lag der Chelsea Park – jetzt, am Abend, voll dunkler, kauernder Silhouetten: Kinder, die auf dem Boden saßen und sich die vom Hudson Guild Settlement House kostenlos gezeigten Freilichtfilme ansahen. Auf der fernen weißen Riesenleinwand sah Larry Angeluzzi ein ungeheures Pferd mit Reiter in künstlichem Sonnenlicht auf sich zujagen und fühlte, wie sein eigenes Pferd angstvoll stieg, als es beim Werfen des Kopfes diese überdimensionalen Spukgestalten entdeckte. Gleich darauf hatten sie die Kreuzung der 28th Street passiert, und die Mauer wuchs neben ihnen wieder empor.

Larry war jetzt fast zu Hause. Vorn, an der 30th Street, spannte sich die Fußgängerbrücke über die Tenth Avenue. Wenn er diese Brücke hinter sich hatte, war er am Ziel, war seine Arbeit getan. Er rückte die Mütze verwegener und straffte den Rücken. Die Leute, die zwischen der 30th und 31st Street auf dem Gehsteig saßen, waren alle Verwandte und Freunde seiner Familie. Larry spornte sein Pferd zum Galopp.

Er jagte unter der Brücke durch und winkte den Kindern zu, die über ihm am Geländer hingen. Für die Leute auf dem rechten Gehsteig ließ er sein Pferd steigen, dann lenkte er es nach links hinüber auf den offenen Rangierbahnhof, der sich, ein weites Feld voll funkenstiebenden Stahls, bis an den Hudson hinunterzog.

Hinter ihm stieß die riesige schwarze Lokomotive keuchend weiße Rauchwolken von sich, in denen Brücke und Kinder verschwanden, so daß nur noch dünne Entzückensschreie zu hören waren, die zu den bleichen, fast nicht auszunehmenden Sternen aufstiegen. Der Güterzug bog auf das Bahngelände ein, die Brücke tauchte wieder auf, und Schwärme von vom Wasserdampf durchnäßten Kindern sausten über die Stiegen hinunter und liefen davon.

Larry band sein Pferd an einen Pfosten neben dem Häuschen des Weichenstellers und setzte sich auf die Bank an der Wand. Auf der anderen Seite der Avenue wurde das wie auf eine Leinwand gepinselte Bild der vertrauten Welt, die er liebte, Zoll um Zoll lebendig.

An der Ecke der 30th Street lag die hellerleuchtete Bäckerei, deren Eisstand von Kindern umlagert war. Der *panettiere* persönlich füllte die weißen, gerippten Pappbecher mit kirschroten, blaßgelben und glitzerndweißen Eiskristallen. Er teilte recht großzügige Portionen aus, denn er war reich und ging sogar zum Pferderennen, um dort sein Geld zu verschleudern.

Nach der Bäckerei, zur 31st Street hin, kam das Lebensmittelgeschäft mit den gelben, von glänzendem Wachs überzogenen *provolone*-Stangen und den hängenden Dreiecken der *prosciutto*-Schinken in ihrer fröhlich-bunten Verpackung. Das Barbiergeschäft nebenan war für die Kundschaft geschlossen, für Kartenspieler jedoch geöffnet, aber sogar jetzt hielt der Barbier eifersüchtig Ausschau nach jedem frisch gestutzten Haarschopf, ob der nicht die Spuren einer fremden Schere trug. Kinder wimmelten wie Ameisen über das Straßenpflaster, Frauen, fast unsichtbar in ihrem Schwarz, bildeten vor jeder Haustür kleine, dunkle Barrieren. Und von jeder Barriere stieg das Gesumm angeregt schwatzender Stimmen zum sternenbesäten Sommerhimmel empor.

Der zwergenhafte Weichensteller kam von den Gleisanlagen herüber und sagte: «Schluß für heute, mein Junge.» Larry machte sein Pferd los, saß auf, lenkte den Rappen herum und ließ ihn noch einmal steigen.

Als sich das Tier auf die Hinterhand hob, begann die Häuserzeile zu wogen, sich Larry entgegenzuneigen wie eine leichte Segelleinwand. Am offenen Fenster seiner elterlichen Wohnung, im obersten Stockwerk des Hauses direkt gegenüber, sah Larry eine dunkle Gestalt, die nur sein kleiner Bruder Vincent sein konnte. Larry winkte, aber nichts rührte sich, erst als er noch einmal winkte, zeigte sich eine Bewegung. In der Häusermauer strahlten nur vereinzelte Fenster gelbliches Licht in die Nacht. Alle Bewohner waren unten auf der Straße, alle sahen ihm zu. Er gab seinem Pferd einen Klaps auf den Hals und galoppierte über das Kopfsteinpflaster der Tenth Avenue zum Stall an der 36th Street.

Früh am Abend, in der Dämmerung, Larry Angeluzzi sattelte im St. John's Park sein Pferd, hatte sich Lucia Santa Angeluzzi-Corbo, seine Mutter und Mutter von Octavia und Vincenzo Angeluzzi, Witwe von Anthony Angeluzzi, jetzige Ehefrau von Frank Corbo und Mutter seiner drei Kinder namens Gino, Salvatore und Aileen, hatte sich also Lucia Santa angeschickt, ihre leere Wohnung zu verlassen, um der erstickenden Sommerhitze zu entfliehen, den Abend im eifernden Gespräch mit den Nachbarinnen zu verbringen und vor allem ein Auge auf die Kinder zu haben, die unten auf der dunklen Straße spielten.

Lucia Santa fühlte sich wohl heute abend, denn der Sommer war eine gute Zeit: die Kinder ohne Erkältungen und Fieber, keine Sorgen um warme Mäntel, Handschuhe, Stiefel für Winterschnee und Extraausgaben für die Schulausrüstung. Jeder beeilte sich mit dem Abendessen, um endlich der dumpfen Stube zu entfliehen und am wogenden Leben auf der Straße teilhaben zu können; es gab nicht einmal den üblichen abendlichen Streit. Das Haus war leicht sauberzuhalten, denn es war immer leer. Am meisten genoß Lucia Santa jedoch, daß sie den Abend für sich hatte; die Straße war Treffpunkt und der Sommer die Jahreszeit, da die Nachbarinnen zu Freundinnen wurden. Und so nahm sie jetzt, in einem frisch gewaschenen schwarzen Kleid, das pechschwarze Haar zum tiefen Nackenknoten frisiert, den Küchenhocker und stieg die vier Treppen hinab, um sich vor das Haus auf die Avenue zu setzen.

Jeder Block war ein Dorfplatz für sich; jeder hatte seine eigene Gruppe Frauen, die, alle in Schwarz, auf Hockern und Holzkisten saßen und mehr als nur Tratsch von sich gaben. Sie schwelgten in Erinnerungen an die Vergangenheit, stritten über Moral und Sozialgesetzgebung und verglichen damit Fälle, die sich einst in ihrem Bergbauerndorf in Süditalien ereignet hatten, aus dem sie vor so vielen Jahren nach hierher geflohen waren. Und wie genußvoll sie sich ihre Lieblingsbilder ausmalten. Zum Beispiel: Was wäre, wenn ihre gestrengen Väter durch irgendein Wunder herübergeholt würden und sich mit den Problemen herumschlagen müßten, mit denen *sie* es tagtäglich zu tun hatten? Oder auch ihre Mütter mit den flink zuschlagenden, harten Händen? Welch ein Geschrei, wenn *sie* als Töchter gewagt hätten, was sich diese amerikanischen Kinder erdreisteten! Wenn *sie* sich das angemaßt hätten! Wenn sie nur daran gedacht hätten!

Die Frauen sprachen von ihren Kindern, als wären es Fremde. Es war ihr Lieblingsthema: dieses Land und wie es die unschuldigen Kinder verdarb. Zum Beispiel Felicia, die gleich um die Ecke in der 31st Street wohnte. Was für eine Tochter war das nur, die bei der Nachricht von der Erkrankung ihrer Patin nicht ihre Hochzeitsreise unterbrach, obwohl die eigene Mutter sie nach Hause rief! Eine richtige Hure. O nein, sie nahmen kein Blatt vor den Mund. Felicias Mutter persönlich erzählte die Geschichte. Und was für ein Sohn, der Arme, der nicht noch ein einziges Jahr mit dem Heiraten warten konnte, wenn es der Vater verlangte! Ahhh, welch eine Respektlosigkeit! *Figlio disgraziato.* Das könnte in Italien niemals passieren. Dort würde der Vater seinen anmaßenden Sohn umbringen; jawohl, umbringen. Und die Tochter? In Italien – Felicias Mutter schwor es mit einer Stimme, die vor Erregung zitterte, dabei hatte sich das alles vor drei Jahren abgespielt, die Patin war längst wieder gesund, und die Enkel waren das Licht ihres Lebens –, ah, in Italien würde die Mutter diese Hure an den Haaren aus dem Brautgemach und zum Krankenbett zerren. Ah, Italia, Italia! Wie sich die Welt veränderte und immer schlechter wurde! Welcher Wahnsinn hatte sie getrieben, solch ein Land zu verlassen? Wo die Väter über ihre Familie geboten und die Mütter von ihren Kindern mit Achtung behandelt wurden.

Eine nach der anderen erzählten sie ihre Geschichten von Unverschämtheit und Trotz, in denen sie selber heroisch und leiderfahren, die Kinder hingegen boshafte Teufel waren, geradegebogen nur durch Verabreichung der alten italienischen Strafe: einer Tracht Prügel mit dem Riemen. Und zum Abschluß jeder Geschichte intonierten sie ihr ewiges Requiem: *Mannaggia America!* – Verdammtes Amerika. Ihre Stimmen in der heißen Sommernacht waren aber voll von Hoffnung, von einer Lebenskraft, die sie in ihrer Heimat nicht gekannt hatten. Hier hatten sie Geld auf der Bank, hatten sie Kinder, die lesen und schreiben konnten, und Enkel, die, wenn alles gut ging, sogar Lehrer wurden. Mit schuldbewußter Loyalität sprachen sie von Bräuchen, die sie selber in den Staub getreten hatten.

Und die Wahrheit: Diese Landfrauen von den Bergdörfern Italiens, deren Väter und Großväter im selben Zimmer gestorben waren, in dem ihre Mütter sie zur Welt gebracht hatten, diese Frauen liebten den Lärm von Stahl und Stein, das Donnern der Züge auf dem Rangierbahnhof gegenüber, die Lichter über den «Palisades» am anderen Ufer des Hudson. Als Kinder hatten sie in der Einsamkeit gelebt, auf einem Boden, so karg, daß sich die Menschen weithin an den Berghängen verteilen mußten, um von ihm leben zu können.

Ihr Wagemut hatte ihnen zur Freiheit verholfen. Sie waren Pioniere, auch wenn sie nie über eine amerikanische Prärie gezogen waren und nie lebendige Erde unter ihren Sohlen gespürt hatten. Sie lebten in einer viel trostloseren Wildnis, in einer Wildnis mit fremder Sprache, wo ihre Kinder zu Angehörigen einer fremden Rasse wurden. Das war der Preis, den sie zahlen mußten.

Lucia Santa schwieg zu allem. Sie wartete auf Zia Louche, ihre Freundin und Verbündete. Sie ruhte sich aus, sammelte Kraft für die langen Stunden zufriedenen Geplauders, die vor ihr lagen. Es war noch früh; um Mitternacht erst würden sie in die Häuser zurückkehren. Vorher wurde es in den Zimmern nicht kühler. Sie faltete die Hände im Schoß und wandte ihr Gesicht der sanften Brise zu, die vom Fluß an der Tenth Avenue heraufwehte.

Lucia Santa, eine kleine, rundliche, hübsche Frau, stand auf der Höhe ihrer körperlichen und geistigen Kraft, tapfer und ohne Angst vor dem Leben und seinen Gefahren. Aber nicht tollkühn, nicht leichtsinnig. Sie war stark, erfahren, umsichtig und wachsam – gut gerüstet für die schwere Verantwortung, die sie zu tragen hatte, die Aufgabe, eine große Familie ins Erwachsenenalter und in die Freiheit zu führen. Ihre einzige Schwäche war ein gewisser Mangel an angeborener Schlauheit und List, mit deren Hilfe die Menschen um so viel besser weiterkommen als mit der Rechtschaffenheit.

Vor mehr als zwanzig Jahren, sie war erst siebzehn gewesen, hatte Lucia Santa ihre Heimat verlassen. Dreitausend Meilen weit war sie über einen düsteren Ozean gefahren, in ein fremdes Land, zu einem fremden Volk, um dort mit einem Mann, den sie nur von den gemeinsamen Spielen der unschuldigen Kindheit kannte, ein neues Leben zu beginnen.

Immer wieder erzählte sie diese Geschichte – mit Stolz, aber auch unter Kopfschütteln über ihre eigene Torheit.

Damals war jener Tag gekommen, an dem der Vater ihr, seiner Lieblingstochter, streng, aber voll Mitleid eröffnet hatte, sie brauche sich keine Hoffnung auf Brautleinen zu machen. Der Hof sei zu arm. Es gebe Schulden. Das Leben scheine eher noch schwerer zu werden. Nun wisse sie es also. Ihr bleibe nur noch die Möglichkeit, sich einen Mann zu suchen, den die Liebe schwachköpfig mache.

In diesem Augenblick hatte sie die Achtung vor ihrem Vater, vor ihrer Heimat, vor ihrem Land verloren. Eine Braut ohne Aussteuer war eine Schande, eine ebenso große Schande wie ein Brautbett ohne Blutflecken – nein, eine größere noch, denn hier konnte man nicht zu einer List greifen, konnte man nicht die Hochzeitsnacht auf ein Datum kurz vor der Periode festlegen. Und sogar das hatten Männer schon verziehen. Doch welcher Mann würde eine Frau mit dem Stigma hoffnungsloser Armut nehmen?

Nur die Armen können die Schande der Armut begreifen, die tiefer ist als die Schande des größten Sünders. Denn der Sünder bleibt, besiegt von seinem eigenen, anderen Ich, in einem gewissen Sinn doch der Sieger. Die Armen hingegen sind die wahrhaft Besiegten: besiegt von ihrer Umwelt, von ihren *padrones*, vom Schicksal und von der Zeit. Sie sind Bettler, bedürfen ständig der Barmherzigkeit. Der Adel der Arbeit ist für die Armen, die schon seit Jahrhunderten arm sind, eine Legende. Ihre Rechtschaffenheit bringt ihnen nur Demütigung und Scham.

Lucia Santa jedoch war hilflos, obwohl sie ihren trotzigen, jugendlichen Zorn nicht ablegte. Dann kam ein Brief aus Amerika; ein Junge vom Nachbarhof, ihr Spielkamerad aus früher Kinderzeit, bat sie, zu ihm in das neue Land zu kommen. Es geschah alles sehr korrekt durch die Vermittlung der beiden Väter. Lucia Santa versuchte sich das Gesicht des Jungen in Erinnerung zu rufen.

Und so wurden eines sonnigen Tages in Italien Lucia Santa und zwei andere Dorfmädchen von ihren weinenden Eltern, Tanten und Schwestern aufs Rathaus und anschließend zur Kirche geführt. Die Mädchen, alle drei ferngetraut, bestiegen ein Schiff und fuhren – vor dem Gesetz schon Amerikanerinnen – von Neapel nach New York.

Wie im Traum betrat Lucia Santa ein Land aus Stahl und Stein, schlief noch in derselben Nacht mit einem Fremden, der ihr gesetzlich angetrauter Ehemann war, gebar diesem Fremden zwei Kinder und ging mit dem dritten schwanger, als er aus Unvorsichtigkeit tödlich verunglückte, ein Opfer unter vielen, die der Aufbau eines neuen Kontinents immer wieder fordert. Sie ertrug alles, ohne sich selbst zu bemitleiden. Sie trauerte – gewiß, aber das war nicht dasselbe; sie bat das Schicksal nur um Gnade.

So war sie also eine schwangere Witwe, noch jung, ohne einen Menschen, an den sie sich um Hilfe wenden konnte. Aber sie ließ sich von Angst und Verzweiflung nicht überwältigen. Wie viele Frauen besaß sie erstaunlich viel Kraft und war imstande, Unglück zu ertragen. Aber sie war nicht aus Stein. Sie wurde verbittert – doch nicht ihr Schicksal war schuld daran, sondern die Freunde und Nachbarinnen, dieselben Nachbarinnen, mit denen sie sich an diesem Sommerabend so vertraulich unterhielt.

Ah, die jungen Ehefrauen, die jungen Mütter und all die anderen jungen Italienerinnen in diesem fremden Land! Busenfreundinnen waren sie – alle! Wie sie hin und her liefen, die eine in die Wohnung der anderen, die Treppen hinauf und hinab! «*Cara* Lucia Santa, du *mußt* probieren, was ich gekocht habe!» Ein Teller Wurst, eine Osterpastete aus Weizenkeimen, geronnenem Käse und mit einer von Eiweiß glänzenden Kruste, oder fette Ravioli für einen Namenstag in der Familie, mit einer besonders guten Fleischfüllung und Tomatensauce. Welch ein Getue, mit Komplimenten, Kaffee, Vertraulichkeiten und Versprechungen, bei dem noch ungeborenen Kind Pate zu stehen! Doch nach dem tragischen Unfall, nach anfänglichem Mitleid und Mit-Leiden zeigte die Welt ihr wahres Gesicht.

Grüße fielen kalt aus, Türen wurden geschlossen, zukünftige Patinnen verschwanden. Wer hatte schon Lust, zu einer jungen, vollblütigen Witwe freundlich zu sein? Ehemänner waren schwach, man würde um Hilfe gebeten werden. In den Mietshäusern wohnte man eng beisammen; eine junge Frau ohne Mann war gefährlich. Sie konnte Geld und Gut aus einem heraussaugen wie ein Blutegel das Blut. Sie waren nicht böswillig, es war einfach die Vorsicht der Armen, über die so leicht spotten ist, wenn man die ihr zugrunde liegende Angst nicht versteht.

Eine einzige Freundin hielt zu ihr. Zia Louche, eine alte, kinderlose

Witwe, kam, half, stand Pate, als der vaterlose Vincenzo geboren war, und schenkte dem Patenkind eine goldene Uhr, so daß Lucia Santa den Kopf hoch tragen konnte, denn ein so kostbares Geschenk bewies Respekt und Vertrauen. Doch Zia Louche blieb die einzige, und als die Trauerzeit vorüber war, sah Lucia Santa die Welt mit neuen und klügeren Augen.

Die Zeit heilte alte Wunden, und jetzt waren sie alle wieder gut Freund. Vielleicht – wer weiß? – war die junge Witwe zu hart in ihrem Urteil gewesen, denn nun halfen ihr dieselben Nachbarinnen, wenn auch in eigenem Interesse, bei der Suche nach einem neuen Ehemann, der ihre Kinder satt fütterte und kleidete. Sie wurden kirchlich getraut. Die Nachbarinnen richteten ihr eine prächtige Hochzeitsfeier aus. Aber Lucia Santa ließ sich von der Welt nie wieder täuschen.

Und so stand Lucia Santa an diesem drückenden Sommerabend, da ihre ersten drei Kinder erwachsen und in Sicherheit, die zweiten bis auf Lena keine Kleinkinder mehr waren, da sie persönlich ein bißchen Geld auf dem Postsparbuch hatte – stand also Lucia Santa Angeluzzi-Corbo nach zwanzig Jahren der Mühsal und einem reichlichen Maß an Not auf jenem winzigen Hügelchen der Wohlhabenheit, das Arme erklimmen können, erklimmen mit so viel Anstrengung, daß sie glauben, der Kampf sei endgültig gewonnen und ihr Leben sei, wenn sie auch nur die normale Vorsicht walten ließen, endgültig gesichert. Sie hatte ihr Leben gelebt; die Geschichte war aus.

Genug. Da kam Zia Louche und vervollständigte den Kreis. Lucia Santa lauschte aufmerksam und wollte sich schon am Gespräch beteiligen, da sah sie ihre Tochter Octavia. Das junge Mädchen kam von der 30th Street und ging eben an dem *panettiere* mit seiner roten Glasvitrine voll Pizza und den Weißblechbehältern voll Speiseeis vorbei. Hier verlor Lucia Santa Octavia aus den Augen; für einen kurzen Moment sah sie nur noch das Holzfäßchen des *panettiere*, das beinahe überquoll von rötlichen Kupfermünzen und silberglänzenden *dimes* und *nickels*. Heißer, leidenschaftlicher Zorn stieg in ihr auf – weil ihr ein derartiger Schatz versagt blieb und weil das Glück dem häßlichen Bäcker so hold war. Doch dann sah sie die Frau des *panettiere* an – alt, schnurrbartbewehrt, unfruchtbar geworden –, sah, wie sie das Holzfäßchen voll Kupfer und Silber hütete und wie ihre Molluskenaugen mit den faltigen Lidern im Abendlicht Drachenblitze schleuderten.

Lucia Santa fühlte, wie sich Octavia neben ihr auf den Hocker schob; die Hüften und Oberschenkel der beiden Frauen berührten sich. So etwas irritierte sie immer, aber die Tochter würde gekränkt sein, wenn sie von ihr abrückte, daher duldete sie es. Sie fand ihre Tochter in der amerikanischen Kleidung auf eine fremdartige Weise hübsch und sah ihre alte Busenfreundin Zia Louche mit einem Lächeln an, das sowohl Stolz als auch einen Anflug von Ironie verriet. Octavia, still, aufmerksam, wie es sich gehörte, sah dieses Lächeln und verstand seine Bedeutung. Doch sie verstand wieder einmal die Mutter nicht.

Als ob ihre Mutter jemals begreifen würde, daß sie all das sein wollte, was diese Frauen nicht waren! Sie hatte die naive, leicht durchschaubare Klugheit der Jugend, trug ein hellblaues Kostüm, das ihren Busen verbarg und ihre runden Hüften flachdrückte. Dazu, wie ihre ehemalige Lehrerin, weiße Handschuhe. Ihre Brauen waren dicht, schwarz und eindeutig nicht gezupft. Vergeblich suchte sie ihre vollen roten Lippen zu vorgetäuschter Strenge zusammenzupressen und ihren Augen einen ruhigen, ernsten Ausdruck zu geben – und alles nur, um jene übermächtige Sinnlichkeit zu verstecken, die allen Frauen ihrer Umgebung zum Verhängnis geworden war. Denn Octavia glaubte zu wissen, daß die Befriedigung jenes schrecklichen, dunklen Triebes alle anderen Bedürfnisse ausschaltete, und fühlte banges Mitleid für diese Frauen, die von ihren Kindern und den unbekannten Wonnen des Ehelagers im Bann einer Sklaverei gehalten wurden, die keine Träume kannte.

Diesem Schicksal wollte sie entgehen! Wie ein Judas saß sie mit gesenktem Kopf da und lauschte, gab vor, getreue Anhängerin zu sein, und plante dennoch Verrat und Flucht.

Jetzt, da sie ausschließlich von Frauen umgeben war, legte Octavia die Jacke ab. Die weiße Bluse mit der winzigen roten Schleife war verführerischer, als sie ahnte. Nichts konnte ihren vollen, prallen Busen verbergen. Das sinnliche Gesicht, die Haarkrone der blauschwarzen Locken, die großen, feuchten Augen – das alles widersprach der Nüchternheit ihres Straßenkostüms. Selbst mit böser Absicht hätte sie sich nicht aufreizender anziehen können, als sie es in aller Unschuld getan hatte.

Lucia Santa nahm ihr die Jacke ab und legte sie sich zusammengefaltet über den Arm – eine mütterliche Geste, die von Besitz und Überlegenheit zeugte. Vor allem aber eine versöhnliche Geste, denn etwas früher am Abend hatten sich Mutter und Tochter gestritten.

Octavia wollte zur Abendschule gehen, wollte Lehrerin werden. Lucia Santa jedoch wollte das nicht erlauben. Nein. Sie würde krank werden, wenn sie arbeitete *und* zur Schule ging. «Warum? Warum?» fragte die Mutter. «Du, eine so gute Schneiderin! Du kannst viel Geld verdienen.» Die Mutter verweigerte die Erlaubnis aus Aberglauben. Es war eine alte Weisheit: Das Leben war unheilvoll; wer einen neuen Weg einschlug, brachte sich in Gefahr; er lieferte sich dem Schicksal aus. Ihre Tochter war noch zu jung, um das zu verstehen.

Unvermutet, die Schamröte im Gesicht, hatte Octavia gesagt: «Ich möchte glücklich werden.» Und da war die Mutter zur rasenden Furie geworden. Die Mutter, sonst immer das überhebliche Benehmen ihrer Tochter verteidigend, dieses ewige Bücherlesen, die Schneiderkostüme, die affektiert wirkten wie eine Lorgnette, die Mutter hatte, Verachtung speiend, Octavia nachgeäfft, das perfekte Englisch eines hohlen Collegegirls: «Du möchtest glücklich werden!» Und dann, mit tödlichem Ernst, auf italienisch hinzugefügt: «Danke Gott, daß du am Leben bist!»

In der Abendkühle akzeptierte Octavia die Versöhnungsgeste der Mutter und setzte sich, die Hände im Schoß gefaltet, graziös zurecht. Sie dachte an ihren Streit und fragte sich, wieso die Mutter eigentlich perfekt Englisch sprach, sobald sie ihre Kinder nachäffte. Aus den Augenwinkeln sah sie Guido, den dunkelhäutigen Sohn des *panettiere*, durch die warme Sommernacht auf den hellen Fleck zukommen, den ihre weiße Bluse bildete. In seinen dunklen, kräftigen Händen trug er einen großen Pappbecher voll Zitronen- und Orangeneis, den er ihr mit einer angedeuteten Verbeugung überreichte. Hastig murmelte er ein paar Worte, die klangen wie: «Mach keinen Klecks auf deine Bluse», und kehrte eilig zum Eisstand zurück, um seinem Vater zu helfen. Octavia lächelte; aus purer Höflichkeit nahm sie ein paar Mundvoll Eis und gab den Becher dann ihrer Mutter, die eine wahre Leidenschaft für Speiseeis hegte und gierig wie ein Kind zu essen begann. Das Summen der Altfrauenstimmen hielt an.

Ihr Stiefvater bog, den Kinderwagen schiebend, von der 31st Street auf die Avenue ein. Octavia sah zu, wie er von der 31st Street zur 30th Street und wieder zurück wanderte. Und genau wie sie sich von der Ironie ihrer Mutter konfus machen ließ, brachte diese Fürsorglichkeit des Stiefvaters Verwirrung in ihre Gefühle. Denn sie haßte ihn, weil sie ihn für einen grausamen, gemeinen und bösen Menschen hielt. Sie hatte gesehen, wie er die Mutter schlug, wie er die Stiefkinder tyrannisierte. Und in dem verblaßten Erinnerungsbild ihrer Kindheit hatte er für ihr Gefühl viel zu schnell nach dem Tod ihres leiblichen Vaters um die Mutter geworben.

Sie hätte sich gern das schlafende Baby angesehen, die kleine Schwester, die sie von Herzen liebte, obwohl sie das Kind des Stiefvaters war.

Aber sie ertrug es nicht, mit diesem Mann zu sprechen, in seine kalten, blauen Augen und in sein hartes, kantiges Gesicht zu sehen. Sie wußte, daß er sie ebenso haßte wie sie ihn, daß sie einander sogar fürchteten. Er hatte es nie gewagt, sie zu schlagen, wie er gelegentlich Vinnie schlug. Dabei hätte sie nicht einmal etwas dagegen gehabt, daß er den Stiefsohn schlug, wenn er sich ihm gegenüber sonst väterlich gezeigt hätte. Aber für Gino, Sal und Aileen brachte er immer Geschenke mit, für Vincent nie, obwohl Vincent doch auch noch ein Kind war. Sie haßte ihn, weil er mit Vincent niemals spazieren- oder zum Haarschneiden ging, wie er es mit seinen leiblichen Kindern tat. Sie fürchtete sich vor ihm, weil er so sonderbar war – der böse, geheimnisvolle Fremde der Märchenbücher, der blauäugige Italiener mit dem Mephistogesicht. Dabei wußte sie, er war ein ungebildeter Bauer, ein armer, primitiver Einwanderer, der sich nur aufspielte. Eines Tages hatte sie ihn in der Subway gesehen, wo er tat, als lese er eine Zeitung. Sie hatte nichts Eiligeres zu tun gehabt, als es lachend und in verächtlichem Ton der Mutter zu erzählen. Die jedoch hatte geschwiegen und lediglich seltsam gelächelt.

Jetzt aber erzählte eine der schwarzgekleideten Frauen die Geschichte von einer gewissenlosen jungen Italienerin (natürlich in Amerika geboren). Octavia hörte zu. «Ja, ja», sagte die Frau. «Einen Monat waren sie verheiratet, hatten gerade die Flitterwochen beendet. O ja, sie liebte ihn sehr. In der Wohnung seiner Mutter setzte sie sich auf seinen Schoß. Wenn sie zu Besuch waren, spielte sie mit seiner Hand. So . . .» Zwei knotige Hände mit warzigen Fingern umschlangen einander liebevoll, abstoßend auf dem Schoß der Erzählerin. «Und dann gingen sie zum Tanzen in die Kirche. Die Torheit dieser jungen Priester, die nicht einmal Italienisch sprechen! Ihr Mann gewann einen Preis für den Sieg in einem Wettspiel. Er nahm den Preis entgegen und fiel tot um. Sein armes Herz, er war immer kränklich gewesen. Seine Mutter hatte ihn gewarnt, immer Angst um ihn gehabt. Aber jetzt: Die junge Frau, die mit einem anderen tanzt, wird benachrichtigt. Eilt sie an die Seite ihres geliebten Mannes? Sie schreit. Sie weint: ‹Nein, nein, ich kann nicht!› Sie fürchtet sich vor dem Tod – wie ein Kind, nicht wie eine Frau. Der Mann, den sie liebt, liegt in seiner eigenen Pisse, allein, aber *sie* liebt ihn nicht mehr. Sie schreit: ‹Nein, nein, ich kann das nicht sehen!›»

Zia Louche sagte hämisch, die Doppelbedeutung des Wortes auf ihrer Zunge auskostend: «Ah! Als ‹es› noch lebendig war, hat sie ‹es› bestimmt gern gesehen.» Das rauhe Gelächter der Frauen erfüllte die

Avenue, rief neidische Blicke der anderen Frauengruppen hervor. Octavia fühlte sich angewidert; sie war wütend, weil sogar ihre Mutter amüsiert lächelte.

Man ging zu ernsteren Dingen über. Lucia Santa und Zia Louche hielten tapfer die Stellung gegen die übrigen. Es ging um ein Problem aus ferner Vergangenheit, um die genauen Einzelheiten eines Skandals, der sich vor zwanzig Jahren in Italien, auf der anderen Seite des Ozeans, abgespielt hatte. Belustigt sah Octavia zu, wie ihre Mutter Zia Louche das Wort redete, während die Alte dafür mit Eifer für ihre Mutter eintrat. Sie behandelten einander wie Königinnen. Immer wieder wandte sich ihre Mutter an Zia Louche, um ehrfürchtig zu fragen: «*E vero, Comare?*» Und Zia Louche antwortete jedesmal hoheitsvoll: «*Si, Signora.*» Denn vor den anderen zeigten sie ihre Vertrautheit nicht. Octavia jedoch wußte, was die beiden Frauen verband, wußte, wie groß die Dankbarkeit war, die ihre Mutter für tatkräftige Unterstützung in tiefster Notlage empfand.

Der Streit war zu fein ausgesponnen, Octavia begann sich zu langweilen. Sie erhob sich, um einen Blick auf das Baby, auf ihre Halbschwester, zu werfen; sie starrte in den Kinderwagen, ohne den Stiefvater zu begrüßen. Sie betrachtete den Säugling mit überwältigender Zärtlichkeit, wie sie sie nicht einmal für Vincent empfand. Dann ging sie weiter, zur Ecke der 31st Street, um nach Gino zu sehen, und stellte fest, daß er spielte, daß der kleine Sal auf dem Randstein saß. Sie brachte Sal zu ihrer Mutter. Vinnie konnte sie nirgends entdecken. Erst als sie den Kopf hob, sah sie ihn hoch über sich auf der Fensterbank – dunkel, regungslos, wie ein Wachtposten.

Düster beobachtete Frank Corbo, wie seine große Stieftochter sich über den Wagen beugte. Fremdartig mit seinen blauen Augen, für viele ein Gegenstand der Belustigung (denn welcher Italiener schob an Sommerabenden einen Kinderwagen?), Analphabet, stumm sein Verstand, sah er all die Schönheit dieser dunklen, steinernen Stadt, spürte den Haß seiner Stieftochter, doch ohne den Haß zu erwidern. Hinter dem groben, mageren Gesicht verbarg sich eine wortlose, verzehrende Qual. Sein Leben war ein Traum von Schönheit, die er fühlte und nicht verstand, von Liebe, verzerrt bis zur Grausamkeit. Zahllose Schätze gingen wie Schatten an ihm vorbei, die Welt war ihm verschlossen. Auf der Suche nach Befreiung wollte er heute nacht noch die Stadt und seine Familie verlassen. In den frühen Morgenstunden, bevor es hell wurde, wartete der Lastwagen eines Bauern auf ihn, und er würde gehen – ohne ein Wort, ohne Streit und ohne Schläge austeilen zu müssen. Er würde auf den braungrünen Sommerfeldern arbeiten, Ruhe vor der Liebe finden, seine Lebenskraft erneuern.

Er litt. Er litt wie ein Taubstummer, der singen möchte, wenn er Schönheit sieht, der nicht aufschreien kann, wenn er Schmerzen spürt. Er fühlte Liebe und konnte nicht zärtlich sein. In den Zimmern um ihn herum schliefen zu viele Menschen, durch die Straßen um ihn herum wanderten zu viele Wesen. Er hatte schreckliche Träume. Vor einem schwarzen Hintergrund umkreisten ihn seine Frau und die Kinder, und jedes zog einen Dolch aus der Stirn. Er hatte laut aufgeschrien.

Es war spät, sehr spät; die Kinder müßten eigentlich schon im Bett liegen, aber es war noch zu heiß. Frank Corbo sah seinen Sohn Gino wie einen Verrückten herumjagen: es mußte irgendein Fangespiel sein, das dem Vater ebenso unverständlich war wie die amerikanische Sprache des Kindes, wie Bücher und Zeitungen, die Farben des Nachthimmels, die Schönheit des Sommerabends und alle Freuden der Welt, von denen er sich ausgeschlossen fühlte und die ihm alle das Zeichen des Schmerzes zu tragen schienen. Die Welt war ein großes Mysterium. Ungeheure Gefahren, vor denen andere ihre Kinder schützen konnten, würden ihn und seine Lieben in den Staub werfen, würden seine Kinder lehren, ihn zu hassen.

Und dennoch schob der Vater, nicht ahnend, daß er gerettet werden sollte, den Kinderwagen auf und ab. Nicht ahnend, daß sich tief in seinem Blut, in den winzigen, geheimnisvollen Zellen seines Gehirns eine neue Welt zu formen begann. Langsam, Tag um Tag, Schmerz um Schmerz, Schönheit um verlorene Schönheit stürzten die Mauern der Welt, die er so fürchtete, in der Zeitlosigkeit seines Verstandes zusammen. Statt dessen sollte in einem Jahr eine neue, phantastische Welt erstehen, in der er der Gott und der König war, in der seine Feinde verwirrt und verängstigt und seine Lieben für immer verloren waren, in der jedoch der Verlust dieser Liebe weder empfunden noch betrauert würde. Eine Welt solch chaotischen Schmerzes, daß er in Ekstase versinken, Mysterien und Furcht gebannt sein würden. Er würde frei sein.

Solches aber war wie ein Wunder, und so konnte dem weder Zeichen noch Warnung vorausgehen. Jetzt, in dieser Nacht, setzte er all seine Hoffnung auf den Gedanken, diesen einen Sommer lang den Acker zu bestellen, wie er es vor vielen Jahren als Junge in Italien getan hatte.

Für Kinder besitzt die Welt ein besonderes Licht, die Geräusche sind von magischer Kraft. Gino Corbo rannte durch das metallische Klirren der Lokomotiven, die gelben Lichtkreise der Straßenlaternen, er hörte kleine Mädchen lachen und war so in sein Spiel vertieft, daß ihn der

Kopf schmerzte. Kreuz und quer rannte er über die 31st Street in dem Versuch, andere Kinder zu fangen oder sie einzukesseln. Doch immer wich jemand mit ausgestreckten Händen an eine Wand zurück. Einmal wurde Gino in die Enge getrieben, aber ein Taxi schnitt seinen Gegnern den Weg ab, und Gino rannte auf seinen Gehsteig zurück. Er sah, daß der Vater ihn beobachtete, lief auf ihn zu und rief: «Gibst du mir einen Penny für Zitroneneis?» Die Münze in der Faust lief er die Tenth Avenue entlang und plante einen großartigen Trick. Er versuchte an seiner Mutter und ihren Freundinnen vorbeizukommen. Doch Zia Louche erwischte ihn am Arm und brachte ihn, die knochigen Finger wie eine Falle aus Stahl, aus dem Gleichgewicht.

Benommen, ungeduldig betrachtete er die alten Frauengesichter, von denen einige sogar einen Schnurrbart hatten. Voll Ungestüm, voll Angst, das Spiel könnte enden, wollte er weiterlaufen, doch Zia Louche hielt ihn so mühelos, als sei er eine zappelnde Fliege, und sagte: «Komm, ruh dich aus. Setz dich zu deiner Mutter und ruh dich aus. Sonst bist du morgen krank. Fühl nur, wie schnell dein Herzchen pocht!» Sie legte ihm ihre dürre, klauenähnliche Hand auf die Brust. Heftig versuchte er, sich loszureißen. Aber die Alte hielt fest und sagte mit grimmiger Zuneigung: *«Eh, come è faccia brutta.»* Er verstand, daß sie ihn häßlich nannte, und wurde still. Er starrte die Frauen an. Sie lachten, doch Gino wußte nicht, daß sie aus Freude an seinem hitzigen Temperament, aus Freude an seinen blitzenden Augen lachten.

Er spuckte nach Zia Louche – mit jenem vorgetäuschten Spucken der Italienerinnen, mit dem sie bei einem Streit ihre Verachtung kundtun. Das gab ihm Gelegenheit, sich zu befreien, und er war so flink dabei, daß ihn die Hand seiner Mutter nur streifte, als sie ihm eine Ohrfeige gab. Eilig lief er davon. Um die Ecke, die 30th Street entlang bis zur Ninth Avenue, die Avenue hinauf bis zur 31st Street, und dann durch die 31st Street zur Tenth Avenue zurück wollte er laufen; und wenn er alle vier Seiten des Häuserblocks hinter sich hatte, wollte er aus der Dunkelheit über das Spiel hereinbrechen und seine Feinde mit einem einzigen Meisterstreich vernichten.

Doch während er in vollem Tempo der Ninth Avenue zulief, formierten sich ein paar fremde Jungen vor ihm zu einer Mauer. Gino ließ seine Beine höher und schneller wirbeln, und dann durchbrach er die Kette. Hände packten sein Hemd und zerrissen es, der Wind blies ihm ins Gesicht. Die Jungen verfolgten ihn noch die Ninth Avenue entlang, doch als er oben an der 31st Street ins Dunkle abbog, wagten sie sich nicht weiter. Gino verlangsamte sein Tempo. Bedächtig ging er an den Haustreppen vorbei. Hier befand er sich auf der letzten Seite des Quadrats, und weiter vorn, am Ende der Straße, dicht vor der Tenth Avenue, schossen seine Freunde in den mattgelben Lichtkegeln der Straßenlaternen wie kleine, schwarze Ratten umher. Sie spielten also noch. Er war nicht zu spät gekommen.

Im Dunkeln ruhte er sich aus und schlich dann sehr leise und langsam die Straße entlang. In einem Souterrainzimmer sah er ein kleines Mädchen an einer halb weißen, halb grellblau getünchten Wand lehnen. Es hatte den Kopf auf den gegen die Wand gestützten Arm gelegt, die Augen vor dem künstlichen Licht des leeren Zimmers verborgen. Gino wußte, daß es nicht weinte, sondern daß es Verstecken spielte und daß der verlassene Raum, wenn er nur lange genug wartete, auf einmal von kreischenden kleinen Mädchen wimmeln würde. Aber er blieb nicht stehen; er wußte nicht, daß er in der Erinnerung das Mädchen immer so sehen würde, wie er es in diesem Augenblick sah: allein, das Gesicht an der blau-weißen Wand versteckt, einsam, sich niemals verändernd, als habe er es, indem er nicht stehenblieb, für immer dort fixiert. Er ging weiter.

Ein blasser Lichtfleck ließ ihn anhalten. Er fror. An einem Fenster saß eine alte Irin; sie beugte sich, den Kopf auf ein pelziges Kissen gestützt, weit heraus und beobachtete ihn, der an ihr vorbei die leere, schweigende Straße entlangwanderte. Ihr Kopf wirkte in dem mattgelben Licht vom Alter verknöchert, ihr schmaler, schnurrbärtiger Mund im Schein einer heiligen, roten Kerze blutig. Hinter diesem barbarischen Gesicht, im Schatten des Zimmers nur undeutlich zu erkennen, glänzten eine Vase, eine Lampe und ein Götzenbild wie alte Knochen. Gino starrte sie an. Die Alte bleckte grüßend die Zähne. Gino lief weiter.

Jetzt konnte er die Rufe seiner Freunde hören; er näherte sich den Lichtkreisen der Tenth Avenue. Er duckte sich in einen Kellerabgang, verborgen, gewaltig, zum Zuschlagen bereit. Er dachte gar nicht daran, sich vor der Nacht oder vor dem dunklen Keller zu fürchten. Er vergaß sogar den Zorn seiner Mutter. Er lebte jetzt nur diesem Augenblick, und dem Augenblick, da er den Lichtkreis betreten und ihn zerschmettern würde.

Hoch über der Tenth Avenue hockte Vincenzo Angeluzzi, Gino Corbos dreizehnjähriger Halbbruder, auf seiner Fensterbank und lauschte grübelnd den gedämpften, wispernden Geräuschen der Sommernacht, die zu ihm heraufdrangen. Die lange Zimmerflucht hinter ihm lag dunkel und leer, die Wohnungstür, die direkt in die Küche führte, war abgeschlossen. Er hatte sich freiwillig in die Verbannung begeben.

Man hatte ihm seinen Traum von Sommer, Freiheit und Spiel

genommen. Seine Mutter hatte ihm eröffnet, daß er am nächsten Morgen den Job beim *panettiere* antreten und bis zum Schulanfang im Herbst dort arbeiten werde. Er würde also in der heißen Sonne schwere Brotkörbe schleppen, während die anderen Jungen im Fluß badeten, Baseball oder «Johnny Ride the Pony» spielten und hinten auf Trolleybusse aufsprangen, um sich die Stadt anzusehen. Er durfte weder bequem im Schatten sitzen und Zitroneneis lutschen noch an der Mauer von Runkels Fabrik hocken und lesen, noch mit den anderen «Bankers and Brokers» oder «Seven-and-a-half» spielen.

Er war ein Wächter auf der Westmauer der Stadt, und alles, was er sah, drückte auf seine Seele und sein Gemüt: die öde Weite des Rangierbahnhofs, die Stahlschienen, die verlassenen Güterwagen, die Lokomotiven, die schmutzigrote Funken spien und leise Warnpfiffe ausstießen. Der Hudson unterhalb des felsigen Jerseyufers zog sich wie ein schwarzes Band.

Er döste auf seiner Fensterbank vor sich hin, und babylonisches Stimmengewirr stieg wie fernes Rufen zu ihm empor. Weit hinten auf der Avenue sah er die rote Laterne eines Dummy Boy den Güterzug vom St. John's Park herüberführen. Die Kinder unten spielten weiter, und Vincent wartete mit düsterer Genugtuung auf ihr Freudengeschrei, genoß das bittere Gefühl, daß er an ihrem Vergnügen nicht mehr teilhatte. Und dann begannen die Kinder zu kreischen und kletterten die Treppe zur Brücke hinauf, wo sie die Dampfwolke erwarteten, die alle unsichtbar und naß machte.

Vincent war noch zu jung, um zu erkennen, daß er von Natur aus ein Melancholiker war und daß sich seine Schwester Octavia deswegen so große Sorgen machte, daß sie ihm ständig Geschenke und Schokolade mitbrachte. Als er noch klein war, hatte Octavia ihn immer mit ins Bett genommen, wo sie ihm Geschichten erzählte und Lieder vorsang, damit er mit der Erinnerung an ein Lächeln einschlafen konnte. Sein inneres Wesen verändern aber konnte sie nicht.

Unten hörte er Zia Louche, von der kräftigen Stimme seiner Mutter unterstützt, in schrillem Ton streiten. Unwillig dachte er daran, daß diese Alte da unten seine Patin war und daß er das goldene Fünfdollarstück, das sie ihm jedesmal zum Geburtstag schenkte, mit einem Kuß bezahlen mußte – mit einem Kuß, zu dem er sich nur herbeiließ, um seiner Mutter eine Freude zu machen. Er fand seine Mutter schön, obwohl sie dick und immer schwarz gekleidet war, und er gehorchte ihr aufs Wort.

Zia Louche aber haßte er, seit er sich erinnern konnte. Vor langer Zeit, als er noch zu Füßen der Mutter auf dem Küchenfußboden spielte, pflegte Zia Louche ihn intensiv zu beobachten. Die beiden Frauen unterhielten sich angeregt und ohne die Förmlichkeit, die sie in der Öffentlichkeit zeigten. Genüßlich riefen sie sich die Schicksalsschläge der vergangenen Jahre zurück. Danach folgte unfehlbar langes Schweigen. Während die Frauen Kaffee tranken, musterten sie ihn nachdenklich. Dann seufzte Zia Louche durch ihre altersbraunen Zähne, wandte sich an den Kleinen und sagte mit resignierendem, grimmigem Mitleid: «*Ah, miserabile, miserabile!* Dein Vater mußte sterben, bevor du zur Welt kamst.»

Das war der Höhepunkt; die Alte ging zu anderen Themen über, und er sah verwirrt, daß seine Mutter schneeweiß wurde und ihre Augen sich röteten. Sie griff nach ihm, streichelte ihn, aber sie sagte nie etwas.

Unten auf der Straße sah Vincent seine Schwester Octavia aufstehen und sich über den Kinderwagen beugen. Octavia haßte er ebenfalls. Sie hatte ihn verraten. Sie hatte gegen die Absicht der Mutter, ihn arbeiten zu schicken, nicht protestiert. Nun ritt der Dummy Boy unter der Brücke durch, und Vincent erkannte seinen Bruder Larry, der wie ein richtiger Cowboy auf seinem Rappen saß.

Sogar hier oben konnte er das laute Klappern der Hufe auf den Kopfsteinen hören. Kinder und Brücke verschwanden in der Dampfwolke der Lokomotive. Mit einem dichten Funkenregen bog der Zug in den Rangierbahnhof ein.

Es war spät geworden. Die Nachtluft hatte der Stadt Kühlung gebracht. Die Mutter und die anderen Frauen nahmen Hocker und Kisten, riefen Männer und Kinder herbei. Sein Stiefvater schob den Kinderwagen zur Haustür. Es wurde Zeit, zu Bett zu gehen.

Vincent verließ die Fensterbank und ging durch die Schlafzimmer zur Küche. Er schloß die Wohnungstür auf, ließ die Familie ein. Dann holte er das italienische Brot, einen schenkeldicken Laib, und schnitt drei kräftige, knusprige Scheiben herunter. Auf diese goß er zuerst roten Weinessig, dann dickes, gelbgrünes Olivenöl. Er trat zurück, streute Salz über die drei Brotstücke und musterte sie mit zufriedenem Blick. Das grobe Brot leuchtete in köstlichem Rot mit fettiggrünen Tupfen darauf. Gino und Sal würden selig sein über dieses Betthupferl. Sie würden es gemeinsam essen. Er wartete. Durch die noch immer offenen Fenster und die Reihe der dazwischenliegenden Räume drang Ginos Stimme in einem schrillen, langgezogenen Schrei zu ihm herauf.

Lucia Santa, die das Baby auf dem Arm hielt, erstarrte bei diesem Schrei. Octavia, an der Ecke der 30th Street, fuhr herum und spähte zur 31st Street hinüber. Auf der anderen Seite der Avenue riß Larry sein

Pferd herum. Der Vater, dessen Schläfen vor Angst zu platzen drohten, fluchte und setzte sich in Trab. Aber der Schrei des Kindes war ein beinahe hysterisches Triumphgeheul. Gino war aus dem Dunkel hervorgebrochen, umkreiste seine Feinde und schrie: «Brennt die Stadt nieder! Brennt die Stadt nieder!» Obwohl damit sein Spiel beendet war, konnte er dennoch nicht aufhören, zu rennen und die magischen Worte zu schreien. Mit weiten Sprüngen lief er auf die gewaltige, drohende Gestalt seiner Mutter zu, erinnerte sich noch rechtzeitig der Kränkung, die er Zia Louche zugefügt hatte, schlug einen Haken und schoß durch die Haustür und die Treppe hinauf.

Lucia Santa blieb, trotz ihrer festen Absicht, ihm eine kräftige Ohrfeige zu versetzen, regungslos stehen. Sie war wie gebannt von einem ungeheuren Stolz, einer großen Zärtlichkeit über die wilde Freude ihres Sohnes, über sein Temperament, das sie eines Tages würde zügeln müssen. Sie ließ ihn ungeschoren vorbei.

Die Neapolitaner zogen sich von der dunklen Straße zurück und überließen die Stadt dem Klappern der Hufe auf dem Pflaster, als Larry Angeluzzi sein Pferd im Galopp zum Stall an der 35th Street ritt.

2

Die Familie Angeluzzi-Corbo wohnte im besten Mietshaus der Tenth Avenue. Hier gab es in jedem der vier Stockwerke jeweils nur eine Wohnung, so daß sowohl nach Westen, auf die Tenth Avenue, als auch nach Osten, auf die Hinterhöfe, Fenster hinausgingen und man daher Durchzug machen konnte. Die Angeluzzi-Corbos konnten, da sie das oberste Stockwerk allein bewohnten, den Hausflur sogar noch als Vorratslager benutzen. Hier standen der Eiskasten und eine Kommode mit zahllosen Dosen Tomatenmark, und an der Wand entlang waren Makkaronikartons gestapelt, denn obgleich die Wohnung aus sechs Zimmern bestand, mangelte es ihren Bewohnern ständig an Platz.

Die Wohnung war angelegt wie ein langgestrecktes E ohne Mittelbalken; Die Küche bildete den unteren Querbalken; dann kamen das Eßzimmer, die Schlafzimmer, das Wohnzimmer mit seinen Fenstern zur Tenth Avenue: der lange, senkrechte Balken; und endlich schloß Octavias kleines, als einziges mit einer Tür versehenes Schlafzimmer neben dem Wohnraum als oberer Querbalken das große E ab. Gino, Vinnie und Sal schliefen im Wohnzimmer in einem Bett, das sich zusammenklappen und zur Seite stellen ließ. Tagsüber stand es, mit einem Überwurf bedeckt, in einer Ecke. Die Eltern hatten das erste Schlafzimmer der Reihe, Larry das daran anschließende. Dann kam das Eßzimmer, das Küche genannt wurde – es war mit einem großen Holztisch zum Essen und Sitzen ausgestattet –, und dann, im rechten Winkel dazu, die eigentliche Küche mit Boiler, Spülstein und Herd. Gemessen am Wohnstandard des Viertels war diese Wohnung verschwenderisch luxuriös und wieder einmal ein Beweis für Lucia Santas Unfähigkeit zu sparsamem Wirtschaften.

Octavia legte das Baby Aileen ins Bett ihrer Mutter und zog sich dann in ihrem eigenen Zimmer um. Als sie in einem einfachen Hauskleid wieder zum Vorschein kam, schliefen die Jungen schon alle drei tief und fest in dem großen Bett, das aufgeklappt worden war. Octavia ging durch die Zimmerreihe zur Küche, um sich das Gesicht zu waschen. Die Mutter saß, ein kleines Glas Wein vor sich auf dem Tisch, wartend im Eßzimmer. Octavia hatte gewußt, daß ihre Mutter aufbleiben würde, damit sie den angefangenen Streit beenden konnten, und daß sie anschließend wie zwei Verschwörerinnen gemeinsam Pläne für eine glückliche Zukunft der Familie schmieden würden: ein Haus auf Long Island, Collegeausbildung für das gescheiteste Kind.

Lucia Santa war offensichtlich zur Versöhnung bereit. Sie sagte auf italienisch: «Der Sohn des Bäckers hat ein Auge auf dich. Er schenkt dir jedoch nicht Eis, damit du ihn ignorierst.» Sie machte gern solche ironischen Bemerkungen, hielt jetzt aber inne, um aufmerksam ins Schlafzimmer hinüberzulauschen. Beunruhigt fragte sie: «Hast du Lena auch in die Bettmitte gelegt? Kann sie bestimmt nicht herausfallen?»

Octavia war wütend. Die Spöttelei konnte sie noch verzeihen, obgleich ihre Mutter genau wußte, daß sie von den jungen Männern der Nachbarschaft nicht viel hielt. Aber sie selbst hatte der kleinen Halbschwester den Namen Aileen gegeben. Nach langem Zögern hatte Lucia Santa sich damit einverstanden erklärt. Es wurde Zeit, amerikanisch zu sein. Doch eine italienische Zunge konnte den Namen nicht aussprechen. Unmöglich. Und darum hatten sie ihn zu dem vertrauteren Lena abgekürzt. Nach einigen tapferen Versuchen der Tochter zuliebe hatte Lucia Santa eines Tages die Geduld verloren und auf italienisch geschrien: «Er *ist* ja nicht einmal richtig amerikanisch!» So blieb das Baby für alle Lena – nur für die anderen Kinder der Familie nicht. Denn die hatten Octavias fünf Finger im Gesicht, wenn sie sich eine solche Frechheit herausnahmen.

Mutter und Tochter wappneten sich zum Kampf. Octavia schob ihre

Frisur zurecht; dann holte sie vom Regal in der Küche ihr Necessaire. In peinlich korrektem Englisch sagte sie voll Verachtung: «Ich werde nie einen dieser Makkaronis heiraten. Die wollen doch nur eine Frau, damit sie sie wie einen Köter behandeln können. Ich will kein Leben haben, wie du es hast.» Sie begann mit einer sorgfältigen Maniküre. Anschließend wollte sie sich noch die Nägel lackieren. Das würde die Mutter ärgern.

Lucia Santa beobachtete ihre Tochter mit betont dramatischem Schweigen. Sie atmete kurz und schwer. Im Zorn glichen die beiden einander sehr: schwarze, feucht glitzernde Augen blitzten; volle, sinnliche Züge erstarrten vor Wut und Trotz. Doch als die Mutter zu sprechen begann, klang ihre Stimme völlig nüchtern.

«Ah», sagte sie, «so sprechen in Amerika also die Töchter mit ihrer Mutter? *Brava.* Du würdest eine gute Lehrerin abgeben.» Kühl beugte sie sich ihrer Tochter zu. «*Non mi tocca.* Mir ist es egal.» Und das junge Mädchen wußte: noch eine einzige solche Unverschämtheit, und ihre Mutter würde sich wie eine Katze auf sie stürzen, um ihr eine kräftige Ohrfeige zu verabreichen. Octavia fürchtete sich nicht, aber sie war – innerhalb vernünftiger Grenzen – gehorsam. Und sie wußte, daß ihre Mutter, das Familienoberhaupt, sie brauchte, sie respektierte, sich nie mit Außenstehenden gegen sie verbünden würde. Sie hatte Gewissensbisse, denn sie kam sich wie eine Verräterin vor, weil sie das Leben ihrer Mutter für gescheitert hielt.

Octavia lächelte, um ihren Worten die Härte zu nehmen. Sie sagte: «Ich meine nur, daß ich nicht heiraten oder, wenn ich es doch tun sollte, keine Kinder haben will. Ich möchte nicht mein ganzes Eigenleben opfern – nur *dafür.*» Mit diesem letzten Wort gab sie ihrer tiefen Verachtung Ausdruck, aber auch ihrer unheimlichen Angst vor dem Unbekannten. Lucia Santa maß ihre amerikanische Tochter von Kopf bis Fuß. «Ah», sagte sie, «mein armes Kind!» Octavia spürte, wie das Blut ihr heiß ins Gesicht stieg, und blieb stumm. Der Mutter war etwas anderes eingefallen; sie stand auf, ging ins Schlafzimmer und kam mit dem Postsparbuch zurück, in dem zwei Fünfdollarscheine lagen. «Hier, schnell! Steck es in dein Kleid, bevor dein Vater und dein Bruder kommen. Bring es morgen bei der Arbeit zur Post.»

Octavia sagte gelassen, aber voll Bosheit: «Er ist nicht mein Vater.»

Nicht ihre Worte, sondern der stille Haß dahinter trieb der Mutter heiße Tränen in die Augen. Denn nur sie beide konnten sich an Lucia Santas ersten Mann erinnern; nur sie beide hatten jenes erste Leben wirklich miteinander geteilt und miteinander gelitten. Er war der Vater von drei Kindern gewesen, doch nur dieses eine teilte die Erinnerung an ihn mit ihr. Noch schlimmer sogar: Octavia hatte ihren Vater leidenschaftlich geliebt, und sein Tod hatte sie tief getroffen. Die Mutter wußte das, und sie wußte auch, daß ihr ihre zweite Ehe ein wenig von der Zuneigung ihrer Tochter genommen hatte.

Lucia Santa sagte leise: «Du bist ein junges Mädchen, du weißt noch nicht, wie das Leben ist. Frank Corbo hat eine einsame Witwe mit drei kleinen Kindern geheiratet. Er hat uns Brot gegeben. Er hat uns beschützt, als alle außer Zia Louche nicht mal auf unsere Schwelle gespuckt hätten. Dein eigener Vater war auch nicht so wunderbar, wie du glaubst! Ah, ich könnte dir vieles erzählen! Aber er war dein Vater.» Die Tränen waren getrocknet, und Lucia Santa trug bei der Erinnerung an eine schwere Zeit wieder die vertraute Maske aus Schmerz und Zorn, die ihre Tochter stets tief beunruhigte.

Schon oft hatten sie über dieses Thema gestritten, und jedesmal hatten sie festgestellt, daß diese Wunde immer noch nicht geheilt war.

«Er ist uns keine Hilfe», sagte Octavia. Sie war jung und erbarmungslos. «Du zwingst Vinnie, den armen Jungen, bei diesem widerlichen Bäcker zu arbeiten. Er wird überhaupt nichts von diesem Sommer haben. Und dein wunderbarer Ehemann, der kann nur Hausmeister spielen, damit wir wenigstens mietfrei wohnen. Warum sucht er sich keine Arbeit? Warum ist er so gottverdammt eingebildet? Wofür hält er sich denn? Mein Vater, ja, der hat gearbeitet. Mein Gott, er ist bei der Arbeit gestorben!» Sie schwieg, um ihre aufkommenden Tränen zu unterdrücken.

Dann fuhr sie hastig fort, als glaube sie, die Mutter tatsächlich überzeugen zu können: «Er aber, er hat seine Arbeit bei der Bahn nur verloren, weil er so überheblich war. Der Chef sagt zu ihm: ‹Nun lassen Sie sich nicht den ganzen Tag Zeit, wenn Sie einen Eimer voll Wasser holen!› Und er nimmt den Eimer und kommt überhaupt nicht zurück. Das fand er so komisch, daß er sogar stolz darauf war. Und du hast kein Wort gesagt, kein einziges Wort! Ich hätte ihn rausgeschmissen, hätte ihn nicht wieder ins Haus gelassen. Und ganz bestimmt hätte ich ihm niemals Gelegenheit gegeben, mir wieder ein Kind zu machen.» Sie sagte es geringschätzig, mit einer Miene, die andeutete, daß sie ihn niemals jenen dunklen Akt der Vereinigung und Überlegenheit ausüben lassen würde, der alle Nächte ausfüllte. Doch ihre Mutter hatte die Geduld verloren.

«Sprich nicht von Dingen, die du nicht verstehst», wies sie ihre Tochter zurecht. «Du bist ein junges, dummes Ding, und wenn du alt bist, wirst du auch nicht klüger werden. Herr, gib mir Geduld!» Sie trank den letzten Schluck Wein und seufzte müde. «Ich gehe zu Bett. Laß die Tür für deinen Bruder offen. Und für meinen Mann.»

«Um unseren lieben Lorenzo brauchst du dir keine Sorgen zu machen», sagte Octavia. Sie strich sich Lack auf die Nägel. Voll Abscheu starrte die Mutter das grelle Rot an und kam noch einmal ins Zimmer zurück.

«Was ist eigentlich mit Lorenzo?» fragte sie. «Seine Arbeit ist um Mitternacht beendet. Warum ist er noch nicht zu Hause? Die Mädchen sind jetzt nicht mehr auf der Straße, höchstens noch diese irischen Flittchen von der Ninth Avenue.» Und mit ironischem Pathos fügte sie hinzu: «Gott sei Dank verführt er nur gute, anständige Italienerinnen.» Sie lächelte mit einem Anflug von Stolz.

Octavia sagte kühl: «Vielleicht übernachtet Larry bei den Le Cinglatas. Mr. Le Cinglata ist wieder mal im Gefängnis.»

Die Mutter begriff. Die Le Cinglatas kelterten ihren eigenen Wein und verkauften ihn glasweise in ihrer Wohnung. Kurz gesagt, sie waren Alkoholschwarzhändler, die das Prohibitionsgesetz übertraten. Erst in der vergangenen Woche hatte die Le Cinglata Lucia Santa drei große Krüge geschickt – angeblich weil Lorenzo beim Abladen von Weintrauben behilflich gewesen war. Signora Le Cinglata war eines der drei Mädchen gewesen, die vor so vielen Jahren in Italien ferngetraut worden waren. Das schüchternste, bescheidenste sogar. Gut. Da war heute abend nichts mehr zu machen. Die Mutter zuckte die Achseln und ging zu Bett.

Zuvor ging sie noch einmal ins Wohnzimmer, um die drei Jungen mit einem Laken zuzudecken. Dann schaute sie aus dem offenen Fenster auf die dunkle Straße hinaus und sah ihren Mann noch immer die Tenth Avenue auf und ab wandern. Leise rief sie ihm zu: «Frank, bleib nicht so lange!» Er aber schaute nicht auf – weder zu ihr noch in den Himmel.

Endlich lag sie im Bett. Und jetzt wollte sie nicht einschlafen, denn sie hatte stets das Gefühl, daß sie, solange sie wach blieb, in einem gewissen Maße die Handlungen ihres Mannes und ihres Sohnes kontrollieren konnte. Sie war verärgert, aufrichtig böse darüber, daß sie die beiden nicht zwingen konnte, die Welt draußen zu verlassen und in ihr Heim zurückzukehren, zu schlafen, wenn sie schlief.

Sie streckte die Hand aus. Das Kind lag warm und sicher an der Wand. Sie rief: «Octavia, geh zu Bett! Geh schlafen, es ist schon spät, und du mußt morgen arbeiten!» Im Grunde aber rief sie das nur, weil sie nicht schlafen konnte, solange in der Wohnung noch jemand wach war. Gleich darauf durchquerte die Tochter stumm, rebellisch das

Schlafzimmer ihrer Mutter.

In dem drückenden Sommerdunkel, durch das der seufzende Atem schlafender Kinder strich, dachte Lucia Santa über ihr Leben nach. Die zweite Ehe hatte ihren ersten Kindern Kummer bereitet. Sie wußte, daß Octavia ihr vorwarf, nicht in gebührender Form getrauert zu haben. Aber wie sollte man einer jungen, unberührten Tochter erklären, daß ihr Vater, der Ehemann, mit dem man das Bett teilte, mit dem man den Rest seines Lebens hatte verbringen wollen, ein Mann gewesen war, den man im Grunde nicht gern hatte?

Er war der Herr des Hauses gewesen, ein Herr aber, dem es an Voraussicht fehlte, dessen Mangel an Fürsorge für die Familie beinahe verbrecherisch war, dem es genügte, ein Leben lang in den Slums, nicht weit von seiner Arbeitsstelle in den Docks, zu wohnen. Ah, wie viele Tränen hatte sie seinetwegen vergossen! Das Geld für Lebensmittel hatte er ihr zwar immer gegeben, den Rest seines Lohnes jedoch, den sie hätten sparen können, gab er für Wein und Kartenspiel mit seinen Freunden aus. Nie hatte sie einen Penny für sich persönlich gehabt. Lucia Santa, die Bettlerin ohne Brautleinen, in dieses neue Land und und in sein Bett zu holen, war eine so großzügige Tat gewesen, daß er es nicht nötig hatte, je wieder großzügig zu sein. Die eine Tat genügte für ein ganzes Leben.

Lucia Santa erinnerte sich all dieser Dinge mit einem sehr unsicheren Gefühl des Mißmuts. Sie wußte, es war nicht die ganze Wahrheit. Denn eine Tochter hatte ihn geliebt. Er war ein stattlicher Mann gewesen. Mit seinen schönen weißen Zähnen kaute er Sonnenblumenkerne, und die kleine Octavia nahm ihm die Kerne aus dem Mund, was sie bei der Mutter niemals getan hätte. Seine Tochter hatte er geliebt.

Die Wahrheit war einfach. Er war ein umgänglicher, hart arbeitender, ungebildeter, friedliebender Mann gewesen. Ihre Gefühle für ihn waren die gleichen gewesen, wie sie Millionen von Frauen für ihre gewissenlosen Ehemänner hegten. Daß diese Männer über das Geld im Haus bestimmen, daß sie die Macht haben sollten, Entscheidungen zu treffen, die über das ganze Leben der Kinder entschieden – ein Wahnsinn! Männer taugten nicht dafür. Mehr noch, sie waren nicht ernst zu nehmen. Und so hatte sie, wie alle Frauen, bereits den Kampf um die Macht aufgenommen, als er eines schrecklichen Tages ums Leben kam.

Aber sie hatte um ihn geweint. Oh, wie sie geweint hatte! Es war eine mit dem Schrecken gepaarte Trauer gewesen. Nicht Trauer um dahingegangene Lippen, Augen, Hände, sondern eine verzweifelte Klage um die verlorene Schutzwehr gegen diese fremde Welt, Gram um den

Ernährer ihrer Kinder, den Beschützer des Ungeborenen in ihrem Leib. Diese Witwen raufen sich die Haare, kratzen sich die Wangen blutig, erheben wildes Klagegeschrei, werden gewalttätig und tragen Trauer, damit die Welt es sieht. Sie sind die wahrhaft Trauernden, denn wahre Trauer ist angefüllt mit Entsetzen. *Sie* sind die wahrlich im Stich Gelassenen. Liebende werden von neuem lieben.

Sein Tod war beinahe grotesk zu nennen. Beim Löschen einer Schiffsladung war die Laufplanke hoch über dem Wasser gebrochen und hatte fünf Männer sowie ungezählte Tonnen Bananen mit sich in den Flußschlamm geschleudert, der menschliche Glieder und Bananen gemeinsam begrub. Nichts war auch nur ein einziges Mal wieder nach oben gekommen.

Trotzig wagte sie es jetzt zu denken: Im Tod hatte er ihr mehr gegeben als jemals im Leben. Jetzt, Jahre später, im Dunkeln, lächelte sie grimmig und voll Spott über ihr eigenes jüngeres Ich. Als sie daran dachte, was sie wohl damals von diesem Gedanken gehalten hätte. Doch das Gericht hatte jedem Kind tausend Dollar zuerkannt, sogar Vincent, dem Ungeborenen, der für die Welt allerdings damals schon deutlich zu sehen war. Das Geld wurde treuhänderisch verwaltet, denn in Amerika war man klug: nicht einmal den Eltern vertraute man das Geld der Kinder an. Sie selber hatte dreitausend Dollar erhalten, von denen außer Zia Louche und Octavia kein Mensch etwas ahnte. So war doch nicht alles umsonst gewesen.

Selbst jetzt aber durfte sie nicht von jenen Monaten mit dem Kind in ihrem Leib sprechen, ja nicht einmal daran denken! Ein Kind, dessen Vater starb, bevor es zur Welt kam, war wie das Kind eines Dämons. Selbst jetzt noch war sie wie gelähmt von einer schrecklichen, abergläubischen Angst, selbst jetzt noch, nach dreizehn Jahren, stiegen ihr hinter den geschlossenen Lidern Tränen in die Augen. Sie weinte um sich, wie sie damals gewesen war, und um das ungeborene Kind. Nicht aber um ihren toten Ehemann. Das konnte Octavia weder wissen noch jemals verstehen.

Und dann das Beschämendste: Nur ein Jahr nach dem Tod ihres Mannes, nur sechs Monate nach der Geburt von Vincent, dem Sohn des Toten, hatte sie, eine erwachsene Frau, zum erstenmal Leidenschaft für einen Mann empfunden – für den Mann, der ihr zweiter Ehemann werden sollte. Es war Liebe. Nicht die unschuldige Liebe von Priestern und jungen Mädchen; nicht das Gefühl, das den Helden in Liebesgeschichten entgegengebracht wird, die man auch jungen Mädchen erzählen kann. Nein, diese Liebe war das Wort für das brennende Fleisch, die heißen Lenden, die fiebernden Augen und Wangen. Diese Liebe war das Gefühl geschwollenen, feucht-gedunsenen Fleisches. Ah, welch ein Wahnsinn, welch eine Torheit für eine Mutter von drei Kindern! Dem Herrgott im Himmel sei Dank, daß sie jetzt darüber hinaus war!

Und wofür? Frank Corbo war fünfunddreißig, niemals verheiratet gewesen; er war schlank, drahtig, mit blauen Augen. Man fand es seltsam, daß er in seinem Alter noch nicht verheiratet war, man fand seine Zurückhaltung seltsam, seine Schweigsamkeit und seinen einsamen Stolz – diesen Stolz, der so lächerlich ist bei jenen, die der Gesellschaft und dem Schicksal hilflos gegenüberstehen. Die Nachbarn, auf der Suche nach einem Lebensgefährten für die Witwe und einem Ernährer für vier hungrige Mäuler, glaubten ihn zu jeder Torheit fähig und hielten ihn für einen geeigneten Bewerber. Er hatte einen festen Platz in der Frühschicht der Bahnstreckenarbeiter und somit genügend Zeit, Lucia Santa am Nachmittag den Hof zu machen. Einen Skandal würde es also nicht geben.

Und so brachten die Nachbarn die beiden zusammen – aus Menschenfreundlichkeit, aber auch aus einem gewissen Selbsterhaltungstrieb. Und guten Gewissens, denn für beide würde es ein günstiger Handel sein.

Frank Corbo freite um die Witwe in einer erstaunlich jugendlichen und unschuldigen Form. Bis jetzt hatte er nur das hastige, kalte Fleisch der Huren kennengelernt; ins Ehebett würde er unverbraucht, voll Liebe und mit dem Eifer eines ganz jungen Mannes kommen. Er umwarb die Mutter der drei Kinder, als sei sie ein junges Mädchen, und machte sich in den Augen der Welt damit nur noch lächerlicher. Er besuchte sie immer am Spätnachmittag, wenn sie vor dem Haus auf der Straße saß und ihre spielenden oder schlafenden Kinder hütete. Gelegentlich aß er mit der Familie zu Abend und verabschiedete sich, ehe die Kinder zu Bett gebracht wurden. Schließlich fragte er Lucia Santa eines Tages, ob sie ihn heiraten wolle.

Sie warf ihm einen hochmütigen Blick zu, behandelte ihn wie einen kleinen Jungen. «Schämst du dich nicht, mich so etwas zu fragen, während der Sohn meines ersten Mannes noch im Kinderwagen liegt?» gab sie zurück. Und sah zum erstenmal diesen dunklen, haßerfüllten Blick. Er stammelte, daß er ihre Kinder ebenso liebe wie sie. Daß er ihr für die Kinder Geld geben werde, auch wenn sie ihn nicht heiraten wolle. Tatsächlich verdiente er gut bei der Bahn und brachte den Kindern jedesmal Eis und Spielsachen mit. Auch hatte er ihr manchmal Geld gegeben, damit sie den Kindern Kleidung kaufen konnte. Zuerst hatte sie sich geweigert, es anzunehmen, doch er war sehr böse geworden und hatte gesagt: «Was ist? Willst du nicht, daß ich dein guter Freund bleibe? Glaubst du, daß ich wie die anderen Männer bin? Ich mache mir nichts aus dem Geld ...» Er hatte Miene gemacht, die schmutzigen grünen Scheine zu zerreißen. Aus irgendeinem Grund hatte ihr das die Tränen in die Augen getrieben. Sie hatte das Geld von ihm genommen, und er hatte sich nie auf seine Geschenke berufen. Im Gegenteil, sie war es gewesen, die schließlich Ungeduld zeigte.

Eines Tages dann, im Frühling, kam Frank Corbo auf ihre Einladung zum sonntäglichen Mittagessen, für italienische Familien das wichtigste Festmahl der Woche. Er brachte eine Gallone des herben, hausgekelterten Italienerweines und eine Schachtel Sahnegebäck mit, *gnole* und *soffiati*. Er hatte sich mit Hemd, Krawatte und einem Anzug mit vielen Knöpfen herausstaffiert. Bei Tisch saß er zwischen den Kindern: scheu, unbeholfen und noch verschüchterter als sie.

Die Spaghetti schwammen in Lucia Santas köstlichster Tomatensauce, die Fleischklößchen waren herrlich rund, mit Knoblauch und Petersilie gewürzt, dazu gab es dunkelgrünen Kopfsalat mit Olivenöl und rotem Weinessig und anschließend Walnüsse zum Wein. Alles schmeckte kräftig nach Kräutern, Knoblauch und scharfem schwarzem Pfeffer. Sie stopften sich mit allem voll. Dann liefen die Kinder zum Spielen auf die Straße. Um einen Skandal zu vermeiden, hätte Lucia Santa sie in der Wohnung behalten sollen, aber sie tat es nicht.

Und so besiegelten sie an diesem goldenen Nachmittag, während das Sonnenlicht in die Wohnung flutete – und die Augen des armen kleinen Vincenzo von einem geschickt placierten Kopfkissen geschützt wurden –, auf der Wohnzimmercouch ihr Schicksal, die Mutter höchstens ein wenig abgelenkt von den Stimmen ihrer Kinder, die süß von der Straße heraufklangen.

O Wonne, Wonne, diese Kostprobe der Liebe! Nach so langer Enthaltsamkeit war der animalische Geruch ein Aphrodisiakum, eine Glocke, die kommende Freuden einläutete. Selbst jetzt, nach so vielen Jahren noch, war die Erinnerung frisch. Und in diesem Liebesakt war sie die Überlegene gewesen.

Der Mann, so hart, so stark der Welt gegenüber, hatte an ihrer Brust geweint, und sie hatte im schnell schwindenden Sonnenlicht begriffen, daß er in den ganzen fünfunddreißig Jahren seines Lebens nie wirkliche Zärtlichkeit empfangen hatte. Doch das war zuviel für ihn. Danach war er ein ganz anderer geworden. Er hatte die Liebe zu spät gefunden, und er verachtete sich wegen seiner Schwäche. Um jenes einen Nachmittags willen jedoch vergab sie ihm vieles, wenn auch nicht alles; sie hegte Gefühle für ihn, die sie ihrem ersten Mann niemals entgegengebracht hatte.

Es gab kaum Schwierigkeiten – bis Franks erstes Kind, Gino, geboren wurde. Franks Vaterliebe war wie ein Krebsgeschwür: sie erstickte seine Liebe zu Frau und Stiefkindern und machte ihn böse.

Aber im ersten Jahr ihrer Ehe erzählte er ihr, aus dem Vertrauen der Liebe heraus, von seiner Kindheit in Italien. Als Sohn eines armen Pachtbauern hatte er häufig Hunger, häufig Kälte leiden müssen; doch was er niemals vergessen konnte, das war die Tatsache, daß seine Eltern ihn zwangen, abgelegte Schuhe zu tragen, die ihm zu klein waren. Seine Füße waren entsetzlich deformiert, als sei jeder Knochen einzeln gebrochen und dann wieder mit den anderen zu einem grotesken Klumpen zusammengefügt worden. Er zeigte ihr seine Füße, als wolle er sagen: «Ich verberge dir nichts; niemand zwingt dich, einen Mann mit solchen Füßen zu heiraten.» Sie hatte gelacht. Aber sie lachte nicht mehr, als sie erfuhr, daß er sich nur noch Zwanzigdollarschuhe kaufte, Schuhe aus wunderschönem, braunkörnigem Leder. Die Tat eines wahrhaft Wahnsinnigen!

Seine Eltern waren eine Seltenheit in Italien: trunksüchtige Bauern. Sie überließen es ihm, die Arbeit zu tun und ihnen Brot zu verschaffen. Als er sich in ein junges Mädchen im Dorf verliebte, verboten sie ihm die Heirat. Er lief davon und versteckte sich eine Woche im Wald. Als man ihn fand, war er fast nur noch ein Tier. Er stand unter Schock und wurde in eine Heilanstalt für Geisteskranke eingewiesen. Nach wenigen Monaten wurde er wieder entlassen, weigerte sich aber, nach Hause zurückzukehren. Statt dessen emigrierte er nach Amerika, wo er in der Stadt mit der größten Bevölkerungsdichte der Welt ein Leben maximaler Einsamkeit führte.

Er hielt sich gut; er wurde nicht wieder krank. Das einsame Leben und die harte Arbeit machten ihn sicherer. Solange er sich nicht an andere Menschen gefühlsmäßig gebunden fühlte, war er in Sicherheit, so wie ein unbeweglicher Gegenstand vor den Gefahren der Bewegung relativ sicher ist. Doch diese Liebe, die ihn ins Leben zurückholte, holte ihn gleichzeitig auch in die Gefahr zurück, und dieses Bewußtsein, eigentlich eher instinktiv empfunden als mit dem Verstand erkannt, dieses Bewußtsein war es wohl auch, das ihn an jenem Sonntagnachmittag zum Schwächeren machte.

Jetzt, nach zwölf Jahren des Zusammenlebens, war Lucia Santas Mann seiner Frau gegenüber ebenso verschlossen, wie er es anderen gegenüber immer gewesen war.

Jemand war zur Wohnungstür hereingekommen. Jemand machte sich in der Küche zu schaffen. Aber die Schritte entfernten sich wieder, entfernten sich die Treppe hinab. Aus einem geheimnisvollen Grund, der nur ihm selber bekannt war, kehrte ihr Mann auf die Straße zurück.

Nacht. Nacht. Sie wollte ihren Mann neben sich im Bett haben. Sie wollte ihren ältesten Sohn in der Wohnung haben. Sie wollte, daß alle schliefen, in dieser schützenden Mietshausburg, vier Stockwerke über der Erde, durch Stein, Beton und Eisen von der Welt abgeschirmt. Sie wollte, daß alle schliefen, im Dunkeln schliefen, in sicherer Hut vor dem Leben, damit sie nicht länger zu wachen brauchte, sondern sich ins Vergessen sinken lassen konnte.

Sie seufzte. Es half alles nichts. Morgen mußte sie sich Frank vornehmen und ihn überreden, daß er seinen Hausmeisterjob behielt. Sie mußte die Angelegenheit Le Cinglata klären, sich um die Kleider der Kinder kümmern, und auch um den Herd, da sie Schmierseife kochen wollte. Sie lauschte auf den Atem der schlafenden Kinder: Lena bei ihr im Bett, die drei Jungen in dem Zimmer, das von dem ihren nur durch einen Bogen getrennt war, Octavia in ihrem eigenen Schlafzimmer, dessen Tür zum Durchlüften offenstand. Sie glich ihren Atem dem großen Steigen und Fallen der Seufzer an, und dann schlief sie ein.

Octavia legte sich auf ihr schmales Bett. Als Nachthemd trug sie einen kunstseidenen Unterrock. Das Zimmer war zu klein für mehr Möbel als einen winzigen Tisch und einen Stuhl, aber sie hatte wenigstens eine Tür, die sie zumachen konnte.

Es war zu heiß, und sie war zu jung zum Schlafen. Sie träumte. Sie träumte von ihrem leiblichen Vater.

Oh, wie sie ihn geliebt hatte, und wie böse sie damals war, weil er so unachtsam gewesen und gestorben war, weil er sie allein gelassen hatte, allein und ohne einen Menschen zum Liebhaben! Jeden Abend war sie ihm bis vor das Haus entgegengelaufen und hatte ihn auf die schmutzige, bärtige Wange geküßt, deren schwarze Stoppeln so stachelig waren, daß sie ihre Lippen wund machten. Sie trug seinen leeren Lunchbehälter hinauf, und manchmal bettelte sie ihm den gefährlichen Stahlhaken der Schauerleute ab.

Und dann, in der Wohnung, deckte sie ihm den Platz zum Essen, gab ihm voll Fürsorglichkeit die Gabel mit den geradesten Zinken, das schärfste Messer und das kleine Weinglas, das sie polierte, bis es funkelte wie ein Brillant. Sie wieselte um ihn herum, bis die gereizte Lucia Santa sie verscheuchte, damit sie endlich das Essen auftragen konnte. Larry, auf seinem hohen Kinderstühlchen, konnte nicht stören.

Selbst jetzt, nach so vielen Jahren, während sie dalag und auf den Schlaf wartete, waren ihre Gedanken wie ein Schrei: «Warum hast du nicht besser aufgepaßt!» Machte sie ihm seinen sündhaften Tod zum Vorwurf – ein kleines Echo ihrer Mutter, die manchmal sagte: «Er hat nicht auf seine Familie achtgegeben. Er hat nicht auf sein Geld achtgegeben. Er hat nicht einmal auf sein eigenes Leben achtgegeben. Er ist in jeder Beziehung achtlos gewesen.»

Der Tod des Vaters hatte ihnen den mageren, blauäugigen Fremden mit dem schiefen, unregelmäßigen Gesicht beschert. Den zweiten Mann, den Stiefvater. Als Kind schon hatte sie ihn nicht gemocht, hatte seine Geschenke nur widerwillig akzeptiert, hatte mit Larry an der Hand dagestanden, sich hinter der Mutter versteckt, bis er sie geduldig hervorholte. Einmal hatte er eine liebevolle Geste gemacht, und sie war wie ein Tier vor seiner Hand zurückgezuckt. Bis seine eigenen Kinder kamen, war Larry sein Liebling gewesen. Vincent hatte er aus irgendeinem Grund nie gemocht, dieser widerwärtige Kerl – so verhaßt, so verhaßt!

Aber selbst jetzt konnte sie ihrer Mutter nicht übelnehmen, daß sie ihn geheiratet hatte, konnte sie ihre Mutter nicht dafür hassen, daß sie ihnen allen so großen Kummer bereitet hatte. Sie wußte, warum die Mutter diesen bösen Mann geheiratet hatte. Sie wußte, warum ...

Es war wohl die schlimmste Zeit im Leben Lucia Santas gewesen, und an einem großen Teil des Elends, das auf den Tod ihres Mannes folgte, trugen die Freunde, Verwandten und Nachbarn die Schuld.

Sie hatten, jeder einzelne, Lucia Santa zu überreden versucht, Vincent, den Neugeborenen, der reichen Cousine Filomena aus New Jersey zu überlassen. «Welch eine Freude für das kinderlose Ehepaar! Und Filomena, der kannst du vertrauen, deiner eigenen Cousine aus Italien! Das Kind wäre in besten Händen. Und sicherlich wäre der Mann der reichen Filomena bereit, die Patenschaft zu übernehmen und die Zukunft des Kindes zu sichern.» Wie fürsorglich sie gesprochen hatten, wie liebevoll! «Und du, Lucia Santa ... Wir machen uns alle Sorgen um dich. Wie dünn du bist! Hast dich noch immer nicht von der Geburt erholt. Betrauerst noch immer deinen geliebten Mann und wirst von den Anwälten wegen der Entschädigung in Stücke gerissen. Du brauchst Ruhe. Gönne dir etwas Gutes, um deiner Kinder willen. Was, wenn du sterben müßtest?» Oh, keine Drohung war ihnen zuviel. «Deine Kinder würden verkommen oder in ein Heim gesteckt. Zu ihren Großeltern nach Italien kann man sie nicht schicken. Bring dein Leben nicht in Gefahr, es ist der einzige Schutz für deine Kinder!» Und so ging es weiter und immer weiter. Und das Kind würde sicher in ein paar Monaten zurückkommen können, ach was, in einem Monat, vielleicht sogar in ein paar Wochen schon. Wer weiß? Und Filomena würde sie jeden Sonntag besuchen, ihr Mann fuhr einen *Ford A*. Sie würden sie in ihr schönes Haus in Jersey holen, damit sie den kleinen Vincenzo sehen konnte. Ein hochgeachteter Gast würde sie ihnen sein. Und ihre anderen Kinder hatten dadurch Gelegenheit, einen Tag auf dem Land zu verbringen, in der frischen Luft. *La la la la.*

Ja. Wie konnte sie ihnen das abschlagen, oder sich selber, oder den Kindern? Sogar Zia Louche nickte zustimmend mit dem Kopf.

Nur die kleine Octavia begann zu weinen und sagte immer und immer wieder voll kindlicher Verzweiflung: «Sie werden ihn uns bestimmt nicht zurückgeben!» Alle lachten über ihre Angst. Die Mutter lächelte und strich Octavia über die kurzen, schwarzen Locken. Sie schämte sich selber jetzt ihrer anfänglichen Zweifel.

«Nur bis ich ganz gesund bin», tröstete sie die Kleine. «Dann holen wir unseren Vincenzo wieder nach Hause.»

Später konnte die Mutter nicht begreifen, wie sie es hatte zulassen können, daß man ihr das Kind wegnahm. Gewiß, vom Schock über den Tod ihres Mannes und einer Ungeschicklichkeit der Hebamme bei Vincents Geburt hatte sie eine körperliche Schwäche zurückbehalten. Doch das war in ihren eigenen Augen keine Entschuldigung. Was sie getan hatte, war so beschämend, machte sie vor sich selbst so verächtlich, daß sie sich fortan bei jeder schweren Entscheidung an diese Tat erinnerte, nur um auf keinen Fall wieder feige zu sein.

Und so wurde der kleine Vincent fortgebracht. Eines Tages, zur Mittagszeit, als Octavia noch in der Schule war, erschien die fremde Tante Filomena, und als Octavia später nach Hause kam, war das Körbchen des Babys leer.

Sie hatte geweint und geschrien. Lucia Santa aber hatte ihr – eins links, zwei rechts – ein paar schöne, kräftige Ohrfeigen versetzt, daß der Kleinen der Schädel dröhnte, und dazu gesagt: «Damit du auch einen Grund zum Weinen hast!» Ihre Mutter war also froh, das Baby losgeworden zu sein. Octavia haßte sie. Sie war böse – böse wie eine Stiefmutter!

Doch dann kam der schreckliche, der schöne Tag, der wieder Liebe und Vertrauen zur Mutter in ihr weckte. Nur einen Teil davon hatte sie als kleines Mädchen selbst miterlebt, doch die Geschichte wurde so oft erzählt, daß es Octavia heute schien, als sei sie von Anfang bis Ende dabeigewesen. Denn selbstverständlich wurde diese Geschichte erzählt, wurde sogar zur Familienlegende, die man bei allen abendlichen

Gesprächen, bei Tisch an Festtagen, bei Walnüssen und Wein erwähnte.

Nach einer Woche schon ging es los mit den Sorgen. An jenem ersten Sonntag nämlich erschien Filomena nicht, und es kam auch kein Auto, um Lucia Santa zu ihrem Söhnchen zu bringen. Lediglich eine telephonische Nachricht wurde vom Süßwarengeschäft ausgerichtet: Filomena werde erst eine Woche später kommen; um jedoch ihren guten Willen und ihr Bedauern zu beweisen, werde sie ihnen eine Postanweisung über fünf Dollar schicken – als kleine Versöhnungsgabe.

Den ganzen trüben Sonntag hindurch brütete Lucia Santa vor sich hin. Dann suchte sie Rat bei den Nachbarn im Stockwerk unter ihnen. Die Leute beruhigten sie, baten sie, sich ihre dummen Gedanken aus dem Kopf zu schlagen. Je weiter aber der Tag fortschritt, desto bedrückter wurde sie.

Am Montagmorgen, sehr früh, sagte sie zu Octavia: «Lauf! Geh zur 31st Street und hol Zia Louche.» Octavia jammerte: «Aber dann komm ich zu spät in die Schule!» Die Mutter erwiderte: «Du wirst heute gar nicht in deine geliebte Schule gehen.» Sie sagte es so drohend, daß das Kind erschrocken aus dem Haus floh.

Zia Louche kam, einen Schal um den Hals, in eine blaue Wolljacke gehüllt, die ihr bis zu den Knien reichte. Lucia Santa servierte den obligaten Kaffee und sagte dann: «Zia Louche, ich werde den Kleinen besuchen gehen. Kümmern Sie sich inzwischen um Octavia und Lorenzo. Bitte tun Sie mir den Gefallen.» Sie hielt inne. «Filomena ist gestern nicht gekommen. Meinen Sie, daß ich hinfahren soll?»

In späteren Jahren behauptete Lucia Santa immer, daß sie an jenem Tag nicht gefahren wäre, wenn Zia Louche ihr nicht den Rücken gestärkt hätte, und daß sie der Alten wegen ihrer aufrichtigen Antwort ewig dankbar sein müsse. Denn Zia Louche begann wie eine reumütige Hexe mit dem Kopf zu nicken und sagte: «Ich habe Ihnen einen schlechten Rat gegeben, Signora. Die Leute sagen Dinge, die mir gar nicht gefallen.» Lucia Santa bat, ihr nichts zu verschweigen, doch Zia Louche wollte ihr nichts weiter verraten, weil alles nur Klatsch sei, den man vor einer besorgten Mutter nicht wiederholen könne. Doch eines solle man nicht übersehen: das Versprechen, fünf Dollar zu schicken. Die Armen taten gut daran, einer solchen Karitas zu mißtrauen. Am besten, sie würde hinfahren, damit sie alle beruhigt wären.

Im hellen Winterlicht marschierte die Mutter zur Weehawken-Fähre an der 42nd Street und fuhr zum erstenmal seit ihrer Ankunft aus Italien wieder übers Wasser. In Jersey stieg sie in eine Straßenbahn, wies ihren Zettel mit der Adresse vor und wanderte dann viele Häuserblocks weit, bis eine freundliche Frau sie bei der Hand nahm und zu Filomenas Haus führte.

Ah, was für ein hübsches Haus das doch war, in dem diese Teufelin wohnte! Es hatte ein spitzes Dach, wie man es in Italien nicht kannte, und sah aus, als wäre es ein Spielzeug und nicht für erwachsene Menschen gedacht. Es war weiß und adrett, mit blauen Fensterläden und einer geschlossenen Veranda. Lucia Santa war eingeschüchtert. So wohlhabende Leute würden doch eine arme Frau wie sie niemals betrügen! Für den Bruch des Sonntagsversprechens konnte es viele Erklärungen geben. Trotzdem klopfte sie an die Seitenwand der Veranda. Dann ging sie durch die Tür mit dem Fliegengitter und klopfte an die Haustür selber. Sie klopfte und klopfte.

Die Stille war beängstigend: als wäre das Haus völlig verlassen. Lucia Santa wurde ganz schwach vor Angst. In diesem Augenblick begann drinnen im Haus ihr Baby zu weinen, und plötzlich schämte sie sich ihres schrecklichen, albernen Verdachts. Geduld. Aber das Weinen des Säuglings steigerte sich bis zum Angstschrei. Sie wußte nicht mehr, was sie tat. Sie stieß die Tür auf, stürzte ins Haus und rannte die Treppe hinauf, immer dem Schreien nach, bis sie in ein Schlafzimmer kam.

Wie hübsch dieses Zimmer war! Das hübscheste Zimmer, das ihr Vincenzo jemals besitzen würde. Alles in Blau: blaue Vorhänge, ein blaues Bettchen und auf einer kleinen blauen Kommode ein weißes, ledernes Spielzeugpferd. Und in diesem schönen Zimmer lag ihr Sohn in seiner Pisse. Niemand, der ihm die Windeln wechselte, niemand, der auf sein angstvolles Schreien kam und ihn beruhigte.

Lucia Santa nahm ihn auf den Arm. Als sie das kleine, warme Wesen spürte, durchnäßt vom Urin, als sie das runzlige, rosige Gesicht und das pechschwarze Babyhaar sah, stieg eine wilde, jubilierende Freude in ihr auf, war sie auf einmal überzeugt, daß nur der Tod ihr dieses Kind entreißen konnte. Mit einem dumpfen, animalischen Zorn sah sie sich in dem hübschen Zimmer um und fand überall Zeichen der Permanenz. Sie zog eine Kommodenschublade auf, entdeckte Babysachen, und gerade als sie den Säugling trockenlegte, kam Filomena hereingeplatzt.

Das Drama, das sich nun abspielte! Lucia Santa warf der anderen Herzlosigkeit vor. Ein Baby allein zu lassen! Filomena protestierte. Sie war nur eben hinübergegangen, um ihrem Mann beim Öffnen des Lebensmittelgeschäftes behilflich zu sein. Fünfzehn Minuten nur war sie fort gewesen – ach was, zehn! Was für ein unglückseliger Zufall! Aber hatte nicht Lucia Santa das Kind auch manchmal allein gelassen?

Arme Leute konnten nicht so viel Sorgfalt verwenden, wie sie es gerne täten (wie verächtlich Lucia Santa lachte, als Filomena sich zu den Armen zählte!); sie mußten ihre Kinder schreien lassen.

Die Mutter war keinem Vernunftgrund zugänglich, war blind vor hilflosem, quälendem Zorn und konnte ihren Gefühlen nicht Ausdruck verleihen. Wenn so ein Kind zu Hause schrie, dann war es sein eigen Fleisch und Blut, das schließlich zu Hilfe kam. Doch was sollte ein Baby denken, wenn es allein gelassen wurde und dann ein fremdes Gesicht auftauchte? Statt dessen sagte Lucia Santa: «Nein, dies zeigt, daß du dir keine Mühe gibst, weil es nicht dein eigen Fleisch und Blut ist. Geh du nur hin und hilf im Geschäft. Ich werde mein Kind mit nach Hause nehmen.»

Filomena verlor die Beherrschung. Drachen, der sie war, zeterte sie: «Und was ist mit unserer Abmachung? Wie stehe ich vor meinen Freunden da, wenn es aussieht, als könne man mir kein Kind anvertrauen? Und was ist mit den vielen Sachen, die ich gekauft habe? Soll denn das ganze Geld zum Fenster hinausgeworfen sein?» Dann, listig: «Wir wissen doch beide, daß mehr gemeint war, als gesagt wurde.»

«Wie? Was?» verlangte Lucia Santa zu wissen. Und dann kam alles heraus.

Es hatte eine grausame Verschwörung gegeben – um ihr etwas Gutes zu tun. Die Nachbarn hatten Filomena alle versichert, die hilflose Witwe, die doch gezwungen war, für ihre Kinder das Brot zu verdienen, werde mit der Zeit alle Ansprüche auf ihren kleinen Sohn aufgeben und dulden, daß Filomena das Kind adoptierte. Sie sprachen es zwar nicht offen aus, aber sie ließen durchblicken, daß Lucia Santa sogar auf einen so glücklichen Ausweg hoffe. Natürlich durfte man das nicht direkt sagen. Man mußte auf ihre Gefühle Rücksicht nehmen. Lucia Santa unterbrach Filomena mit wildem Gelächter.

Jetzt versuchte es Filomena mit einer anderen Musik. Sieh doch die neuen Babysachen, sieh doch das hübsche Zimmer! Er würde unser einziges Kind bleiben. Er würde alles haben, eine glückliche Kindheit, die Universität, er könnte Rechtsanwalt werden, Arzt, sogar Professor. Dinge, die Lucia Santa ihm niemals geben könnte. Wer war sie denn schon? Sie hatte kein Geld. Sie würde sich ihr Leben lang demütigen müssen, wenn sie ihr Brot essen wollte.

Lucia Santa hörte verblüfft und erschrocken zu. Als Filomena dann sagte: «Komm, du kannst dir doch vorstellen, warum ich dir jede Woche Geld schicken wollte», bog sie den Kopf zurück wie eine Schlange und spie der anderen ins Gesicht. Dann lief sie, das Kind auf dem Arm, zum Haus hinaus. Filomena folgte ihr bis vor die Tür und schimpfte laut hinter ihr her.

Das war das Ende der Geschichte – wenigstens wie man sie erzählte, heute natürlich lachend erzählte. Octavia jedoch erinnerte sich am deutlichsten an den Teil, der niemals erwähnt wurde: wie ihre Mutter, den kleinen Vincent im Arm, nach Hause gekommen war.

Als sie die Wohnung betrat, fieberte sie vor Kälte, ihren Mantel hatte sie um das schlafende Kind gewickelt, ihre Haut war dunkel vor Zorn, Wut und Verzweiflung. Sie zitterte. Zia Louche sagte: «Kommen Sie. Der Kaffee wartet schon. Setzen Sie sich. Octavia, die Tassen!»

Der kleine Vincent begann zu schreien. Lucia Santa versuchte ihn zu beruhigen, doch sein Geschrei wurde nur immer lauter. Die Mutter, rasend vor Schuldbewußtsein, machte eine dramatische Geste: als wolle sie das Kind von sich schleudern. Dann sagte sie zu Zia Louche: «Hier, nehmen Sie ihn.» Und die Alte begann mit ihrer brüchigen Stimme tröstend auf das Kind einzureden.

Die Mutter saß am runden Küchentisch. Sie barg das Gesicht in den Händen. Als Octavia mit den Tassen kam, sagte sie, ohne den Kopf zu heben: «Sehen Sie? Ein kleines Mädchen kennt die Wahrheit, und wir lachen es aus.» Mit Fingern voll Haß, die dem zarten Fleisch Schmerzen zufügten, streichelte sie ihre Tochter. «Von nun an hört alle auf die Kinder. Wir Alten sind doch nur Tiere. Tiere!»

«Ach was!» antwortete Zia Louche. «Hier, Kaffee. Heißer Kaffee. Beruhigen Sie sich.» Das Baby schrie immer noch.

Die Mutter saß ganz still. Octavia sah, daß ihr ein furchtbarer Zorn auf die Welt, auf das Schicksal die Zunge lähmte. Lucia Santas fahle Haut dunkelte, sie preßte die Finger auf die Augen, um ihre Tränen zurückzuhalten.

Zia Louche war zu verängstigt, um mit der Mutter zu sprechen, und sprach dafür mit dem Kind. «Komm, wein du nur», sagte sie. «Ah, wie gut das tut! Wie leicht das ist, nicht wahr? Du hast recht. Ah, so ist es schön. Lauter! Noch lauter!» Doch da verstummte das Kind und begann über das zahnlose, runzlige Gesicht, das die andere Seite der Zeit spiegelte, zu lachen.

Die Alte rief mit gespielter Enttäuschung: «Wie? Schon genug? Komm, wein doch weiter!» Sie schüttelte das Baby ein wenig, doch Vincent lachte. Sein zahnloses Grinsen war eine Parodie ihres eigenen.

Dann sagte die Alte langsam, in mitleidig-traurigem, singendem Ton: «*Miserabile, miserabile!* Dein Vater mußte sterben, bevor du geboren warst.»

Bei diesen Worten brach die Selbstbeherrschung der Mutter zusammen. Tief drückte sie ihre Nägel ins Fleisch ihrer Wangen, und ihre strömenden Tränen vermischten sich mit dem Blut der zwei langen Kratzer, die sich durch ihr Gesicht zogen. Die Alte flötete: «Kommen Sie, Lucia, trinken Sie ein Schlückchen Kaffee!» Doch sie erhielt keine Antwort. Erst sehr viel später hob die Mutter den dunklen Kopf. Sie reckte den schwarzbekleideten Arm zur fleckigen Zimmerdecke empor und sagte mit todernster, von Haß und Bosheit erfüllter Stimme: «Gott, ich verfluche dich!»

In diesem Augenblick voll satanischem Stolz liebte Octavia ihre Mutter. Doch sogar jetzt noch, nach so vielen Jahren, dachte sie nur voll Scham an die Szene, die darauf folgte.

Lucia Santa verlor all ihre Würde. Sie fluchte. Zia Louche warnte: «Psst! Beruhigen Sie sich! Vergessen Sie nicht, daß die Kleine Sie hört.» Aber die Mutter stürzte zur Wohnung hinaus, jagte die Treppen hinab und spie den freundlichen Nachbarinnen, die prompt ihre Türen öffneten, wenn sie mit den Fäusten dagegen hämmerte, Obszönitäten ins Gesicht.

Auf italienisch kreischte sie: «Ihr Teufelinnen! Ihr Huren! Ihr Kindesmörderinnen!» Die Treppe hinauf und hinab rannte sie, und ihren Lippen entströmte eine Flut von Schmutz, Ausdrücke, von denen sie selber nicht gewußt hatte, daß sie sie kannte. Sie schrie den nicht sichtbaren Zuhörern zu, sie fräßen die Eingeweide ihrer Eltern, begingen weit schändlichere Taten als ein Tier. Sie raste. Zia Louche drückte Octavia den kleinen Vincent in die Arme und lief die Treppe hinab. Sie packte Lucia Santa bei ihrem langen, schwarzen Haar und zerrte sie daran in die Wohnung zurück. Und wenngleich die jüngere Frau viel stärker war, ließ sie es doch unter Schmerzensgeschrei geschehen und brach dann haltlos am Tisch zusammen.

Bald jedoch akzeptierte sie einen Schluck Kaffee; bald beruhigte sie sich und nahm sich zusammen. Es gab zu viel zu tun. Sie streichelte Octavia und murmelte: «Aber wie konntest du es wissen? Wie kann ein Kind wie du von so viel Schlechtigkeit wissen?»

Trotz allem jedoch lachte die Mutter nur, als Octavia sie später bat, nicht wieder zu heiraten, und noch hinzufügte: «Weißt du nicht mehr? Als ich damals sagte, daß Filomena unseren Vinnie stehlen wollte, habe ich auch recht gehabt.» Gleich darauf aber hörte die Mutter auf zu lachen und sagte: «Hab keine Angst. Ich bin deine Mutter. Niemand kann meinen Kindern Böses zufügen – niemals, solange ich lebe.»

Die Mutter hielt die Waagschalen von Macht und Gerechtigkeit in der Hand; niemand und nichts konnte ihre Familie zerstören. Und so schlief Octavia, sich unverletzlich und sicher fühlend, beruhigt ein.

Das letzte Bild, das sie vor dem Einschlafen sah: die Mutter, wie sie, den kleinen Vincent auf dem Arm, von Filomena zurückkehrte – rasend, triumphierend und dennoch voll schuldbewußter Scham, weil sie ihn sich hatte wegnehmen lassen.

Larry Angeluzzi (nur seine Mutter nannte ihn Lorenzo) hielt sich mit seinen siebzehn Jahren für einen erwachsenen Mann. Und das zu Recht. Denn er hatte breite Schultern, war mittelgroß und hatte kräftige, muskulöse Unterarme.

Mit dreizehn Jahren hatte er die Schule aufgegeben, um für die West Side Wet Wash einen Pferdewagen zu kutschieren. Man übertrug ihm die volle Verantwortung für das Kassieren des Geldes, die Pflege des Pferdes sowie die Sorge um die Zufriedenheit der Kunden. Ohne außer Atem zu geraten, trug er schwere Wäschesäcke vier Treppen hinauf. Alle hielten ihn für mindestens sechzehn. Und die verheirateten Frauen, deren Ehemänner schon zur Arbeit gegangen waren, hatten ihre helle Freude an ihm.

Bei einer dieser Auslieferungstouren verlor er seine Unschuld – fröhlich, gutwillig, freundlich wie immer und ohne sich viel dabei zu denken; so etwas gehörte eben zu seinem Job wie das Schmieren der Wagenräder: halb Pflicht, halb Vergnügen, denn diese Frauen waren nicht jung.

Der Job als Dummy Boy, bei dem er zu Pferde den Frachtzug durch die Straßen der Stadt geleiten mußte, entsprach seinem Sinn für Heldentum; außerdem war die Bezahlung gut, die Arbeit leicht und eine Beförderung zum Bremser oder Weichensteller nicht ausgeschlossen – beides ausgezeichnete Lebensstellungen. Larry war ehrgeizig; er wollte ein Boß werden.

Schon jetzt besaß er den reifen Charme eines geborenen Ladykillers. Perlweiß blitzten seine Zähne, wenn er lächelte. Er hatte kräftige, schwere, gleichmäßige Züge, pechschwarzes Haar und lange, schwarze Brauen und Wimpern. Dazu besaß er ein einnehmendes Wesen und war überzeugt, daß alle nur gut von ihm dachten.

Als braver Sohn gab er der Mutter jedesmal seinen gesamten Lohn. Gewiß, inzwischen behielt er immer ein bißchen für sich zurück, um es auf die hohe Kante zu legen; denn schließlich war er jetzt siebzehn Jahre alt. Er war nicht eitel, aber es machte ihm großen Spaß, auf seinem Rappen, die rote Laterne als Warnsignal schwingend, dem langsam rollenden Güterzug voraus durch die Tenth Avenue zu reiten. Dann stieg jedesmal, wenn er unter der Eisenbahnbrücke an der 30th Street hindurchritt und sein eigenes Viertel, sein Heimatdorf, erreichte, eine wilde Freude in ihm auf, und er ließ sein Pferd für die Kinder tänzeln, die auf ihn und die Lokomotive mit der weißen Dampfwolke warteten. Manchmal zügelte er auch sein Pferd am Bordstein, und dann umdrängten ihn die Kinder und bettelten, daß er sie mitreiten ließe – vor allem die kleinen Mädchen. Sein Bruder Gino dagegen betrachtete ihn stets so, wie wohl ein Kunstkenner ein Bild bewundert: nicht aus der Nähe, sondern ein paar Schritte entfernt, mit bewunderndem Blick, einen Fuß vor den anderen gestellt, den Kopf leicht in den Nacken gelegt. Gino betete seinen reitenden Bruder so hingebungsvoll an, daß ihm niemals auch nur ein einziges Wort entschlüpfte.

Doch Larry hatte, obwohl er schwer arbeitete und eine für einen so jungen Mann schwere Verantwortung trug, einen Fehler: er nahm sich zuviel bei den Mädchen heraus. Seine Erfolge bei ihnen fielen ihm in den Schoß. Empörte Mütter kamen mit ihren Töchtern zu Lucia Santa und machten ihr häßliche Szenen, schimpften, er habe die Mädchen nicht zeitig genug nach Hause gebracht, habe ihnen die Ehe versprochen. *La la.* Er war der Romeo des ganzen Viertels, berühmt für seine Eroberungen, und dennoch beliebt auch bei den alten Damen der Avenue. Denn er war respektvoll. Er war genau wie ein junger Mann, der in Italien aufgewachsen war. Auf Grund seiner guten Manieren, genauso natürlich wie seine Liebenswürdigkeit, wurde er zu einem ständigen Nothelfer bei all den zahllosen kleinen Kümmernissen der Armen: Hier lieh er sich einen Lastwagen aus, um jemandem beim Umzug in eine neue Wohnung zu helfen, da besuchte er im Bellevue Hospital eine ältere Tante. Am allerwichtigsten jedoch: er nahm mit echter Hingabe an allen Ereignissen des Gemeinschaftslebens teil – an Hochzeiten, Beerdigungen, Taufen, Totenwachen, Kommunionen und Firmungen, jenen geheiligten Stammesbräuchen, über die die jungen Amerikaner verächtlich lachten. Die alten Frauen der Tenth Avenue priesen ihn in den höchsten Tönen; sie sagten, er wisse immer, welche Dinge wahrhaft wichtig seien. Ja, man hatte ihm sogar eine Ehre angeboten, wie sie in der Erinnerung der Italiener einem so jungen Mann noch nie offeriert worden war. Man hatte ihn gebeten, beim Sohn der Guargios, einer entfernt verwandten Familie, Pate zu stehen. Lucia Santa hatte es verboten. Er sei zu jung für eine so schwere Verantwortung; die Ehre würde ihm restlos den Kopf verdrehen.

Larry hörte Gino schreien: «Brennt die Stadt nieder!», sah ihn rennen, sah die Menschen von den Straßen in den Häusern verschwinden. Im Trab begann er die Avenue hinaufzureiten; sein Ziel war der Stall an der 35th Street. Dann spornte er sein Pferd zum Galopp, hörte den

Wind um seine Ohren sausen, hörte das dröhnende Klappern der Hufe auf dem Pflaster. Der Stallbursche schlief schon, darum versorgte Larry sein Pferd selber. Danach war er frei.

Er ging direkt zum Haus der Le Cinglatas, einen kurzen Block von der 36th Street entfernt. Signora Le Cinglata schenkte in ihrer Küche glasweise Wein und Anisette aus und gab den Kunden, die am meisten tranken, noch ihre Schlagfertigkeit obendrein. Sie hatte nie mehr als fünf bis sechs Kunden auf einmal; es waren fast immer italienische Arbeiter – Junggesellen oder Männer, deren Frauen nicht aus Italien nachgekommen waren.

Mr. Le Cinglata saß eine jener Dreißigtagestrafen ab, die zu seinem Berufsrisiko gehörten. «Ah, die Polizei!» pflegte Signora Le Cinglata bei solchen Gelegenheiten zu sagen. «Sie haben meinen Mann ans Kreuz geschlagen.» Sie war sehr fromm.

Als Larry die Wohnung betrat, fand er nur drei Männer vor. Einer von ihnen, ein dunkler Sizilianer, belästigte die Signora; die Tatsache, daß ihr Mann im Gefängnis saß, verlieh ihm Mut. Er hielt sie am Rock fest, wenn sie vorbeiging, und sang zweideutige italienische Lieder. Sein Verhalten drückte im Grunde nichts anderes aus als die unschuldige Geilheit, die kindliche Bosheit der Primitiven. Larry setzte sich zu den Männern. Es machte ihm Spaß, sich mit den Älteren in seiner Muttersprache zu unterhalten. Freundlich erwiderte er das Begrüßungslächeln der Signora, aber die Selbstverständlichkeit, mit der er sich gleichberechtigt fühlte, empörte den Sizilianer.

Spöttisch, erstaunt zog er die schweren Brauen hoch und rief auf italienisch: «Signora Le Cinglata, werden hier auch Kinder bedient? Muß ich meinen Wein in Gegenwart von Säuglingen trinken?» Die Frau stellte ein Glas Kirschlimonade vor Larry auf den Tisch, und der Sizilianer sah die anderen mit einem abstoßend verschlagenen Blick an. «O Verzeihung!» sagte er übertrieben höflich in seinem gebrochenen Englisch. «Ista Ihr Sohn? Ihra Neeffe? Er beschützta Sie, wenn Ihra Mann ista in seine kleine Versteck? O Verzeihung!» Er lachte brüllend, bis er keine Luft mehr bekam.

Doch die Signora, hübsch, rundlich, energisch, fand es durchaus nicht komisch. «Genug!» befahl sie. «Hör auf, oder such dir ein anderes Lokal zum Trinken. Und bete zu Gott, daß ich meinem Mann nichts von deinem reizenden Benehmen erzähle.»

Auf einmal ernst werdend, erwiderte der Sizilianer: «Danke du Gott, wenn niemand deinem Mann von *deinem* reizenden Benehmen erzählt. Warum versuchst du es nicht mal mit einem Mann anstatt mit einem Kind?» Dabei schlug er sich wie ein Opernsänger auf der Bühne mit den

Fäusten an die Brust.

Signora Le Cinglata, durchaus nicht betreten, sondern nur ungeduldig, sagte kurz: «Lorenzo, wirf ihn hinaus!»

Das war natürlich eine Übertreibung, das wußten alle; ihre Worte bedeuteten weiter nichts, als daß Larry den Mann zum Gehen überreden sollte. Larry wollte auch schon etwas Versöhnliches sagen und sah den anderen lächelnd an. Der Sizilianer jedoch fühlte sich tief in seiner Ehre gekränkt; er stand vom Stuhl auf und brüllte in gebrochenem Englisch: «Du kleine scheißa-amerikanische Arschloch. *Du* willsta *mich* hinauswerfen? Wenn icha tief Luft hole, du bist nichta mehr da!»

Das breite, bärtige Gesicht des Mannes war von Alterslinien durchzogen, und Larry war plötzlich gelähmt vor einer kindischen Angst – als wäre es Vatermord, wenn er diesen Mann schlug. Der Sizilianer baute sich vor ihm auf, und Larry setzte ihm eine wuchtige gerade Rechte in das riesige, dunkle Gesicht. Der Sizilianer brach zusammen. Auf einmal war Larrys Angst wieder verschwunden, und er empfand nur noch Reue und Mitleid für den Gedemütigten.

Denn dieser Mann wußte seine Hände nicht zu gebrauchen und hatte es im Grunde auch gar nicht böse gemeint. Er war auf ihn zugekommen wie ein tolpatschiger Bär, der ein Kind bestrafen will, grotesk, sehr menschlich und ganz ohne Grausamkeit. Larry half ihm auf die Beine, drückte ihn auf einen Stuhl, reichte ihm ein Glas Anisette und murmelte ein paar versöhnliche Worte. Der Mann aber schlug ihm das Glas aus der Hand und ging.

Die Zeit verstrich. Männer kamen, andere gingen. Einige spielten mit einem alten, dreckigen Satz Karten, die die Wirtin zur Verfügung gestellt hatte.

Larry saß, deprimiert von seinem Abenteuer, in einer Ecke. Allmählich jedoch veränderte sich seine Einstellung. Er fühlte sich stolz. Die Leute würden Respekt vor ihm haben, würden wissen, daß er ein Mann war, vor dem man sich hüten mußte, der aber weder gemein noch bösartig war. Er war der Held der Wildwestfilme, ein Ken Maynard, der niemals einen Mann schlug, der schon am Boden lag. Er war müde, aber glücklich, und dann sprach ihn Signora Le Cinglata in ihrer seltsam koketten Art auf italienisch an, und sein Blut erwachte. Die Zeit war gekommen.

Signora Le Cinglata entschuldigte sich, sie müsse eine neue Gallone Wein und eine frische Flasche Anisette holen. Sie ging hinaus, durch alle Räume der langgestreckten, flurlosen Wohnung bis in das Schlafzimmer, wo es eine Tür gab. Larry folgte ihr, leise murmelnd, er wolle ihr helfen, die Flaschen zu tragen – als fürchte er, sie könne über seine jugendliche Anmaßung überrascht oder gar böse sein. Doch als sie hörte, daß er die Tür hinter sich verschloß, bückte sie sich, um aus der langen Reihe an der Wand einen riesigen, purpurroten Gallonenkrug aufzunehmen, und als sie das tat, raffte Larry kurz entschlossen ihren Rock und ihre Unterröcke zusammen. In ihrem voluminösen rosa Schlüpfer mit dem nackten Bauch, drehte sie sich um und protestierte lachend: *«Eh, giovanotto!»* Die dicken Stoffknöpfe ihres Kleides rutschten von selbst aus den Knopflöchern, und sie legte sich rücklings aufs Bett. Weit hingen ihre langen, schlaffen Brüste mit den großen Brustwarzen heraus; den losen Schlüpfer hatte er beiseite gezogen. Nach wenigen, langen, blinden, wilden Stößen war Larry fertig und zündete sich eine Zigarette an. Die Signora knöpfte sich zu – somit wieder ehrbar geworden –, nahm den purpurnen Krug in die eine, die klare, schlanke Anisetteflasche in die andere Hand, und gemeinsam kehrten sie zu den Kunden zurück.

In der Küche schenkte Signora Le Cinglata den Wein aus und berührte die Gläser dabei mit denselben Händen, mit denen sie eben ihn noch liebkost hatte. Für Larry brachte sie ein frisches Glas Kirschlimonade, das er aber nicht trinken mochte. Es ekelte ihn, daß sie sich vorher nicht gewaschen hatte.

Bald machte er sich zum Aufbruch bereit. Signora Le Cinglata folgte ihm bis zur Tür und flüsterte: «Bleib doch, heute nacht!» Er lächelte ihr zu und antwortete flüsternd: «He, meine Mutter würde Fragen stellen!» Wenn er nicht bleiben mochte, spielte er stets die Rolle des hilflosen, gehorsamen Sohnes.

Aber er ging nicht nach Hause. Er bog um die Ecke und kehrte zum Stall zurück. Hier machte er sich aus Stroh und einer Pferdedecke sein Bett und benutzte als Kopfkissen seinen Sattel. Die Unruhe der Pferde in ihren Boxen übte eine beruhigende Wirkung auf ihn aus; die Pferde konnten ihn nicht in seinen Träumen stören.

Während er dalag, stellte er sich, wie so oft in der Nacht, seine Zukunft vor. Er spürte eine große Kraft in sich. Er sah sich, wußte sich als einen zu Ruhm und Erfolg bestimmten Mann. In seiner eigenen Welt war er der stärkste unter den Altersgenossen und der hübscheste und der erfolgreichste bei den Mädchen. Selbst eine erwachsene Frau war seine Sklavin geworden. Und heute hatte er einen erwachsenen Mann niedergeschlagen. Er war erst siebzehn, und in seinem jungen Verstand blieb die Welt immer statisch. Er selbst würde niemals schwächer, die Welt niemals stärker werden.

Er würde Macht erlangen. Er würde seine Familie reich machen. Er träumte von wohlhabenden jungen Amerikanerinnen mit Autos und großen Villen, Mädchen, die ihn heiraten und auch seine Familie ins Herz schließen würden. Morgen, bevor er zur Arbeit mußte, wollte er mit seinem Pferd zum Central Park reiten und über die Reitwege traben.

Er sah sich, ein reiches Mädchen am Arm, die Tenth Avenue entlangspazieren. Alle sahen ihm voll Bewunderung nach. Das Mädchen würde natürlich auch seine Familie lieben. Er war kein Snob. Nie würde es ihm einfallen, auf seine Familie, auf seine Mutter und Schwestern, auf seine Freunde hinabzusehen. Für ihn waren sie alle etwas Besonderes, denn alle waren ein Teil von ihm. Er hatte einen wahrhaft naiven Verstand, und hier, in dem stinkenden Stall, in dem er wie ein Cowboy in einer Prärie aus Stein auf dem Boden schlief, kurz nach seinem doppelten Triumph über einen Mann und eine Frau, hier zweifelte Larry Angeluzzi nicht im geringsten daran, daß eine glückliche Zukunft auf ihn wartete. Er schlief in Frieden ein.

Von der Familie Angeluzzi-Corbo träumten nur die Kinder – Vincent, Gino und Sal, auf ihrem Bett eng ineinander verschlungen – richtige Träume.

3

Am nächsten Morgen, als die aufgehende Augustsonne die letzte Kühle der Nachtluft hinwegbrannte, stand Octavia auf. Sie wusch sich am Küchenspülstein und sah, als sie durch die Reihe der Zimmer zurückkehrte, daß der Platz ihres Stiefvaters im Ehebett leer war. Aber er pflegte immer nur wenig zu schlafen und war ein Frühaufsteher. Das zweite leere Schlafzimmer war ein Beweis dafür, daß sie sich in ihrem Bruder nicht getäuscht hatte: Larry war nicht nach Hause gekommen. Sal und Gino hatten sich bloßgestrampelt; durch ihre verrutschten Unterhosen sah man die Geschlechtsteile. Octavia deckte sie mit dem zerwühlten Bettlaken zu.

Während sie sich für die Arbeit zurechtmachte, überfiel sie die gewohnte Verzweiflung und Mutlosigkeit. Sie erstickte fast an der warmen Sommerluft, am aufdringlich süß-warmen Geruch der schlafenden Körper. Das Morgenlicht hob die billigen, abgenutzten Möbel, die verblaßten Tapeten und das Linoleum mit den dunklen Flecken der durchgetretenen Stellen nur allzu deutlich hervor.

In solchen Augenblicken kam sie sich vor wie eine Verdammte: sie fürchtete, eines warmen Sommermorgens aufzuwachen, so alt wie jetzt ihre Mutter war, in einem Bett, in einer Wohnung wie dieser hier, mit Kindern, die im Elend aufwuchsen, und mit keiner anderen Aussicht als der auf endlose Tage des Wäschewaschens, des Kochens und des Geschirrspülens. Octavia litt. Sie litt, weil das Leben nicht elegant war, weil die Menschen niemals ganz für sich allein sein konnten. Und das alles nur wegen ein paar kurzer, geheimnisvoller Minuten im Ehebett. Sie schüttelte den Kopf, ärgerlich und angstvoll zugleich, denn sie wußte, daß auch sie dieser Gefahr ausgesetzt war, daß auch sie eines Tages in diesem Bett liegen mußte.

Das lockige Haar frisch gekämmt, in einem billigen blau-weißen Kleid, verließ Octavia das Haus und trat hinaus auf den schieferblauen Gehsteig der Tenth Avenue. Über das schon glühheiße Pflaster ging sie zu ihrer Arbeitsstätte, einer Schneiderwerkstatt an der Ecke Seventh Avenue und 36th Street. Sie nahm diesmal den Weg am Haus der Le Cinglatas vorbei, aus reiner Neugier, ob sie dort wohl ihren Bruder sehen würde.

Kurze Zeit später wurde Lucia Santa wach. Ihr erster Gedanke war, daß ihr Mann nicht nach Hause gekommen war. Schnell sah sie im Kleiderschrank nach, doch seine Zwanzigdollarschuhe standen noch da. Also würde er wiederkommen.

Durch das andere Schlafzimmer ging sie zur Küche. *Bravo.* Lorenzo war auch nicht nach Hause gekommen. Lucia Santa sah grimmig drein. Sie machte sich Kaffee und überdachte ihren Tagesplan. Vincenzo trat seine Arbeit beim Bäcker an, gut. Gino mußte ihr bei der Hausmeisterarbeit helfen, gut. Zur Strafe dafür, daß sich sein Vater drückte. Sie ging ins Treppenhaus, holte die Milchflaschen herein und dazu den großen Laib italienischen Brotes, dick wie ihre Schenkel, hoch wie ein Kind. Sie schnitt ein paar kräftige Scheiben ab und bestrich für sich selber eine davon mit Butter. Die Kinder ließ sie vorerst noch schlafen.

Auch dies war eine Tageszeit, die sie sehr liebte: der Morgen noch kühl, die Kinder kurz vor dem Erwachen, alle anderen schon aus dem Haus und sie selber frisch und gestärkt für die Pflichten des Lebens.

«Ché bella insalata» – was für ein wunderschöner Salat! Gerade als die Kinder erwachten, stieg dieser Ruf zu ihnen empor. Flink sprangen sie aus dem Bett, und Gino beugte sich aus dem Fenster. Unten stand der Straßenhändler auf dem Kutschbock seines Wagens und hielt dem

Himmel und den offenen Fenstern mit jeder Hand einen perlgrünen Salatkopf entgegen. «*Ché bella insalata*», sagte er noch einmal. Er forderte nicht zum Kaufen auf, er forderte nur alle Welt auf, sich an der Schönheit zu freuen. Mit Stolz, nicht mit Nötigung im Ton wiederholte er seinen Ruf jedesmal, wenn sein Pferd einen winzigen Schritt weitergegangen war. Auf seinem Wagen standen Kisten mit schneeweißen Zwiebeln, mit dicken, braunen Kartoffeln, mit pausbäckigen Äpfeln, zusammengebundenen Schalotten, Porreestangen und Petersiliestengeln. Tönend vor überwältigender Bewunderung hob er die Stimme – nicht um seine Ware anzupreisen, sondern vielmehr als ein hingerissener Liebhaber. «Was für ein wunderschöner Salat!»

Am Frühstückstisch erteilte Lucia Santa den Kindern Instruktionen. «Hört zu», sagte sie, «euer Vater ist für eine Weile fortgegangen. Bis er wiederkommt, müßt ihr mir zur Hand gehen. Vincenzo arbeitet in der *panetteria*. Darum wirst du, Gino, mir heute helfen, das Treppenhaus zu putzen. Du wirst mir Eimer mit Wasser holen, das Tuch auswringen und, wenn du dich nicht gar zu dumm anstellst, den Boden fegen. Salvatore, du kannst das Geländer abstauben, und Lena kann das mit dir zusammen tun.» Lächelnd sah sie die beiden Kleinen an.

Vincenzo ließ verdrossen den Kopf hängen. Doch Gino schaute ihr mit kaltem, berechnendem Trotz ins Gesicht. «Mamma, ich habe heute keine Zeit», erklärte er.

Höflich nickte Lucia Santa ihm zu. «Ah», sagte sie, «du hast nie Zeit. Aber ich habe auch keine Zeit.» Sie mußte lächeln.

Gino nahm seinen Vorteil sogleich wahr. Er wurde sehr ernst. «Mamma, ich muß heute Eis von der Eisenbahn holen, ich hab's Joey Bianco versprochen. Dafür kriegst du dein Eis umsonst, bevor wir das andere verkaufen.» Dann kam ihm noch ein genialer Gedanke, und er fügte hinzu: «Und Zia Louche auch.»

Lucia Santa musterte ihn so liebevoll, daß Vinnie sogleich eifersüchtig wurde. Dann sagte sie: «Gut, aber vergiß nicht, daß mein Eiskasten zuerst gefüllt werden muß – zuallererst!»

Vincent warf seine Brotscheibe hin, sie sah in drohend an. Dann sagte sie zu Gino: «Aber heute nachmittag bist du zu Hause und hilfst, sonst kriegst du eins mit dem Riemen.» Sie sagte es, ohne ihr Herz in die Worte zu legen. Er würde nicht mehr sehr lange spielen können.

Wie jeder andere zehnjährige General hatte auch Gino Corbo großartige Pläne, von denen er seiner Mutter nicht alles erzählte. Aus dem Fenster des Vorderzimmers konnte er auf der anderen Straßenseite den

Rangierbahnhof mit seinen hilflosen Güterwagen sehen. Dahinter glitzerte blau der Hudson. Für sein kindliches Auge war die Luft herrlich klar. Er lief durch die Wohnung, zur Tür hinaus, die Treppe hinunter und in die Augustsonne hinein.

Es war glühheiß, er spürte die Wärme des Pflasters durch seine Segeltuchschuhe. Die ausgeblichenen blauen Drillichhosen und das kunstseidene Polohemd flatterten in der Brise, begannen dann aber am Körper zu kleben. Suchend sah er sich nach Joey Bianco, dem Freund und Geschäftspartner, um.

Joey war zwölf, aber kleiner als Gino. Er war der reichste Junge der ganzen Tenth Avenue: zweihundert Dollar hatte er auf der Bank! Im Winter verkaufte er Kohlen, im Sommer Stangeneis, und beides stahl er von Bahnwaggons. Außerdem verkaufte er auf Paddy's Market, dem Trödlermarkt, der sich in den Seitenstraßen der Ninth Avenue abspielte, Papiertragtaschen.

Da kam er auch schon und zog seinen großen hölzernen Handwagen hinter sich her. Es war der beste Handwagen der Tenth Avenue, der einzige Handwagen mit sechs Rädern, den Gino jemals gesehen hatte. Der Wagenkasten konnte eine Eisladung im Wert von einem Dollar oder drei Kinder aufnehmen. Die kleinen, massiven Räder waren gummibereift; die beiden vorderen wurden mit Hilfe einer langen Holzdeichsel gelenkt, und auf den anderen vier rollte der Wagenkasten. Zum Lenken hatte Joey sogar statt eines gewöhnlichen Stricks eine richtige Wäscheleine.

Zum Tagesbeginn aßen sie zunächst einmal gemeinsam einen Becher Zitroneneis. Der *panettiere* bediente sie höchstpersönlich und freute sich so über ihren Arbeitseifer, daß er auf jeden Becher einen Extraschlag tat.

Joey Bianco war glücklich, als Gino kam. Gino ließ ihn das Geld kassieren und zählen. Und Gino kletterte auf die Waggons. Joey kletterte zwar auch gern auf die Waggons, aber er ließ nur ungern seinen Handwagen allein. Jetzt sagte Gino zu Joey: «Komm, steig ein. Ich schiebe dich.» Stolz auf dem Wagen thronend, ergriff Joey die Steuerleine, und Gino schob ihn quer über die Avenue, am Häuschen des Weichenstellers vorbei bis auf den Schotter zwischen den Eisenbahnschienen. Als die auf dem Gelände verteilten hohen Frachtwagen sie vor neugierigen Blicken schützten, machten sie halt. Joey entdeckte eine offene Ladeluke und holte die Eiszange aus seinem Wagen.

«Gib mir die Zange!» befahl Gino. Er lief auf den Waggon zu und kletterte über die Eisenleiter zur offenen Luke aufs Dach hinauf.

Hier oben, hoch über der Erde, fühlte er sich frei. Weit hinten sah er sein Schlafzimmerfenster und die lange Mauer der Mietshausreihe. Dort waren Geschäfte, Menschen, Pferde- und Lastwagen. Gino hatte das Gefühl, auf einem Ozean von Güterwagen daran vorbeizusegeln, auf einem Ozean von braunen, schwarzen und gelben Waggons mit seltsamen Namen wie «Union Pacific», «Santa Fé», «Pennsylvania». Ein paar leere Viehwaggons füllten die Luft mit kräftigem Geruch. Als er sich umdrehte, sah er die grün gefleckten Felsklippen der «Palisades» auf dem Jerseyufer des Hudson und an ihrem Fuß das blaue Wasser. Zwischen den Hunderten von stillstehenden Güterwagen hindurch schnauften gemächlich ein paar schwarze, rundliche Lokomotiven, und ihr weißer Rauch fügte den anderen Düften einen frischen Brandgeruch hinzu, der an diesem Sommermorgen nicht unangenehm war.

«Los, Gino, wirf das Eis runter, bevor der Bulle kommt!» rief Joey jetzt zu ihm herauf.

Gino nahm die glänzende Stahlstange und begann Eisblöcke aus der Luke heraufzufischen. Das Eis war bis obenhin gestapelt und leicht mit einem kräftigen Ruck nach oben zu holen. Er stieß die Blöcke einzeln über den Dachrand hinab und sah zu, wie sie auf den Schotter polterten. Dicke, silbrige Splitter platzten ab und flogen bis zu ihm herauf. Dann umschlang Joey die Blöcke jeweils mit beiden Armen und hievte sie auf seinen Wagen. Im Handumdrehen war er voll. Gino kam heruntergeklettert und schob, während Joey vorn zog und lenkte.

Gino hatte tatsächlich vorgehabt, zuerst den Eiskasten seiner Mutter zu füllen, doch dann fing der *panettiere* sie ab, als sie gerade die Avenue überquerten, und kaufte die ganze Ladung für einen Dollar. Sie machten eine zweite Tour. Diesmal kam der Lebensmittelhändler dazwischen und übernahm die Ladung für einen Dollar plus Sprudel und Sandwiches.

Trunken vor Reichtum beschlossen sie, ihre Mütter warten, die Eiskästen der Familie leerstehen zu lassen. Die dritte Ladung ging an die Leute im Erdgeschoß. Jetzt war es schon beinahe zwölf Uhr mittags. Bei der vierten Tour kriegten sie Ärger.

Der Bahnpolizist hatte sie schon vorher entdeckt, als sie immer tiefer ins Bahngelände eindrangen und immer neue Eiswagen öffneten, damit sie die Stangen nicht von so tief unten heraufholen mußten. Ihre Beutezüge glichen denen eines Raubtieres, das drei oder vier Opfer tötet und jeweils nur einen Bissen vom Besten Teil des Kadavers frißt. Der Bulle wartete und kam ihnen dann von der Tenth-Avenue-Seite her nach, um ihnen den Rückzugsweg abzuschneiden.

Joey sah ihn zuerst und schrie zu Gino hinauf: «*Butzo*, da kommt

Charlie Chaplin!» Von seinem Hochsitz aus sah Gino, wie der krummbeinige Bulle Joey am Schlafittchen nahm und ihm mit der flachen Hand einen leichten Klaps an die Wange gab.

Ohne Joey loszulassen, rief der Bulle zu Gino hinauf: «Okay, Kleiner, komm runter, oder ich komm zu dir rauf und breche dir alle Knochen im Leib.»

Gino schaute mit nachdenklicher Miene hinab, als überlege er sich das Angebot; in Wirklichkeit aber schmiedete er einen gerissenen Plan. Die Sonne war heiß; sie wärmte sein Blut und verlieh der Welt ein besonderes, furchtloses Licht. Gino zitterte vor Erregung, doch Angst hatte er nicht. Er wußte, daß ihm keine Gefahr drohte. Der Bulle würde Joey vom Gelände verjagen und seinen Handwagen kaputtmachen. Doch Gino hatte einmal etwas über Vogelmütter gelesen, und daraus entwickelte er jetzt, während er von hier oben den Bullen betrachtete, seinen Plan: Er würde Joey und seinen Handwagen retten!

Vorsichtig schob er sein dunkles, eckiges, beinahe männliches Gesicht über den Wagenrand und brüllte: «Ha, ha, ha! Charlie Chaplin kann keine Fliegen fangen!» Dann zog er hurtig den Kopf zurück und kletterte auf der anderen Seite des Güterwagens die Leiter hinab. Aber nur die ersten paar Stufen; dann machte er halt und wartete ab.

Grimmig sagte der Bulle zu Joey: «Du bleibst hier!» Und kroch unter dem Wagen hindurch, um sich Gino zu schnappen. Er kam jedoch gerade noch zurecht, um Gino die Leiter wieder hinaufsteigen zu sehen. Der Bulle kroch zu Joey zurück.

Auf dem Dach hüpfte Gino herum und sang: «Charlie Chaplin hat zu viele Schweine gezählt!»

Der Bulle zog ein böses Gesicht, und seine Stimme wurde drohend. «Kleiner», sagte er, «ich warne dich. Komm sofort da runter, oder ich schlage dich grün und blau, wenn ich dich erwische.»

Diese Warnung schien Gino zu ernüchtern; ernst starrte er zu den beiden hinab. Dann drehte er dem Bullen rasch eine Nase und lief mit langsamen, ungeschickten Schritten das Dach entlang. Als er das Ende erreicht hatte, sprang er und landete unsicher auf dem nächsten. Unten hielt der Bulle mühelos mit ihm Schritt und sah sich gelegentlich drohend um, damit der andere Bengel mit seinem Handwagen nur ja keinen Fluchtversuch machte. Die Reihe war nicht sehr lang; es waren höchstens zehn bis elf Wagen.

Gino sprang von einem Dach zum anderen und tat nach ein paar Wagen wieder einmal, als klettere er auf der anderen Seite hinunter. Der Bulle kroch unten durch. Dabei konnte er Joey natürlich nicht im Auge behalten, doch das war ihm jetzt gleich. Er war fest entschlossen, dem Lümmel da oben eine gehörige Tracht Prügel zu verabreichen.

Lockend lief Ginos kleine, behende Gestalt über die Wagendächer immer tiefer in das Gelände hinein und wartete dann, bis der Bulle ihn eingeholt hatte. Als er jetzt zurückblickte, sah er, daß Joey seinen Handwagen im Laufschritt in Richtung Tenth Avenue und damit in die Freiheit zog.

«Komm lieber runter, Kleiner», sagte der Bulle. «Wenn ich dich noch lange jagen muß, zwingst du mich, das hier zu nehmen.» Er hob den Gummiknüppel. Er dachte sogar daran, den Jungen mit seiner Pistole einzuschüchtern, doch wenn das einer der italienischen Arbeiter auf dem Gelände sah, wäre er ein gezeichneter Mann. Wieder einmal duckte er sich unter dem Wagen hindurch und sah gerade noch, wie Joey mit seinem Handwagen die Avenue überquerte. Er wurde so wütend, daß er zu Gino hinaufschrie: «Du dreckiger, schwarzer Makkaroni, wenn du nicht sofort runterkommst, prügle ich dich windelweich!»

Voller Genugtuung stellte er fest, daß das zog: Der Junge kam über die Wagendächer zurück, bis er unmittelbar über ihm stand. Doch dann beugte sich dieses dunkle, ernste Kindergesicht zu ihm hinab, und der Kleine schrie ihm, als hätte er es nicht mit einem weit überlegenen Gegner zu tun, mit unerwarteter, wütender Verachtung zu: «Charlie Chaplin, ich scheiße auf dich!» Ein dickes, grellweißes Stück Eis kam dicht am Kopf des Bullen vorbeigeflogen, und schon balancierte der Junge unbeholfen über die Wagendächer noch tiefer in den Irrgarten des Verschiebebahnhofs hinein.

Der Bulle, jetzt wirklich empört, aber auch selbstsicher und überlegen, mußte sich sehr beeilen, um unten Schritt zu halten. Den Kopf hielt er auf komische Art nach oben verdreht. Der Junge lief in die Falle. Ja, er war böse, aber nicht wegen der Schimpfworte, sondern weil dieser Bengel ihn Charlie Chaplin genannt hatte. Er war sehr eitel und ärgerte sich über seine O-Beine.

Auf einmal war Gino verschwunden. Rasch kroch der Bulle unter dem Wagen hindurch, um ihn beim Herabklettern auf der anderen Seite zu schnappen. Er stolperte aber über die Schienen und verlor kostbare Sekunden. Als er auf der anderen Seite wieder hervorkam, war weit und breit nichts von seiner Beute zu sehen. Er trat zurück, um einen besseren Überblick zu haben.

Er sah Gino behende über die Wagendächer fliehen, sah ihn – jetzt ohne die geringste Spur von Unsicherheit – in Richtung Tenth Avenue von einem Waggon zum anderen springen und schließlich auf der dem Bullen abgekehrten Seite eines Wagens verschwinden. Der Bulle sprintete los, sah aber den Lümmel nur noch über die Avenue auf den schützenden Schatten der Häuserfront zuflitzen, wo Gino, ohne ein einziges Mal zurückzusehen, anhielt, um sich auszuruhen und ein Zitroneneis zu kaufen. Von dem anderen Jungen war nichts zu sehen.

Der Bulle konnte nicht anders, er mußte lachen. Diese Unverschämtheit von dem Kleinen, einem solchen Dreikäsehoch! Trotzdem, eines Tages würde er ihn schon erwischen. Er war Charlie Chaplin? Okay, er würde den beiden das Lachen abgewöhnen.

Nachdem Gino die Avenue überquert hatte, nahm er sich nicht einmal mehr Zeit, sich umzudrehen und zurückzublicken. Er suchte Joey Bianco mit dem Eisgeld. Aus einem Fenster im dritten Stock hörte er seine Mutter rufen: «Gino, *bestia,* wo ist das Eis? Komm essen!»

Gino hob den Kopf und sah über der Mutter den blauen Himmel. «In zwei Minuten!» schrie er zurück. Dann lief er um die Ecke zur 30th Street. Und richtig, da saß Joey auf einer Vortreppe und hatte den Handwagen an das Eisengeländer des Kellers gebunden.

Joey brütete vor sich hin; er sah aus, als wolle er gleich in Tränen ausbrechen. Doch als er Gino entdeckte, sprang er auf. Eifrig sagte er: «Ich wollte schon zu deiner Mutter gehen. Mann, ich wußte wirklich nicht, was ich machen sollte!»

Die 30th Street war staubig und voll heißem Sonnenlicht. Gino stieg in den Wagen und lenkte, während Joey ihn schob. An der Ninth Avenue kauften sie sich riesige Salamisandwiches und Pepsis. Dann fuhren sie weiter bis in die 31st Street, wo es schattig war, und ließen sich, den Rücken an die Mauer von Runkels Schokoladenfabrik gelehnt, auf dem Gehsteig nieder.

Sie aßen ihre Sandwiches – zufrieden und mit dem gesunden Appetit von Männern, die einen erfolgreichen Tag hinter sich haben: harte Arbeit und Abenteuer, das Brot gesüßt von vergossenem Schweiß. Joey sparte nicht mit Bewunderung für den Freund und sagte immer wieder: «Mensch, Gino, du hast mich gerettet! Junge, wie du den Bullen an der Nase rumgeführt hast!» Gino winkte bescheiden ab, weil er den Trick ja aus dem Vogelbuch hatte, aber das sagte er Joey nicht.

Die Sommersonne verkroch sich hinter rasch aufziehenden schwarzen Wolken. Die staubige, erhitzte Luft und der Geruch nach heißem Steinpflaster und schmelzendem Teer wurden durch einen plötzlichen, von schweren Donnerschlägen begleiteten Regenguß verjagt; ganz schwach trieb eine flüchtige Ahnung, ein vager Duft nach etwas Grünem herüber. Joey und Gino verkrochen sich unter der Laderampe. Der Regen prasselte auf die Steine; er kam sogar durch die Ritzen der Rampe gesickert, und die Jungen hielten das Gesicht in die kühlenden

Tropfen.

In dem schützenden, kellerähnlichen Dämmerlicht war es gerade hell genug für ein Kartenspiel. Joey zog einen schmierigen Satz Karten aus der Tasche. Gino spielte nicht gern, weil Joey zu oft gewann. Sie spielten «Seven-and-a-half», und Gino verlor seine fünfzig Cent von dem Eisgeld. Es regnete immer noch.

Stockend sagte Joey: «Hier, Gino. Deine fünfzig Cent. Ich gebe sie dir zurück, weil du mich vor dem Bullen gerettet hast.»

Gino war tief gekränkt. Ein Held akzeptierte keine Bezahlung.

«Los, nimm!» drängte ihn Joey, sicherer geworden. «Meinen Wagen hast du doch auch gerettet. Da, nimm sie schon, deine fünfzig Cent!»

Gino wollte das Geld im Grunde nicht. Wenn Joey ihn bezahlte, hatte das Abenteuer den Reiz verloren. Doch Joey machte ein Gesicht, als wollte er jeden Augenblick losweinen, und Gino sah ein, daß er das Geld nehmen mußte. «Okay», sagte er. Joey gab ihm die Münze.

Es regnete immer noch. Geduldig warteten sie, während Joey unaufhörlich die Karten mischte. Der Regen fiel ohne Unterlaß. Gino ließ seinen halben Dollar auf dem Pflaster rotieren.

Joey konnte die Augen nicht von der Münze wenden. Gino steckte sie in die Tasche.

«Wollen wir noch einmal ‹Seven-and-a-half› spielen? Um doppelten Einsatz?» meinte Joey.

«Nein.»

Endlich hörte der Regen auf, die Sonne kroch wieder hervor, und auch die Jungen kamen wie Maulwürfe unter der Rampe zum Vorschein. Die frisch gewaschene Sonne stand weit im Westen über dem Hudson. Joey sagte: «Himmel, ist das schon spät! Ich muß nach Hause. Kommst du mit?»

«Ha, ha!» machte Gino. «Ich doch nicht!» Er sah Joey nach, der seinen Handwagen zur Tenth Avenue zog.

Jetzt kamen die Spätschichtarbeiter aus Runkels Fabrik. Sie rochen nach der Schokolade, die sie kochten, und der Geruch war süß und schwer wie der Duft von Blumen, unangenehm in der vom Regen erfrischten Luft. Gino stemmte sich auf die Rampe hinauf und wartete, bis niemand mehr kam.

Er war sehr glücklich über das, was er sah: die von der sinkenden Sonne tiefrot gefärbten Backsteine der Mietshäuser, die Kinder, die wieder zum Spielen auf die Straße herauskamen, die wenigen Pferdewagen, die langsam zur Avenue hinunterzogen und eine punktierte Spur von körnigen, goldfleckigen Pferdeäpfeln hinterließen. Frauen schoben die Fenster hoch; Kissen erschienen auf den Fensterbänken;

fahle Frauengesichter, umrahmt von schwarzen Haarhelmen, hingen über der Straße wie Wasserspeier an einer Schloßmauer. Zuletzt fiel Ginos Blick auf den dahinschießenden Regenwasserstrom im hoch überfluteten Rinnstein. Er hob ein flaches Holzstück auf, zog seinen halben Dollar aus der Tasche, legte ihn vorsichtig auf das Holz und beobachtete, wie es zur Avenue hinunterschwamm. Dann lief er hinterdrein, nahm kurz vor der Tenth das Holzstück mit der Münze aus dem Wasser und kehrte zur Ninth Avenue zurück.

Unterwegs kam er an einer Reihe leerstehender Häuser vorbei und sah, daß sich eine Gruppe von Jungen in Larrys Alter an einem vom Dach eines vierstöckigen Hauses herabhängenden Seil hin- und herschwangen. Sie packten das Seil von einem Fensterbrett im ersten Stock und schwangen hoch über die 31st Street hinaus, sausten wie Tarzan durch die Luft zum Fenster eines anderen leerstehenden Hauses weiter oben auf derselben Straßenseite.

Ein blonder Junge in rotem Hemd flog in weitem Halbkreis davon, verfehlte aber das Fensterbrett, stieß sich mit den Füßen von der Wand ab, drehte sich in der Luft und segelte wieder zurück. Einen Augenblick sah es so aus, als fliege er wirklich. Gino schaute den größeren Jungen mit brennendem Neid zu. Aber es hatte ja keinen Zweck; sie würden ihn doch nicht mitmachen lassen. Er war zu klein. Er ging weiter.

An der Ecke Ninth Avenue und 31st Street legte Gino sein Holzschiffchen mit der Münze als Passagier wieder aufs Wasser und sah zu, wie es auf die 30th Street zusegelte: tanzend, über kleine Wellen reitend, immer wieder aufgehalten von durchweichten Zeitungsfetzen, Obstschalen, Abfällen, zerfressenen Resten von tierischem Kot und hin und wieder über den glänzenden, schwarzblauen Teer der Straßendecke unter dem Wasser streifend. Das Holzstück bog um die Ecke und begann, ohne die Münze zu verlieren, die 30th Street zur Tenth Avenue hinunterzuschwimmen. Wachsam trottete Gino nebenher, mit einem Auge stets nach den Jungen ausschauend, die ihn am Abend zuvor von hier verjagt hatten. Sein Boot umsegelte Blechdosen, wurde von Abfallhaufen umhergewirbelt, konnte sich aber immer wieder befreien und glitt schließlich durch eine Reihe winziger Rinnsteinregenbogen. Im letzten Augenblick, ehe das Boot durch die Rippen des Abflußdekkels unter der Brücke an der Tenth Avenue verschwand, rettete Gino den halben Dollar. Nachdenklich wanderte er um die Ecke und stieß mit dem kleinen Sal, der eben mit gesenktem Kopf von einem Spiel «Kick the Can» dahergerannt kam, zusammen. Sal schrie auf: «Mamma sucht dich schon! Wir haben gegessen, und sie bringt dich um!»

Gino machte kehrt und ging, im Rinnstein nach Regenbogen

suchend, zur Ninth Avenue zurück. Als er an die leerstehenden Häuser kam, sah er das Tau allein und verlassen vom Dach herabhängen. Durch den Keller schlüpfte er ins Haus und kletterte die zerfallenen Stufen zum ersten Stockwerk hinauf. Das Haus war regelrecht ausgeplündert, die Rohrleitungen wegen des Buntmetalls gestohlen, die Lichtleitungen herausgerissen. Unter der dünnen Gipsschicht war der Fußboden gefährlich morsch. Alles war still und unheimlich, während er auf Zehenspitzen durch geisterhafte Räume und türlose Öffnungen schlich. Endlich hatte er das Fenster erreicht und sah auf die Straße hinab. Die quadratische Fensteröffnung bestand nur noch aus nacktem Stein. Gino trat auf die Fensterbank, beugte sich hinaus und packte das Tau.

Er stieß sich ab und hatte einen herrlichen Augenblick lang das Gefühl, richtig und selbständig zu fliegen. Hoch schwang er durch die Luft, über die Straße hinaus, beendete den Bogen und landete auf einem Fensterbrett drei Häuser weiter. Er stieß sich abermals ab und flog zurück, stieß sich ab und flog noch einmal – schneller und schneller, hin und zurück, stieß gegen Fensterbänke und Wand, schwang wieder hinaus, die Beine weit ausgestreckt, als wären sie Flügel, bis seine Arme ihn nicht länger hielten und er mitten im Flug am Tau hinabglitt, sich die Hände verbrannte, erst kurz vor dem Erdboden bremsen konnte und dann, genau den Zeitpunkt abpassend, mit einem kräftigen Schwung in Richtung Tenth Avenue aufs Pflaster sprang.

Es dämmerte. Gino wunderte sich und trabte, nichts Gutes ahnend, die 31st Street zur Tenth Avenue hinab. Dabei gab er sich große Mühe, den verwunderten Ausdruck auf seinem Gesicht zu bewahren. Doch unter den Leuten, die schon vor den Häusern saßen, befand sich niemand von seiner Familie, nicht einmal Sal. Hastig lief er die vier Treppen hinauf.

Als er im ersten Stock ankam, hörte er schon, wie Octavia und die Mutter stritten. Beunruhigt verlangsamte er seine Schritte. Als er die Wohnung betrat, sah er sie, rote Flecken auf den blassen Wangen, die Augen schwarz und böse funkelnd, fast Nase an spitzer Nase voreinander stehen. Beide drehten sich gleichzeitig zu ihm um – stumm, drohend. Doch Gino hatte, fasziniert, nur Augen für seinen Bruder Vinnie, der schon am Eßtisch saß. Vinnies Gesicht war weiß mit Mehl überstäubt, und auch seine Kleidung war damit bedeckt. Er sah sehr müde aus; riesig und dunkel standen die Augen im mehlweißen Gesicht.

«Ah, du kommst also nach Hause!» sagte die Mutter. «*Bravo.*» Voll Unbehagen, weil ihn die beiden Frauen musterten, als hielten sie über ihn Gericht, setzte sich Gino rasch an den Tisch, damit sie ihm etwas zu essen bringen mußten. Er hatte Hunger wie ein Wolf. Gleich darauf aber sah er Sterne, denn er hatte einen kräftigen Katzenkopf eingefangen, und seine Mutter schrie: «Du Lump! Den ganzen Tag bist du fort. Was hast du gemacht? Und dann setzt sich der Herr an den Tisch und will essen, ohne sich vorher zu waschen. Los, *figlio de puttana! Bestia!* Geh! Vincenzo, wasch du dich auch, dann wirst du dich gleich wohler fühlen.» Die beiden Jungen traten an den Küchenspülstein, wuschen sich und kehrten dann an den Tisch zurück.

Ginos Augen standen voll Tränen – nicht wegen der Ohrfeige, sondern weil dieser schöne Tag ein so häßliches Ende nahm. Zuerst ein Held, und dann waren Mutter und Schwester so böse, als haßten sie ihn. Beschämt wie ein echter Übeltäter ließ er den Kopf hängen; sogar der Appetit war ihm vergangen, allerdings nur, bis seine Mutter ihm einen Teller voll Wurst und Paprikaschoten vor die Nase setzte.

Octavia warf Gino einen wütenden Blick zu und sagte zu Lucia Santa: «Er muß auch seinen Anteil Arbeit leisten. Warum, in Dreiteufelsnamen, soll Vinnie für ihn arbeiten, während sein eigener Vater sich einen Dreck um uns schert? Wenn er nicht arbeitet, hört Vinnie beim Bäcker auf. Vinnie soll auch noch etwas von seinen Sommerferien haben!»

Eifersüchtig bemerkte Gino, daß Octavia und seine Mutter den älteren Bruder voll Mitleid und Liebe betrachteten, während dieser müde und teilnahmslos aß. Aus irgendeinem Grund machte die Schwester ein Gesicht, als wollte sie weinen. Er beobachtete die beiden Frauen, wie sie um Vinnie herumgluckten und ihn bedienten, als wäre er ein erwachsener Mann.

Gino steckte die Hand in die Tasche, holte die fünfzig Cent heraus und gab sie der Mutter. «Da, hab ich beim Eisverkaufen verdient», sagte er. «Du kannst sie haben. Ich kann dir jeden Tag fünfzig Cent bringen.»

«Du solltest ihm verbieten, Eis vom Rangierbahnhof zu stehlen», sagte Octavia.

Lucia Santa war ungeduldig. «Ach was, der Eisenbahn macht es nichts aus, wenn sich die Kinder ein bißchen Eis holen!» Sie lächelte Gino sonderbar liebevoll zu. «Du kannst deinen Bruder damit am Sonntag ins Kino einladen», schlug sie vor. Sie bestrich ihm ein dickes Stück Brot mit Butter.

Vinnies Gesicht war immer noch weiß, obwohl er vorhin doch das Mehl heruntergewaschen hatte. Octavia sah die ungewohnten Spuren der Erschöpfung und Nervenanspannung, die immer erschütternd wirken bei einem Kind, legte Vinnie den Arm um die Schultern und fragte besorgt: «Was haben sie dir denn aufgetragen, Vinnie? Ist dir die Arbeit auch nicht zu schwer?»

Vinnie zuckte die Achseln. «Die Arbeit ist schon okay. Aber es ist so heiß.» Dann fügte er zögernd hinzu: «Ich hab mich so schmutzig gemacht, als ich die Mehlsäcke aus dem Keller heraufholen mußte.»

Octavia begriff. «Diese Schweine!» spie sie heraus. Zu ihrer Mutter sagte sie: «Dein dreckiger Makkaroni – *panettiere* – läßt ein Kind wie Vinnie schwere Säcke tragen! Wenn sein sauberer Sohn es wagt, mich noch einmal um ein Rendezvous zu bitten, werde ich ihm ins Gesicht spucken – auf der Straße!»

Vinnie beobachtete die beiden mit Hoffnung im Blick. Octavia war so wütend; vielleicht erreichte sie, daß er nicht mehr arbeiten mußte. Aber dann schämte er sich, weil seine Mutter das Geld dringend brauchte.

Lucia Santa zuckte die Achseln. «Fünf Dollar die Woche und obendrein unser Brot umsonst. Und kostenlos Zitroneneis, wenn Vinnie bedient, das ist im Sommer soviel wie bares Geld. Jetzt, wo der Vater weg ist ...»

Octavia fuhr auf. Daß ihre Mutter die Flucht des Vaters so ruhig hinnahm, empörte sie. «Das ist es ja gerade», gab sie zurück. «Sein Vater ist fort. Es kümmert ihn einen Scheißdreck.» Sogar im Zorn mußte sie über den Blick lachen, den ihr die beiden jüngeren Brüder zuwarfen: ein Mädchen, das ein so schmutziges Wort gebrauchte! Doch ihre Mutter war gar nicht belustigt, daher fuhr Octavia in ruhigerem Ton fort: «Es ist nicht fair. Es ist Vinnie gegenüber einfach nicht fair!»

Die Mutter antwortete in grimmigem Ton auf italienisch: «Du willst Lehrerin werden? Ein Mädchen mit dem Mundwerk einer Hure?» Sie wartete auf eine Antwort. Aber sie hatte das Bild, das sich Octavia von ihr machte, zerstört. Die Mutter fuhr fort: «Wenn du ein Haus willst, in dem du befehlen kannst, dann heirate, kriege Kinder und schrei, wenn sie aus deinem Bauch kommen. *Dann* kannst du sie schlagen, *dann* kannst du entscheiden, wann und wie sie arbeiten und wer arbeiten soll.» Sie starrte ihre Tochter voll Kälte an, als wäre sie eine tödliche Rivalin. «Genug. *Bastanza*», sagte sie.

Dann wandte sie sich an Gino. «Und du, *giovanetto*. Von morgens bis abends sieht man dich nicht. Du hättest überfahren worden sein können. Du hättest entführt worden sein können. Das ist das eine. Und jetzt: Dein Vater ist für einige Zeit fortgegangen, darum müssen mir alle helfen. Solltest du morgen wieder verschwinden, bekommst du das hier zu spüren.» Sie ging zum Schrank und holte den dünnen Holzstab heraus, mit dem sie den Teig für die Festtagsravioli ausrollte. Ihre

Stimme wurde heiser, ärgerlicher. «Bei Gott, ich werde schon dafür sorgen, daß man dich sieht! Ich werde dich so grün und blau schlagen, daß du gar nicht verschwinden kannst, und wenn du der Heilige Geist persönlich wärst. Und jetzt iß. Anschließend spülst du das Geschirr, machst den Tisch sauber und fegst gründlich aus. Und wag nur ja nicht, heute abend die Treppe runterzugehen!»

Gino war tief beeindruckt. Er hatte sich zwar nicht gefürchtet, war aber während des gesamten Auftritts auf der Hut gewesen. Bei solchen Szenen kam oft aus heiterem Himmel eine saftige Ohrfeige, der man aber ausweichen konnte, wenn man aufpaßte. Doch nichts geschah. Die beiden Frauen gingen nach unten, und Gino begann erleichtert zu essen: die ölig-weichen Paprikaschoten, die sich für seinen hungrigen Gaumen aufs köstlichste mit der fetten Wurst vermischten. Der Sturm war vorbei, niemand war auf den anderen böse. Morgen würde er seiner Mutter helfen und kräftig mit anpacken.

Vinnie starrte auf seinen Teller hinab; er aß nicht. Gino sagte vergnügt: «Mann, ich wette, der hat dich so richtig fertiggemacht, der Bastard von *panettiere*! Ich habe dich gesehen, du hast einen riesigen Korb getragen. Wohin solltest du denn den bringen?»

«Nein», antwortete Vinnie. «Sie haben einen Laden an der Ninth Avenue. Es ist nicht so schlimm. Ich muß nur das Mehl aus dem Keller rauftragen.» Gino sah ihn an. Irgendwas stimmte da nicht.

Doch Vinnie fühlte sich schon wesentlich wohler und schaufelte hungrig das Essen in sich hinein; er wußte nicht, daß das Gefühl, das ihn den ganzen Tag gequält hatte, Angst gewesen war. Daß er unter einer gar nicht so ungewöhnlichen Grausamkeit litt: ein Kind, das, aus der Nestwärme verstoßen, zu fremden Leuten geschickt wurde, die es herumkommandierten und ihre schmutzige Arbeit tun ließen. Dies war seine erste Erfahrung mit der Notwendigkeit, einen Teil seiner selbst um Geld zu verkaufen – etwas ganz anderes als die kleinen Arbeiten, die er für die Mutter verrichtete, oder das Schuhputzen für seinen Bruder für fünf Cent.

Im Herbst aber fing die Schule an. Dann war er wieder frei, würde vergessen, daß Mutter und Schwester ihn aus der Geborgenheit der Familie fortgeschickt hatten, wo er nur von seinem eigenen Fleisch und Blut Befehle entgegenzunehmen brauchte. Er dachte nicht mehr daran, daß er keine Zeit mehr hatte, in der frohen Sommersonne Ball zu spielen, ziellos auf der Straße herumzuschlendern, mit seinen Freunden zu plaudern, sich in den Schatten der 31st Street zurückzuziehen und träge an einem Pappbecher voll Zitroneneis zu lutschen. Er war vielmehr von jener schrecklichen Traurigkeit erfüllt, die nur ein Kind fühlt, weil es noch nichts von der Traurigkeit anderer Menschen, von der allgemeinen Verzweiflung der Menschheit weiß.

Gino räumte den Tisch ab und begann das Geschirr zu spülen. Vinnie half abtrocknen. Gino berichtete von seinen Abenteuern: dem Zusammenstoß mit dem Bullen von der Bahn, dem leeren Haus mit dem Tau und dem Kartenspielen mit Joey. Von dem Stück Holz, das er um den Block hatte schwimmen lassen, erwähnte er nichts, denn er war entschieden zu alt für solche Kindereien.

Bei dem Geschirr war ein schmutziger Topf, der dick mit Fett und Ruß verschmiert war; den versteckte Gino im Backofen. Dann gingen die beiden Jungen ins Wohnzimmer und schauten auf die Avenue hinunter. Gino setzte sich auf die eine Fensterbank, Vinnie auf die andere. Sie waren beide mit sich und der Welt zufrieden.

Gino fragte: «Warum sind Mamma und Octavia denn bloß so böse auf mich? Ich hab's einfach vergessen. Morgen werde ich bestimmt alles machen.»

«Sie sind sauer, weil Papa weg ist. Sie wissen nicht, wo er ist. Vielleicht ist er davongelaufen.»

Beide mußten über Vinnies Scherz lachen. Denn nur kleine Kinder liefen davon.

Weit hinten auf der Tenth Avenue sahen sie die rote Laterne eines Dummy Boy und dahinter einen kreisrunden, kleinen Geist, den weißen Punkt des Lokomotivscheinwerfers. Die Menschen unten waren Schatten, beleuchtet von den Straßenlaternen, vom streifigen Licht am Eisstand des *panettiere*, von den Schaufensterlampen des Lebensmittel- und des Süßwarengeschäftes.

Halb schlafend saßen Gino und Vincent auf den Fensterbänken ihrer Kindheit und fühlten im Gesicht die frische Brise, die vom Hudson herüberkam. Sie brachte den Duft von fließendem Wasser mit und, als käme er von sehr weit her, den Duft von Gras, von Bäumen und anderen grünen Dingen, die sie unterwegs gestreift haben mußte, bevor sie die Stadt erreichte.

4

Gegen Ende August begannen alle, außer den Kindern, den Sommer zu hassen. Die Tage waren erfüllt vom Geruch glühheißer Steine und schmelzenden Teers, es stank nach Benzin und Pferdedung von den Wagen, die Obst und Gemüse feilboten. Über dem westlichen Stadtrand, wo die Angeluzzi-Corbos wohnten, hingen Rauchwolken aus den Schornsteinen der Lokomotiven, hing die vor Hitze reglose Luft. Wenn Lokomotiven die Güterwagen zu langen, sauberen Reihen ordneten, kamen aus ihren Heizkesseln schwarze Rußteilchen geflogen. An diesem Sonntagnachmittag aber war alles still, bildeten die verlassenen gelben, braunen und schwarzen Waggons im flüssig-goldenen Sonnenschein kompakte geometrische Blöcke, abstrakte Gebilde in einem Dschungel aus Stahl und Eisen, Stein und Zement. Silbrig-glänzend schlängelten sich die Gleise durch das Gelände.

Auf der Tenth Avenue, die sich ohne schattenspendende Mauern gegen den Fluß hinter der Twelfth Avenue öffnete, war es heller als auf den anderen Straßen der Stadt und daher tagsüber auch wesentlich heißer. Jetzt lag sie verlassen. Das überreichliche Sonntagsmahl mit Nüssen, Wein und Familiengeschichten würde sich bis mindestens vier Uhr hinziehen. Einige Leute besuchten auch ihre glücklicheren Verwandten, die zu Erfolg gekommen waren und auf Long Island oder in Jersey eigene Häuser bewohnten. Andere benutzten den Tag, um an Beerdigungen, Hochzeiten und Kindstaufen teilzunehmen oder – was überhaupt am wichtigsten war – um kranken Angehörigen im Bellevue ein bißchen Frohsinn und Essen zu bringen.

Die amerikanisierten Familien fuhren sogar nach Coney Island hinaus, aber das taten sie höchstens einmal im Jahr. Die Fahrt war lang, und die große Zahl der Familienmitglieder erforderte selbst dann, wenn man in großen Papiertüten eigenen Proviant mitnahm, recht hohe Unkosten für Frankfurter Würstchen und Unmengen von Sprudel. Die Männer unternahmen diesen Ausflug höchst widerwillig. Als Italiener hatten sie noch nie das Bedürfnis gehabt, sich am Strand faul in den Sand zu strecken. Bei ihrem Job als Streckenarbeiter der Eisenbahn hatten sie den ganzen Tag unter der Sonne zu leiden. Darum wollten sie sich am Sonntag endlich einmal in einem kühlen Haus oder Garten erholen, beim Kartenspiel zerstreuen, Wein trinken oder auch dem Geplauder der Frauen zuhören, die nicht gestatteten, daß ihre Männer auch nur einen Finger rührten. Wenn sie nach Coney Island fuhren, konnten sie ebensogut arbeiten gehen.

Am schönsten war ein Sonntagnachmittag ganz ohne Pflichten. Waren die Kinder im Kino, konnten die Eltern sich nach dem üppigen Mahl ein Mittagsschläfchen leisten und sich in aller Ruhe und ungestört der Liebe hingeben. Der Sonntag war der einzige freie Tag und wurde eifersüchtig gewahrt. Neue Kräfte wurden gesammelt. Familienbande geknüpft. Kein Zweifel, es war ein Tag, den der Herrgott persönlich zum Rasttag bestimmt hatte.

An diesem Sonntag liefen die Straßen, leer und schön, in schnurgerader Linie von der Tenth Avenue nach Osten. Da man in diesem Viertel zu arm für Autos war, konnte auch keines dieser Gefährte die Symmetrie des von graublauem Schiefer unterbrochenen Betonpflasters stören. Die Sonne lag glänzend auf dem glatt-schwarzen Teer, den Eisengeländern der Haustreppen, den groben, braunen Steinstufen. All das schien in der grellen Sommersonne auf ewig erstarrt. Der Anblick war frappierend – als ob nur für diesen einen Tag von den untätigen Fabrikschloten freigegeben.

Lucia Santa jedoch hatte sich diesen Tag zum Kampftag gewählt: sie wollte den Feind, die Le Cinglatas, in ihrer eigenen Stellung überfallen.

Alle hatten das Haus verlassen. Octavia war als gehorsame italienische Tochter mit Sal und Baby Lena spazierengegangen. Vincenzo und Gino waren im Kino. Lucia Santa war frei.

Der älteste Sohn, Lorenzo, Schutz und Schirm der vaterlosen Familie, hatte nicht den seinem eigenen Fleisch und Blut, seiner Mutter, gebührenden Respekt gezeigt: er hatte nicht am sonntäglichen Mittagessen teilgenommen. Seit zwei Tagen war er nicht einmal zum Schlafen zu Hause erschienen und hatte nur früh am Morgen kurz hereingeschaut, um seiner Mutter mitzuteilen, er werde erst sehr spät mit der Arbeit fertig sein und dann im Eisenbahnstall schlafen. Lucia Santa jedoch hatte festgestellt, daß sein guter Anzug aus dem Schrank verschwunden war, und außerdem fehlten seine zwei weißen Hemden und ein kleiner Koffer. Das genügte. *Bastanza.* Damit war ihr Entschluß gefaßt.

Ihr Sohn, noch nicht einmal achtzehn, unverheiratet, ohne eigenen Haushalt, ihr Sohn wagte es, sein Heim, die Domäne seiner Mutter, zu verlassen? Welch eine Schande für den guten Namen der Familie! Welch ein Schlag für ihren Ruf in der Nachbarschaft! Welch eine Auflehnung gegen ihre gerecht ausgeübte Macht! Rebellion. Rebellion, die sie nicht dulden konnte.

In ehrbarem Schwarz, mit Sonntagshut, Schleier und Handtasche, wie es einer Matrone geziemte, die kurzen Beine in braunen Baumwollstrümpfen mit Strumpfbändern, die tief in ihr Fleisch schnitten, trat Lucia Santa auf die hitzeflimmernde Straße hinaus und ging die Tenth Avenue hinauf bis zur 36th Street, wo die Le Cinglatas wohnten. Unterwegs schürte sie bewußt ihren Zorn für die Szene, die sie zu machen gedachte. Diese kleine Schlampe, diese Heuchlerin, die vor zwanzig Jahren in der Kirche geweint und Theater gemacht hatte, weil sie mit einem Mann schlafen mußte, den sie noch nie vorher gesehen hatte! *Del-i-cato*. Oh, oh, wie schrecklich ... Oh, oh, wie furchtbar ... Oh, oh, ah, ah! Lucia Santa lächelte böse. Diese Leute, die so vornehm taten! Das war der wahre Instinkt einer geborenen Hure. Eheversprechen und legale Papiere, damit man die Nase hoch tragen und allen, ob reich oder arm, ins Gesicht sehen konnte – ja, das war wichtig! Solange es keine *disgrazia* gab. Wenn dann jemand kam und einem die Ehre abschnitt, konnte man guten Gewissens einen Mord begehen. Aber hier war man nicht in Italien. Sie schob ihre Gedanken, so blutrünstig, daß sie zu einem Neueinwanderer gepaßt hätten, energisch beiseite.

Aber im Ernst, das konnte in Amerika aus einer ehrbaren jungen Italienerin werden, die keine Eltern mehr hatte, um über sie zu wachen! Die Le Cinglata war zwar jetzt eine verheiratete Frau. Aber diese Hochnäsigkeit! Und wie affektiert sie sich gab! O ja, das waren die ganz Gerissenen!

Und dann ihr eigener Sohn. Amerika oder nicht, siebzehn Jahre alt oder nicht, mit oder ohne Arbeit – er mußte seiner Mutter gehorchen, oder sie pflanzte ihm ihre fünf Finger ins Gesicht. Ah, wenn sein leiblicher Vater noch lebte, dann würde es richtige Prügel setzen! Aber das Heim seines Vaters hätte Lorenzo wohl nie zu verlassen gewagt.

Der Schatten des Hauses, in dem die Le Cinglatas wohnten, brachte Erleichterung. Lucia Santa ruhte sich in dem kühlen, dunklen Treppenhaus mit dem vertrauten modrigen Geruch nach Nagetieren ein wenig aus, sammelte Kraft für das Treppensteigen und den bevorstehenden Kampf. Einen Augenblick lang drohte Verzweiflung sie zu schwächen, die plötzliche, überwältigende Erkenntnis, dem Schicksal und dem Leben erbarmungslos ausgeliefert zu sein: die Kinder entfremdet durch ausländische Gewohnheiten und fremde Sprache, der Ehemann so unzuverlässig, daß er im Kampf ums Überleben nicht Hilfe, sondern Last für sie war.

Doch solche Gedanken führten nur ins Verderben. Sie stieg die Treppe hinauf. Ihr Sohn sollte kein Gangster werden, sollte nicht wie ein Waschlappen von einer viel älteren, schamlosen Frau ausgenutzt werden! Einen Augenblick lang hatte Lucia Santa jetzt, in dem düsteren Treppenhaus, gräßliche Visionen von einem elektrischen Stuhl, von ihrem verblutenden Sohn, den der Sizilianer oder der eifersüchtige Ehemann erdolcht hatte. Als sich dann kurz darauf die Tür der Le Cinglatas öffnete, hatte ihr rasch und angstvoll pulsendes Blut sie gut für den Kampf gerüstet.

Vom ersten Augenblick an jedoch geriet sie ins Hintertreffen. Denn in der Tür stand Signor Le Cinglata mit seinem dichten, grauen Schnurrbart, in einem sauberen weißen Hemd und einer von schwarzen Hosenträgern gehaltenen, sich über den Bauch wölbenden Hose. Nicht einmal blaß geworden war er bei seinem kurzen Aufenthalt im Gefängnis.

Jetzt begann Lucia Santa zu zweifeln. Wenn der Ehemann zu Hause war, was hatte ihr Sohn dann hier zu suchen? Konnte es sein, daß alles wirklich nur auf Klatsch beruhte? Aber das glaubte sie nicht, vor allem nicht, als sie die Le Cinglata am Tisch stehen sah. Sie trug einen feindseligen Ausdruck zur Schau, ein trotziges Schuldbewußtsein, gemischt mit einer merkwürdigen Eifersucht.

Diese schwarzgekleidete Frau hätte Lorenzos Mutter sein können, nur daß ihr Gesicht schmäler und jünger war als das von Lucia Santa. Daß eine Frau in ihrem Alter es wagte, ein Kind zu verderben! War es möglich, daß sie einst beide jung waren und diese da unschuldig gewesen war?

«Ah, Signora», sagte Signor Le Cinglata jetzt, «kommen Sie, setzen Sie sich und trinken Sie ein Glas Wein!» Er führte sie zu einem weißen Eisentisch und schenkte ihr aus einem Halbgallonenkrug ein. «Die Trauben waren gut im vergangenen Jahr. Dieser Wein duftet nach Italien.» Dann, augenzwinkernd: «Glauben Sie mir, dies ist nicht der Wein, den ich verkaufe.» Denn selbstverständlich wurde nur besonderen Gästen wie Lucia Santa so etwas Gutes vorgesetzt.

Signora Le Cinglata brachte einen Teller mit harten, großen *tarelle*, mit dunklen Pfefferpunkten bestäubt. Sie stellte ihn auf den Tisch und kreuzte die Arme vor der Brust. Sie trank nicht mit.

Signor Le Cinglata schenkte sich auch ein Glas ein und sagte: «Trinken Sie, Lucia Santa!» – sagte es mit so von Herzen kommender Freundlichkeit, daß die Mutter, wie immer, wenn man ihr mit unerwarteter Höflichkeit begegnete, entwaffnet war. Sie trank. Dann sagte sie liebenswürdiger als beabsichtigt: «Ich kam gerade vorbei und dachte, Lorenzo wäre vielleicht hier und hilft Signora Le Cinglata beim Bedienen.»

Der Ehemann lächelte. «Nein, nein, am Sonntagnachmittag ruhen wir uns aus. Das Geschäft beginnt erst am Abend. Wir sind schließlich keine Juden!»

Ein bißchen energischer sagte Lucia Santa: «Verzeihen Sie, wenn ich das sage. Haben Sie Verständnis für eine Mutter. Lorenzo, er ist noch zu jung für so ein Geschäft. Er besitzt noch keine Urteilsfähigkeit. Eines Abends hat er einen Mann geschlagen, der sein Vater sein könnte. Und dazu noch einen Sizilianer, der ihn vielleicht sogar umbringen wird. Sie wissen natürlich von all diesen Vorkommnissen, nicht wahr, Signor Le Cinglata?»

Der Ehemann gab sich mitfühlend, tolerant. «O ja, natürlich. Ich weiß. Ein guter Junge. *Bravo, bravo,* Ihr Lorenzo. Sie haben ihn zu einem guten Italiener erzogen, respektvoll den Älteren gegenüber, hilfsbereit und fleißig. Ich weiß, er bringt das gute Geld, das wir ihm geben, stets seiner Mutter. Es gibt nicht viele Menschen, denen ich vertraue, denen ich mein Haus öffne, aber bei Lorenzo habe ich nicht die geringsten Bedenken ...»

Lucia Santa wurde ungeduldig. Sie unterbrach den Mann. «Aber er ist auch kein Engel. Er muß gehorchen. Habe ich recht? Muß ein Sohn seiner Mutter Respekt erweisen oder nicht? Und jetzt fehlen ein paar von seinen Sachen. Darum dachte ich, Sie wüßten vielleicht, wo er ist, er hätte vielleicht hier übernachtet.»

Jetzt machte Signora Le Cinglata zum erstenmal den Mund auf, und Lucia Santa war sprachlos über ihre Unverfrorenheit, ihre Schamlosigkeit, ihre harte Stimme. «Ah», sagte die Frau, «Ihr Sohn ist ein erwachsener Mann. Er verdient seinen eigenen Lebensunterhalt und zum Teil auch den Ihrer übrigen Kinder. Wir leben nicht in Italien. Sie regieren mit allzu eiserner Hand, Signora.»

Damit hatte die Le Cinglata einen Fehler gemacht. Denn wenn man ihr mit Grobheit begegnete, konnte Lucia Santa sehr aufgebracht sein und hielt mit ihren wahren Gefühlen dann nicht hinter dem Berg. Kalt, aber höflich sagte sie: «Ah, Signora, Sie wissen ja nicht, welche Sorgen man mit seinen Kindern hat! Wie könnten Sie auch, da Sie ja das Glück haben, keine zu besitzen. Ah, Muttersorgen – ein wahres Kreuz! Und Sie sollten den Herrgott bitten, daß Sie es niemals zu tragen brauchen. Aber ich möchte Ihnen eines sagen, meine liebe Le Cinglata: Amerika, Afrika oder sogar England, das spielt für mich keine Rolle. Meine Kinder schlafen unter meinem Dach, bis sie verheiratet sind. Meine Kinder werden keine Säufer; sie schlagen sich auch nicht mit Säufern herum und gehen weder ins Gefängnis noch auf den elektrischen Stuhl!»

Jetzt wurde die Le Cinglata böse und fing an zu schreien. «Wie? Was? Wollen Sie etwa behaupten, *wir* wären keine ehrbaren Leute? Ihr Sohn wäre zu gut, um uns zu besuchen? Aber wer sind denn Sie? Aus welchem Teil von Italien kommen Sie? Ich kenne keinen Adeligen, der Angeluzzi oder Corbo heißt, weder in meiner Provinz noch in Ihrer. Und jetzt soll mein Mann, der beste Freund und Arbeitskollege des leiblichen Vaters von Ihrem Sohn, schon beinahe ein Pate für ihn, jetzt soll *er* nicht Lorenzos Freund sein dürfen? Wollen Sie *das* damit sagen?»

Nun steckte Lucia Santa in der Klemme; innerlich fluchte sie über die Ausgekochtheit dieser Frau. Sie hatte zwar eine Antwort für sie, aber die konnte sie nicht aussprechen: die Antwort, daß sie gegen die

Freundschaft des Ehemannes gewiß nichts habe, wohl aber gegen die Freundschaft der Frau. Das wagte sie nun doch nicht zu sagen. Ein eifersüchtiger, gehörnter Ehemann übte nicht nur an seiner Frau, sondern auch an deren Liebhaber Rache. In Abwehrstellung gedrängt, sagte sie: «Nein, nein, besuchen darf er Sie natürlich. Aber nicht hier arbeiten. Nicht bis in die späte Nacht mit streitsüchtigen Männern zusammensitzen. Und nicht hier schlafen», endete sie trocken.

Die Le Cinglata lächelte. «Mein Mann weiß, daß Ihr Sohn hier geschlafen hat. Er hört nicht auf böse Mäuler. Er glaubt nicht daran, daß seine Frau mit einem Jungen, der fast noch ein Kind ist, Schande über sich gebracht hat. Er ist Ihrem Sohn für den Schutz, den er mir geboten hat, dankbar. Er hat Ihrem Sohn zwanzig Dollar für seine Hilfe gezahlt. Und jetzt sagen Sie mir, Signora: Müssen Sie als seine eigene Mutter denn gleich das Schlechteste von ihm denken?»

Den Ehemann dicht vor der Nase, antwortete Lucia Santa hastig: «Nein, nein. Aber die Leute reden. Ihr Mann ist Gott sei Dank ein vernünftiger Mensch.» Ein Narr, ein Idiot, dachte sie wütend. Und was die Frage betrifft, ob eine Mutter das Schlimmste von ihrem Sohn denken darf – wer hätte denn mehr Recht dazu als gerade sie?

Doch jetzt kam Lorenzo herein – ohne anzuklopfen, als wäre er hier zu Hause. Er stutzte verblüfft, und da war der Mutter sofort alles klar.

Larry lächelte die drei mit aufrichtiger Herzlichkeit an, zuerst seine Mutter, dann seine Geliebte und dann den Ehemann, den er gehörnt hatte. Alle drei erwiderten das Lächeln. Aber die Mutter sah, daß das Lächeln des Ehemanns falsch und voller Geringschätzung für den Jungen war: das Lächeln eines Mannes, der sich nicht täuschen ließ. Und dieses Weib, die Le Cinglata – eine Frau in ihrem Alter und solch ein Gesichtsausdruck! Feuchte, volle, blutrote Lippen und gierige, schwarze Augen, die den Jungen schamlos und offen anstarrten.

Mit grimmigem Hohn beobachtete Lucia Santa ihren Sohn. Ihren schönen Sohn mit dem treulosen Herzen. Er aber – das Haar wie blauschwarze Seide, mit gleichmäßigen, bronzenen, kraftvollen Zügen, mit großer, fleischig-maskuliner Nase und glatter, von keiner pubertären Unreinheit verunstalteter Haut – er, der Judas, wandte den Kopf und sah seine Mutter mit liebevoller Verwunderung an. Er stellte den Koffer zu Boden, den er in der Hand trug, und fragte: «Aber Mamma, was machst du denn hier? Ich habe gerade gedacht, wie schade, daß ich dich zu Hause nicht angetroffen habe!»

Sie wußte genau, was sich abgespielt hatte. Er hatte sie von einem Versteck aus beobachtet, hatte gewartet, bis er sie fortgehen sah. Doch nie hätte er sich träumen lassen, daß sie ausgerechnet hierher kommen würde. Dann rasch ins Haus und frische Wäsche geholt. *Figlio de puttana*, dachte sie. Wie falsch er ist!

Aber sie zeigte ihre Empörung nicht. «Ah, mein Sohn», sagte sie nur, «du ziehst also um? Signor und Signora Le Cinglata wollen dich adoptieren? Dir schmeckt nicht mehr, was ich koche? Einer von unserem Fleisch und Blut hat dich beleidigt? Du willst dich verändern, ja?»

Larry lachte. «Aber Mamma! Komm schon, hör auf mit dem Unsinn!» Er war verständnisvoll. Er fand sie amüsant. Er warf ihr sein breites, strahlendes Lächeln zu. «Ich sagte doch, ich will nur eine Weile hierbleiben und aushelfen. Ich möchte dir ein bißchen Extrageld verdienen. Zi' Le Cinglata muß vor Gericht, und dann muß er aufs Land und Trauben einkaufen. Nur keine Sorge, Mamma, du kriegst jeden Penny, den ich verdiene.»

«*Grazia*», bedankte die Mutter sich. Alle, sogar Signor Le Cinglata, mußten lächeln, weil sich der Junge für so geschickt hielt, daß er den von ihm Gehörnten mit «Onkel» anredete.

Signor Le Cinglata paßte sich diesem Ton an. «Lucia Santa», sagte er vertraulich, «Lorenzo ist für mich wie ein eigener Sohn. Ah, welch eine *disgrazia*, daß wir keine Kinder haben! Aber wer soll meine Frau beschützen, wenn ich fort bin? Unser Geschäft ist schwer, und für eine Frau allein ist es gefährlich. Sie muß einen starken Mann im Haus haben. Ihr Sohn hat bei der Eisenbahn eine geregelte Arbeitszeit. Anschließend kommt er hierher und bleibt bis zum frühen Morgen. Tagsüber muß er schlafen. Sie haben kleine Kinder, die rein und raus laufen, rein und raus. Warum soll er nicht hier schlafen, wo alles ruhig ist? Ich habe absolutes Vertrauen zu Ihrem Sohn und kümmere mich nicht um eitles Geschwätz. Ein Mann, der so viel Geld verdient wie ich, braucht sich um die Meinung der Nachbarn nicht zu kümmern.»

Jetzt war der Mutter alles klar. Sie empfand eine ungeheure Verachtung für diese Menschen. Hier war ein Ehemann und Italiener, der um des Geldes willen duldete, daß ihm seine Ehefrau Hörner aufsetzte. Hier war eine Ehefrau, die wußte, daß ihr Mann sich mehr um das Geschäft und um das Geld kümmerte als um ihre Ehre und ihren guten Namen, der seine Frau also zur Hure machte. Lucia Santa war aufrichtig schockiert, und das kam selten vor.

Wohin würde es mit ihrem Sohn kommen, wenn er mit solchen Menschen zusammen war? Nicht einmal mehr richtig ärgerlich, sagte sie zu Lorenzo: «Geh, hol deine Sachen, *figlio mio*, und komm mit nach Hause. Ich werde nur gehen, wenn du mit mir kommst.»

Larry lächelte verlegen. «Laß doch, Mamma», sagte er. «Ich arbeite jetzt schon seit fünf Jahren und bringe regelmäßig mein Geld nach Hause. Ich bin kein Kind mehr.»

Lucia Santa erhob sich in ihrer imponierenden, schwarzgekleideten Fülle. Voller Dramatik sagte sie: «Ich bin deine Mutter, und du wagst es, mir vor Fremden zu widersprechen?»

Signora Le Cinglata mischte sich unbeherrscht ein. «*Va, va, giovanetto!* Geh nur mit deiner Mutter. Wenn die Mutter ruft, müssen die Kinder gehorchen.»

Larry wurde tiefrot unter seiner Bronzefarbe, und Lucia Santa erkannte in seinen Augen den Zorn eines erwachsenen Mannes. Er sah jetzt aus wie sein verstorbener Vater. «Den Teufel werde ich!» sagte er.

Und schon war die Mutter bei ihm und schlug ihm ihre Hand ins Gesicht, eine schöne, kräftige Ohrfeige. Er stieß sie von sich, so daß sie stolperte und gegen den Küchentisch fiel.

Die Le Cinglatas waren entsetzt. Das war zuviel. Energisch traten sie zwischen die beiden.

«Ahhh!» Lucia Santa stieß einen langen, zischenden Laut der Genugtuung aus. «Der Sohn schlägt seine Mutter. *Animale! Bestia! Sfachim! Figlio de puttana!* Danke Gott, daß dein Vater tot ist. Danke Gott, daß er nicht sieht, wie sein Sohn um fremder Leute willen die eigene Mutter schlägt.»

In Larrys Gesicht leuchteten fünf rote Streifen, doch seine Wut war verraucht. Verdrossen sagte er: «Mamma, ich habe dich doch nur weggeschoben. Hör endlich auf!» Er war schuldbewußt, hatte ein schlechtes Gewissen, als er die Tränen der Demütigung in den Augen der Mutter sah.

Lucia Santa wandte sich an die Le Cinglatas. «Das freut euch wohl, eh? Gut. Mein Sohn kann hierbleiben. Aber eines sage ich euch: Heute nacht kommt mein Sohn nach Hause. Oder ich gehe zur Polizei. Er ist noch minderjährig. Ich werde ihn in die Erziehungsanstalt stecken, und euch schicke ich ins Gefängnis. Wein und Whisky verkaufen ist eines, doch hier in Amerika werden Kinder geschützt. Wie Sie schon sagten, Signora: Wir leben nicht in Italien.» Sie wandte sich an ihren Sohn. «Und du, bleib du nur bei deinen Freunden. Ich habe keine Lust, mich mit dir auf der Straße sehen zu lassen. Bleib hier, amüsier dich gut. Aber ich warne dich, mein lieber Sohn, heute nacht schläfst du in meinem Haus. Oder ich werde dich einsperren lassen, so groß du bist.» Damit hatte sie sich einen würdigen Abgang verschafft.

Auf dem Heimweg dachte sie: «Ah, so kommen die Leute also zu ihrem Reichtum! Geld geht ihnen über alles. Doch was für ein Dreck sie sind! Was für Tiere! Wenn sie aber Geld haben, dann haben sie auch die Frechheit, den anderen in die Augen zu sehen.»

Am Abend, als die Kinder zu Bett gebracht waren, saßen Octavia und ihre Mutter am großen, runden Küchentisch und tranken Kaffee. Von Larry war nichts zu sehen. Octavia war ein bißchen erschrocken, weil ihre Mutter so fest entschlossen schien, Larry in eine Erziehungsanstalt zu geben. Dann würde sie morgen nicht arbeiten können, dann würden sie beide morgen zur Polizei gehen und die Einweisung unterschreiben müssen. Octavia hätte nie gedacht, daß ihre Mutter so grausam und hart sein, daß sie so wenig Wert auf das Extrageld legen könnte, das Larry bei den Le Cinglatas verdiente.

Es klopfte, und sie schraken zusammen. Octavia öffnete. Vor der Tür stand ein großer, dunkelhäutiger, gutaussehender Mann in einem Anzug, wie ihn ein Filmstar hätte tragen können, und lächelte sie freundlich an. In perfektem Italienisch fragte er sie: «Wohnt hier Signora Corbo?» Dann fügte er noch hinzu: «Ich komme von den Le Cinglatas; ich bin ihr Rechtsanwalt. Sie baten mich, Sie aufzusuchen.»

Octavia brachte ihm eine Tasse Kaffee. Freund oder Feind – einem Gast bot man etwas zu trinken an.

«Also, Signora Corbo», begann der junge Mann, «Sie sind töricht, sich so über Ihren Sohn aufzuregen. Heutzutage stellt doch jeder schwarzen Alkohol her. Das ist kein Verbrechen. Sogar der Präsident verzichtet nicht auf seinen Drink. Und sind Sie wirklich so reich, daß Sie nicht noch ein paar Dollar mehr gebrauchen könnten?»

«Herr Rechtsanwalt», entgegnete die Mutter, «mir ist egal, was Sie sagen.» Der junge Mann beobachtete sie aufmerksam, schien aber nicht gekränkt zu sein. Sie fuhr fort: «Mein Sohn schläft in der Wohnung seiner Mutter, bei seinen Brüdern und Schwestern. Bis er eine Frau hat. Entweder das, oder er kommt in die Erziehungsanstalt, und dann viel Spaß! Wenn er achtzehn ist, kann er gehen, dann bin ich nicht mehr seine Mutter. Bis dahin aber bleibt mir keine Wahl. Von meinen Kindern wird keines ein Zuhälter, Sträfling oder Mörder.»

Der junge Mann starrte sie durchdringend an. Dann sagte er knapp: «Gut. Wir verstehen uns. Sehr gut sogar, Signora. Und jetzt hören Sie mir bitte zu. Gehen Sie unter keinen Umständen zur Polizei. Ich verspreche Ihnen, daß Ihr Sohn bestimmt morgen kommt. Diesen Ärger werden Sie nicht noch einmal erleben. Also, abgemacht?»

«Heute abend», beharrte Lucia Santa.

«Hm», machte der junge Mann. «Sie enttäuschen mich. Nicht einmal der liebe Gott könnte Ihren Sohn dazu bringen, noch heute nach

Hause zu kommen. Sie, als Mutter, mit Ihrer Lebenserfahrung, müssen doch Verständnis für seinen Stolz haben. Er hält sich für einen Mann. Gönnen Sie ihm den kleinen Triumph.»

Die Mutter war erfreut, geschmeichelt und einsichtig. Sie nickte.

Der junge Mann erhob sich rasch und sagte: «*Buona sera*, Signora.» Er deutete vor Octavia eine Verbeugung an und ging.

«Siehst du?» sagte die Mutter voll Grimm. «Genau davor möchte ich deinen Bruder bewahren.»

Octavia war verwirrt.

Die Mutter fuhr fort: «Ein Rechtsanwalt – daß ich nicht lache! Die machen Geschäfte mit der Schwarzen Hand. Dem sieht man doch an der Visage an, daß er ein Mörder ist!»

Octavia lächelte vergnügt. «Du bist verrückt, Mamma! Ehrlich.» Und dann musterte sie ihre Mutter voll Liebe und aufrichtigem Respekt. Ihre Mutter, ein schlichtes Bauernmädchen, das diesen Mann für einen gefährlichen Verbrecher hielt, hatte weder vor ihm gezittert noch die geringste Angst gezeigt. Im Gegenteil, im Anfang hatte es ausgesehen, als wollte sie den Riemen holen.

«Dann kann ich also morgen arbeiten gehen?» erkundigte sich die Tochter.

«Ja, ja», antwortete Lucia Santa. «Geh du zur Arbeit. Du darfst keinen Tagelohn verlieren. Das können wir uns nicht leisten. Leute wie wir werden niemals zu Reichtum kommen.»

5

Das Baby Lena auf dem Arm, stand Lucia Santa am Wohnzimmerfenster und sah in das grelle Licht des Spätaugustmorgens hinaus. Auf der Straße herrschte viel Verkehr, und direkt vor dem Haus pries ein Händler mit singender Stimme seine Waren an. «Kartoffeln. Bananen. Spinat. Billig. Billig. Billig.» Sein Wagen stand voller roter, brauner, grüner und gelber quadratischer Kisten mit Obst und Gemüse. Es war, als blicke Lucia Santa auf die leuchtendbunte Kleckserei eines Kindes auf ihrem Linoleumfußboden hinab.

Drüben auf dem Rangierbahnhof standen eine Menge Leute herum, Männer und kleine Jungen. Lorenzo lag Gott sei Dank nach seiner Nachtschicht wohlbehalten im Bett, sonst hätte sie den vertrauten stechenden Schmerz verspürt, die lähmende Angst im Magen und in den Knien. Interessiert schaute sie hinüber.

Hoch oben auf einem der Güterwagen stand ein kleiner Junge und starrte auf die Leute hinab. Jetzt lief er flink hin und her, immer nur ein paar Schritte weit, hastig und ungestüm. Die Sonne beschien ein blaues, auf der Brust weiß durchbrochenes Kunstseidenhemd. Das konnte nur Gino sein! Aber was machte er da? Was war passiert? Eine Lokomotive war nicht in der Nähe; in Gefahr schwebte er also nicht.

Lucia Santa genoß das Gefühl der Macht, jenes beinahe göttliche Gefühl des Allwissens, das Frauen haben, wenn sie vom Fenster aus ihren Kindern beim Spielen zusehen – sehen, doch selbst nicht gesehen werden. Wie die Legende von Gott, der von einer Wolke herab den Menschen zusieht, die viel zu beschäftigt sind, um aufzublicken und ihn zu entdecken.

Dann glänzte schwarzes Leder auf: ein uniformierter Bahnpolizist kletterte die Leiter des Güterwagens empor, und die Mutter begriff. Erschrocken stürzte sie ins Schlafzimmer hinüber und schrie: «Lorenzo, wach auf! Schnell!» Sie schüttelte ihn. Sie gab ihrer Stimme einen schrillen, durchdringenden Ton, der ihn hochfahren ließ. Mit einem Satz war Larry aus dem Bett: behaarte Brust, behaarte Beine, Unterhosen – ein unanständiger Anblick für jede Frau, nur nicht für die Mutter. Sein Haar war zerwühlt, das Gesicht glänzte vom Schlafschweiß des Sommertages. Er folgte der Mutter zum Wohnzimmerfenster. Sie kamen gerade zurecht, um Gino, auf der Flucht vor dem Bullen, vom Wagendach springen zu sehen. Unten jedoch wartete ein zweiter schwarzuniformierter Bulle, der ihn am Kragen packte. Als Gino durch die Luft sauste, stieß die Mutter einen Angstschrei aus. Larry fluchte: «Verdammt, wie oft habe ich dir schon gesagt, daß du dem Jungen das Eisklauen verbieten sollst!» Dann rannte er ins Schlafzimmer zurück, fuhr eilig in Hose und Segeltuchschuhe und sauste im Eilzugtempo die Treppe hinunter.

Als er aus dem Haus kam, rief die Mutter ihm noch aus dem Fenster nach: «Schnell, schnell! Sie bringen ihn um!» Sie hatte gerade gesehen, wie einer der Polizisten Gino eine Ohrfeige gab. Die ganze Gruppe bewegte sich jetzt auf das Häuschen des Weichenstellers an der Tenth Avenue zu. Lucia Santa sah Larry über die Straße laufen, sich mitten in die Gruppe stürzen und Ginos Hand aus der des Polizisten reißen. In diesem Augenblick vergab sie ihm die Beleidigungen, die er ihr bei den Le Cinglatas zugefügt hatte, vergab ihm auch seinen schmollenden Trotz der vergangenen Wochen. Er wußte also noch immer, was ein Bruder bedeutete; daß es keine heiligere Verpflichtung gab als eigenes Fleisch und Blut; daß es den Vorrang vor Heimat, Kirche, Ehefrau,

Freundin und Geld haben mußte. Dem Herrgott gleich sah sie zu, wie der Sünder tätige Reue übte – und freute sich.

Larry Angeluzzi lief über die Straße, als habe er Mord im Sinn. Man hatte ihn genug herumgestoßen. Während der vergangenen Wochen hatten ihn Zorn, Demütigung und Schuldbewußtsein gequält. Das Bild, das er sich von sich selber machte, war in tausend Scherben zerschlagen worden. Er hatte tatsächlich die Hand gegen seine eigene Mutter erhoben und sie in Gegenwart von Fremden beleidigt! Und alles wegen ein paar Leuten, die ihn ausgenutzt und dann davongeschickt hatten. Wie ein Kind, das man Botengänge tun läßt und dann bei Fuß stehen läßt; ein Gegenstand allgemeiner Lächerlichkeit. In seiner Vorstellung war er zum Schurken geworden, zum Engel, der aus seinem persönlichen Himmel gefallen war. Manchmal konnte er es nicht fassen, daß er sich so benommen hatte, und versuchte das Ganze als einen Unfall zu sehen: Die Mutter war einfach gestolpert, er hatte die Hand ausgestreckt, um sie zu halten, und war dabei ungeschickt gewesen. Doch gleich überflutete ihn eine Woge von Scham. Und jetzt entriß er Gino dem Bullen, ohne zu ahnen, daß er damit wiedergutmachen wollte, und spürte, fast wie eine körperliche Berührung, den aufmerksamen Blick seiner Mutter im Rücken.

Gino weinte, doch nicht vor Schmerz oder Angst. Er war bis zum letzten Augenblick überzeugt gewesen, daß er entwischen würde. Er hatte sogar den Sprung vom Wagendach auf den harten Schotter gewagt, ohne sich zu verletzen. Seine Tränen waren die eines kleinen Jungen, Tränen fassungsloser Wut und verletzten Stolzes, denn man hatte ihn klein und hilflos gemacht und in eine Falle gelockt.

Den einen der Bullen – Charlie – kannte Larry, der andere aber war ihm fremd. Mit Charlie hatte Larry an vielen Winterabenden im Häuschen gesessen und Geschichten über die Mädchen des Viertels ausgetauscht; die Eitelkeit des O-Beinigen hatte ihn immer zum Lachen gereizt. Jetzt aber wandte er sich in kaltem Ton an beide Polizisten zusammen. «Verdammt noch mal, was macht ihr da mit meinem kleinen Bruder?» Er hatte versöhnlich sein wollen; er wußte, daß hier, in dieser Situation, Freundschaftlichkeit und Liebenswürdigkeit angebracht waren. Aber die Worte kamen wie eine finstere Herausforderung aus seinem Mund.

Der große Bulle, der Unbekannte, sagte zu Charlie Chaplin: «Wer ist denn der da?» Er wollte wieder nach Gino greifen. Doch Larry schob seinen Bruder hinter sich und sagte zu ihm: «Geh du nach Hause.» Gino rührte sich nicht.

Charlie Chaplin erklärte seinem Kollegen: «Das ist der Dummy Boy von der Nachtschicht.» Und dann: «Hör mal, Larry, dein kleiner Bruder hat den ganzen Sommer lang Eis geklaut. Einmal hat er sogar mit Steinen nach mir geworfen und mir gesagt, daß er auf mich scheißt. Ein Kind in dem Alter! Ob er nun dein Bruder ist oder nicht, ich werde ihm jetzt den Hintern versohlen, daß er die Engel im Himmel singen hört. Also geh weg, Junge, oder du kriegt noch selber was ab. Und verlierst obendrein deinen Job. Vergiß nicht, daß du auch bei der Eisenbahn arbeitest. Und *du bist im Unrecht,* Mann!»

Einer der zuschauenden Arbeiter sagte auf italienisch: «Die haben deinem Bruder schon ein paar kräftige Püffe verabreicht.»

Larry wich langsam zurück, bis er statt Schotter Straßenpflaster unter den Schuhsohlen spürte: hier war das Grundstück der Eisenbahn zu Ende. Er sagte: «Wir befinden uns außerhalb des Bahngeländes. Hier habt ihr nichts mehr zu sagen.» Larry hatte beschlossen, vernünftig mit ihnen zu reden; er wollte seinen Job nicht verlieren. «Aber ich muß mich doch sehr über dich wundern, Charlie. Seit wann stehst du denn auf seiten der Unternehmer? Jedes Kind auf der Tenth Avenue stiehlt Eis aus den Waggons. Sogar der kleine Bruder von deinem Mädchen. Verdammt, du hast doch kein Greenhorn vor dir! Okay, du hast meinen Bruder geohrfeigt, weil er einen Stein nach dir geworfen hat. Ihr seid also quitt.» Aus den Augenwinkeln beobachtete er zuerst die umstehende Menge und dann Gino. Der Kleine sah den Polizisten tränenlos, aber finster und mit einem beinahe komischen, rachsüchtigen Ausdruck auf dem Kindergesicht an. Liebevoll sagte Larry zu seinem Halbbruder: «Wenn du noch einmal dieses Gelände betritts, kriegst du von mir persönlich den Hosenboden voll, verstanden? Und jetzt komm mit.»

Das war sehr geschickt. Keiner hatte das Gesicht verloren, er war nicht zu grob geworden, hatte sich keine Feinde, aber auch keinen Rückzieher gemacht. Larry war stolz auf sein gutes Urteilsvermögen. Aber der große, fremde Bulle machte alles wieder zunichte. Er sagte zu Charlie Chaplin: «Dann hast du mich also ganz umsonst von so weit herkommen lassen?» Charlie zuckte die Achseln. Der große Bulle holte aus, klatschte Gino brutal seinen Handrücken ins Gesicht und sagte grob: «Paß nur auf, daß *ich* dich nicht noch mal hier erwische!» Larry schlug sofort so hart zu, daß die schwarze Schirmmütze weit in die Zuschauer flog. Der Kreis erweiterte sich, und alle warteten, bis sich der Bulle, der aus dem Mund blutete, wieder erhob. Ohne Mütze wirkte er mit seinem fast vollständig kahlen Schädel viel älter und weit weniger gefährlich. Der Bulle stand auf und stellte sich breit vor Larry hin.

Sie starrten einander an. Der Bulle schnallte den Pistolengurt ab und gab ihn, zusammen mit seinem schwarzen Jackett, Charlie Chaplin zum Halten. Sein Oberkörper im braunen Hemd wirkte sehr lang. Ruhig sagte er: «Okay, du bist also einer von den Rowdy-Makkaronis. Jetzt hast du Gelegenheit, dich zu prügeln.»

«Nicht hier», mischte sich Charlie ein. «Da hinten, bei den Viehwaggons.» Alle zusammen kehrten auf das Gelände zurück, wo es einen quadratischen freien Flecken Schotterboden gab. Kein Gedanke an eine Falle. Dies war eine Ehrenangelegenheit. Beide Bullen wohnten hier, auf der West Side. Wenn sie in diesem Augenblick von ihrer offiziellen Autorität Gebrauch gemacht hätten, wären sie hier im Viertel für immer erledigt gewesen.

Larry zog sich das Unterhemd über den Kopf und stopfte es in den Hosenbund. Trotz seiner Jugend war seine Brust nicht minder behaart und sogar noch breiter als die des Älteren. Larry hatte nur eine Sorge: daß seine Mutter herunterkommen und eine Szene machen würde. Wenn sie das tat, würde er ihr Haus für immer verlassen. Ein Blick nach oben jedoch zeigte ihm, daß sie noch immer am Fenster stand.

Zum erstenmal in seinem Leben sehnte sich Larry von Herzen nach einem Kampf, sehnte er sich danach, jemandem weh zu tun und sich als Meister seiner Welt zu beweisen.

Leute kamen über die Straße gelaufen, um bei dem Kampf zuzusehen. Köpfe beugten sich aus den Fenstern. Guido, der Sohn des *panettiere*, trat zu Larry. «Ich werde dir sekundieren», bot er ihm an. Ihm auf dem Fuß folgte mit angstvoller Miene Vinnie.

Larry und der Bulle standen einander mit erhobenen Fäusten gegenüber. In diesem Augenblick spürte Larry den ganzen Einfluß seiner Mutter, die vom Fenster aus zusah, und seiner beiden kleinen Brüder, die großäugig und nervös in der Menge standen. Er fühlte eine ungeheure Macht in sich. Niemand konnte ihn demütigen; niemand würde ihn als Unterlegenen sehen. Er sprang den Älteren an. Sie deckten sich gegenseitig mit Schlägen ein, ihre Fäuste glitten von Schultern und Armen des Gegners ab. Einer der Verteidigungsschläge des Bullen traf den nachstoßenden Larry voll ins Gesicht und hinterließ einen langen, blutenden Riß auf dessen Wange.

Sofort fuhr der Sohn des *panettiere* dazwischen und schrie aufgebracht: «Nimm den Ring ab, du feiger Hund! Hier wird fair gekämpft!» Der Bulle zog errötend den unebenen, goldenen Ehering ab, den er auf den Fingerknöchel geschoben hatte, und warf ihn Charlie Chaplin zu. Die Menge lachte höhnisch. Der Bulle drang wieder auf Larry ein.

Larry, ein wenig verstört über das viele Blut, das ihm über die Wange lief, aber von einem mörderischen Haß erfüllt, landete einen rechten Haken im Magen des Gegners. Der Bulle mußte zu Boden gehen. Die Menge johlte. Guido schrie immer wieder: «Schlag ihn k. o., Larry! Schlag ihn k. o.!» Der Bulle stand aber wieder auf, und es wurde still. Von fern hörte Larry die Mutter schreien: «Lorenzo, *stoppa, stoppa*!» Einige Zuschauer drehten sich um und sahen interessiert hinüber. Mit einer wütenden, befehlenden Geste winkte Larry der Mutter, den Mund zu halten.

Die beiden Männer hörten erst auf, einander zu prügeln, als der Bulle von neuem zu Boden ging, diesmal jedoch nicht durch einen Schlag, sondern aus freien Stücken, weil er sich ausruhen mußte. Er bekam keine Luft mehr. Als er wieder aufstand, schickte ihn Larry mit einem schmerzhaften Hieb ins Gesicht noch einmal auf den Schotter.

Der Ältere, wütend über die Demütigung, packte Larry am Hals und wollte ihn treten. Larry schüttelte ihn ab. Sie waren jetzt beide erschöpft, und keiner war gut genug, um einen klaren Sieg für sich zu buchen. Charlie Chaplin griff sich den Bullen, und Guido hielt Larry fest. Beide versuchten ihre Freunde zu beruhigen. Der Kampf war aus.

«Okay», erklärte Charlie Chaplin energisch, «das war ein guter Kampf. Ihr habt beide bewiesen, daß ihr nicht feige seid. Jetzt gebt euch die Hand und versöhnt euch wieder.»

«Richtig», stimmte Guido zu. Dann zwinkerte er Larry zu und sagte gönnerhaft zu dem Bullen: «Das Ergebnis ist unentschieden.» Einige Zuschauer schüttelten Larry die Hand und klopften ihm auf die Schulter. Jeder wußte, daß eigentlich er den Kampf gewonnen hatte.

Beide, Larry sowohl als auch der Bulle, grinsten einfältig; sie schüttelten sich lachend die Hände und packten sich, um ihre Freundschaft zu zeigen, bei den Schultern. Der Bulle sagte heiser: «Du bist schon richtig, Junge.» Zustimmendes Gemurmel. Larry legte Gino den Arm um die Schultern und sagte: «Komm, Brüderchen.» Sie überquerten die Avenue und stiegen die Haustreppe hinauf. Guido und Vincent kamen mit.

Als sie die Wohnung betraten, holte die Mutter zu einer Ohrfeige für Gino aus, der sich aber geschickt wegduckte. Dann entdeckte sie Larrys Wange. Sie rang die Hände, jammerte «*Marrone, marrone!*» und lief davon, um einen nassen Lappen für seine Wunde zu holen. Dabei schrie sie Gino zu: «*Sfachim*, deinetwegen hat sich dein Bruder schlagen müssen!»

«Ach was, Mamma!» gab Larry stolz und glücklich zurück. «Ich hab doch gewonnen. Kannst Guido fragen.»

«Klar», bestätigte Guido bereitwillig. «Ihr Sohn sollte Berufsboxer werden, Mrs. Corbo. Der hat den Bullen ganz schön zusammengedroschen. Wenn der den Ring nicht gehabt hätte, dann hätte Larry überhaupt nichts abgekriegt.»

Gino berichtete aufgeregt: «Viermal hat Larry den Scheißkerl k. o. geschlagen, Mamma! Damit hast du doch gewonnen, nicht, Larry?»

«Na klar», sagte Larry. «Aber hör auf, solche Wörter zu gebrauchen.» Er liebte seine Mutter, den Bruder, die ganze Familie. «Einen von meiner Familie faßt keiner an», erklärte er. «Wenn nicht mein Job bei der Eisenbahn wäre, dann hätte ich ihn umgebracht, diesen Kerl.»

Lucia Santa versorgte sie alle mit Kaffee. Dann sagte sie: «Lorenzo, geh wieder schlafen. Vergiß nicht, daß du heute abend arbeiten mußt.» Guido und Vinnie kehrten zur Bäckerei zurück. Larry zog sich aus und ging zu Bett. Als er lag, hörte er Gino mit erregter, glücklicher Stimme der Mutter von dem Boxkampf berichten.

Larry war müde und zufrieden. Jetzt war er wenigstens nicht mehr der Bösewicht. Wenn er heute abend auf seinem Pferd vor der großen, schwarzen Lokomotive und dem endlosen Güterzug die Tenth Avenue entlangritt, würden die Leute zu ihm aufsehen, ihm freundliche Worte zurufen, ihn ansprechen. Sie würden ihn mit Respekt behandeln. Er hatte seinen Bruder und die Familienehre verteidigt. Niemand würde es wagen, ein Mitglied seiner Familie schlecht zu behandeln. Er schlief ein.

In der Küche sagte die Mutter mit wutverzerrtem Gesicht zu Gino: «Wenn du noch einmal da rübergehst, bring ich dich um!» Gino zuckte die Achseln.

Lucia Santa war glücklich, aber sie war auch ein bißchen verärgert über das Aufhebens, das alle von diesem Kampf gemacht hatten, über die männliche Eitelkeit und den Rummel; sie taten ja, als wären derartige Dinge tatsächlich von Wichtigkeit! Sie wollte nichts mehr davon hören. Insgeheim verachtete sie den männlichen Hang zum Heroismus. Das tun sehr viele Frauen. Aber sie sprechen niemals davon; sie finden den männlichen Stolz auf Heldentaten infantil, denn schließlich, welcher Mann würde Tag um Tag, Jahr um Jahr sein Leben aufs Spiel setzen, wie es die Frauen beim Akt der Liebe tun? Sollen sie doch Jahr um Jahr Kinder tragen und ihren Körper sich in eine große, blutige Höhle verwandeln lassen! Dann wären sie nicht mehr so stolz auf ein bißchen Nasenbluten, auf kleine Schnittverletzungen. Gino plapperte immer noch von dem Kampf, und Lucia Santa packte ihn kurzerhand wie einen jungen Hund beim Kragen und setzte ihn vor die Tür. Dann rief sie ihm nach: «Komm ja nicht zu spät zum Abendessen!»

Während des restlichen Sommers hatte Lucia Santa mit Octavia mehrere Kämpfe auszufechten – und das in der grausamen Hitze, die der brennende Straßenbeton ausstrahlte. Das Pflaster und die Rinnsteine waren mit zu Staub zerfallenen Pferdeäpfeln und dem Ruß und Schmutz einer Millionenstadt bedeckt. Sogar die großen Gebäude aus totem Stein schienen körnige Partikelchen abzuwerfen, als seien sie Hunde, die ihre Haare abschütteln.

Octavia gewann. Zuerst wechselte sie ihre Arbeitsstelle und wurde Nählehrerin bei der Melody Corporation, eine Firma, die Nähmaschinen verkaufte. Octavia mußte die kostenlosen Unterrichtsstunden erteilen, zu denen der Kauf einer Maschine berechtigte. Sie verdiente zwar drei Dollar pro Woche weniger als in ihrer früheren Stellung, hatte dafür aber Aufstiegsmöglichkeiten. Und außerdem konnte sie bei der Arbeit für ihre Mutter und Baby Lena Kleider nähen. Dieses letzte Argument überzeugte Lucia Santa. Das war der eine Sieg.

Vinnie war im Verlauf des Sommers sehr dünn geworden. Mutter wie auch Tochter machten sich Sorgen um ihn. Eines Tages ging Octavia mit ihren drei kleinen Brüdern zur kostenlosen Zahnbehandlung im Hudson Guild Settlement House. Einige Zeit zuvor hatte sie einen Anschlag gesehen, auf dem zu lesen war, daß man noch Anmeldungen für den Herald Tribune Fresh Air Fund entgegennahm, der bedürftige Kinder für zwei Wochen in ein Sommerlager oder zu bestimmten Familien aufs Land schickte. Sie hatte Vinnies Namen angegeben. Das war gewesen, bevor er beim *panettiere* zu arbeiten anfing.

Jetzt schnitt Octavia das Thema im Gespräch mit der Mutter abermals an. Vinnie würde nur zwei Wochenlöhne verlieren. Denn im Herbst, wenn die Schule anfing, mußte er ohnehin die Arbeit aufgeben. Jetzt hatte er die Gelegenheit, zwei Wochen auf dem Land bei einer Bauernfamilie zu verbringen, und alle Unkosten wurden bezahlt. Die Mutter protestierte – nicht wegen des Geldes, sondern weil ihr das grundlegende Prinzip nicht in den Kopf gehen wollte: daß nämlich ein Stadtkind einige Wochen in frischer Landluft verbringen müsse. Sie als Landmädchen konnte das nicht begreifen. Außerdem konnte sie einfach nicht glauben, daß fremde Menschen sich bereit erklärten, ein unbekanntes Kind zwei Wochen lang zu sich ins Haus zu nehmen, ohne es arbeiten oder seinen Lebensunterhalt selber verdienen zu lassen. Erst als Octavia ihr erklärte, daß diese Leute dafür eine kleine Vergütung erhielten, verstand sie alles: es mußte sich um eine beachtliche Summe handeln.

Endlich gab Lucia Santa nach. Während dieser zwei Wochen sollte Gino Vincent in der Bäckerei vertreten. Vinnie bekam einen Brief, den er aufgeben konnte, wenn es ihm dort nicht gefiel; dann würde sofort Octavia kommen und ihn nach Hause holen. Denn Vincent wollte nicht weg. Er fürchtete sich vor den fremden Menschen. Aber Octavia wurde so böse – sie brach sogar fast in Tränen aus –, daß er schließlich doch noch einwilligte.

Gino schaffte es, durch seine Arbeit beim *panettiere* den Ruf der Familie, von der es hieß, sie sei fleißig und pflichtbewußt, restlos zu ruinieren. Mußte er Brot austragen, kam er stundenlang nicht zurück. Morgens verspätete er sich, und abends machte er viel zu früh Schluß. Die Mehlsäcke warf er einfach die Kellertreppe hinab, und wenn er sie nach oben holte, schleifte er sie über die Stufen, daß sie aufrissen und Mehl herausrann. Er verschlang tonnenweise Pizza und Zitroneneis. Und doch konnte ihm niemand böse sein. Der *panettiere* erklärte der Mutter lediglich, daß er im nächsten Sommer Gino nicht mehr als Ersatz für Vincenzo akzeptieren werde, und beide lachten, worauf Octavia wütend wurde. Mein Gott, wenn Vinnie getan hätte, worüber die beiden jetzt lachten – die Mutter hätte ihn grün und blau geschlagen!

Aber Octavia wurde belohnt. Mit einemmal war der Sommer zu Ende, es war nur noch eine Woche bis zum Schulbeginn, und Vinnie kam heim. Die Veränderung, die mit ihm vorgegangen war, war einfach verblüffend. In der Hand hielt er einen neuen Koffer aus glänzendem braunem Leder. Er trug eine neue, weiße Flanellhose, ein weißes Hemd, eine blaue Krawatte sowie ein blaues Jackett. Sein Gesicht war braungebrannt und rund. Er war um mindestens einen Zoll gewachsen. Er war ein richtiger kleiner Mann von Welt, als ihn der Sozialbeamte mit dem Taxi ablieferte, in dem sie von der Grand Central Station herübergefahren waren.

An diesem Abend begab sich die Familie Angeluzzi-Corbo zeitig ins Haus. Als Vinnie ihnen vom Landleben erzählte, machten Gino und Sal große Augen, und sogar Baby Lena schien aufmerksam zuzuhören.

Das Land: das war ein Ort, wo es keine Backsteine und kein Straßenpflaster gab. Die Straßen waren aus Erde; überall hingen kleine, grüne Äpfel an den Bäumen. Wohin man auch sah, wuchsen Himbeeren an den Sträuchern. Wenn einen die Lust ankam, aß man einfach drauflos. Das Land: das war ein kleines, weißes Holzhaus, und die Nächte waren so kalt, daß man Wolldecken brauchte. Alle Leute hatten Autos, weil es weder Subways noch Trolleybusse gab. Die Mutter zeigte sich unbeeindruckt. Sie hatte selbst auf dem Land gelebt. Gino jedoch war überwältigt bei dem Gedanken, was er alles verpaßt hatte.

Dann zeigte Vincent ihm seinen Pyjama. Er war der erste in der Familie, der einen besaß. Der Schlafanzug war gelb-schwarz, und er hatte ihn selber ausgesucht. Die Mutter sagte zweifelnd: «Darin soll man schlafen?» Denn im Winter schliefen alle in dickem Unterzeug und einem Strickpullover aus rauher Wolle. Bei heißem Wetter genügte die Unterwäsche. Pyjamas waren für die Chinesen.

«Aber warum haben dir diese Leute all die Kleider gekauft?» wollte sie wissen. «Kriegen die denn so viel Geld von dem *Funda*?»

«Nein», erklärte Vinnie stolz, «die mögen mich. Sie wollen, daß ich nächstes Jahr wiederkomme, und Gino kann ich auch mitbringen, haben sie gesagt. Ich habe ihnen alles von euch erzählt. Sie wollen mir Briefe schreiben und mir ein Weihnachtsgeschenk schicken. Also muß ich ihnen auch eins geben.»

«Haben sie denn keine Kinder?» fragte die Mutter.

«Nein», antwortete Vinnie.

Octavia, die sah, wie glücklich ihr Bruder war, sagte impulsiv: «Vin, du brauchst nicht mehr in die Bäckerei zu gehen. Bis zum Schulanfang ist es nur noch eine Woche. Zum Teufel mit der Arbeiterei!» Vinnie war selig. Beide sahen Lucia Santa an, aber auch sie lächelte zustimmend. Ihre Miene war nachdenklich.

Sie staunte. Es gab also doch gute Menschen auf der Welt, die fremde Kinder glücklich machten! Was für Menschen waren das wohl? Wie gut mußte es ihnen gehen, daß sie einem Jungen Liebe und Geld schenken konnten, den sie noch nie gesehen hatten und den sie vermutlich nie wiedersehen würden! Sie hatte das unbestimmte Gefühl, daß es außerhalb ihrer eigenen noch eine andere Welt geben müsse, so verschieden von der ihren wie ein anderer Planet. Eine Welt, die für Menschen wie sie niemals ein bleibender Aufenthalt sein konnte. Sie fanden Eingang in sie nur durch Wohltätigkeit, und diese Wohltätigkeit erlosch wie eine Sternschnuppe, sie brannte aus. Ah, in Italien fraßen sie die Kinder der Armen bei lebendigem Leibe, die Reichen, die fetten Grundbesitzer. Doch es genügte, daß ihren Kindern heute abend Glück und Hoffnung aus den Augen leuchtete. Sie war zufrieden.

Für Octavia nahm der Sommer ein schlechtes Ende. Ihr Chef, ein stattlicher, jovialer Mann und immer überaus freundlich zu ihr, rief sie eines Abends in sein Büro.

«Miss Angeluzzi», sagte er, «ich habe Sie beobachtet. Sie sind eine gute Lehrerin. Die Frauen, die Nähmaschinen kaufen und bei Ihnen Unterricht nehmen, sind sehr zufrieden mit Ihnen. Und sie sind zufrieden mit ihren Maschinen. Und da liegt der Hund begraben, meine Gute.»

Octavia war verwirrt. «Was wollen Sie damit sagen?»

«Na ja, Sie sind jung, Sie sind auffallend intelligent. Das ist gut, das ist sehr gut. Und Sie besitzen Energie. Sie werden mit Ihrer Arbeit gut fertig. Ich erinnere mich an eine Frau, die Schwierigkeiten hatte, eine sehr dumme Frau, das sah man gleich. Aber Sie haben sich um sie gekümmert, bis sie den Bogen raus hatte. Ich will es Ihnen offen sagen: Sie sind die beste Kraft, die wir bisher gehabt haben.» Wohlwollend tätschelte er ihren Arm, und sie zuckte zurück. Er lächelte; sie hatte sich, hatte ihre primitive italienische Erziehung verraten: ein Mann berührt ein Mädchen nur aus einem einzigen Grund.

Octavia wirbelte der Kopf vor Freude über das Lob. Dann war sie also doch eine richtige Lehrerin! Sie hatte es ja gewußt.

«Aber, Octavia», fuhr der Chef freundlich fort, «die Melody Sewing Machine Company ist nicht dazu da, den Frauen Nähunterricht zu erteilen. Sie ist nicht einmal dazu da, diese minderwertigen Maschinen zu verkaufen, für die wir werben, damit die Leute in unser Geschäft kommen. Wir wollen die guten Maschinen verkaufen. Die besten. Und darin besteht Ihre eigentliche Aufgabe. Ich befördere Sie hiermit zur Verkäuferin und gebe Ihnen eine Gehaltserhöhung von zwei Dollar. Aber Sie werden das gleiche tun wie bisher. Nur, geben Sie sich etwas zugänglicher.» Ihre Augen blitzten böse auf, und er mußte lächeln. «Nein, nein, nicht bei mir! Seien Sie umgänglicher mit den Damen, die Sie unterrichten, und gehen Sie mal mit ihnen aus. Trinken Sie Kaffee mit ihnen, freunden Sie sich mit ihnen an. Sie sprechen Italienisch, das ist eine gute Hilfe. Wissen Sie, an den Maschinen, für die wir werben, verdienen wir nichts. Darum wird es Ihre Aufgabe sein, die Frauen zum Kauf der besseren Modelle zu überreden. Verstehen Sie? Sie arbeiten weiter wie bisher. Nur freunden Sie sich mit den Frauen an, gehen ruhig abends mal mit ihnen aus. Am nächsten Morgen können Sie dann später zur Arbeit kommen. Wenn Sie gut verkaufen, können Sie Ihre Arbeitszeit selber bestimmen.» Er wollte wieder ihren Arm tätscheln, hielt aber inne und schenkte ihr ein belustigtes, väterliches Lächeln.

Tief beeindruckt verließ Octavia das Büro; sie war glücklich und ungeheuer geschmeichelt. Jetzt hatte sie einen wirklich guten Job, einen Job mit Zukunft. Am Nachmittag, in der Kaffeepause, ging sie mit einigen jungen, verheirateten Frauen aus, und diese verhielten sich ihr gegenüber so respektvoll und höflich, daß sie sich unheimlich wichtig vorkam, fast wie eine richtige Lehrerin. Als sie sich bei einer der jungen Frauen erkundigte, wie sie mit der Maschine zufrieden sei, antwortete diese, wunderbar, und fügte hinzu: «Ihr Chef wollte mich überreden, die bessere, teurere Maschine zu nehmen. Aber warum sollte ich das? Ich will doch nur Kleider für mich und die Kinder nähen und dabei ein bißchen Geld einsparen!» Da erst begriff Octavia, was der Chef von ihr verlangte.

Nun, da sie mit der Verkaufsarbeit begonnen hatte, mußte sie zum erstenmal in ihrem Leben eine moralische und intellektuelle Entscheidung treffen, die nicht unmittelbar mit ihren eigenen, persönlichen Beziehungen zur Umwelt, mit ihrem Körper, ihrem Geschlecht, ihrer Familie zu tun hatte. Sie erfuhr, daß ihr Vorankommen in der Welt mit dem Ausplündern ihrer Mitmenschen verbunden war. Sie stellte sich vor, daß ihre Mutter als neu Eingewanderte womöglich auch auf diese Art übertölpelt worden war. Wenn es sich darum gehandelt hätte, Rechnungen in die Höhe zu treiben, um ihren Job zu behalten, so hätte sie es vielleicht getan. Aber sie war noch so naiv, daß sie glaubte, wenn sie ihre Persönlichkeit, ihr Lächeln, ihre Freundschaft um materiellen Gewinnes willen einsetzte, dann sei das das gleiche, als wenn sie ihren Körper verkaufe. Ein paarmal versuchte sie es, doch jedesmal fehlte ihr der Mut zu dem letzten, einschüchternden Drängen, das notwendig war, um einen Kauf abzuschließen.

Nach zwei Wochen wurde sie auf die Straße gesetzt. Als sie das Büro verließ, stand der Chef an der Tür. Mitleidig lächelnd schüttelte er den Kopf und sagte: «Sie sind ein nettes Mädchen, Octavia.» Doch sie erwiderte sein Lächeln nicht. Ihre schwarzen Augen blickten zornig, und ihre Miene trug ihre Verachtung zur Schau. Er konnte es sich leisten, verständnisvoll zu sein. Er hatte nichts verloren, seine Lebenseinstellung hatte gesiegt. Er strahlte die mühelose Liebenswürdigkeit des Siegers für den Besiegten aus. Sie konnte sich diese Toleranz nicht leisten.

Octavia begann ihre Träume zu verlieren. Es schien ihr jetzt, als hätten die Lehrerinnen, die sie geliebt hatte, sie mit ihren Komplimenten, mit ihrem Drängen, nach einem besseren Leben zu streben, nach einem Leben, das zu suchen sie sich doch nicht leisten konnte – als hätten sie sie damit hereingelegt. Als hätten sie ihr ein Ideal verkauft, das für Octavias Welt zu teuer war.

Octavia kehrte in die Schneiderwerkstatt zurück. Als sie eine neue Arbeit hatte, erzählte sie ihrer Mutter die ganze Geschichte. Die Mutter lauschte schweigend. Sie hielt den kleinen Sal zwischen den Knien und kämmte ihn. Sie sagte nur: «Menschen wie du werden nicht reich.»

Ärgerlich erwiderte Octavia: «Ich kann es den Armen einfach nicht antun. Du könntest es ebensowenig. Nur um diesen lausigen Schweinen Geld in die Taschen zu bringen.»

Lucia Santa entgegnete müde: «Ich bin zu alt für solche Tricks. Und ich habe auch kein Talent. Ich mag die Menschen zuwenig, um nett zu ihnen zu sein, auch nicht für Geld. Du aber, du bist jung, du kannst es noch lernen. Es ist gar nicht so schwer. Aber nein, meine Familie muß Bücher lesen, ins Kino gehen, meine Familie glaubt, sie kann sich benehmen wie reiche Leute. Stolz sein. Arm sein. Mir ist es egal. Ich war arm, also können meine Kinder ebenfalls arm sein.» Sie schob den kleinen Sal zur Tür.

Sal drehte sich um. «Gib mir zwei Cent für einen Sprudel, Mamma», bettelte er. Die Mutter, die ihm sonst immer zwei Cent mitgab, sagte ärgerlich: «Hast du nicht gehört, was ich zu deiner Schwester gesagt habe? Wir sind arm. Und jetzt geh!»

Sal musterte sie mit ernstem Blick. Irritiert dachte sie, daß alle ihre Kinder zu ernst waren. Dann sagte Sal mit der unwiderstehlichen Logik der Kinder: «Wenn du mir nie mehr zwei Cent für Sprudel gibst, wirst du dann reich?» Octavia lachte schrill. Die Mutter nahm ihre Handtasche und gab Sal mit unbewegter Miene ein silbernes Fünfcentstück. Ohne ein weiteres Wort lief Sal hinaus.

Lucia Santa zuckte die Achseln und lächelte Octavia zu. Und dennoch, dachte sie – wenn ich meinen Kindern nie mehr zwei Cent für Sprudel gäbe, würden wir vielleicht reich. Wenn ich ihnen nie mehr Geld für Kino oder Baseball gäbe, wenn ich nur einmal pro Woche Fleisch auf den Tisch brächte und erst das elektrische Licht einschaltete, wenn es stockfinster ist. Wenn ich meine Kinder das ganze Jahr zur Arbeit schickte, anstatt zu warten, bis sie mit der Realschule fertig sind, wenn ich sie abends Knöpfe auf Pappkarten nähen statt lesen und Radio hören ließe – wer weiß?

Tausende von Häusern auf Long Island waren dank knauserigster Sparsamkeit gekauft worden. Aber das wäre bei ihrer Familie unmöglich. Dann wären sie allesamt todunglücklich, auch sie selber. Und das war allein ihre Schuld. Sie hatte versäumt, die Kinder mit der Nase auf ihre Armut zu stoßen, wie eine gute Mutter es hätte tun sollen.

Sie machte sich keine Illusionen über die Menschen. Die waren weder böse noch absichtlich gemein. Aber das Geld war ihr Gott. Mit Geld wurde man frei. Das Geld schenkte Hoffnung. Geld brachte Sicherheit. Auf Geld verzichten? Ebensogut konnte man einem Mann befehlen, im wilden Dschungel sein Gewehr wegzuwerfen.

Das Geld schützte das Leben der Kinder. Das Geld holte sie aus dem Dunkel heraus. Wer hat noch nie über Geldmangel geweint? Wer hat noch nie über Geld geweint? Wer kommt, wenn das Geld ruft? Ärzte, Priester, pflichtgetreue Söhne.

Das Geld war eine neue Heimat. Wenn Lucia Santa in der Nacht wach lag und an den wachsenden Betrag auf der Post dachte, verspürte sie eine plötzlich körperliche, eiskalte, mit Furcht gepaarte Härte, wie ein Gefangener sie spürt, wenn er die Tage zählt, die er noch hinter Gittern verbringen muß.

Und Geld, das waren Freunde und respektvolle Verwandte. Ein neuer Jesus könnte den Reichen keine Vorwürfe machen.

Nicht unbedingt reich sein, aber Geld haben – Geld haben wie eine Wand im Rücken, und dann der Welt Paroli bieten.

Octavia wußte, daß ihre Mutter über das Geld nachdachte. Über Geld für Ärzte, Geld für Kleidung, Geld für den Ölherd, Geld für Schulbücher, Geld für Kommunionsanzüge. Geld für ein Haus auf Long Island. Und der kleine Sal war vielleicht derjenige von ihnen, der das College besuchen durfte.

Trotz allem, fand Octavia, ging ihre Mutter achtlos mit Geld um. Sie kaufte nur das beste Olivenöl, teuren Käse, importierten *prosciutto*. Sie brachte dreimal die Woche Fleisch auf den Tisch. Und oft rief sie den Arzt zu ihren kranken Kindern, wenn andere Familien zu Hausmitteln gegriffen und abgewartet hätten, bis sich das Fieber oder die Erkältung von selber legte. Jedes Kind bekam zu jedem Osterfest einen neuen Anzug oder ein neues Kleid.

Aber alle paar Wochen waren auch fünf oder zehn Dollar übrig, die Octavia von der Mutter zum Sparen bekam. Das Postsparbuch enthielt jetzt über fünfzehnhundert Dollar, von denen außer ihr und der Mutter kein Mensch etwas ahnte. Octavia überlegte, welches magische Zeichen ihre Mutter wohl veranlassen würde, einen der ganz großen Schritte im Leben einer Familie zu wagen und ein Haus auf Long Island zu kaufen.

Es war Herbst geworden; die Kinder gingen zur Schule, die Abende waren zu kalt, um auf der Straße zu sitzen, und außerdem gab es jetzt viel zuviel Arbeit, um einen ganzen Abend mit Schwatzereien zu vertun. Kleidungsstücke mußten gewaschen und gebügelt, Schuhe geputzt, Knöpfe auf Pappkarten genäht werden, damit ein bißchen Extrageld ins Haus kam. Ölöfen wurden aus dem Keller oder vom Hof hereingeholt. Das Licht, das über der Stadt lag, veränderte sich; die Sonne schien in kaltem Gelb, das Pflaster und die Rinnsteine waren stahlgrau. Die Häuser wurden höher und schmäler und standen deutlicher voneinander getrennt. Man roch weder Stein noch Teer. Die Luft verlor

Nicht unbedingt reich sein . . .

ihre sommerliche Dichte aus Staub und Hitze. Die weißen Rauchwolken der Lokomotiven im Rangierbahnhof rochen nach freier Natur. Am Morgen eines solchen Tages kehrte Frank Corbo zu seiner Familie zurück.

6

Die großen Kinder waren in der Schule und bei der Arbeit. Zia Louche trank mit Lucia Santa Kaffee. Sie hörten beide die Schritte auf der Treppe. Dann ging die Tür auf. Frank Corbo blieb stolz, aber wie ein Kind auf ein Willkommenzeichen wartend, ein paar Sekunden auf der Schwelle stehen, ehe er eintrat. Er sah gut aus; sein Gesicht war braun und voll, der Blick seiner Augen sanfter geworden. Lucia Santa sagte kühl: «Ah, du bist also endlich nach Hause gekommen.» Doch trotz ihres resignierten, unausgesprochenen Protestes enthielt ihre Stimme eine Andeutung von Willkommensfreude. Da Zia Louche älter war, wußte sie, wie man einen heimkehrenden Ehemann zu empfangen hatte. Sie sagte: «O Frank, wie gut Sie aussehen! Wie schön, daß es Ihnen so gut geht!» Eifrig holte sie ihm eine Tasse Kaffee. Frank Corbo setzte sich seiner Frau gegenüber an den Tisch.

Einen Moment sahen sie einander in die Augen. Keiner wußte etwas zu sagen. Das, was er getan hatte, nicht zu tun war ihm unmöglich gewesen. Er konnte sich nicht dafür entschuldigen, nicht um ihr Verständnis bitten. Sie mußte es hinnehmen, so wie man Krankheit und Tod hinnehmen muß. Doch ebenso unmöglich war es ihr, ihm zu vergeben. Sie erhob sich, ging zur Tür, wo er seinen Koffer zurückgelassen hatte, als würde er möglicherweise nicht bleiben, und stellte ihn in den hintersten Winkel des Zimmers. Dann machte sie ihm ein Omelett zu seinem Kaffee.

Als sie sich über ihn beugte, um ihm das Essen hinzustellen, küßte er sie auf die Wange, und sie nahm den Kuß hin: zwei Menschen, die einander betrogen hatten und die mit diesem Kuß schworen, keine Vergeltung zu üben.

Die beiden Frauen und der Mann saßen um den Tisch und tranken Kaffee. Zia Louche fragte: «Nun, wie war es denn wieder mal auf dem Land? Ach ja, Arbeit, richtige Arbeit, ist doch das Allerbeste für einen Mann! In Italien arbeiten die Menschen sechzehn Stunden am Tag und werden nie krank. Aber Sie, Frank, Sie sehen großartig aus. Das Landleben ist Ihnen also gut bekommen?»

Der Vater nickte. Er war sehr höflich. «Es war sehr schön», sagte er.

Sal und Baby Lena, die beiden kleinsten Kinder, kamen aus dem Vorderzimmer, wo sie gespielt hatten, herüber. Als sie den Vater sahen, blieben sie stehen und hielten sich an der Hand. Sie starrten ihn ungläubig an.

Zia Louche sagte scharf: «Gebt eurem Vater einen Kuß, los!» Aber der Vater sah die Kinder mit dem gleichen hilflosen, leicht zerstörbaren Schatten einer im Gedächtnis bewahrten Liebe an, einem Staunen, einer mit Mißtrauen vermischten Erinnerung an Gefahr. Als sie auf ihn zukamen, bückte er sich und küßte beide mit tiefer Zärtlichkeit auf die Stirn. Danach sah seine Frau jenen gequälten Blick in seinen Augen, der ihr schon immer so große Sorgen bereitet hatte.

Der Vater holte zwei kleine, braune Bonbontüten aus der Tasche und gab jedem Kind eine. Sie hockten sich neben seinem Stuhl auf den Boden, öffneten die Tüten, um ihren Inhalt zu untersuchen, und strichen an den Beinen des Vaters entlang wie kleine Katzen. Der Vater trank, scheinbar ohne es zu bemerken, seinen Kaffee und machte keinen Versuch, sie noch einmal zu berühren.

Zia Louche verabschiedete sich. Als sich die Tür hinter ihr schloß, holte der Vater eine Rolle Banknoten aus der Tasche, behielt zwei zurück und gab den Rest Lucia Santa. Es waren einhundert Dollar.

Sie war überwältigt. «Vielleicht hast du doch richtig gehandelt. Du siehst besser aus. Wie fühlst du dich, Frank?» Ihre Stimme klang weich – vor Sorge, und auch ein bißchen vor Angst.

«Besser», antwortete ihr Mann. «Ich war krank. Ich wollte keinen Streit, als ich ging; darum konnte ich dir nichts sagen. Der Lärm in der Stadt und hier im Haus! Mir hat immer der Kopf weh getan. Da draußen, da war es still. Tagsüber habe ich schwer gearbeitet, und nachts konnte ich tief und traumlos schlafen. Was will ein Mann mehr?»

Beide schwiegen. Dann sagte er, fast entschuldigend: «Mehr Geld habe ich nicht. Es ist mein ganzer Verdienst. Nicht einen Penny habe ich für mich ausgegeben. Den Koffer, die Kleidung und meinen Lebensunterhalt hat der Chef bezahlt. Besser, als wenn ich hiergeblieben wäre und die Treppen geputzt hätte.»

Ruhig, beruhigend sagte die Mutter: «Es ist viel Geld.» Aber sie konnte sich nicht enthalten, hinzuzufügen: «Gino hat für dich die Treppen geputzt.» Sie erwartete, daß er ärgerlich wurde. Frank aber nickte nur. In vernünftigem, ruhigem Ton und ganz ohne Ironie sagte er: «Die Kinder müssen für die Sünden der Väter büßen.»

Er sprach wie ein Kirchgänger, ein Christ, und wie um ihren Verdacht zu bestätigen, zog er eine Bibel mit Rotschnitt aus seiner Jackentasche.

«Siehst du das?» fragte er. «Dieses Buch enthält die Wahrheit, und ich kann es nicht lesen. Es ist italienisch geschrieben, und ich kann es trotzdem nicht lesen. Wenn Gino von der Schule nach Hause kommt, muß er es mir vorlesen. Die Stellen sind markiert.»

Die Mutter beobachtete ihn aufmerksam. «Du mußt doch müde sein», meinte sie. «Geh, leg dich hin, schlaf ein bißchen. Ich werde die Kinder zum Spielen auf die Straße schicken.»

Als er sich ausgezogen hatte und im Bett lag, brachte sie ihm ein feuchtes Handtuch, damit er sich Gesicht und Hände reinigen konnte. Er machte keinen Versuch, sie zu nehmen, zeigte nicht das geringste körperliche Begehren. Und als er die Augen schloß und in die Kissen zurücksank, da schien es, als schließe er die Augen vor der Welt, in die er zurückgekehrt war. Lucia Santa spürte, daß hinter der äußerlichen Gesundheit, hinter dem scheinbaren Glück etwas ganz schrecklich in Unordnung war. Als sie auf ihn hinuntersah, empfand sie ein seltsames Mitleid mit diesem Mann, den sie geliebt hatte, der so viele Jahre lang ihr Ehemann gewesen war. Als hätte sie täglich, mit jeder Sekunde, mit jeder Minute, mit jedem Tag an seinem Schicksal gesponnen, als sei er ihr Gefangener, der sich in seiner Zelle zum Sterben niedergelegt hatte. Sie war sein Gefängniswärter, ohne es zu wollen, sie hatte ihn nicht verfolgt, hatte ihn nicht schuldig gesprochen, hatte ihn nicht verurteilt. Aber sie konnte ihn nicht entkommen lassen. Lucia Santa setzte sich auf die Bettkante und legte ihre Hand über die seine. Er war schon eingeschlafen. Lange blieb sie so sitzen. Irgendwie war sie froh, daß er in seinem Bett liegen und schlafen, also in Sicherheit sein würde, wenn die Familie heimkam, war froh, daß Octavia, Larry, Gino und Vinnie ihn zuerst wehrlos zu sehen bekamen und daher Mitleid mit ihm empfinden konnten.

Am Abend saß die Familie bereits beim Essen, als der Vater aufstand und sich zu ihnen gesellte. Octavia sagte eiskalt: «Hallo!» Larrys Begrüßung fiel herzlicher aus; er sagte mit großer Aufrichtigkeit: «Gut siehst du aus, Papa. Wir haben dich alle vermißt.»

Gino und Vincent starrten ihn neugierig an. Der Vater erkundigte sich bei Gino: «Bist du auch brav zu deiner Mutter gewesen, während ich fort war?» Gino nickte. Der Vater setzte sich. Dann zog er, als sei es ihm eben erst eingefallen, die beiden Dollarscheine aus der Tasche und reichte sie Gino und Vincent, ohne ein Wort zu sagen.

Octavia ärgerte sich, daß er nicht auch Vincent gefragt hatte, ob er brav gewesen sei. Sie verstand Vincent und wußte, daß ihn das tief gekränkt hatte und daß der Dollar kein Ersatz dafür war. Ihr Ärger war um so größer, weil sie begriff, daß es der Stiefvater nicht absichtlich getan hatte.

Auf einmal jedoch sagte der Vater etwas, das sie allerdings überraschte.

«Ich bekomme heute abend Besuch. Von meinen Freunden.» Er hatte noch nie Freunde ins Haus gebracht. Als wisse oder spüre er irgendwie, daß dies nicht sein richtiges Zuhause war, daß er niemals das wahre Oberhaupt dieser Familie sein konnte. Nicht einmal die Freunde, mit denen er Karten spielte, hatte er auf ein Glas Wein mitgebracht. Larry mußte heute abend arbeiten, aber Octavia beschloß, unter allen Umständen zu Hause zu bleiben, sich diese Leute anzusehen und ihrer Mutter zu Hilfe zu kommen, falls sie sich mit ihrem Stiefvater gegen die Familie verbünden sollten.

Als der Besuch kam, war die Wohnung sauber, das Geschirr gespült, stand frischer Kaffee auf dem Herd und gekaufter Kuchen auf dem Tisch. Es handelte sich um Mr. und Mrs. John Colucci mit ihrem neunjährigen Sohn Hiob.

Die Coluccis waren jung, beide Anfang Dreißig. Mr. Colucci war dünn und düster; nur an einem ganz leichten Akzent erkannte man, daß er nicht in Amerika geboren war. Er trug Hemd, Krawatte und Jakkett. Seine Frau war schwer und üppig. Sie hatte einen Akzent, wirkte aber italienischer als ihr Mann.

Die ganze Familie Angeluzzi-Corbo staunte über die Zuneigung, die die Coluccis Frank Corbo entgegenbrachten. Voll Herzlichkeit schüttelten sie ihm die Hand, erkundigten sich fürsorglich nach seinem Ergehen, sagten bewundernd: «Ist das Ihre Frau?» Und dann, ungläubig staunend: «Sind das Ihre Kinder?» Sie behandeln ihn wie einen reichen Erbonkel, dachte Lucia Santa. Und sah, wie ihr Mann auf diese Zuneigung reagierte. Überschwenglich war er ja nie gewesen, aber sie erkannte es an seinem Ton, an seiner respektvollen Stimme, in der sie zum erstenmal seit ihrer Heirat jenen Klang zu hören vermeinte, der bedeutete, daß sich der Sprecher den Wünschen und Meinungen seiner Zuhörer beugen wollte. Er war nervös und bemüht, sich beliebt zu machen. Zum erstenmal schien er zu wünschen, daß Menschen positiv von ihm dachten. Er schenkte persönlich den Kaffee ein.

Sie saßen alle um den großen Küchentisch. Octavia ließ in bestem amerikanischem Stil ihren Charme spielen: sie lächelte unentwegt und sprach mit leiser, freundlicher Stimme. Die Coluccis legten perfekte Manieren an den Tag. Man merkte gleich, daß Mr. Colucci in einem

Büro arbeitete und keinen Muskeljob hatte. Mrs. Colucci sprach ein elegantes Italienisch, das sie unmöglich in Italien gelernt haben konnte. Diese Leute stammten ohnehin nicht von Bergbauern ab, sondern gehörten zur Klasse der Beamten, zu langen Generationen von italienischen Staatsdienern. Mr. Colucci war einer der wenigen Italiener, deren Familie nicht aus Armut, sondern aus religiösen Gründen nach Amerika ausgewandert war. Sie waren Protestanten und hatten hier in Amerika eine neue Sekte gegründet: die Literal Baptist Church.

Ihr Zusammentreffen mit Frank Corbo war natürlich der Wille Gottes gewesen. Der Eigentümer der Farm war ein direkter Vetter der Coluccis, und diese verbrachten die Sommerferien bei ihm auf dem Land, weil das für den Sohn gesünder war. Lucia Santa, das reformierte Bauernmädchen, zog bei dieser Wiederholung des Themas, das sie im vergangenen Sommer so oft zu hören bekommen hatte, die Brauen hoch. Doch was nun wirklich den Finger Gottes bewies, fuhr Mr. Colucci fort, war die Tatsache, daß sie in der Stadt nur wenige Häuserblocks voneinander entfernt lebten und daß er jeden Morgen an Frank Corbos Wohnung vorbeikam. Mr. Colucci arbeitete um die Ecke, in der 31st Street, in Runkels Schokoladenfabrik. Am allerschönsten jedoch: er war überzeugt, Frank Corbo in der Fabrik einen Job besorgen zu können. Doch deswegen waren sie nicht hier.

Nein. Mr. Colucci hatte Frank Corbo versprochen, ihm Lesen und Schreiben beizubringen. Als Schulbuch wollten sie die Bibel benutzen. Sie waren heute gekommen, um ihm den versprochenen Besuch abzustatten, und nicht nur um ihn Lesen und Schreiben zu lehren, sondern auch um ihm von Jesus Christus zu erzählen. Er mußte unbedingt zu ihren Bibelstunden in der Kirche der Literal Baptist Church kommen. Mr. Colucci wollte sich vergewissern, daß Mrs. Lucia Santa Corbo keinen Einspruch erhob, daß sie nicht gekränkt war, wenn ihr Mann an drei Abenden der Woche zur Kirche ging. Er wußte, daß eine italienische Frau und Mutter Respekt und Rücksicht erwarten konnte. Von religiösen Einwänden sprach er nicht; er wußte wohl, daß es da keine gab.

Lucia Santa betrachtete ihn ein wenig freundlicher. Sie vermutete, daß ihr Mann Protestant werden würde, aber das war für sie in jeder Beziehung unerheblich. Er war ein erwachsener Mann. Doch diese Arbeit bei Runkel! Er würde Kakao und Schokolade heimbringen, für die sie nichts zu bezahlen brauchten. Sein Lohn würde ebenfalls nicht zu verachten sein. Ein wahrhaft glückliches Zusammentreffen! Von ihr aus konnte ihr Mann Jude werden, wenn er wollte. Sie gab zwar ihre Einwilligung nicht, denn das stand ihr nicht zu; einem Entschluß des

Vaters konnte man niemals ein Veto entgegensetzen. Nein, sie gab ihren Segen.

Die allgemeine Nervosität löste sich, sie begannen von sich zu erzählen, aus welchem Teil Italiens sie kämen, wann und warum sie das Land verlassen hätten. Die Coluccis rauchten und tranken nicht. Die Religion war ihr Leben, sie glaubten an einen lebendigen Gott. Sie wußten erstaunliche Dinge zu berichten, von Wundern, die aus dem Glauben entsprungen waren. Bei ihren Versammlungen in der Kirche fielen Gläubige in Trance zu Boden und fingen an, in fremden Zungen zu reden; Trunksüchtige entsagten dem Alkohol, brutale Männer, die Frau und Kind schlugen, wurden zu sanftmütigen Engeln. Lucia Santa hob in höflichem Staunen die Augenbrauen. Mr. Colucci fuhr fort: «Sünder werden heiligmäßig. Ich selber war auch ein Sünder; in welcher Hinsicht, das möchte ich lieber verschweigen.» Seine Frau senkte ganz kurz den Kopf, und als sie ihn wieder hob, spielte ein kleines, grimmiges Lächeln um ihre Lippen. Doch Mister Colucci hatte das gar nicht voll Prahlerei gesagt, sondern eher wie ein Mann, der einem schrecklichen Unglück zum Opfer gefallen war und der nach schwerem Leiden ohne eigenes Verdienst gerettet wurde.

Mr. Colucci gab für das alles noch eingehendere Erklärungen. Wenn Frank jetzt noch keinen rechten Glauben hatte, so spielte das durchaus keine Rolle. Denn sie waren ja seine Freunde, sie taten alles, um ihm zu helfen. Aus Liebe zu ihm und zu Gott. Der Glaube würde sich mit der Zeit schon einstellen.

Die Familie war tief beeindruckt – trotz des Gebrauches der Ausdrücke «Liebe» und «Gott». Einen Menschen wie Mr. Colucci hatten sie noch nie gesehen, ja nicht einmal von einem gehört! Lucia Santa wartete immer auf eine Gegenforderung, einen Trick, durch den eine Bezahlung für dieses so unverhoffte Glück erzwungen wurde. Aber es kam nichts. Sie stand auf, um frischen Kaffee zu machen und die *tarelle* zu holen. Der Vater beobachtete sie alle stumm, aber anscheinend zufrieden. Er war stolz darauf, solche Freunde zu haben.

Es stand außer Zweifel: alles befand sich in schönster Harmonie. Mr. Colucci spürte das und geriet in Begeisterung. Er hörte nicht auf, von seiner Religion zu sprechen. Alle Menschen sollten einander lieben, niemand sollte nach irdischen Gütern streben. Kurz, Armageddon würde kommen, Gott würde die Welt vernichten, und nur die Auserwählten, die wahrhaft Gläubigen, würden gerettet werden. Mrs. Colucci nickte dazu. Ihr schöner Mund mit seiner natürlichen, dunklen, blutroten Farbe war vor Fanatismus verkniffen, mit ihren herrlichen dunklen Augen sah sie sich blitzend im Zimmer um.

Die Kinder merkten, daß man sie nicht mehr beachtete, und schlichen hinaus. Gino, Vincent und Hiob gingen ins Vorderzimmer. Mr. Colucci redete immer weiter. Lucia Santa lauschte mit höflicher Ruhe. Diese Leute wollten ihrem Mann Arbeit verschaffen. *Bravo.* Seine Gebete konnten sie haben. Bis auf Sal und Lena hatten ihre Kinder die Kommunion und Firmung der katholischen Kirche schon hinter sich, aber das war für Lucia Santa nichts anderes gewesen, als wenn sie die Kinder am Ostersonntag in neue Kleider steckte: Teil eines primitiven gesellschaftlichen Ritus. Sie selber dachte schon lange nicht mehr an Gott – höchstens noch, wenn sie ihn bei einem Mißgeschick automatisch verfluchte. Zweifellos würde sie vor ihrem Tod gewissenhaft die Sterbesakramente der Kirche empfangen. Jetzt aber ging sie nicht mehr zur Messe, nicht einmal zu Weihnachten und Ostern.

Octavia war tief beeindruckt. Sie war jung; der Glaube an das Gute und der Wunsch, gute Werke zu tun, nötigten ihr Achtung ab. Sie wünschte sich, so schön wie Mrs. Colucci zu sein, und dachte ganz flüchtig, es sei doch gut, daß Larry jetzt nicht zu Hause war, denn sonst würde er bestimmt wieder mit seinem unwiderstehlichen Charme ankommen.

Der Vater beobachtete und lauschte, als warte er darauf, daß Mr. Colucci etwas sagte, was er sich innigst wünschte, als sei Mr. Colucci kurz davor, ein paar magische Worte zu sprechen, die für ihn ein Zeichen waren. Er wartete und wartete.

Im Vorderzimmer zog Gino seinen Satz Spielkarten aus dem runden Loch in der Wand, in das im Winter das Ofenrohr führte. «Hast du Lust, ‹Seven-and-a-half› zu spielen?» fragte er Hiob. Vinnie hockte bereits auf dem Fußboden und holte Pennies aus seiner Tasche. Gino setzte sich ihm gegenüber.

«Karten spielen ist Sünde», erklärte Hiob. Er war ein kleiner, ernsthafter Junge, beinah hübsch, seiner Mutter sehr ähnlich, aber auf keinen Fall feminin. Er setzte sich auf den Boden und sah ihnen zu.

«Verdammt, willst du nun Karten oder nicht?» fragte ihn Gino in freundlichem Ton.

«Fluchen ist Sünde», antwortete Hiob.

«Quatsch!» sagte Vinnie. Er selber fluchte zwar nie, aber was dachte sich diese Rotznase eigentlich, Gino zu sagen, er dürfe nicht fluchen?

Gino legte den Kopf auf die Seite und musterte Hiob mit überlegenem Blick. «Wenn du in unserem Block so redest, Kleiner, dann ziehen sie dir die Hosen aus und hängen sie an einen Laternenpfahl. Dann mußt du nach Hause rennen, und alle sehen deinen blanken Hintern.» Der ängstliche Ausdruck auf Hiobs Gesicht war beiden eine Genugtuung. Sie spielten Karten und waren bald völlig in ihr Spiel vertieft.

Auf einmal erkärte Hiob: «Na schön, aber ihr beide kommt in die Hölle, und zwar ziemlich bald.»

Gino und Vinnie ließen sich nicht stören.

Hiob sagte ruhig: «Mein Vater hat gesagt, daß bald das Ende der Welt kommen wird.»

Gino und Vinnie unterbrachen ihr Spiel. Mr. Colucci hatte großen Eindruck auf sie gemacht.

Hiob lächelte siegessicher. «Jawohl, und es sind Menschen wie ihr, die es herbeiführen werden. Ihr macht Gott böse, weil ihr so schlechte Dinge tut wie Spielen und Fluchen. Wenn die Leute alles täten, was ich und mein Vater sagen, dann würde Gott die Welt vielleicht nicht untergehen lassen.»

Gino runzelte die Stirn. Er war im Sommer zuvor zur Kommunion und Firmung gegangen, aber die Nonnen, die ihn den Katechismus lehrten, hatten nichts davon gesagt. «Wann soll denn das sein?» fragte er.

«Bald», antwortete Hiob.

«Sag doch, wann!» bohrte Gino, immer noch voll Respekt, neugierig weiter.

«Er kommt mit Feuer und Wasser und Kanonen aus dem Himmel. Alles wird explodieren. Die Erde öffnet sich und verschlingt die Menschen bis in die Hölle, und das Meer überflutet das ganze Land. Und alle werden in der Hölle brennen. Bis auf ein paar, die glauben und gut sind. Und dann wird Gott wieder alle lieben.»

«Ja, aber wann?» Gino war hartnäckig. Wenn er etwas fragte, verlangte er eine Antwort, ganz gleich, was es war.

«In zwanzig Jahren», sagte Hiob.

Gino begann seine Pennies zu zählen. «Ich setze einen Nickel», wandte er sich an Vincent. Vincent gab. In zwanzig Jahren konnte alles mögliche passieren.

Vinnie verlor. Er war alt genug, um einen Witz reißen zu können, und sagte: «Wenn ich Hiob hieße, könnte der Weltuntergang gar nicht schnell genug für mich kommen.»

Die beiden Brüder beobachteten Hiob verstohlen und sahen ihn zum erstenmal böse werden. «Ich heiße wie einer der größten Männer der Bibel», verteidigte er sich. «Wißt ihr, was Hiob getan hat? Er glaubte. Darum hat Gott ihn geprüft. Gott tötete seine Kinder und machte, daß seine Frau weglief. Dann machte Gott ihn blind und gab ihm Millionen von Pickeln. Dann nahm Gott ihm all sein Geld und sein Haus weg. Und wißt ihr, was dann? Dann hat Gott einen Teufel zu Hiob geschickt, und der sollte ihn fragen, ob er Gott immer noch liebe. Und wißt ihr, was Hiob geantwortet hat?» Er machte eine dramatische Pause. «Der Herr hat's gegeben, der Herr hat's genommen; der Name des Herrn sei gelobt!»

Vinnie war beeindruckt und musterte Hiob aufmerksam. Gino war schockiert und fragte: «Hat er das wirklich ernst gemeint? Oder hatte er Angst, daß er sterben muß?»

«Natürlich hat er es ernst gemeint», gab Hiob zurück. «Und dann schenkte ihm Gott viel Glück, um alles wiedergutzumachen, weil er glaubte. Mein Vater sagt, daß Hiob der erste Literal Baptist war. Darum werden die Literal Baptists gerettet, wenn die Welt untergeht, und alle, die nicht auf uns hören, werden für eine Million Jahre begraben. Oder mehr. Ihr beiden solltet lieber mit dem Kartenspielen und Fluchen aufhören.»

Doch weil Hiob nichts weiter war als ein bekloppter Naseweis, riffelte Gino die Karten, bog sie und ließ sie wie eine Kaskade in die andere Hand zurückschnellen. Hiob schaute ihm fasziniert dabei zu. Gino sah ihn an. «Willst du auch mal?» fragte er und drückte Hiob die Karten in die Hand. Hiob versuchte die Karten zu riffeln, aber sie sprangen ihm aus der Hand und fielen ringsum verstreut zu Boden. Er hob sie auf und versuchte es noch einmal; sein Gesicht war gespannt und ernst. Auf einmal fiel ein riesiger Schatten ins Zimmer. Mrs. Colucci beobachtete sie; niemand hatte sie durch die Schlafzimmer kommen hören.

Vinnie und Gino waren gebannt von ihrer Schönheit. Sie starrten sie an. Sie aber maß, eine Braue emporgezogen, ihren Sohn von oben bis unten mit kaltem Blick.

Hiob stotterte: «Ich habe nicht gespielt, Mutter. Gino hat mir nur gezeigt, wie man Karten mischt. Ich habe nur zugesehen.»

Gino sagte mit Wärme: «Es stimmt, Mrs. Colucci, er lügt sie nicht an. Er hat uns nur zugesehen. Wissen Sie», fuhr er voll tiefem Erstaunen fort, «er wollte einfach nicht mitspielen, egal, was wir zu ihm sagten.»

Mrs. Colucci lächelte. «Ich weiß, daß mich mein Sohn nicht belügt, Gino. Aber die Karten in die Hand zu nehmen, damit fängt es an. Sein Vater wird sehr böse auf ihn sein.»

Gino sah sie vertraulich lächelnd an. «Sie brauchen es seinem Vater ja nicht zu sagen.»

Mrs. Colucci erwiderte kühl: «Natürlich werde ich es ihm nicht sagen. Denn Hiob wird es selber tun.» Gino staunte und warf dem Jungen einen fragenden Blick zu. Mrs. Colucci fuhr etwas sanfter fort: «Bei uns ist Mr. Colucci der Herr im Haus, genau wie Gott über die Welt regiert. Du würdest vor Gott doch auch kein Geheimnis haben, nicht wahr, Gino?» Gino sah sie nur nachdenklich an.

Vinnie dagegen begann wütend die Karten zu mischen. Er verübelte Gino, daß er diese Leute nicht durchschaute, die doch nur so taten, als ob sie ihn mochten; daß er sich von ihren guten Manieren hinters Licht führen ließ. Er hatte den angewiderten Ausdruck auf Mrs. Coluccis schönem, massigem Gesicht wohl bemerkt, als sie das Kartenspiel sah – als hätte sie die Jungen bei einer schändlichen Untat entdeckt, über die man nicht spricht. «Misch dich nicht ein, Gino», warnte er und fing an, die Karten auszuteilen.

Gino, gefesselt von etwas, das er nicht verstand, sagte zu Hiob: «Wirst du es wirklich deinem Vater erzählen? Im Ernst? Wenn du es nicht sagst, wird deine Mutter doch auch nichts sagen. Stimmt's, Mrs. Colucci?» Der angewiderte Ausdruck erschien wieder auf Mrs. Coluccis Gesicht, aber sie schwieg.

Hiob antwortete nicht; er fing an zu weinen. Gino war verblüfft. Er sagte: «Ich werde deinem Vater erklären, daß ich dir die Karten in die Hand gedrückt habe. Und das ist nicht mal gelogen, was, Vinnie? Los komm. Ich geh's ihm sagen.»

Doch Mrs. Colucci wies ihn in scharfem Ton zurecht. «Sein Vater glaubt, was Hiob ihm sagt. Gute Nacht, Kinder. Hiob, sag deinen Freunden gute Nacht!» Hiob aber schwieg, und dann kehrten Mutter und Sohn in die Küche zurück.

Den beiden Brüdern war die Lust am Kartenspielen vergangen. Gino trat an das eine Fenster, öffnete es und setzte sich auf die Fensterbank. Vincent ging an das andere und tat das gleiche.

Der Rangierbahnhof war dunkel – bis auf den Scheinwerfer einer einzigen schwarzen, unsichtbaren Lokomotive, die, Stahl gegen Stahl knirschend, noch arbeitete. Sogar der Hudson war unter dem blassen Herbstmond beinahe blauschwarz, und dahinter stiegen die Klippen der Palisades wie schattenhafte Berge empor. Die Tenth Avenue unten lag dunkel und still, leergefegt vom kalten Oktoberwind, ohne Gerüche und ohne Menschen. Nur an der Ecke der 31st Street herrschte noch Leben: halbwüchsige Jungen hatten ein Feuer entzündet und standen um die Flammen herum.

Gino und Vincent sahen den Vater zusammen mit den Coluccis aus dem Haus treten. Der Vater begleitete sie bis zum Trolleybus an der Ninth Avenue. Sie schauten hinaus, bis er wiederkam. Er blieb am Fenster stehen und starrte lange hinein. Die Brüder ließen ihn nicht aus den Augen. Zu guter Letzt ging er weiter, kam auf das Haus zu und verschwand durch die Tür.

Gino und Vincent verließen den Fenstersitz. Sie klappten das Bett auf und richteten es. Vinnie zog den Pyjama vom Land an. Gino beobachtete ihn dabei und sagte: «Der Hiob, der ist eigentlich ganz nett. Aber er kann verdammt froh sein, daß er nicht in unserem Block wohnt!»

Mr. Colucci redete nicht nur, er handelte auch. Schon in der folgenden Woche arbeitete Frank Corbo in Runkels Schokoladenfabrik, und seine allabendliche Heimkehr war für die Kinder ein Fest. Sein Körper und seine Kleidung dufteten nach Kakao. Stets hatte er einen dicken, formlosen Block Schokolade in der Tasche – reine Schokolade, viel köstlicher als die aus dem Geschäft. Er gab sie Gino, der sie unter die anderen Kinder verteilte. Mit einem Messer hackte Gino den Block mitten durch, gab Vinnie die eine Hälfte und behielt die andere selber. Dann gaben sie, der eine Sal, der andere Lena, davon ab. Gino stellte sich immer vor, sein Vater stehe auf einem riesigen Schokoladeberg und schlage mit der Spitzhacke kleine Stücke heraus.

Am Ostertag sollte der Vater auf seinen neuen Glauben getauft werden. Jeden Abend ging er zur Lesestunde zu den Coluccis und anschließend zu Gottesdienst und weiterem Unterricht in die Kirche. Manchmal ließ er sich auch von Gino aus der Bibel vorlesen, doch Gino erhob Protest; er las sehr schlecht und mit deutlich spürbarem Widerwillen – vor allem die Lieblingsstellen seines Vaters, in denen der Mensch von einem zornigen, rachsüchtigen Gott zur Rechenschaft gezogen wurde. Gino las sie mit so monotoner, gelangweilter Stimme, daß er seinen Vater nur zornig machte. Eines Tages fragte Frank Corbo den Sohn mit freundlichem Lächeln: «*Animale!* Glaubst du denn gar nicht an Gott? Fürchtest du dich denn nicht vor dem Sterben und vor der Hölle?»

Gino war überrascht und verwirrt. «Ich bin zur Kommunion und zur Firmung gegangen», erwiderte er. Der Vater sah ihn an, zuckte die Achseln und bat ihn nie wieder, ihm etwas vorzulesen.

Die nächsten zwei Monate verliefen glatt. Es gab keinen Streit.

Doch dann fand Lucia Santa, ihrem Mann gehe es so gut, er arbeite, sei ruhig und sein Verhalten sei so angenehm, daß es keinen Grund gebe, warum es nicht noch besser werden solle. Sie beschwerte sich, daß er niemals zu Hause sei, daß ihn die Kinder kaum noch zu sehen bekämen, daß er nicht mit ihr zusammen Verwandte besuche. Und dann war es, als hätte der Vater auf eine derartige Beschwerde nur gewartet, als sei er mit seinem neuen Charakter im Grunde gar nicht zufrieden gewesen. Es gab eine Szene. Er schlug, es gab Geschrei und wütend erhobene Stimmen, und Octavia bedrohte den Vater sogar mit dem Küchenmesser. Es war genau wie früher. Der Vater verließ das Haus und kam erst am folgenden Morgen zurück.

Unmerklich veränderte er sich. Er ging nicht mehr so oft in die Kirche. An vielen Abenden kam er direkt nach Hause und ging, ohne etwas zu essen, sofort zu Bett. Dann lag er da, ohne zu schlafen, ohne zu sprechen, und starrte zur Decke. Lucia Santa brachte ihm stets etwas Warmes zu essen; manchmal akzeptierte er es, manchmal schlug er ihr den Teller aus der Hand, daß die Bettwäsche schmutzig wurde. Dann ließ er nicht zu, daß sie die Laken wechselte.

Er schlief eine Weile; dann, gegen Mitternacht, wachte er auf, stöhnte und warf sich im Bett herum. Er hatte entsetzliche Kopfschmerzen, und Lucia Santa befeuchtete ihm die Schläfen mit Alkohol. Am nächsten Morgen aber ging es ihm wieder besser, und er wollte arbeiten. Nichts konnte ihn von der Arbeit zurückhalten.

Die Winternächte wurden zum Albtraum. Des Vaters Schreie weckten das Baby. Gino, Vincent und Sal drückten sich eng aneinander, Gino und Vincent neugierig und still, Sal aber so verängstigt, daß er am ganzen Leibe zitterte. Octavia wachte auf und tobte innerlich über die Geduld, die ihre Mutter mit dem Vater hatte. Larry verpaßte das Ganze, denn er arbeitete des Nachts und kam erst in den frühen Morgenstunden heim.

Es wurde immer schlimmer mit dem Vater. Er wachte mitten in der Nacht auf und beschimpfte seine Frau, zunächst in langsamem, dann immer schneller werdendem Rhythmus – dem Rhythmus der Bibel. Alle schliefen, das Haus war dunkel, und dann erhob sich aus der pechschwarzen Finsternis plötzlich des Vaters Stimme und füllte, dröhnend, lebendig, die ganze Wohnung. «Hure! . . . Dirne! . . . Widerliche, drek-ki-ge, ver-dor-be-ne Lügnerin!» . . . Dann, einen Ton höher und einen Takt schneller: «Höllenfeind – Kind einer Hure – Mutter einer Hure!» Zuletzt kam ein regelrechter Sturzbach von Schmutz, der schließlich in einem tiefen, schmerzlichen Stöhnen und dem entsetzten Hilfeschrei endete: «Jesus, Jesus, hilf mir, hilf mir!»

Alle erwachten, schraken angstvoll im Bett auf, warteten, wußten nie, was noch kommen würde. Die Mutter beruhigte ihn, redete leise auf ihn ein, flehte ihn an, still zu sein, damit die anderen schlafen konnten. Sie tupfte ihm die Schläfen mit Alkohol ab, bis der scharfe Geruch die ganze Wohnung durchzog.

Octavia und Lucia stritten sich, ob sie ihn ins Krankenhaus schicken sollten. Lucia Santa weigerte sich, an die Möglichkeit überhaupt nur zu denken. Octavia, von Schlafmangel und Sorge völlig erschöpft, wurde hysterisch, und die Mutter sah sich gezwungen, sie ins Gesicht zu schlagen. Eines Nachts, als der Vater wieder «Jesus, Jesus» zu stöhnen begann, war hinter Octavias Schlafzimmertür ein höhnisches Stöhnen als Antwort zu hören. Als der Vater auf italienisch schimpfte, schimpfte Octavia schrill, seinen Dialekt kopierend, zurück; die zotigen Worte der fremden Sprache, die durch die Dunkelheit gellten, klangen weit abstoßender als das Fluchen des Vaters. Baby Lena und Sal begannen zu weinen. Vinnie und Gino saßen, benommen vor Schlaftrunkenheit und Angst, auf ihrem Bett. Lucia Santa hämmerte an die Zimmertür ihrer Tochter und flehte sie an, endlich aufzuhören. Aber Octavia konnte sich nicht mehr beherrschen, und schließlich war es der Vater, der zuerst aufhörte.

Am nächsten Morgen ging der Vater nicht zur Arbeit. Lucia Santa ließ ihn in Ruhe, während sie die Kinder für die Schule zurechtmachte. Dann brachte sie ihm das Frühstück ans Bett.

Er war so steif wie ein Brett. Seine Augen starrten mit leerem Blick an die Decke. Als sie ihn schüttelte, begann er mit hohler Stimme zu sprechen. «Ich bin tot. Paß auf, daß sie mich nicht ohne Kleider begraben. Zieh mir die guten Schuhe an. Gott hat mich zu sich gerufen. Ich bin tot.» Die Mutter war so verängstigt, daß sie seine Glieder abtastete. Sie waren eiskalt und steif. Da schrie der Vater: «Jesus! Jesus! Gnade! *Aiuto, aiuto!*»

Sie wollte seine Hand festhalten. «Frank, laß mich den Doktor holen», bat sie. «Du bist krank.»

Da wurde der Vater so böse, wie es einem Toten eben möglich ist. Mit hohler, drohender Stimme antwortete er: «Wenn der Doktor kommt, werfe ich ihn zum Fenster hinaus!» Doch diese Drohung beruhigte Lucia Santa endlich, denn bei den Worten flammten die kalten blauen Augen zornig auf. Die Wärme strömte in seine Glieder zurück. Dann hörte sie jemanden die Treppe herauf- und in die Wohnung kommen. Es war Larry, der von der Nachtschicht heimkehrte.

Sie rief: «Lorenzo, komm her und sieh deinen Vater an!» Sie rief es in einem Ton, der Larry eilig herbeistürzen ließ.

«Sieh mal, wie krank er ist! Aber er will nicht, daß ich den Doktor hole», beschwerte die Mutter sich. «Komm, sprich du mal mit ihm.»

Larry war über das Aussehen seines Stiefvaters bestürzt. Er hatte gar nicht gemerkt, welche Veränderung mit dem Mann vorgegangen war, daß sein Gesicht immer schmaler wurde, bis er regelrecht hager war, daß sich der gespannte Zug um den Mund immer mehr verstärkte, die Züge immer verzerrter wurden, bis sie jetzt einer Maske des Wahnsinns glichen. Sanft sagte er: «Nun komm schon, Pap. Wir müssen einen Arzt holen, auch wenn du tot bist. Die Leute sagen sonst womöglich, daß Mamma dich vergiftet hat oder so. Verstehst du? Wir müssen eine Bescheinigung haben.» Er sah den Stiefvater lächelnd an.

Frank Corbo jedoch warf dem Sohn nur einen verächtlichen Blick zu – als sei der junge Mann schwachsinnig oder habe den Verstand verloren. «Keinen Arzt», bestimmte er. «Laßt mich in Ruhe.» Er schloß die Augen.

Lucia Santa und Larry kehrten in die Küche zurück. Die Mutter sagte: «Lorenzo, geh zu Runkel und hole Mr. Colucci. Er kann mit Frank reden. Heute nacht war es wieder sehr schlimm mit ihm. Wenn das so weitergeht ... Nein, nein, hole lieber Mr. Colucci her.»

Larry war hundemüde und wollte ins Bett. Aber er sah, daß seine Mutter, die sonst immer so stark und zuversichtlich war, mit Mühe die Tränen hinunterschluckte, die zu vergießen sie zu stolz war. Eine überwältigende Liebe, ein überwältigendes Mitleid mit ihr stieg in ihm auf, zugleich aber auch – als sei es eine Tragödie, die ihn nichts anging – ein seltsames Unbehagen darüber, daß sie ihn in diese Affäre hineinzog. Er tätschelte ihren Arm. «Okay, Mamma», sagte er und verließ das Haus, um sich auf die Suche nach Mr. Colucci zu machen.

Obgleich Mr. Colucci in einem Büro arbeitete, konnte er sich nicht so leicht frei nehmen. Er kam erst um fünf und brachte drei Männer mit. Ihre Kleider rochen nach Kakao. Sie gingen ins Schlafzimmer, wo der Vater noch immer wie tot im Bett lag.

Sie umringten ihn, als wären sie seine Jünger. «Frank, Frank!» sagte Mr. Colucci leise. «Was soll das bedeuten? Was machen Sie nur. Sie können Ihre Frau und Ihre Kinder doch nicht einfach im Stich lassen! Wer wird Ihnen Brot geben? Gott würde Sie jetzt bestimmt noch nicht zu sich rufen; es warten noch zu viele gute Tage auf Sie. Frank, kommen Sie, stehen Sie auf, hören Sie auf einen Freund, der Sie liebt! Ihre Zeit ist noch nicht gekommen.» Wie nach einem Gebet kam von den anderen Männern ein gemurmeltes «Amen». «Wir müssen einen Arzt holen. Für Ihre Kopfschmerzen», fügte Mr. Colucci hinzu.

Der Vater stützte sich auf einen Ellbogen und begann, auf einmal sehr lebendig, mit leiser, zorniger Stimme zu sprechen. «Sie haben mir gesagt, daß man keinen Arzt braucht, daß Gott entscheidet, der Mensch glaubt. Jetzt sind Sie falsch und hinterhältig. Sie sind Judas!» Mit ausgestrecktem Arm, den Zeigefinger beinahe in Coluccis Auge stoßend, deutete er anklagend auf den Freund. *Er* war ein Bild an der Wand.

Mr. Colucci verschlug es die Sprache. Er setzte sich auf die Bettkante und ergriff Franks Hand. «Mein Bruder, hören Sie», sagte er. «Ich glaube. Aber wenn ich sehe, wie Ihre Frau und die Kinder allein zurückbleiben müßten, dann werde ich in meinem Glauben schwankend. Sogar ich. Ich kann meinen Glauben nicht zu Ihrem Untergang werden lassen. Sie sind krank. Sie haben diese Kopfschmerzen. Sie leiden. Lieber Bruder, Sie haben keinen Glauben. Sie sagen, Gott hat Sie gerufen, und Sie sagen, Sie seien tot. Das ist Blasphemie. Leben Sie! Jetzt. Leiden Sie ein wenig länger. Gott wird Ihnen gnädig sein, wenn Armageddon kommt. Stehen Sie jetzt auf und kommen Sie zum Abendessen zu mir. Dann werden wir in die Kirche gehen und gemeinsam um Ihre Erlösung beten.» Mr. Colucci weinte. Die anderen Männer senkten den Kopf. Der Vater stierte sie mit weit aufgerissenen Augen an. Er schien wieder vernünftig geworden zu sein.

«Ich werde aufstehen», erklärte er feierlich und winkte ihnen, hinauszugehen, damit er sich anziehen konnte. Colucci und die anderen begaben sich in die Küche und setzten sich an den Tisch, um den Kaffee zu trinken, den ihnen Lucia Santa servierte.

Mr. Colucci starrte stumm auf die hölzerne Tischplatte hinab. Er war in großer Sorge. Was er in jenem Bett gesehen hatte, war eine Karikatur Christi und des wahren Gläubigen, dessen Glauben bis zum logischen Schluß getrieben worden war: zum Hinlegen, um zu sterben. Er sagte zu Lucia Santa: «Signora Corbo, Ihr Mann wird heute abend um neun Uhr zu Hause sein. Lassen Sie den Arzt kommen. Keine Angst, ich werde bei ihm bleiben.» Beruhigend legte er ihr die Hand auf die Schulter. «Signora, glauben Sie mir. Ihr Mann hat wahre Freunde. Wir werden alle für ihn beten. Er wird wieder gesund werden. Und seine Seele wird gerettet werden.»

Lucia Santa wurde unter seiner Berührung kalt und unversöhnlich böse. Wer war denn dieser Mann mit seinem einzigen Kind, daß er sich anmaßte, sie trösten zu wollen – sie, deren Leid und Leiden er überhaupt nicht ermessen konnte? Unreif, kriminell sogar in seiner aufdringlichen Frömmigkeit, und damit der Grund für die Erkrankung ihres Mannes. Er und seine Freunde hatten den Verstand ihres Mannes mit ihrer Torheit, mit ihrer scheußlichen, kriecherischen Vertrautheit mit Gott verwirrt. Und darüber hinaus empfand sie Widerwillen gegen Mr. Colucci persönlich. Tief im Innern spürte sie, daß ihn das Leben und seine Mitmenschen überhaupt nicht kümmerten, daß er mit einer so schönen Frau ein tiefes Mißtrauen, einen ausgesprochenen Mangel an Glauben bewies, wenn er sich mit einem einzigen Kind zufriedengab. Wenn sie daran dachte, wie er am Bett ihres Mannes geweint hatte, überkam sie eine ungeheure Verachtung für ihn und alle jene Männer, die etwas suchten, was dieses Leben überdauerte, etwas Unsterbliches. Als wäre das Leben, das Leben an sich, nicht genug. Wie groß sie sich taten! Sie mußte sich von Mr. Colucci, von seinem Mitleid, von seinem Kummer abwenden, weil sie nicht wollte, daß er ihre Miene sah. Sie haßte ihn. Sie war es doch, die die Qual, den hilflosen Zorn der Dulderin durchleben würde, die sich dem Schicksal beugen mußte. Was Mr. Colucci anging – seine Tränen waren nur die leichten Tränen des Mitleids.

7

Der Arzt war der Sohn eines Mannes, dem viele Mietshäuser an der Tenth Avenue gehörten. Dieser italienische Bauernvater hatte nicht geschuftet und geschwitzt, hatte nicht seine Heimat verlassen, hatte nicht aus seinen Mietern und Landsleuten jeden Penny herausgepreßt, hatte sich nicht viermal in der Woche mit *pasta* und *fagioli* begnügt, damit sein Sohn ein barmherziger Samariter wurde. Dr. Silvio Barbato war jung, aber er machte sich in bezug auf den hippokratischen Eid keinerlei Illusionen mehr. Er hatte viel Respekt vor seinem Vater, war selber viel zu intelligent, um sich im Hinblick auf diese Süditaliener, die wie die Ratten am Westrand der Stadt hausten, sentimentalen Gefühlen hinzugeben. Immerhin aber war er noch jung genug, um es nicht für natürlich zu halten, daß Menschen litten. Das Mitleid hatte er noch nicht ganz verloren.

Er kannte Lucia Santa. Als er ein Junge war, bevor sein Vater wohlhabend wurde, hatten sie selber in der Tenth Avenue gewohnt, und er hatte ihr den einer älteren Frau zukommenden Respekt erwiesen. Anders als sie, hatte er von Spaghetti am Donnerstag und Sonntag, *pasta* und *fagiolini* am Dienstag, Mittwoch, Freitag und Samstag und *scarola* zur Reinigung des Darms am Montag gelebt. Er brachte es nicht fertig, sie einzuschüchtern und sich ausschließlich professionell zu geben. Doch jedesmal, wenn er ein Haus wie dieses betrat, segnete er insgeheim seinen Vater.

Er hatte das alles weit hinter sich gelassen. Sein kluger Vater hatte es ihm ermöglicht, Arzt zu werden. Krankheiten gab es immer, Krankenhäuser gab es immer, also gab es auch immer zu tun. Die Luft wimmelte von Bazillen – in guten wie in schlechten Zeiten. Ein paar mochten für eine Weile standhalten, doch dann kam unausweichlich das lange Sterben. Alle Menschen besaßen Geld, und ein Teil davon mußte früher oder später den Weg in die Taschen des Arztes finden.

Er setzte sich zu der obligatorischen Tasse Kaffee. Das mußte er tun, sonst würde man ihn nie wieder rufen. Der Eiskasten im Flur steckte vermutlich voll Küchenschaben. Die Tochter – wie hieß sie doch nur? – war alt genug zum Arbeiten und so weit entwickelt, daß bald eine Heirat notwendig war, oder sie würde in Ungelegenheiten geraten. Es waren zu viele Leute da, die ihn alle über den Patienten aufklären wollten. Sämtliche Freunde und Ratgeber der Familie hatten sich versammelt – höchst ärgerlich für einen Arzt. Am schlimmsten waren die alten Weiber.

Endlich bekam er den Patienten zu sehen. Er lag im Bett und machte einen recht ruhigen Eindruck. Dr. Barbato fühlte den Puls und maß den Blutdruck. Das reichte. Hinter diesem gelassenen, harten Gesicht mußte eine unerträgliche Nervenspannung bestehen. Von solchen Fällen hatte er schon durch andere Ärzte gehört. Es waren immer die Männer, die unter den Herrlichkeiten des neuen Landes zusammenbrachen, niemals die Frauen. Die Fälle, in denen italienische Männer den Verstand verloren und in eine Anstalt eingewiesen werden mußten, waren zahlreich. Es schien fast, als sei mit dem Verlassen der Heimat eine lebenswichtige Wurzel aus ihrer Seele gerissen worden.

Dr. Barbato wußte, was hier zu tun war. Frank Corbo mußte ins Krankenhaus, er brauchte eigentlich eine lange Ruhepause, in der er sich, von der Pression befreit, gründlich erholen konnte. Doch dieser Mann mußte arbeiten, denn seine Kinder brauchten Brot. Sie waren alle gezwungen, va banque zu spielen. Dr. Barbato setzte die Untersuchung fort. Er schlug die Decke zurück und sah zu seinem Entsetzen zwei grauenhaft deformierte Füße. Eine fast abergläubische Furcht stieg in ihm auf. «Wie ist denn das passiert?» fragte er auf italienisch. Sein Ton war höflich, aber bestimmt; er verlangte eine Antwort.

Der Vater stemmte sich auf die Ellbogen hoch und zog die Decke wieder hinauf. «Das geht Sie nichts an», sagte er, «die machen mir keine Beschwerden.» Der Doktor war also ein Feind für ihn.

«Sie haben Kopfschmerzen?» fragte der Arzt.

«Ja», antwortete der Vater.

«Wie oft?»

«Immer.»

Dagegen gab es kein Medikament. Dr. Barbato schrieb ein Rezept für ein starkes Beruhigungsmittel aus. Geduldig wartete er auf sein Honorar, während die Mutter in einem anderen Zimmer verschwand, um das Geld aus dem Versteck zu holen. Ihm war ein wenig unbehaglich zumute. Er wünschte immer, die Leute, denen er Geld abnehmen mußte, wären ein bißchen besser gekleidet, hätten ein bißchen bessere

Möbel. Dann aber entdeckte er das Radio, und seine Gewissensbisse legten sich. Wenn sie sich so einen Luxus leisten konnten, dann konnten sie sich auch eine Krankheit leisten.

In der folgenden Woche ging Frank Corbo wieder zur Arbeit. Er fühlte sich wesentlich besser. Manchmal stöhnte und fluchte er zwar in der Nacht, aber das dauerte immer nur wenige Minuten, und nach Mitternacht schlief er dann ohne weitere Unterbrechung bis zum Morgen. Doch ehe noch eine zweite Woche vergangen war, kam er eines Tages schon vor dem Mittagessen zurück. Er stand in der Tür und sagte zu seiner Frau: «Der *padrone* hat mich nach Hause geschickt. Ich kann nicht arbeiten; ich bin zu krank.» Und dann begann er zu Lucia Santas Entsetzen zu weinen.

Sie führte ihn an den Küchentisch, drückte ihn auf einen Stuhl und brachte ihm Kaffee. Er war sehr abgemagert. Er sprach, wie er seit ihrem ersten Ehejahr nicht mehr gesprochen hatte. Er fragte sie angstvoll: «Bin ich so krank? Der *padrone* sagt, ich mache zu oft Pause und vergesse die Maschine. Ich soll mich ausruhen und dann wieder zu ihm kommen. Aber ich bin doch gar nicht so krank, es geht mir doch jetzt viel besser, ich nehme mich sehr zusammen. Ich passe gut auf. Nicht wahr?»

Lucia Santa sagte: «Mach dir nur keine Gedanken wegen der Arbeit. Ruh dich ein bißchen aus. Du mußt ganz gesund werden. Geh heute nachmittag spazieren und nimm Lena mit in den Park, damit sie mal an die frische Luft kommt.» Sie blickte auf seinen gesenkten Kopf hinab. Ging es ihm besser oder schlechter? Sie konnte nichts tun; sie konnte nur abwarten.

Als er mit Baby Lena aufbrach, gab die Mutter ihm einen Dollar für Schokolade und Zigarren. Sie wußte, er hatte gern etwas Geld in der Tasche; es würde ihn ein bißchen aufmuntern. Er blieb den ganzen Nachmittag fort und kam gerade zum Abendessen zurecht.

Die ganze Familie saß um den Tisch: Octavia, Larry, Vincent, Gino und Sal. Sie alle wußten, daß man den Vater entlassen hatte, und waren bedrückt. Doch er war sehr still, half seiner Frau und benahm sich so gut, daß sie nach kurzem alle beruhigt waren. Es schien, als habe ihm der Schock der Entlassung jeden Unsinn ausgetrieben. Alle begannen durcheinanderzuschwatzen. Larry legte die kleineren Brüder herein: Er sagte, dort, an der Wand, spielten die Küchenschaben Baseball, und als Sal und Gino sich neugierig umdrehten, stahl er ihnen Kartoffeln vom Teller. Octavia hielt Baby Lena auf dem Schoß und fütterte sie. Vinnie sah allem schweigend zu. Ihn konnte Larry nicht übertölpeln. Als seine Mutter an ihm vorbeiging, um das Essen aufzutragen, hielt er sie am Rockzipfel fest, und sie blieb stehen und gab ihm zuerst.

Als später alle den Tisch verließen, fragte Lucia Santa ihren Mann, ob er nicht in die Kirche gehe. Er antwortete, er brauche Mr. Colucci nicht mehr. Die Mutter wunderte sich. War es denn möglich, daß ihr Mann, der, sehr zum Nachteil seiner Familie, niemals berechnend gewesen war, die Coluccis nur ausgenutzt hatte, um Arbeit zu finden? Aber warum dann die Krankheit? Dieser Widerspruch beunruhigte sie.

Später, als Schlafenszeit war, setzte Lucia Santa sich auf ihren Küchenstuhl, um noch bis Mitternacht ein wenig zu nähen. Sie hatte jetzt immer das Bedürfnis, voll angekleidet und stets bereit zu sein, wenn ihr Mann seine Anfälle bekam. Wenn dann bis Mitternacht nichts geschehen war, konnte sie beruhigt ins Bett gehen; dann war die Gefahr vorüber.

Frank Corbo beobachtete sie und sagte in einem Ton, der für ihn liebevoll war: «Geh. Geh, ruh dich aus. Ich bleibe noch ein bißchen auf, dann komme ich nach.» Sie wußte, «ein bißchen» bedeutete bis nach Mitternacht. Jetzt war es kurz vor elf. Alle anderen schliefen, und Larry war zur Arbeit gegangen. Lucia Santa empfand eine ungeheure Erleichterung und großen Stolz, weil sie die Lage so richtig beurteilt hatte. Es ging ihm besser. Männer hatten manchmal diese Zustände, aber das ging vorüber. «Ich möchte das hier noch fertigmachen», sagte sie. Während sie nähte, rauchte er seine Zigarre. Er schenkte ihr ein Glas Wein ein und trank sogar selber eins, obgleich das gegen die Regeln der Colucci-Religion verstieß. Als sie zu Bett gingen, das Baby Lena zwischen sich, war es nach Mitternacht. Es war sehr dunkel, das finstere Herz der Nacht, als Lucia Santa aufwachte und hörte, wie ihr Mann mit ruhiger, klarer Stimme wiederholte: «Was hat diese Puppe zwischen uns zu suchen? Schnell, sonst werfe ich sie aus dem Fenster!» Lucia Santa legte schützend den Arm über das schlafende Kind und fragte mit leiser, eindringlicher Stimme: «Was ist, Frank? Was ist denn los?» Sie war noch zu schlaftrunken, um zu begreifen.

Leise, drohend fragte der Vater: «Warum hast du diese Puppe zwischen uns gelegt?»

Lucia Santa gab sich Mühe, ihre Stimme zu dämpfen. «Frank, Frank, das ist deine Tochter!» flüsterte sie. «Wach auf, Frank!»

Jetzt blieb es lange still, doch Lucia Santa wagte nicht, wieder einzuschlafen. Auf einmal begann das Bett heftig zu schwanken.

Frank Corbo erhob sich wie ein Racheengel. Licht überflutete das Schlaf- und das Vorderzimmer, in dem die Kinder schliefen, und da stand, völlig angekleidet, der Vater. Seine Haut war fast schwarz von dem Blut, das ihm der Zorn ins Gesicht trieb, und seine Stimme klang wie Donnergrollen, als er sie anschrie: «Hinaus mit euch, ihr Bastarde, ihr Söhne von Huren und Dirnen! Aus dem Haus, oder ich bringe euch alle um!»

Im Nachthemd, das Baby auf dem Arm, sprang die Mutter aus dem Bett. Sie lief ins Vorderzimmer und befahl den beiden verängstigten Jungen: «Gino, Vincent, rasch, zieht euch an, nehmt Salvatore und lauft zu Zia Louche. Schnell jetzt!»

Der Vater tobte, fluchte, doch als er sah, daß auch Vincent hinausgehen wollte, sagte er: «Nein, Vincenzo kann bleiben. Vincenzo ist ein Engel.» Die Mutter aber schob Vincent zur Wohnungstür.

Vater und Mutter standen einander gegenüber. Im Blick des Vaters war keine Gnade. Er sagte ruhig, aber mit tiefem Haß: «Nimm deine Puppe und verlaß dieses Haus.» Lucia Santa warf einen Blick auf Octavias Schlafzimmer, das einzige, das eine Tür besaß.

Der Vater sah ihren Blick. Er sagte: «Zwinge mich nicht, an die Tür deiner Tochter zu klopfen. Nimm sie mit auf die Straße, wohin sie gehört.»

Die Tür ging auf. Octavia stand, fertig angezogen, auf der Schwelle und hielt in der rechten Hand ihre Schneiderschere.

Rasch sagte die Mutter: «Octavia, komm mit!» Aber Octavia fürchtete sich nicht. Zu allem entschlossen, war sie aus ihrem Zimmer gekommen, um ihre Mutter und die Kinder zu verteidigen. Jetzt allerdings sah sie auf dem Gesicht ihres Stiefvaters einen Ausdruck solch grausamen Triumphes, daß sie es doch mit der Angst zu tun bekam. Sie nahm der Mutter das Baby ab und lief, die Schere nicht aus den Fingern lassend, zur Küche. Hier standen eng zusammengedrängt Vinnie, Sal und Gino, die nur schnell die Mäntel über die Winterunterwäsche geworfen hatten. Sie schob sie vor sich her zu Tür, die Treppe hinunter und zum Haus hinaus. Lucia Santa blieb mit ihrem Mann allein.

Sie zog ein Kleid über das Nachthemd und fragte ihn mit bebender Stimme: «Frank, was ist denn? Es ist dir doch den ganzen Tag so gut gegangen. Was ist mit dir?»

Die blauen Augen waren trübe, das harte Gesicht ohne Bewegung. Er wiederholte noch einmal: «Alle hinaus aus diesem Haus!», trat dicht an sie heran und schob sie durch die Zimmerreihe zur Wohnungstür.

In diesem Augenblick kamen Larry und der *panettiere* hereingestürzt und warfen sich zwischen die beiden. Der Vater packte Larry an der Kehle, stieß ihn gegen die Wand und schrie: «Glaubst du vielleicht, du könntest dich einmischen, nur weil du mir heute einen Dollar gegeben hast?» Er warf seinem Stiefsohn eine Handvoll Kleingeld ins Gesicht.

Larry war vorsichtig, auf der Hut. Beruhigend sagte er: «Papa, ich will dir nur helfen. Die Bullen kommen. Du mußt dich beruhigen.» Draußen heulte plötzlich eine Sirene. Der Vater rannte ins Vorderzimmer und beugte sich aus dem Fenster.

Auf der Straße standen seine drei kleinen Kinder, tief in ihre Mäntel verkrochen, um Octavia gedrängt. Als die Polizisten aus ihrem Wagen stiegen, deutete das junge Mädchen zu ihm herauf. Er sah die beiden Beamten ins Haus laufen. Er wurde sehr still, kehrte in die Küche zurück und sagte in vernünftigem Ton: «Die Polizei hat Gummiknüppel. Gegen die Polizei kann man sich nicht wehren. Nicht einmal Gott kann sich gegen Gummiknüppel wehren.» Er setzte sich auf einen Küchenstuhl.

Die beiden stämmigen Polizisten, hochgewachsene, breite Iren, kamen vorsichtig und ruhig zur offenen Tür herein. Larry nahm sie sofort beiseite und sprach in leisem Ton auf sie ein. Der Vater beobachtete sie. Dann kam Larry herüber und setzte sich zu seinem Vater. In seinen Augen sammelten sich Tränen der Sorge. «Hör zu, Papa», sagte er, «jetzt kommt gleich ein Krankenwagen. Du bist nämlich krank, weißt du. Bitte, mach keine Schwierigkeiten. Mamma und den Kindern zuliebe.»

Frank Corbo versetzte ihm einen harten Stoß. Sofort schoben sich die Polizisten näher, aber die Mutter kam ihnen zuvor. «Nein, warten Sie! Warten Sie doch!» flehte sie.

Sie trat zu ihrem Mann und redete beruhigend auf ihn ein, als könnten der *panettiere* und die Beamten nichts davon hören. Octavia war mit den Kindern von der kalten Straße heraufgekommen; sie standen am anderen Ende des Zimmers und sahen zu. Die Mutter sagte: «Frank, geh ins Krankenhaus. Dort machen sie dich gesund. Was sollen die Kinder denken, wenn sie sehen, daß die Polizei dich schlägt und die Treppe hinunterschleppt? Frank, Frank, sei doch vernünftig! Ich komme dich jeden Tag besuchen. In einer Woche, in vierzehn Tagen ist alles gut. Komm jetzt!»

Der Vater stand auf. Jetzt tauchten am Treppenabsatz zwei Ärzte in weißen Kitteln auf und kamen durch die offene Tür in die Wohnung herein. Der Vater stand finster, mit hängendem Kopf am Tisch. Dann blickte er auf und sagte bestimmt: «Erst müssen alle noch Kaffee trinken. Ich werde ihn selber zubereiten.» Die beiden Weißjacken wollten auf ihn zugehen, aber die Mutter vertrat ihnen den Weg. Larry stellte sich neben sie. Die Mutter sagte zu den Ärzten und Polizisten: «Tun Sie ihm den Gefallen. Wenn Sie auf alles eingehen, wird er freiwillig mitkommen. Wenn Sie aber Gewalt anwenden, wird er wie ein Tier.»

Während der Kaffee siedete, begann sich der Vater am Wasserhahn in der Küche zu rasieren. Die Ärzte waren wachsam, gespannt. Die Polizisten hielten die Gummiknüppel bereit. Der Vater war sehr schnell fertig und stellte Tassen mit Kaffee auf den Tisch. Die Kinder und Octavia saßen auf der anderen Seite des Tisches. Während sie ihm zuliebe alle Kaffee tranken, ließ er sich von seiner Frau ein frisches Hemd holen. Dann sah er einen nach dem anderen mit einem ironischen Glitzern in den Augen an.

«*Figlio de puttana*», begann er. «Böse Menschen. Ich kenne euch, ihr beiden Polizisten. Spät in der Nacht geht ihr in die Bäckerei, um Whisky zu trinken. Erfüllt ihr so eure Pflicht? Und du, *panettiere*. Du brennst in deinem Hinterzimmer Whisky – gegen das Gesetz. O ja, ich sehe euch alle, bei Nacht, wenn die Menschen schlafen. Ich sehe alles. Bei Nacht bin ich überall. Ich sehe die Sünden der Welt. Ungeheuer – Teufel – Mörder – Söhne und Töchter von Huren – ich kenne euch alle! Denkt ihr, daß ihr *mich* überwältigen könnt?» Die letzten Worte stieß er hastig und abgerissen heraus und versetzte dabei dem Küchentisch einen Stoß, daß die Kaffeetassen umfielen.

Er schien sich hoch auf die Zehen zu recken, wurde mit einemmal riesengroß, einschüchternd. Larry und die Mutter wichen vor ihm zurück. Die beiden Ärzte in ihren weißen Jacken bildeten mit den Polizisten eine Kette und schoben sich auf ihn zu. In diesem Augenblick sah der Vater auf der anderen Seite des großen Holztisches das Gesicht seines Sohnes Gino, schneeweiß vor Entsetzen, der Blick beinahe leer, ohne waches Bewußtsein. Mit dem Rücken zu seinen Feinden zwinkerte der Vater dem Sohn listig zu. Gleich darauf sah er, wie die Farbe in Ginos Gesicht zurückkehrte, wie Furcht dem Erstaunen wich.

Doch nun war die Komödie aus. Die vier Männer umringten den Vater, ohne ihn zu berühren. Der Vater hob beide Hände, die Handflächen nach außen gekehrt, als flehe er sie an, innezuhalten, ihm zuzuhören, weil er etwas sehr Wichtiges zu sagen habe. Aber er sprach kein Wort. Er griff in die Tasche und gab seiner Frau zuerst den Wohnungsschlüssel, dann seine Brieftasche. Lucia Santa packte ihn am Arm, um ihn zur Wohnung hinaus- und die Treppe hinabzuziehen. Larry ergriff seinen anderen Arm. Die Polizisten und die Männer in den weißen Jakken folgten ihnen.

Die Tenth Avenue war leer. Der Wind pfiff um den Krankenwagen und das Polizeiauto, die vor der Haustür geparkt waren. Auf der dunklen Straße sah Frank Corbo seine Frau an und sagte leise: «Lucia Santa, laß mich wieder nach Hause kommen. Laß bitte nicht zu, daß sie mich wegbringen. Sie werden mich töten.» Auf der anderen Seite der Straße pfiff eine Lokomotive. Die Frau senkte den Kopf. Sie ließ seinen Arm los und trat zurück. Ohne Vorankündigung warfen sich die beiden Weißjacken auf den Vater, zogen etwas über seine Arme und verfrachteten ihn, halb stoßend, halb tragend, in den Krankenwagen. Einer der Polizisten sprang hinzu, um ihnen zur Hand zu gehen. Kein Laut war zu hören. Der Vater schrie nicht. Es gab nur eine Menge wirbelnder, blau- und weißbekleideter Arme. Die Mutter biß sich auf die Fingerknöchel, und Larry stand wie gelähmt. Dann fuhr der Krankenwagen davon, und der zurückbleibende Polizist kam zu ihnen herüber.

Die wolkenverhangene, frühe Dämmerung verbarg die Sterne, aber es war noch nicht richtig hell. Lucia Santa stand weinend auf der Straße, während Larry dem Polizisten ihre Namen, den Namen des Vaters, die Namen der Kinder und aller Personen angab, die in dieser Nacht im Haus gewesen waren. Anschließend berichtete er, wie es geschehen war.

Am folgenden Sonntag erst durfte der Vater Besuch bekommen. Gleich nach dem Mittagessen fragte Lucia Santa ihre Tochter: «Meinst du, daß ich ihn heimholen soll? Glaubst du nicht, es ist zu riskant?» Octavia zuckte die Achseln; sie wagte es nicht, aufrichtig darauf zu antworten. Sie staunte über den Optimismus der Mutter.

Larry, das älteste männliche Familienmitglied, übernahm das Kommando. Als Mann verachtete er die Feigheit der Frauen. «Wollt ihr Papa etwa im Bellevue verrotten lassen, nur weil er einmal in der Nacht aus dem Häuschen geraten ist? Verdammt, wir müssen ihn unbedingt rausholen! Er wird schon wieder in Ordnung kommen, keine Sorge.»

Octavia sagte: «Du hast leicht reden und großzügig tun. Du bist ja nie zu Hause. Du läufst nur deinen Mädchen nach, deinen albernen kleinen Flittchen. Und während du dein Vergnügen hast, kriegen wir, Mamma, die Kinder und ich, die Kehle durchgeschnitten. Und dir tut es dann ja sooo leid, wenn du nach Hause kommst. Aber du bist ja am Leben, und wir sind tot. Sei doch nicht so dämlich, Larry!»

«Ach was, du mußt auch aus jeder Mücke einen Elefanten machen», gab Larry zurück. «Wenn der Alte erst mal eine Kostprobe vom Bellevue gekriegt hat, wird er bestimmt nicht wieder krank.» Und dann, im Ernst, ohne Bösartigkeit: «Der Haken bei dir, Schwesterchen, ist nur, daß du ihn noch nie leiden konntest.»

«Warum sollte ich auch?» sagte Octavia böse. «Er hat nie etwas für seine eigenen Kinder getan, geschweige denn für Vinnie. Und wie oft hat er Mamma geschlagen? Er hat sie sogar einmal geschlagen, als sie schwanger war, und das werde ich ihm nie vergessen.»

Lucia Santa hörte den beiden, die schwarzen Brauen zusammengezogen, finster zu. Ihre Argumente waren die bedeutungslosen Argumente von Kindern, was sie sagten, berührte die Mutter nicht. Sie waren nicht kompetent, weder was das Gefühl noch was den Verstand betraf.

Wie viele andere hatte auch diese ungebildete, unausgebildete Frau vom Land die Gewalt über Leben und Tod der Personen, die ihr am nächsten standen. An jedem Tag, in jedem Jahr mußte man Menschen, die man liebte, verurteilen und hintergehen. Lucia Santas Gedanken wurden gewiß nicht von Gefühlen bestimmt. Doch Liebe und Mitleid hatten im Leben einen Wert, ein gewisses Gewicht.

Der Mann, der der Vater ihrer Kinder war, der sie vor einem verzweifelten und hilflosen Witwendasein gerettet und zu ehelichen Freuden geweckt hatte, war für sie nicht mehr von echtem Nutzen. Er würde Krieg in die Familie tragen. Octavia ging vielleicht fort; sie heiratete womöglich sehr früh, nur um dem Zusammenleben mit ihm zu entgehen. Er wäre beim Lebenskampf nur eine Belastung. Sie hatte ihren Kindern, den großen und den kleinen, gegenüber Pflichten. Liebe war etwas rein Persönliches, ein Gefühl, das für sie Luxus war, das nur in ein unkompliziertes Leben paßte.

Denn höher als Liebe stand die Ehre, stand die Pflicht, stand das Zusammenhalten gegen die Welt. Frank Corbo hatte die Ehre niemals befleckt; er war nur nicht in der Lage gewesen, die Pflicht zu erfüllen. Und er war der Vater von dreien ihrer Kinder. Da waren Blutbande. Sie mußte diesen Kindern später in die Augen sehen können. Sie würde ihnen Rechenschaft ablegen müssen, denn er hatte ihnen das Leben gegeben, sie standen in seiner Schuld. Und dahinter lauerte die primitive Angst, die alle Eltern vor ihrem eigenen Schicksal spüren, die Angst vor der Zeit, da sie alt und hilflos, da sie die Kinder ihrer Kinder geworden sind und nun ihrerseits Erbarmen suchen.

Gino, der die ganze Zeit mit Sal und Vinnie herumgezappelt, sich mit den anderen gezankt und der Unterhaltung scheinbar keine Aufmerksamkeit geschenkt hatte, sagte auf einmal zu seiner Mutter: «Papa hat mir damals, in der Nacht, zugezwinkert.»

Die verdutzte Mutter begriff das Wort «zugezwinkert» nicht. Octavia erklärte es ihr.

Lucia Santa geriet in Erregung. «Seht ihr?» sagte sie. «Er hat sich verstellt. Er wußte genau, was er tat, aber er war schwach im Kopf und konnte nicht anders.»

«Weißt du», entgegnete Larry, «er hat gesehen, daß Gino Angst hatte. Darum hat er es getan. Ich habe dir ja gesagt, daß es nichts Schlimmes ist. Er ist nur ein bißchen krank. Wir wollen ihn doch nach Hause holen.»

Die Mutter wandte sich an Octavia. «Na?» Sie hatte ihren Entschluß schon gefaßt, aber sie wollte die Zustimmung ihrer Tochter. Octavia sah Gino an, der aber drehte den Kopf weg.

«Wir wollen's versuchen», gab sie nach. «Ich werde mir Mühe geben.»

Alle zusammen halfen der Mutter, sich fertigzumachen. Sie packte Lebensmittel zusammen, eine kleine Schüssel Spaghetti, Obst, einen halben Laib richtiges Brot. Nur für den Fall, daß er heute noch nicht gleich nach Hause durfte. Sie scherzten dabei sogar. Lucia Santa sagte: «Ja, als er damals in der Nacht unseren Vincenzo einen Engel nannte, da wußte ich, daß er verrückt sein mußte.» Es war ein bitterer Scherz, aber er sollte die Jahre überdauern.

Endlich war sie fertig. Gino fragte: «Kommt Papa heute wirklich nach Hause?»

Die Mutter blickte auf ihn hinab. Es lag ein Ausdruck von Furcht auf seinem Gesicht, den sie nicht verstand. «Wenn heute nicht, dann sicher morgen. Keine Angst.» Sie sah, daß die Furcht aus seinen Augen verschwand, und dieses absolute Vertrauen in sie gab ihr wieder das so oft erlebte wärmende Gefühl von Liebe und Macht.

Als Vinnie hörte, was seine Mutter zu Gino sagte, rief er voll glückseliger Loyalität: «Hurra! Hurra!» Octavia sagte zu ihrer Mutter: «Ich werde die Kinder waschen und anziehen. Dann können sie vor dem Haus auf euch warten.»

Larry begleitete sie. Bevor sie aufbrachen, erklärte er den Kindern: «Also, wenn wir Papa heute nach Hause bringen, dann plagt ihn nicht, laßt ihn in Ruhe. Tut einfach alles, was er euch sagt.» Die Mutter hörte voll neuer Lebensfreude zu; sie war überzeugt, daß nun alles gut enden würde, daß jene Nacht nicht so bedeutungsschwer war, wie es geschienen hatte. Die Nervenanspannung war einfach zu groß geworden, sie hatten sich alle von Emotionen hinreißen lassen. Im Grunde war es völlig unnötig gewesen, gleich Polizei und Krankenwagen zu holen und ihn ins Krankenhaus schaffen zu lassen. Aber vielleicht war es besser so. Jetzt war die Luft wieder rein, und alle fühlten sich wesentlich wohler.

Gesetzt und würdig, in Schwarz, das Bündel mit den Lebensmitteln in der Hand, schritt Lucia Santa, den ältesten Sohn wie ein braves, gelehrsames Kind am Arm, zur Bushaltestelle an der 23rd Street.

Gemeinsam traten sie im Bellevue an einen dichtumlagerten Empfangsschalter und warteten. Nach langer Zeit erst wurde ihnen gesagt, sie müßten zuerst mit dem Doktor sprechen. Sie gingen den ihnen beschriebenen Weg und kamen zu seinem Büro.

Es hieß, daß dieses riesige Krankenhaus die besten Ärzte der Welt beschäftigte, daß hier die Schwestern geschickter und fleißiger seien als anderswo und daß die Armen so gut versorgt würden, wie es nur möglich war. Für Lucia Santa jedoch spielte dieser Gedanke jetzt keine Rolle. In ihren Augen war das Bellevue ein Schrecken der Armen, die letzte schmerzliche und beschämende Demütigung, die sie im Leben hinnehmen mußten, bevor sie die Welt verließen. Dieses Gemäuer beherbergte den Abschaum, die Hilflosen, die mit Armut Geschlagenen. Auf trostlosen Balkonen saßen Tuberkulöse, atmeten die rußgeschwärzte Luft, sahen zu, wie die City das Gift braute, das ihre Lungen zerfraß. Senile Alte lagen herum, ohne daß sich ein Mensch um sie kümmerte, umgeben nur von ihren Verwandten, die ihnen etwas zu essen brachten und sich bemühten, in ihnen einen Funken Hoffnung anzufachen. In einigen Abteilungen siechten die vom Leben, von Gott, von der Menschheit zur Verzweiflung Getriebenen dahin, die in ihrer Todessehnsucht Lauge getrunken oder sich andere schreckliche Verletzungen zugefügt hatten. Und die sich jetzt, da körperliche Agonie ihre anderen Leiden überdeckte, ans Leben klammerten. Und dann waren da die Wahnsinnigen, die sich aus dieser Welt in eine freundlichere Dunkelheit geflüchtet hatten.

Lucia Santa fand, was immer man von diesem Haus behaupten mochte, man müsse doch eines zugeben: daß es ein Haus der Wohltätigkeit war. Es schuldete ihr und ihresgleichen gar nichts und würde auch nie etwas von ihnen bekommen. In seinen dunklen, fliesenbelegten Gängen lärmten die Kinder, die auf Medikamente, auf Behandlung, auf das Nähen von Wunden warteten. In einer Abteilung stritten sich von Autos und betrunkenen Eltern verkrüppelte Kinder um einen einzigen Rollstuhl herum.

In manchen Betten lagen Patienten, die ein Recht auf ihre Krankheit hatten – Männer, die mit harter Arbeit das Brot für ihre Frauen und Kinder verdient hatten, deren Angst vor dem Tod noch durch die Vorstellung verschlimmert wurde, daß die Familie hilflos und ohne Beschützer zurückbleiben würde.

In dieses Krankenhaus brachten die Leute ihren Angehörigen Tag für Tag Lebensmittel: Töpfe voll Spaghetti, Säcke voll Orangen, Handtücher, gute Seife und frische Wäsche. Es war eine Fabrik, in der die menschliche Maschine ohne Mitleid, Zärtlichkeit und Liebe wieder zusammengeflickt wurde. Es diente dazu, ein Lasttier wieder zum Tragen der Bürde bereit zu machen. Es kümmerte sich nicht um verletzte Gefühle; es teilte widerwillig eine Wohltätigkeit aus, die aus Prinzip keine Blumen verschenkte. Es klebte am Ostrand der Stadt, mittelalterlich in seiner turmgekrönten Silhouette und mit seinen eisernen Toren wie ein Symbol der Hölle. Die frommen Armen bekreuzigten sich, wenn sie diese Tore durchschritten; die Schwerkranken machten sich auf den Tod gefaßt.

Lucia Santa mit ihrem Sohn betrat das Büro des Doktors. Die Mutter konnte kaum glauben, daß ein so junger Mann wie dieser in seiner schlechtsitzenden weißen Jacke Macht über ihren Mann haben sollte. Sobald sie Platz genommen hatten, erklärte er ihr, daß sie ihren Mann heute nicht sehen könne, daß es am besten wäre, sie unterzeichne gewisse notwendige Papiere.

Leise, auf italienisch, sagte die Mutter zu Larry: «Erzähl ihm von dem Zwinkern.» Der Doktor aber sagte, ebenfalls auf italienisch: «Nein, Signora, erzählen *Sie* mir davon.» Die Mutter staunte; er sah so amerikanisch aus.

Er sprach das Italienisch der Reichen und behandelte sie mit der Höflichkeit eines Gentleman. Lucia Santa erklärte ihm, daß ihr Mann in seinem Wahn in jener Nacht seinem ältesten leiblichen Sohn zugezwinkert habe. Um ihn zu beruhigen und ihm zu zeigen, daß er nicht wirklich wahnsinnig sei. Ganz eindeutig habe er sich aus Schwäche, aus Zorn über seine Familie oder aus Verzweiflung über sein Schicksal nur gehenlassen. Das war fast immer der Grund für das zuweilen seltsame Verhalten der Männer. Und dann war er den ganzen Winter ohne Hut gegangen. Die Kälte hatte sein Gehirn unterkühlt. Außerdem durfte man nicht vergessen, daß er beim Bau der neuen Subway für die Eighth Avenue mehrere Minuten lebendig begraben gewesen war und eine Kopfverletzung davongetragen hatte.

So fuhr sie fort, um zu beweisen, daß seine Krankheit nur körperlich, äußerlich war, daß er nichts weiter brauchte als gute Pflege; und immer wieder kam sie auf das Zwinkern zurück. Er hatte sie in jener Nacht alle hinters Licht geführt. Sie hatten sich allesamt täuschen lassen, sogar die beiden Ärzte.

Der Doktor hörte ihr ernst, höflich zu, nickte zustimmend, jawohl, das mit dem Zwinkern sei seltsam, die Kälte, der Schlag auf den Kopf könnten durchaus eine Ursache sein, murmelte aufmunternde Worte. Die Mutter sah nicht, daß seine Höflichkeit nur Ausdruck des Mitleids, des Mitgefühls war. Als sie dann endete, antwortete er ihr in seinem schönsten Italienisch und entpuppte sich als ihr Feind.

«Signora», sagte er, «Ihr Mann ist sehr krank. Zu krank für dieses Hospital. Zu krank für Ihre Wohnung. Er muß fort. In ein, zwei Jahren ist er vielleicht wieder gesund. Das kann man aber nicht wissen. Diese Dinge sind immer noch sehr mysteriös.»

Die Mutter sagte leise: «Ich werde nichts unterschreiben. Ich will meinen Mann sehen.»

Der Doktor sah Larry an und schüttelte den Kopf. Larry sagte: «Komm, Mamma, ich bringe dich morgen wieder her. Vielleicht können wir ihn dann besuchen.»

Lucia Santa saß regungslos, stumpf wie ein Tier. Der Arzt sagte in sanftem, resigniertem Ton: «Signora, wenn Ihr Mann Fieber hätte, Schüttelfrost, dann würden Sie ihn doch auch nicht arbeiten lassen, dann würden Sie ihn nicht in die Kälte hinaustreiben. Wenn er sich die Beine gebrochen hätte, den würden Sie ihn bestimmt nicht zum Gehen zwingen. Das Leben da draußen in der Welt ist zuviel für ihn. Zu schmerzhaft. Diese Krankheit ist ein Warnsignal, damit er nicht stirbt. Sie können Ihre Liebe zu ihm beweisen, wenn Sie diese Papiere unterzeichnen.» Er legte die Hand auf einen gelben Aktendeckel auf seinem Schreibtisch.

Die Mutter hob den Kopf und starrte ihn an. In plumpem Italienisch sagte sie: «Ich werde nicht unterschreiben. Nie!»

Der Arzt errötete. Dann sagte er ernst: «Wie ich sehe, haben Sie ein Paket für Ihren Mann. Möchten Sie es ihm selber bringen? Bleiben werden Sie allerdings nicht können, aber Sie dürfen kurz mit ihm sprechen.» Jetzt war es die Mutter, die errötete, weil er sich zu ihr so freundlich zeigte. Sie nickte. Der Arzt nahm das Telefon und unterhielt sich mit jemandem. Dann stand er auf und sagte zu Lucia Santa: «Kommen Sie mit.» Als Larry ebenfalls aufstand, sagte er: «Ich glaube, Sie warten besser hier auf Ihre Mutter.»

Lucia Santa folgte dem weißen Jackett durch dunkle, gefängnisähnliche Korridore, Treppen hinauf, Treppen hinab, und als sie sehr weit gegangen waren, kamen sie endlich an eine Tür, die in einen riesigen, gefliesten Raum führte. Hier standen in Reih und Glied Badewannen, von denen einige hinter Vorhängen verborgen waren. Sie folgte dem Arzt quer durch den Raum auf eine weitere Tür in der hinteren Ecke zu. Plötzlich jedoch machte der Arzt vor einer der verhängten Wannen halt. Mit der Rechten packte er sie am Arm, als wolle er sie am Stolpern hindern, mit der Linken zog er den Vorhang zurück.

In einer mit klarem Wasser gefüllten Wanne saß, die Arme fest an den Körper gebunden, ein nackter Mann. Die Mutter schrie angstvoll:

«Frank!» Und der hagere Schädel drehte sich unendlich langsam zu ihr herum. Das Gesicht war eingefallen und zeigte die zähnefletschende, tiefstes Entsetzen ausdrückende Grimasse eines wilden, in einer Falle gefangenen Tieres. Die blauen Augen wirkten wie Glas: kalt und glitzernd vor seelenlosem Wahn. Sie sahen nicht Lucia Santa, sondern den unsichtbaren Himmel über ihr. Es war eine Maske hoffnungslosen, teuflischen Irrsinns. Der Arzt ließ den Vorhang fallen, während auf das verzweifelte, langgezogene Klagegeschrei der Frau besorgte Wärter herbeigeeilt kamen. Die braune Papiertüte fiel zu Boden, platzte und beschmutzte Lucia Santas Strümpfe und Schuhe.

Dann saßen sie wieder im Büro. Larry versuchte die Mutter zu beruhigen. Aber sie weinte jetzt über sich selbst, über die Frau, die wieder zur Witwe geworden war, die auf immer dazu verdammt war, im einsamen Bett zu schlafen; sie weinte über ihre anderen drei Kinder, die nun ebenfalls keinen Vater mehr hatten; sie weinte, weil sie vom Schicksal besiegt worden war. Und sie weinte, weil sie zum erstenmal seit vielen Jahren echtes Entsetzen verspürte: Sie hatte einen Mann geliebt, hatte ihm Kinder geboren und ihn nun zwar nicht tot, aber als seelenlose Hülle gefunden.

Sie unterschrieb alle Papiere. Sie dankte dem Arzt für seine Freundlichkeit. Sie verließen das Krankenhaus, und Larry brachte sie in einem Taxi nach Hause. Er machte sich Sorgen um sie. Doch als sie in der Tenth Avenue aus dem Taxi stiegen, hatte sie sich wieder ganz in der Gewalt; er brauchte ihr nicht einmal die Treppe hinaufzuhelfen. Sie bemerkte nicht einmal die Kinder – Gino, Vinnie und Sal –, die an der Ecke der Avenue standen und warteten.

Zweites Buch

8

Am ersten schönen Frühlingssamstag beschloß Octavia, Hausputz zu machen. Vinnie und Gino, den beiden Jungen, wurde die Erledigung der Hausmeisterpflichten übertragen: sie mußten Flure und Treppenhaus wischen sowie den Hinterhof reinigen. Der kleine Sal und Baby Lena bekamen Lappen in die Hand gedrückt und durften die Stühle und den großen Holztisch abstauben – die Stühle mit den reich beringten Querleisten und den Tisch, dessen große, geheimnisvolle Holzbögen unter der Platte herrliche Höhlen bildeten, in denen sich die beiden Kinder bequem verstecken konnten. Mit Hilfe der großen, glitschigen Flasche Zitronenöl machten sie alles blitzblank, schwarzgrün und fettglänzend, so daß Octavia mit einem trockenen Tuch noch einmal nachreiben mußte.

Sämtliche Schränke wurden ausgeräumt und alle Regale mit frischem, sauberem Zeitungspapier belegt. Das Porzellangeschirr wurde auf dem Küchentisch gestapelt, damit es von seinem Schmutzfilm befreit werden konnte.

Nach einer Stunde waren Vincent und Gino mit Schrubber, Mop, Eimer und mit dem Kessel für das heiße Seifenwasser wieder da. «Schon fertig!» verkündete Gino stolz. «Jetzt muß ich runter, Ball spielen.»

Octavia zog den Kopf aus dem Schrank. Sie war wütend. Gino hatte sich in den letzten paar Monaten sehr verändert. Er war zwar schon immer unzuverlässig gewesen, doch wenn man ihn festnagelte und ihm keine Möglichkeit zum Verschwinden ließ, hatte er fröhlich und willig mit angepackt. Jetzt aber war er trotzig und mürrisch geworden. Alles machte er falsch. Stirnrunzelnd sah sie die beiden an. Vinnie war auch nicht mehr viel besser.

«Mamma, hör dir das an!» rief Octavia laut. «Die beiden haben mit einem einzigen Kessel Wasser das ganze Treppenhaus geputzt! Vier Treppen, vier Flure und das Parterre-Entrée. Mit einem einzigen lausigen Kessel voll heißem Wasser!» Sie lachte höhnisch.

Lucia Santa rief aus der Küche: «Na ja, wenn es wenigstens ein bißchen sauber aussieht . . .»

Octavia begann fast zu kreischen. «Verdammt, wie soll es mit einem einzigen Kessel voll heißem Wasser sauber aussehen?» Sie hörte die Mutter lachen und lachte ebenfalls. Es war ein so herrlicher Morgen!

Die ganze Wohnung war von Sonne durchflutet.

Die beiden Jungen, die mit dem Mop und dem Eimer in der Hand dastanden, wirkten so unsagbar komisch; die Situation war ihnen so unangenehm! Ihre Gesichter waren vor Widerwillen verzerrt. «Na schön», gab Octavia nach. «Vinnie, du hilfst mir mit den Schränken; Gino, du putzt die Fenster von innen. Dann kannst du mit Vinnie den Abfall in den Hof tragen, und ich mache die Fenster fertig.»

«Den Teufel werde ich!» sagte Gino.

Octavia gönnte ihm nicht einmal einen Blick. «Werde nicht frech.»

«Ich gehe», erklärte Gino.

Vinnie und Sal waren entsetzt über so viel Unverfrorenheit. Gegen Octavia wagte sonst keiner der Brüder aufzumucken; sogar Larry ließ sich zuweilen von ihr kommandieren. Sobald sie unverschämt wurden und nicht parierten, pflegte sie sie an den Haaren zu ziehen und kräftig zu ohrfeigen. Einmal hatte sie Larry sogar eine Milchflasche über den Schädel geschlagen.

Octavia kniete halb im Schrank. Über die Schulter drohte sie: «Mach nicht, daß ich aufstehen muß!»

«Ist mir doch egal», war die Antwort. «Ich denke gar nicht daran, deine verdammten Fenster zu putzen. Ich gehe jetzt Ball spielen.»

Octavia sprang vom Boden auf und war schon über ihm. Mit einer Hand fuhr sie in sein Haar, mit der anderen versetzte sie ihm zwei saftige Ohrfeigen. Er versuchte ihr zu entkommen, doch sie war stärker als er. Sie hielt ihn fest. Sie knuffte ihn, tat ihm aber nicht richtig weh. Dazu schrie sie: «Wag jetzt noch einmal zu sagen, daß du die Fenster nicht putzen willst, du kleiner Scheißkerl, und ich schlage dich tot!»

Gino antwortete nicht. Mit unerwartetem Kraftaufwand riß er sich los und sah sie an – ohne Haß oder Angst, sondern mit seinem quälend-entwaffnenden Staunen, mit seiner bestürzenden, nackten Wehrlosigkeit. Es war ein Blick, an den sich Octavia niemals gewöhnen konnte. Sie hatte Vinnie schon manchmal schlimmer geschlagen, daher war es gewiß nicht Schuldbewußtsein, das sie empfand. Und trotz der Gefühle, die sie für den Stiefvater hegte, sah sie in Lena, Sal und Gino niemals nur ihre Halbgeschwister. Sie waren die Kinder ihrer Mutter.

Lucia Santa kam aus der Küche herbei. «Genug. Aufhören!» befahl sie Octavia. «Gino, putz wenigstens die beiden Vorderfenster, dann kannst du spielen gehen.»

Doch Ginos schmales, dunkles Gesicht verriet jetzt Eigensinn und Wut. «Ich putze deine Scheißfenster nicht!» sagte er. Und wartete ab, was sie jetzt tun würden.

Versöhnlich, behutsam sagte Lucia Santa: «Hör auf zu fluchen! Ein kleiner Junge wie du!»

Jetzt aber schrie Gino los. «Octavia flucht dauernd. Und sie ist ein Mädchen. Aber da sagst du nichts. Und vor anderen Leuten tut sie wie eine Dame!» Die Mutter lächelte, während Octavia sich abwandte, um nicht laut aufzulachen. Es stimmte. Ihre Freunde, vor allem der Sohn des *panettiere*, würden sich niemals träumen lassen, wie kräftig sie fluchte. In deren Gegenwart wagte sie es nie, Worte zu gebrauchen, wie sie sie zu Hause benutzte, wenn sie sich über die Mutter oder die kleinen Brüder ärgerte. Manchmal, wenn sie vor Wut hysterisch war, erschrak sie sogar über sich. Eine ihrer Freundinnen hatte sie «die Jungfrau mit dem unflätigen Mundwerk» genannt.

«Also gut», lenkte die Mutter ein. «Du brauchst nur bis zum Mittagessen zu helfen, dann kannst du gehen. Das Essen wird bald fertig sein.» Sie merkte, daß Octavia sich ärgerte, weil sie sich nicht auf ihre Seite gestellt hatte, aber in letzter Zeit war alles so glatt gelaufen, daß sie auch jetzt keinen Streit in der Familie wünschte.

Zu ihrem Erstaunen erwiderte Gino trotzig: «Ich hab keinen Hunger. Ich gehe jetzt. Das Essen kann mir gestohlen bleiben.» Er holte seinen Ballschläger aus der Ecke und wandte sich zur Tür – gerade rechtzeitig, um sich von der mütterlichen Hand einen Schlag direkt auf den Mund einzufangen.

Sie war empört. «*Animale!* Dickkopf!» schrie sie. «Du bist genau wie dein Vater. Zur Strafe wirst du den ganzen Tag zu Hause bleiben.»

Er reichte ihr nicht einmal bis ans Kinn. Sie blickte hinunter in seine Augen – große, schwarze Teiche voll Wut, voll wilder, kindlicher Enttäuschung. Er hob den Schläger und schleuderte ihn blind in die Gegend, aus Vorsicht jedoch so, daß niemand getroffen wurde. Der lange, schlanke Stock beschrieb einen graziösen Bogen und fegte klirrend das gestapelte Porzellangeschirr vom Tisch. Es gab einen ungeheuren Krach. Rings flogen Scherben von bunt bemalten Tellern und Tassen durchs Zimmer.

Nun folgte ein Augenblick tiefer, entsetzter Stille. Gino warf seiner Mutter und Octavia einen erschrockenen Blick zu; dann machte er auf dem Absatz kehrt und lief davon. Zur Tür hinaus, die Treppe hinab und in den frischen Frühlingssonnenschein der Tenth Avenue hinaus. Inzwischen hatte sich seine Mutter so weit erholt, daß sie ihm durchs dunkle Treppenhaus, durch den Geruch von Paprika, Knoblauch und Olivenöl nachrief: «*Figlio de puttana!* Ungeheuer! Biest! Zum Essen brauchst du nicht zu kommen!»

Als Gino langsam die 31st Street hinaufging, fühlte er sich wesentlich wohler. Sollten doch alle zum Teufel gehen! Auch seine Mutter und seine Schwester. Von ihm aus konnten sie alle zur Hölle fahren! Er zuckte zusammen, weil er auf einmal am Arm festgehalten wurde. Aber es war nur Vinnie.

«Komm mit nach Hause», sagte Vinnie. «Octavia wollte, daß ich dich holen soll.»

Gino drehte sich um, gab Vinnie einen kräftigen Stoß und sagte: «Willst du vielleicht Prügel beziehen, du Scheißkerl?»

Vinnie machte ein ernstes Gesicht. «Komm», wiederholte er. «Ich helfe dir auch mit den Fenstern. Dann können wir hinterher Ball spielen gehen.»

Gino aber lief los, zur Ninth Avenue hinauf; er wußte, daß Vinnie schnell rennen konnte, aber er hörte nicht, daß ihn der Bruder verfolgte.

Jetzt war er frei, doch merkwürdigerweise war er auch unzufrieden. Nicht einmal Wut verspürte er mehr. Er hatte nur keine Lust, zu tun, was andere, und sei es Larry, ihm befahlen. Bei dem Gedanken an Larry hielt er inne. Er würde zusehen müssen, daß er aus diesem Viertel herauskam. Die würden bestimmt Larry hinter ihm herschicken, das war so sicher wie der Teufel in der Hölle.

An der Ninth Avenue sprang Gino hinten auf einen Pferdewagen, der Richtung Stadtmitte fuhr. Nach einigen Blocks hatte ihn der Kutscher, ein stämmiger, schnauzbärtiger Italiener, entdeckt und schwang drohend die Peitsche. Gino sprang ab, hob einen Stein auf und schleuderte ihn hinter dem Wagen her. Er hatte gar nicht gezielt, hätte aber dennoch beinahe getroffen. Der Mann begann laut zu fluchen, der Wagen hielt, und Gino rannte davon, zur Eighth Avenue. Dort sprang er hinten auf ein Taxi. Der Fahrer sah ihn und fuhr so schnell, daß er erst am Central Park wieder abspringen konnte. Grinsend drehte ihm der Chauffeur eine Nase.

So kam Gino zum erstenmal in seinem Leben in den Central Park. Bei einer Pferdetränke entdeckte er einen Brunnen und trank einen Schluck von dem lauwarmen Wasser. Er hatte nicht einmal einen Penny für Sprudel. Von West nach Ost wanderte er immer tiefer in den Park, bis er die großen weißen Steinquader sah, in denen die Reichen wohnten. Doch sie besaßen keine Bedeutung für ihn. In seinen Kinderträumen hatten Gedanken an Geld keinen Raum. Er träumte von Tapferkeit auf einem Schlachtfeld, von Lorbeeren auf dem Baseballplatz. Er träumte davon, einsame Größe zu erlangen.

Gino suchte nach einer Stelle im Park, wo er sich unter einen Baum setzen konnte, ohne irgendwo Steine vor dem Himmel zu haben oder durch den Blättervorhang die flinken, schwarzen Schatten der fahrenden Autos und Pferdewagen zu sehen. Er suchte die Illusion eines Waldes. Wo immer er aber stand oder saß, fiel sein Blick, wenn er sich umdrehte, auf mindestens eine Steinfassade über den Baumkronen, auf eine Reklamewand vor dem Himmel, hörte er überall den blökenden Klang der Hupen oder das Klappern der Pferdehufe. Überall war der Geruch von Gräsern und Bäumen vermischt mit dem Gestank von Benzin. Schließlich legte er sich an einem See mit Betonufer erschöpft ins Gras und senkte die Lider so weit über die Augen, daß alle die hohen Gebäude ihre Substanz verloren, körperlos wurden und über den Bäumen zu hängen schienen wie Bilder aus einem Märchenbuch. Später wollte er den Wald verlassen und in die Stadt gehen. Ohne daß er es merkte, fiel er in Schlaf.

Es war ein verzauberter Schlaf. Er wußte, daß Leute vorbeigingen und ihn ansahen, daß ein Ball zu ihm herüberrollte und zwei Knirpse, die ihr Spielzeug wieder holen wollten, auf ihn herabstarrten. Aber er wurde nie so weit wach, daß er sie tatsächlich sah. Die Jahreszeiten wechselten, als wären es Jahre, die da vergingen. Zuerst war es sehr heiß, und Gino rollte sich durch das Gras bis in den Schatten eines Baumes. Dann kam ein leichter, sonniger Regen, und er wurde naß, dann wurde es kalt und dunkel, und dann war es wieder sonnig wie im Sommer. Aber er war zu müde, um aufzustehen. Den Kopf auf die Arme gelegt, Augen und Nase im frischen Gras, verschlief er sein Leben; doch als er aufwachte, war nur ein einziger Nachmittag vergangen.

Die schwebenden Türme der City hingen blau in der nahenden Dämmerung; es waren keine gelben Sonnenstrahlen mehr in der Luft. Der Park war schwarz und grün. Wenn Gino vor Einbruch der Dunkelheit wieder zu Hause sein wollte, mußte er sich beeilen.

An der 72nd Street kam er aus dem Park. Er war jetzt nervös. Er wollte nach Hause, in die gewohnte Umgebung, in seine eigene Wohnung; er wollte Geschwister und Mutter wiedersehen. Noch nie war er so lange von ihnen getrennt gewesen. Er sprang hinten auf ein Taxi und hatte Glück: es fuhr nach Süden und dann zur Ninth Avenue hinüber. Doch an der 31st Street fuhr es zu schnell. Gino sprang trotzdem ab und fing schon in der Luft an, Laufbewegungen zu machen. Daher verlor er, als er den Boden berührte, nicht die Balance, sondern lief sicher weiter. Auf einmal hörte er hinter sich ein metallisches Kreischen. Er bekam einen Stoß, wurde emporgeschleudert und flog durch die Luft. Er schlug auf das Pflaster, sprang aber sofort wieder auf. Verletzt war er nicht, aber er hatte Angst, weil er wußte, daß er angefahren worden war.

Ein großes, blaues Auto stand halb auf dem Gehsteig, halb in der Gosse. Ein hochgewachsener Mann stieg aus und kam auf Gino zugelaufen. Er hatte blaue Augen, schütteres Haar und machte ein so besorgtes und angstvolles Gesicht, daß er Gino sofort leid tat. Schnell sagte er: «Nichts passiert, Mister.» Trotzdem tastete der Mann ihn von oben bis unten nach Knochenbrüchen ab. Doch lediglich das rechte Hosenbein war zerrissen, und aus dem Riß sickerte Blut.

Der Mann fragte ihn mit fast panischer Angst in der Stimme: «Bist du verletzt, mein Junge? Wie fühlst du dich?»

Gino antwortete: «Mein Knie tut weh.» Der Mann untersuchte es. Wo das Blut herauskam, war eine tiefe Schramme. Der Mann hob Gino auf seine Arme, als handle es sich um ein Baby, und trug ihn zum Vordersitz seines Wagens. Zu den Herumstehenden sagte er: «Ich werde den Jungen ins Krankenhaus bringen.»

Der Mann fuhr zum French Hospital an der 30th Street und hielt. Er steckte sich eine Zigarette an. Dann musterte er Gino mit prüfendem Blick. «Und jetzt sei mal ehrlich, Junge: Wie fühlst du dich?»

«Gut», antwortete Gino. Er hatte ein komisches Gefühl im Magen. Das kam aber nur daher, weil ihn der Gedanke, angefahren worden zu sein, so sehr ängstigte.

«Zeig mir dein Knie», verlangte der Mann.

Gino rollte das Hosenbein hoch. Die Blutung war zum Stillstand gekommen, und auf der Wunde bildete sich bereits der Schorf. «Ich blute nie, wenn ich mich verletze», erklärte er stolz. «Ich kriege immer sofort eine Borke.»

Der Mann seufzte. «Ich glaube, wir werden doch lieber hineingehen.»

Gino erwiderte rasch: «Ach, wissen Sie, diese Krankenhäuser, da muß man immer so lange warten, und ich muß sofort nach Hause, sonst wird meine Mutter wütend. Mir geht es gut, Mister – wirklich.» Er stieg aus dem Wagen. «Außerdem war es nicht Ihre Schuld.» Er sprach wie ein Mann zum anderen, beruhigend. Dann hinkte er eilig davon.

Der Mann rief ihm nach: «Warte mal, Junge!» Er beugte sich aus dem Fenster und reichte ihm eine Banknote. Es waren fünf Dollar.

Gino war sehr verlegen. «Nein», wehrte er ab. «Es war meine Schuld. Ich will kein Geld.»

«Nun nimm schon», drängte der Mann energisch. «Du willst doch nicht, daß deine Alte Dame dir eine neue Hose kaufen und unnötig Geld ausgeben muß, nur weil du den Großzügigen spielst.» Wenn er ernst war, sah er wie Lindbergh aus. Als Gino den Geldschein nahm, ergriff der Mann seine Hand, lächelte und sagte in erleichtertem, schmeichelndem Ton: «Du bist okay, Junge.»

Jetzt brauchte Gino, um nach Hause zu kommen, nur noch unter der Hochbahn hindurch die Ninth Avenue zu überqueren und die 30th Street zur Tenth Avenue hinunterzugehen.

Als er dort um die Ecke bog, war er von einem unsagbaren Glück erfüllt. Sal spielte auf der Straße, die Mutter saß vor dem Haus auf ihrem Hocker. Zia Louche und eine andere Frau waren bei ihr. Octavia unterhielt sich beim Eisstand mit dem Sohn des *panettiere*. Gino ging an ihr vorbei, und beide taten, als sähen sie einander nicht. Als er vor das Haus kam, blieb er bei seiner Mutter stehen und sah sie an, weil sie mit ihm zu sprechen begann.

Böse war sie nicht, das merkte er gleich. *«Buona sera»*, sagte sie ruhig. «Du hast dich also entschlossen, wieder nach Hause zu kommen? Dein Abendessen steht im Backofen.» Danach wandte sie sich sofort wieder ab und redete mit Zia Louche. Sie hat nicht mal mein Bein gesehen, dachte Gino voll Bitterkeit.

Er humpelte die Treppe hinauf. Er war erleichtert. Alles schien vergessen zu sein. Und jetzt spürte er zum erstenmal einen dumpfen, pochenden Schmerz im Bein. Sein Mund war salzig und trocken, die Augen schmerzten, und seine Knie waren wie Pudding.

Oben, in der Küche, saß Vinnie und las. Als er Gino sah, holte er einen Teller voll Paprika, Eiern und Kartoffeln aus dem Backofen und stellte ihn auf den Tisch. Dann ging er zum Eiskasten auf dem Flur und holte eine Flasche Milch. Gino trank einen Schluck direkt aus der Flasche. Dann setzte er sich zum Essen hin.

Ruhig, aber ein wenig vorwurfsvoll, sagte Vinnie: «Wo bist du gewesen den ganzen Tag? Mamma und Octavia haben sich Sorgen gemacht, und Larry hat dich überall gesucht. Sie haben sich große Sorgen um dich gemacht.»

«Glaubst du!» gab Gino ironisch zurück. Aber er fühlte sich wohler. Nach ein paar Bissen konnte er nicht mehr essen. Er legte das Bein auf einen Stuhl. Es war ganz steif. Er zog die Hose hoch. Der Schorf war dick, blutig und geschwollen wie ein schwarzer Kuchen.

«Mann!» Vinnie war tief beeindruckt. «Am besten, du tust gleich Jod drauf. Und auch aufs Gesicht und auf deine Hände. Hast du dich geprügelt?»

«Nein», sagte Gino. «Ein Auto hat mich angefahren.» Fast hätte er geweint, als er das sagte. Er ging an den Spülstein, um sich zu waschen. Dann ging er ins Vorderzimmer, stellte das Bett auf und kleidete sich aus. Er fror, darum zog er sich die Decke bis an den Hals. Er holte den Fünfdollarschein aus der Hosentasche und hielt ihn in der Hand. Sein Magen drehte sich, sein Gesicht war heiß. In Gedanken sah er das Auto, wie er es, als es passierte, nicht hatte sehen können: Es kam auf ihn zugejagt, traf ihn, und er flog durch die Luft. Vinnie saß auf der Bettkante. «Ein Auto hat mich angefahren», sagte Gino mit zitternder Stimme. «Siehst du? Der Kerl hat mir fünf Dollar gegeben. Er war sehr nett. Er wollte mich ins Krankenhaus bringen, aber es war mir ja nichts passiert. Ich war nur auf ein Taxi gesprungen und direkt vor ihm wieder runtergesprungen. Es war alles meine eigene Schuld.» Er machte die Hand auf. «Siehst du? Fünf Dollar.»

Beide Jungen starrten den Geldschein an. Es war ein Vermögen! Vinnie hatte von Zia Louche zur Firmung ein goldenes Fünfdollarstück bekommen, doch das würde er niemals ausgeben dürfen. «Junge, Junge», staunte Vinnie. «Was willst du jetzt damit machen? Gibst du es Mamma?»

«Den Teufel werd ich tun!» antwortete Gino. «Wenn sie erfährt, daß mich ein Auto angefahren hat, kriege ich höchstens noch eine Tracht Prügel.» Dann, ernster: «Laß uns doch das Kräuterbier machen, wie du es schon immer wolltest, Vinnie. Dann können wir es verkaufen und Geld verdienen. Weißt du nicht mehr? Vielleicht wird es ein ganz gutes Geschäft.»

Vinnie war selig. Das war schon immer sein Traum gewesen. «Im Ernst?» fragte er. Und als Gino nickte: «Dann gib lieber mir das Geld zum Aufbewahren. Sonst kommt noch Mamma und nimmt es dir weg, und du mußt es sparen.»

«Nein, Sir», weigerte Gino sich mißtrauisch. «Das Geld bewahre ich selber auf.»

Vinnie war überrascht und gekränkt. Gino ließ ihn sonst immer das Geld aufbewahren – das Eisgeld und auch den Gewinn aus den «Seven-and-a-half»-Spielen.

«Komm schon!» drängte Vinnie den Bruder. «Laß mich die fünf Dollar aufbewahren. Du verlierst sie ja nur.»

Gino sagte gehässig: «Schließlich bin *ich* angefahren worden, nicht du. Du bist ja nicht mal mitgekommen. Du hast zu Octavia gehalten. Du kannst überhaupt froh sein, wenn du mein Teilhaber sein darfst.»

Er legte sich in die Kissen zurück. Vinnie musterte ihn nachdenklich. So hatte sich Gino noch nie benommen. «Okay», gab er nach. «Bewahr du die fünf Dollar auf.»

Fast geistesabwesend fügte Gino hinzu: «Und außerdem bin ich der Chef, wenn wir das Kräuterbier machen. Es ist mein Geld.»

Jetzt war Vinnie zutiefst gekränkt. Er war der Ältere, und es war seine Idee. Beinahe hätte er gesagt: «Nimm deine fünf Dollar und steck sie dir an den Hut!» Statt dessen aber sagte er: «Okay, du bist der Chef. Soll ich dir einen Verband machen?»

«Nein, nein. Es tut nicht weh», sagte Gino. «Komm, wir überlegen, wie wir das Kräuterbier machen. Und vergiß nicht: Kein Mensch darf wissen, daß man mich angefahren hat. Ich habe mich einfach mit jemand geprügelt.»

Vinnie sagte: «Ich gehe Papier und Bleistift holen, damit wir die Unkosten ausrechnen können.» Er ging in die Küche, räumte den Tisch ab und spülte das Geschirr, obwohl die Mutter strengstens befohlen hatte, daß Gino aufräumen sollte, wenn er gegessen hatte. Dann holte er Block und Bleistift aus seiner Schultasche.

Als Vinnie wieder ins Vorderzimmer kam, war es fast dunkel geworden, hingen nur noch die letzten Fetzen der Dämmerung im Raum. Im schwachen Licht sah er Ginos Hand entspannt auf der Bettdecke liegen. Der zerknüllte Fünfdollarschein war zu Boden gefallen. Gino schlief tief und fest; er lag mit geschlossenen Augen vollkommen regungslos da.

Aber es kamen seltsame Laute vom Bett herüber. Vinnie trat näher heran und sah, daß sein Bruder im Schlaf weinte, daß ihm die Tränen über die Wangen strömten. Vinnie schüttelte ihn, um ihn aus seinem Albtraum zu wecken, aber der Bruder schlief ruhig weiter, atmete jetzt mühelos und tief. Schließlich hörte das Weinen auf, und nur Gesicht und Wimpern waren noch feucht. Vinnie wartete eine Weile, ob Gino vielleicht wieder aufwachte und seine fünf Dollar zurückhaben wollte. Dann tat er das Geld in ihr geheimes Versteck in der Wand.

Im Dunkeln setzte sich Vinnie auf die Fensterbank. Es war eine sehr ruhige Nacht, zu früh noch im Jahr, um lange auf der Straße zu sitzen. Sogar vom Rangierbahnhof kam kein Laut; keine Lokomotiven schnauften, kein Stahl klirrte auf Stahl. Immer wieder sah Vinnie zum Bett hinüber, ob auch mit dem Bruder alles in Ordnung war. Er überlegte, wo sie die Flaschen für das Kräuterbier hernehmen sollten. Er war überzeugt, daß Gino ihn Chef sein lassen würde.

9

Das rauchig-graue Herbstlicht löste die Stadt in Linien und Schatten auf. Die Brücke über die Tenth Avenue war halb verhüllt, als führe sie über einen bodenlosen Abgrund und nicht nur in Höhe des zweiten

Stocks, begrenzt von zwei stählernen Linien, über eine mit Kopfsteinen gepflasterte Straße. Unter der Brücke hindurch kam von der 29th Street her ein von einem schweren braunen Pferd gezogener Wagen mit niedriger Ladefläche, auf der dünnwandige Tragen aus splittrigem Holz gestapelt waren. Durch die Latten lugten purpurne, saftige Trauben.

Der Wagen hielt mitten zwischen der 30th und der 31st Street. Vor einem der Häuser stapelten Kutscher und Beifahrer zwanzig Kisten. Der Kutscher lehnte sich weit zurück und rief in singendem Tonfall zum Himmel hinauf: «Ca-te-ri-na, deine Trauben sind da!» Im dritten Stock ging ein Fenster auf, Kinder, Männer und Frauen beugten sich heraus. Und nur Sekunden später schon kamen sie, als wären sie die Treppe hinuntergeflogen, aus der Haustür gestürzt. Ein Mann umkreiste die Kisten und schnüffelte mißtrauisch wie ein Hund an den Trauben. «Sind sie gut dieses Jahr?» erkundigte er sich beim Kutscher. Der Kutscher antwortete nicht, sondern streckte ihm ohne ein Wort zu verlieren die offene Handfläche hin. Der Mann bezahlte.

Seine Frau hatte inzwischen zwei Kinder als Wachen postiert, während sie und die anderen Kinder je eine Kiste packten und in den Keller trugen. Von einer Kiste riß der Vater voll Neugier eine Latte ab und holte sich eine dicke blauschwarze Traube heraus, die er genüßlich zu essen begann. Auch Frau und Kinder erhielten, als sie zurückkamen, je eine schöne Traube. Vor jedem Haus wiederholte sich die Szene: die Kinder, blauschwarze Beeren essend, der Vater, mit zufriedener Miene an seinem Kistenstoß lehnend, während sich andere, weniger glückliche Männer um ihn versammelten und ihm recht viel Glück wünschten mit seinem Wein. Sie leckten sich die Lippen, wenn sie an die großen, rot-schwarzen Krüge dachten, die aufgereiht an ihrer Kellerwand standen.

Gino beneidete die anderen Kinder, jene glücklichen, deren Vater selbst Wein kelterte. Er stand dicht neben dem Vater von Joey Bianco, doch Joey selbst war zu geizig, ihm von seiner Traube etwas abzugeben, und Joeys Vater war auch nicht besser als er. Joeys Vater war sogar zu geizig, um für seine Verwandten und guten Freunde eine Kiste zum Probieren zu öffnen.

Doch nun kam der *panettiere*, feist und rund, in seiner weißen Bäkkermütze vor den Laden, um drei hohe Kistenstapel entgegenzunehmen. Zwei Kisten öffnete er und verteilte an alle Kinder dicke Trauben. Gino lief hin und erhielt auch sein Teil. Mit dröhnender Stimme sagte der *panettiere*: «*Ragazzi*, helft mir tragen, dann bekommt jeder ein Stück Pizza.» Wie ein Ameisenschwarm fielen die Kinder über die drei

Kistentürme her, die wie durch Zauberhand im Keller verschwanden. Für Gino blieb nicht eine einzige Kiste zurück.

Der *panettiere* sah ihn mißbilligend an. «Ah, Gino, *figlio mio,* was soll nur aus dir werden? Die Arbeit läuft vor dir davon, sosehr du dich auch bemühst. Du mußt es jetzt endlich lernen: Wer nicht arbeitet, der ißt auch nicht. Fort, weg mit dir!»

Der *panettiere* wollte sich abwenden, der wütende Ausdruck im Blick des Jungen jedoch ließ ihn noch einmal innehalten. «Ah», lenkte er ein, «es ist ja nicht deine Schuld. Du läufst einfach nicht schnell genug hinter der Arbeit her. Wenn noch eine Kiste übriggeblieben wäre, dann hättest du sie bestimmt hinuntergetragen, eh?» Gino nickte, und der *panettiere* winkte ihn in seinen Laden hinein. Als dann die anderen Kinder aus dem Keller kamen, um sich ihren Lohn zu holen, war Gino schon wieder auf der Straße. Gierig aß er die Pizza, deren heiße Tomatensauce den süßen Traubengeschmack aus seinem Mund und von seinem Gaumen vertrieb.

In der sinkenden Dämmerung rannten die Kinder, die Lippen purpurn vom Traubensaft, rot von der Tomatensauce, unter lautem Geschrei die Avenue auf und ab, stürmten wie heulende Dämonen die Treppen der Brücke hinauf und hinab, tanzten im Rauch der unten vorbeischnaufenden Lokomotive und kamen mitten im Funkenregen wieder zum Vorschein. Die steinerne Stadt türmte sich, schwarz vom Winter, hoch über ihnen zum Himmel auf. Es war noch ein letztes Austoben, ehe sie, von den Fenstern aus, vor der hereinbrechenden Nacht ins Haus gerufen wurden. In der Gosse stapelten sie leere Kisten, und dann hielt ein älterer Junge ein Streichholz an das Papier, das sie rings um den Scheiterhaufen gesammelt hatten. Sie wollten ein Feuer machen. Die Tenth Avenue zerbarst in orangefarbene Flammenzungen, um die die Kinder einen großen Kreis bildeten. Die Rufe der Mütter, die sich aus den Fenstern beugten, echoten durch das kalte Zwielicht der Straßenschluchten wie langgezogene Rufe von Schafhirten an einem Bergabhang.

Lucia Santa saß, wie der Herrgott auf einer Wolke, an ihrem Fenster im obersten Stock des Hauses Nr. 358, Tenth Avenue, die Ellbogen auf ein unbezogenes Kissen gestützt. Sie sah ihre eigenen und die anderen Kinder Trauben essend, halbiert im orangefarbenen Schein des Feuers, vom kühlen, windigen Herbstabend zu flatternden Schatten zerfetzt, über die Brücke laufen. Die Kälte kam früh dieses Jahr. Der Sommer, für Stadtmenschen eine gesegnete Ruhezeit, war zu Ende.

Und nun begann auch die Schule wieder. Die Kinder brauchten weiße Hemden, ihre Hosen mußten geflickt und gebügelt werden. Zur

Schule mußten sie statt der mit Heftpflaster geflickten Segeltuchschuhe richtige, feste Stiefel tragen. Ihre Haare mußten geschnitten werden. Winterhandschuhe, die ständig verlorengingen, Mützen und Mäntel mußten gekauft werden. Der Ofen mußte im Wohnzimmer neben der Küche aufgestellt, mußte geprüft und gefüllt werden. Für den allwinterlichen Tribut an den Arzt mußte Geld auf die Seite gelegt werden. Flüchtig dachte Lucia Santa daran, daß sie ein bißchen Geld einsparen könnte, wenn sie Sal zum Kohlenklauen auf den Rangierbahnhof schickte. Doch dazu war Salvatore zu schüchtern; es machte ihm keinen Spaß. Und Gino durfte so etwas nicht mehr tun. Er war zu groß geworden; man konnte ihn schon wie einen echten Verbrecher behandeln. Lucia Santa plante mit der umsichtigen Logik der Armen.

Jetzt sah sie in dem orangefarbenen Licht, wie einer der kleineren Jungen ein Stück vom Bordstein zurücktrat, Anlauf nahm und über das Feuer sprang. Gino! Fest entschlossen, seine Kleider zu ruinieren! Dann machte es ihm ein noch kleinerer Junge nach und landete unter Funkengestiebe direkt am Feuerrand. Als Lucia Santa sah, daß Gino zu einem zweiten Anlauf zurücktrat, sagte sie laut: «*Mannaggia Gesú Crist!*» Sie lief durch die Zimmerflucht in die Küche, holte den Rohrstock und eilte die Treppe hinab. Octavia hob den Kopf von dem Buch, in dem sie las.

Als Lucia Santa zur Haustür hinausstürzte, flog Gino gerade zum drittenmal über das Feuer. Mitten im Sprung sah er die Mutter, landete und versuchte noch abzudrehen, aber der dünne Stock traf ihn schnell und beißend auf den Rücken. Seiner Mutter zuliebe stieß er ein Schmerzgeheul aus und lief ins Haus. Jetzt sah Lucia Santa Sal über das Feuer springen, und als der Kleine an ihr vorbeilief, roch seine Hose verbrannt. Sie ließ ihm Zeit, sich zu ducken, bevor sie zuschlug, erwischte ihn aber trotzdem noch. Sal jammerte laut und lief hinter Gino ins Haus. Als Lucia Santa oben ankam, hatten die beiden schon Mützen und Jacken ausgezogen und sich unter den Betten versteckt. Für mindestens eine halbe Stunde würden sie jetzt wohl Ruhe geben. Ein Tag war zu Ende gegangen, eine Jahreszeit, ein Stück aus dem Gewebe ihres Lebens.

«Leg dein Buch hin und hilf mir mit den Kindern», befahl die Mutter. Octavia seufzte und legte das Buch beiseite. Am Sonntagabend half sie ihr immer – als Buße für ihre feiertägliche Rast. Am Sonntagabend empfand sie stets einen ganz besonderen Frieden.

Octavia nahm die trockenen Kleidungsstücke von der Leine über der Badewanne, reinigte die Wanne und ließ heißes Wasser einlaufen.

Dann ging sie in ihr Zimmer und rief: «Kommt raus, ihr beiden!» Gehorsam krochen Gino und Sal unter dem Bett hervor. Sal fragte: «Ist Mamma noch böse?» Octavia antwortete streng: «Nein, aber wenn ihr jetzt nicht ganz artig seid, wird sie böse. Also, kein Streit in der Wanne, sonst bringt sie euch beide um.»

Lucia Santa selbst blieb in der Küche und machte das Abendbrot. Vinnie war aus dem Kino gekommen und half ihr den Tisch decken. Er würde sein Bad später nehmen.

Als Gino und Sal herauskamen, wartete schon die Winterunterwäsche mit den langen Ärmeln und Beinen auf sie. Aus irgendeinem vergessenen Versteck waren auch die Schultaschen wieder hervorgekommen – zerkratzt und zerbeult, aber immer noch zu gebrauchen. Und auf dem Tisch standen Sandwiches mit Fleischklößchen und Gläser mit Sahnesprudel, denn die Mutter weigerte sich, zu Speisen mit Tomatensauce Milch zu servieren.

Nach dem Abendessen hielt Octavia allen dreien – Vinnie, Gino und Sal – eine Ansprache. Das kannten sie schon. «Also», begann sie, «ihr seid alle drei nicht dumm. Ich möchte in diesem Jahr gute Noten sehen, und ebenfalls gutes Betragen. Vinnie, du warst im vergangenen Jahr recht gut, aber jetzt bist du im zweiten Realschuljahr, da mußt du noch besser werden. Du willst doch das CCNY besuchen? Nun, einen Freiplatz bekommst du dort nur, wenn du sehr gute Zeugnisse vorweisen kannst.» Das College für ihn zu bezahlen war schlechthin ausgeschlossen. Vinnie konnte sich glücklich schätzen, wenn er nach der Realschule nicht gleich zu arbeiten brauchte. Aber Octavia hatte ihre eigenen Pläne, und an diesen Plänen war sie mit eigenem Geld engagiert. Vinnie sollte unbedingt das College besuchen, das CCNY. Für die Familie wollte sie, Octavia, sorgen.

Aus diesem Grund hatte sie ihren eigenen Plan, Lehrerin zu werden, endgültig aufgegeben.

Sie fuhr fort: «Gino, wenn deine Betragensnoten ausfallen wie im letzten Jahr, schlage ich dich so windelweich, daß du ins Krankenhaus mußt. Und deine Hausaufgaben müssen viel besser werden. Entweder du führst dich ordentlich auf, oder du landest in der Erziehungsanstalt und bringst damit Schande über die ganze Familie.» Sie übertrieb natürlich; Ginos Betragen war nie so schlecht gewesen, daß es für die Erziehungsanstalt gereicht hätte; er fiel eigentlich nie unangenehm auf und bekam auch nie ganz schlechte Noten.

Sie hielt ihre Zuhörer in Bann. Sogar Baby Aileen richtete sich in ihrem Bettchen auf, kletterte heraus und setzte sich auf einen Stuhl am Tisch. Octavia langte hinüber und nahm das Kind auf den Schoß. «Sal», sagte sie, «du warst gut im vergangenen Jahr. Aber jetzt wird die Schule schwerer. Ich werde dir bei den Hausaufgaben helfen, also mach dir nur keine Sorgen darum. Ich bin als Lehrerin ebenso gut wie die in der Schule», erklärte sie prahlerisch wie ein kleines Mädchen. «Nur eines: Ich wünsche, daß ihr hier oben seid, wenn ich von der Arbeit nach Hause komme. Bis dahin ist es dunkel, und ihr habt draußen nichts mehr zu suchen. Wer nicht um Punkt sechs zu Hause ist, der kriegt den Hosenboden voll. Und weder Karten spielen noch andere Dummheiten, bis alle Hausaufgaben fertig sind und ich sie nachgesehen habe. Und ihr, Vinnie, Gino, Sal, helft Mamma abwechselnd mit dem Geschirr, damit sie sich auch ein bißchen ausruhen kann.»

Dann gab sie ihnen noch eine letzte Warnung, die sie ohne jede Ausschmückung und Vorrede anbrachte und die ihnen in ihrer Kürze und Strenge das Blut gerinnen ließ. «Wer nicht versetzt wird, wer sitzenbleibt, den bringe ich um.» Aileen rutschte ungeduldig auf ihrem Schoß hin und her. «Den Namen dieser Familie wird niemand in den Dreck ziehen, und ihr werdet nicht zu ungebildeten Makkaronis heranwachsen und zeit eures Lebens in der Tenth Avenue wohnen bleiben.»

Sie wurde von Lucia Santa unterbrochen, die sich über den letzten Satz ihrer Tochter ärgerte. «*Bastanza.* Genug. Sie gehen ja schließlich nicht in den Krieg.» Dann, zu den Kindern: «Aber vergeßt nicht, ihr *mascalzoni*: Ich hätte alles gegeben, wenn ich hätte zur Schule gehen und lesen und schreiben lernen dürfen. In Italien gingen nur die Kinder der Reichen zur Schule. Als ich so alt war wie ihr, da mußte ich Ziegen hüten, Gemüse ausbuddeln und Pferdemist sammeln. Ich mußte Hühner schlachten, Geschirr spülen und Häuser putzen. Die Schule wäre für mich wie Kino gewesen. Wenn euer Vater hätte zur Schule gehen können, dann hätte er bessere Arbeit bekommen, und wer weiß, vielleicht wäre er dann nicht krank geworden. Also denkt immer daran, wie gut es euch geht, oder ich bleue es euch mit dem Stock ein.»

Sal lauschte mit großen Augen. Gino und Vinnie schienen weniger berührt, waren aber dennoch beeindruckt. Sal sagte in ängstlichem Ton: «Aber Mamma, was ist, wenn ich nicht lernen kann, wenn ich nicht klug genug bin? Das ist doch nicht meine Schuld!» Er sagte es so ernst, daß die beiden Frauen lächeln mußten.

Octavia versicherte ihm freundlich: «Mach dir nur keine Sorgen, Sal. In dieser Familie sind alle so klug, daß sie mit Sicherheit versetzt werden. Du mußt dir nur Mühe geben. Ich werde dir helfen, und ich war in der Realschule Klassenbeste.»

Vinnie und Gino riefen unisono: «Ha, ha!» Ihr freundlicher, wehmütiger Ton hatte sie zu diesen Hohnrufen gereizt. Octavias große, dunkle Augen blitzten, aber sie wandte sich lächelnd an Lucia Santa: «Nicht, Mamma, das stimmt doch?» Und diese sehnsüchtige Trauer um ungekannte Freuden überzeugte die Kinder mehr als jede andere Drohung. Ausgenommen die eine, daß sie sie umbringen werde, wenn sie sitzenblieben. Daß sie es wahr machen würde, wagten sie nicht einen Augenblick zu bezweifeln.

Lucia Santa beobachtete ihre Tochter. Sie dachte daran, wie gern Octavia zur Schule gegangen war; und das war auch der einzige Grund für Lucia Santa, diese amerikanischen Sitten zu dulden, die einer Schulbildung so große Bedeutung beimaßen. Sie mißtraute den großen Ambitionen, den hochgesteckten Zielen. Denn je größer der Lohn, desto größer logischerweise auch das Risiko. Man lief Gefahr, zerschmetternde Niederlagen einzustecken und hilflos am Boden liegenzubleiben. Eine bescheidene Sicherheit war viel besser. In diesem Punkt aber ließ Lucia Santa Octavia freie Hand.

Ernst sagte die Mutter zu ihren Kindern: «Jawohl, wenn euer Vater nicht gewesen wäre, dann hätte eure Schwester Lehrerin werden können.» Sie merkte, daß Gino ihr forschend in die Augen sah. «Jawohl», wandte sie sich an ihn, «wenn euer Vater seine Pflicht getan und richtig für die Familie gesorgt hätte, dann hätte Octavia nicht zu arbeiten brauchen. Aber er hat ja immer nur an sich selber gedacht, und du, *figlio de puttana*, schlägst ganz nach ihm. Heute abend springst du über das Feuer. Du ruinierst deine guten Kleider und gibst deinem Bruder ein schlechtes Beispiel. Jetzt muß ich dir für die Schule eine neue Hose kaufen. *Animale!* Du denkst auch nie an andere. Aber ich warne dich ...»

Octavia fiel ihr ins Wort. «Schon gut, Mamma, das ist doch ganz was anderes. Hauptsache, sie wissen, wie wichtig die Schule ist – für ihr ganzes Leben. Wenn ihr in der Schule etwas lernt, könnt ihr es zu etwas bringen. Sonst werdet ihr auch so ein Herumtreiber auf den Docks oder bei der Eisenbahn wie Larry.»

Als die Kinder im Bett waren, wurde die Mutter sehr geschäftig; sie bügelte die Wäsche für die nächste Woche und stopfte die Löcher in den Kleidern. Der Korb war so hoch gefüllt, daß sie nur hinzulangen brauchte, ohne sich bücken zu müssen. Octavia lehnte ihr Buch an die große Zuckerdose. Es herrschte tiefe Stille; nur hie und da, wenn eines der Kinder sich im Schlaf umdrehte, quietschten im Schlafzimmer die Bettfedern. Die Frauen waren zufrieden, Oberhäupter eines gehorsamen Clans. Alles lief glatt; sie waren einander innerlich nahe – die Tochter eine treue, mächtige Gehilfin, die Mutter zwar unwidersprochen Chef und dennoch voller Respekt und Bewunderung für den Beistand der klugen, pflichtbewußten Tochter. Es wurde nie ausgesprochen, doch mit der Verbannung des Vaters war ihnen ein großer Teil ihrer Nervenbelastung und Sorge genommen worden. Sie waren beinahe glücklich darüber, daß er jetzt fort, daß ihre Herrschaft nun unangefochten war.

Die Mutter erhob sich, um Kaffee aufs Feuer zu stellen. Über dem Buch vergaß Octavia alles. Die Mutter wunderte sich darüber. Was konnte denn schon in diesen Büchern stehen, daß ihre Tochter davon in eine so magische Versunkenheit geriet? Sie selber würde es nie erfahren, und wäre sie jünger, würde sie deswegen Neid oder Bedauern verspüren. Aber sie war eine mit Arbeit überhäufte Frau, die noch viele Jahre voll von schweren Aufgaben vor sich hatte; darum durfte sie sich nicht unglücklich machen und an Genüsse denken, die sie nicht kannte. Sie trauerte schon genug um Genüsse, die sie genau kennengelernt hatte. Doch daran ließ sich nichts ändern.

Um die Milch aus dem Eiskasten zu holen, mußte sie bis ans Ende des Hausflurs gehen. Außerdem wollte sie ein Stück von dem guten, pfeffrigen italienischen Schinken holen, damit Octavia Appetit bekam, denn das Mädchen war viel zu dünn geworden. Als sie gerade draußen war, hörte sie unten, im ersten Stock, langsame Schritte die Treppe heraufkommen. Sie ließ die Wohnungstür offen, um Luft hereinzulassen; es war vom Bügeln sehr heiß in der Küche geworden. So konnte niemand an ihrer Tür vorbei zum Eiskasten und zur Kommode gelangen und dann über das Dach davonlaufen. Sie setzte sich zu ihrer Tochter an den Tisch; sie tranken Kaffee und aßen dazu *prosciutto* und grobes Brot. Sie hörten beide, daß die Schritte näher kamen, und schließlich tauchte über der obersten Treppenstufe langsam und vorsichtig der mit einem Schal vermummte Kopf Zia Louches auf. Humpelnd kam die Alte herein, dabei furchtbare italienische Flüche ausstoßend.

Die Frauen waren zu befreundet, um sich mit den üblichen formellen Höflichkeitsphrasen zu begrüßen. Lucia Santa erhob sich, um eine dritte Tasse zu holen und noch etwas Brot zu schneiden, obwohl sie wußte, daß Zia Louche in Gegenwart anderer nie etwas aß. Octavia sagte respektvoll und freundlich auf italienisch: «Guten Tag, Zia Louche. Wie geht es Ihnen?»

Die Alte machte eine ungeduldige, verärgerte Handbewegung, die Geste eines Menschen, für den der Tod bereits Gegenwart ist, der sich auf ihn vorbereitet hat und deswegen eine solche Frage unhöflich und geschmacklos findet. Sie saßen schweigend.

«Arbeit, Arbeit!» seufzte Lucia Santa. «Diese Schule, immer müssen sie Wunder was daraus machen! Die Kinder müssen angezogen sein wie der Präsident höchstpersönlich, und ich muß waschen und bügeln wie eine Sklavin.»

Zia Louche antwortete nur: «Eh, eh», und machte abermals eine ungeduldige Geste, als wolle sie alle Leute beiseite wischen, die glaubten, im Leben liefe alles glatt. Sie zog zuerst den schäbigen schwarzen Mantel und dann auch die lange, bis zu den Knien geknöpfte Strickjacke aus.

Octavia fand, daß sie unter dem bohrenden Blick dieser Augen unmöglich weiterlesen konnte; es wäre respektlos gewesen. Daher stand sie jetzt auf und begann zu bügeln. Die Mutter streckte die Hand aus und klappte das Buch zu, das aufgeschlagen auf dem Wachstuch lag, damit die Tochter nicht noch beim Bügeln weiterlesen konnte. Und dann merkte Octavia plötzlich, daß ihr die seltene Ehre einer direkten Anrede von Zia Louche zuteil wurde.

«Meine liebe junge Dame», sagte Zia Louche mit der plumpen Vertraulichkeit der Alten, «dein hübscher Bruder, hat er sich heute hier überhaupt sehen lassen?»

«Nein, Zia Louche», erwiderte Octavia höflich. Hätte eine andere in diesem Ton mit ihr gesprochen, sie würde ihr ins Gesicht spucken – vor allem diese selbstgefälligen, fetten Matronen, diese Makkaronis, die von jungen Mädchen immer nur in einem hinterhältig-mitleidigen Ton redeten, weil sie die Freuden des Ehelagers noch nicht kannten.

«Und du, Lucia Santa?» erkundigte sich Zia Louche. Als Lucia Santa darauf den Kopf schüttelte, fuhr Zia Louche verschlagen fort: «Dann machst du dir gar keine Sorgen um deinen schönen Sohn, einen Jungen von siebzehn Jahren, in einem Land wie diesem? Du hast keine Angst um ihn?» Octavia sah, wie sich das Gesicht ihrer Mutter in angstvoller Sorge verzog.

Lucia Santa zuckte hilflos die Achseln. «Was ist denn jetzt wieder los, mit diesem *disgrazia*? Am Samstagabend kommt er nie mehr zum Schlafen nach Hause. Es ist ihm doch nichts passiert?»

Zia Louche stieß ein kurzes, hartes Lachen aus. «O ja, es ist ihm etwas passiert! Eine ganze Komödie ist da passiert. Und wie es immer in Amerika geht, die Mutter erfährt es zuallerletzt. Nur ruhig, Lucia Santa, dein schöner Sohn ist in Sicherheit; er lebt. Dieser Ladykiller –» sie sprach dieses Wort mit empörter Genugtuung auf englisch aus – «hat endlich ein Mädchen gefunden, das durchaus lebendig ist. Ich gratuliere dir, Lucia Santa; ich gratuliere zur Hochzeit deines Sohnes und zu deiner neuen Schwiegertochter – auf amerikanische Art.»

Die Wirkung dieser Sätze war so lähmend, daß Octavia und ihre

Mutter die Alte nur anstarren konnten. Diese hatte zuerst gehofft, mit ihrem spöttischen Ton einen Teil des Zorns der beiden auf sich lenken zu können, doch jetzt konnte sie nicht mehr an sich halten und brach in ein so stürmisches Gelächter aus, daß es ihren skelettartigen Körper in den schwarzen Kleidern nur so schüttelte. Endlich keuchte sie: «Nein, nein, Lucia Santa, du mußt mir verzeihen. Du hast mein ganzes Mitgefühl in dieser Sache, aber o weh, was ist dein Lorenzo doch für ein Schlingel, *cue mascalzone*! Es ist zuviel, es ist einfach zuviel!» Doch dann sah sie an dem versteinerten Gesicht, den zusammengepreßten Lippen der Freundin, daß sie ihr eine tödliche Kränkung zugefügt hatte. Sie nahm sich zusammen, ordnete die von Runzeln überzogenen Knochen ihres Gesichtes zu einer ernsten Miene, die ihren Jahren angepaßt war. Doch eine gewisse Verachtung für die Besorgnis der anderen konnte sie nicht verbergen.

«Ich bitte dich nochmals um Verzeihung», sagte die Alte. «Aber was hast du schließlich erwartet, mit einem Sohn, der so ein Hurenjäger ist? Wäre es dir denn lieber, wenn er zusammengeschlagen oder gar umgebracht wird? Dein Sohn ist nicht dumm, Lucia Santa. Signora Le Cinglata, seit zwanzig Jahren unfruchtbar, und Signor Le Cinglata, zum zweitenmal verheiratet, seit vierzig Jahren Ehemann und dennoch nie Vater geworden – jetzt endlich sind sie gesegnet.» Sie senkte den Kopf mit gespielter Frömmigkeit. «Dem Herrn im Himmel sei Dank! Aber der gute Le Cinglata meint nun, er schulde den Dank jemand anders, der etwas näher ist, und wetzt schon sein Messer, um diese Schuld abzutragen. Und die schamlose Le Cinglata träumt schon davon, deinen Sohn zu heiraten. Man sollte es kaum glauben, bei einer Frau, die in Italien geboren und aufgewachsen ist! O Amerika – schamloses Land!» Bei diesen Worten hob Lucia Santa drohend die Hand gen Himmel – ein stummer Fluch auf die unmoralische Le Cinglata –, beugte sich dann aber eifrig vor, um noch mehr zu hören zu bekommen.

Zia Louche fuhr fort: «Dein Sohn hat sich schließlich von den Tigern einfangen lassen, die er so leichtsinnig gezähmt hatte. Ein einziges Wort von der Le Cinglata zu ihrem Mann, und dein Sohn ist tot. Aber was kann geschehen, wenn er dieser alten Hure Hoffnung macht? Welche Schande dann noch? Sie könnte den Alten vergiften und damit sich und den Jungen auf den elektrischen Stuhl bringen. Aber du kennst deinen Sohn, Lucia Santa; er ist klug und tut alles, damit er niemals zu einem Menschen nein sagen muß. Also geht er zur City Hall und heiratet ein junges, unschuldiges Mädchen, eine Italienerin, die ihn schon als sie noch Zöpfe trug auf seinem Pferd in der Tenth Avenue bewundert, aber noch niemals ein Wort mit ihm gesprochen hat. Niemand ahnte, daß er dieses Mädchen überhaupt kannte; niemand hat die beiden je in der Öffentlichkeit miteinander sprechen sehen. Ihre Familie wohnt in der 31st Street, die Marconozzis, ehrbar, aber bettelarm. Oh, er ist gerissen, dein Sohn; der wird noch mal Priester werden!»

Die Mutter fragte ruhig: «Hat das Mädchen einen guten Ruf?»

Zia Louche grinste boshaft. «Männer wie dein Sohn heiraten nur ein Mädchen, das über jeden Zweifel erhaben ist. Das ist ihre Lebensphilosophie. Wer wüßte eine Jungfrau höher zu schätzen als ein Hurenjäger? Aber sie ist wie ein Strich, so mager.» Die Alte hielt einen dürren Zeigefinger hoch, dessen verkrümmte Knochen abstoßender wirkten als rundes Fleisch. «Mein Gott, er wird sie in der Mitte spalten wie ein Stück Feuerholz.» Sie bekreuzigte sich.

Octavia war wütend, beschämt über diese Heirat, die doch so typisch für arme Leute war, über den Skandal, über das unkeusche Leben ihres Bruders. Über diese abscheuliche sexuelle Verworfenheit, von der sie alle angesteckt waren. Erstaunt sah sie, daß ihre Mutter durchaus nicht beunruhigt war und sogar ein wenig lächelte. Octavia begriff nicht, daß diese Nachricht zwar überraschend, bestürzend und ganz gewiß etwas war, was besser nicht passiert wäre, daß es aber keineswegs eine schlechte Nachricht war. Wie konnte sie das auch sein, für eine Frau, die darauf gefaßt war, daß weitaus schrecklichere Träume Wirklichkeit wurden? Die Angst vor geheimnisvollen Krankheiten, Mordtaten aus Leidenschaft, Gefängnis, dem elektrischen Stuhl – all das lag durchaus im Bereich des Möglichen, war durchaus vorstellbar. Lorenzo konnte eine Hure, eine Schlampe oder sogar eine Irin geheiratet haben. So hatte er also ein wenig überstürzt geheiratet – nichts Außergewöhnliches bei den Söhnen der Armen und keineswegs eine Schande; die Schande traf nur die Eltern des Mädchens. «Alle werden das Schlimmste glauben», sagte Octavia laut. «Dieser verdammte Schuft!»

Lucia Santa jedoch lachte laut auf, als sie daran dachte, wie geschickt ihr Sohn die Pläne der Le Cinglata durchkreuzt hatte. «Wo ist er denn jetzt, mein schöner Sohn?» fragte sie Zia Louche.

Doch Zia Louche entgegnete: «Laß mich erst ausreden, Lucia Santa. Signor Le Cinglata glaubt jetzt, daß er der Vater ist. Eine Frau braucht ihren Mann nur dazu bringen, daß er vor ihr auf die Knie fällt, dann kann sie ihn bei den Ohren nehmen und dahin führen, wo sie ihn haben will. Aber da ist noch ein anderes Problem. Die Mutter des Mädchens, vielmehr die Mutter der jungen Frau, muß es erfahren. Und da liegt die Schwierigkeit. Die Marconozzis sind ebenso stolz wie arm. Sie werden das Gefühl haben, daß dein Lorenzo Schande über ihre Tochter gebracht hat.»

Lucia Santa machte eine ungeduldige Handbewegung. «Ich werde hingehen und ihnen alles erklären. Wir sind genauso stolz und ganz gewiß ebenso arm. Wir werden einander schon verstehen. Aber jetzt – wo sind die beiden?»

Die Alte stand auf – stöhnend, weil ihr die Knochen weh taten. Sie humpelte zur Tür und rief die Treppe hinab: «Lorenzo, Louisa, kommt herauf!»

Während die drei Frauen auf das Brautpaar warteten, dachten sie über die plötzliche Veränderung in ihrem Leben nach. Der Mutter fiel ein, daß der Verlust von Larrys Einkommen ein schwerer Schlag für die Familie war. Doch bis er Kinder hatte, würde er weiterhin zum Unterhalt seiner vaterlosen Geschwister beitragen müssen, dafür würde sie sorgen. Auf jeden Fall. Außerdem würde die Wohnung unten, im ersten Stock, bald leer werden; dann konnten die beiden dort einziehen, so daß sie ein Auge auf ihre neue Schwiegertochter haben und dem jungen Paar bei seinen Startschwierigkeiten sowie den zu erwartenden Babies behilflich sein konnte. Denn sie bezweifelte nicht, daß sie bald Großmutter werden würde. Und dann war sie natürlich neugierig, wie dieses Mädchen aussah, das sich ihr hübscher Sohn erwählt und das ihn endlich an die Kandare gelegt hatte.

Sogar Octavia dachte jetzt an das Geld. So ein Schuft. Die Familie im Stich zu lassen, gerade jetzt, wo sie das Geld am dringendsten brauchten! Und plötzlich war sie fest überzeugt, daß dies der eigentliche Grund für seine Heirat war, daß ihre Mutter mit allzu eiserner Hand regiert, den größten Teil seines Lohnes eingesteckt und ihn in seiner Freiheit so beeinträchtigt hatte, daß er diesen Ausweg wählen mußte, wenn er seine Fesseln abschütteln wollte. Und außerdem sah Larry nun, da die Familie in Schwierigkeiten steckte, wohl keine Zukunft mehr in einer Verbindung mit ihr. Octavia nahm sich vor, ihn wie einen schnöden Verräter zu begrüßen und bei seinem Flittchen nicht den geringsten Zweifel über ihre Position in dieser Familie aufkommen zu lassen.

Zia Louche wartete. Ohne auch nur eine Spur von Bösartigkeit war sie dennoch entzückt, Zeuge einer so herrlichen Komödie zu sein.

Zuerst tauchte Larrys hübscher Kopf an der Treppe auf; das Mädchen hinter ihm war fast nicht zu sehen. Er setzte ein verlegenes Grinsen auf, das einfach bestechend war; seine übliche Selbstsicherheit wurde durch eine gewisse, recht ungewohnte Scheu gedämpft. Die Mutter erwartete ihn mit freundlichem Lächeln, das gleichzeitig herablassendes Verzeihen andeutete.

Larry sagte: «Mamma, Octavia, ich möchte euch meine Frau vorstellen.» Er holte das dünne Mädchen hinter seinem Rücken hervor. «Lou, das ist meine Mutter und meine Schwester Octavia.»

Die Mutter umarmte das junge Mädchen und bat sie, Platz zu nehmen. Beim Anblick des schönen, blassen, schmalen Gesichtchens, der großen rührenden braunen Augen und der unterentwickelten Figur empfand Octavia ein überwältigendes Mitleid mit diesem Mädchen. Das war ja noch ein richtiges Kind! Die würde bestimmt nicht mit Larry fertig; sie wußte ja nicht, was für ein Leben sie erwartete! Octavia betrachtete ihren Bruder, den kräftigen Körper, das glatte schwarze Haar; sie wußte, wie stark sein romantischer Glaube an sich selbst war, und darum empfand sie nun auch für ihn Mitleid. Weil das hier das Ende seiner Träume bedeutete, weil jetzt sein Leben zu Ende war. Sie erinnerte sich, wie er auf dem schwarzen Pferd die Tenth Avenue entlanggeritten war, daß die Funken von den Kopfsteinen und Bahnschienen aufstoben; sie erinnerte sich, wie er von sich zu sprechen pflegte – als sehe er nur für sich eine große Zukunft voraus. Sie begriff, daß sein guter Charakter – er hatte schon früh angefangen zu arbeiten, um seiner Mutter zu helfen, hatte die Schule verlassen, ohne innerlich auf den Lebenskampf vorbereitet zu sein – ihm keine geeignete Waffe sein würde, mit der er das Schicksal bekämpfen konnte. Jetzt würde er bald Kinder haben, die Jahre würden rasend schnell verfliegen, so schnell, wie er auf seinem Pferd unter der Brücke hindurchgaloppiert war – und dann würde er plötzlich im mittleren Alter stehen. Und würde, da er ja Larry war, immer noch träumen. Früher einmal, als sie noch Kinder waren, hatte sie ihn geliebt; und jetzt war sie aus Mitleid freundlich zu seiner kindlichen Frau. Sie gab ihm einen Kuß auf die Wange und schloß die neue Schwägerin in die Arme. Dabei spürte sie deutlich, wie der Körper des Mädchens vor Angst starr wurde.

Dann setzten sich alle zu einem Hochzeitsessen aus Kaffee und trokkenen Brötchen nieder und verabredeten, daß das junge Paar hier oben schlafen sollte, bis die Wohnung im ersten Stock frei wurde. Larry war aufgeräumt und unterhielt sich vergnügt; alles ging gut. Er war beruhigt. Doch plötzlich barg Louisa den Kopf in den Händen, begann zu weinen und sagte unter leisem, ersticktem Schluchzen: «Ich muß nach Hause. Ich muß meiner Mutter alles sagen.»

Lucia Santa stand auf. Entschlossen erklärte sie: «Wir werden alle gehen. Wir müssen uns jetzt, wo wir verwandt sind, ohnehin kennenlernen.»

Larry zögerte. «Mamma, ich muß zur Nachtschicht. Geh du mit Lou; ich gehe dann morgen.»

Die junge Frau sah ihn bestürzt und ängstlich an. Octavia platzte empört heraus: «Den Teufel wirst du, Larry! Ich denke, eine Hochzeitsnacht ist wohl Grund genug, einmal die Arbeit zu schwänzen. Du wirst mit Mamma und Louisa zu ihren Eltern gehen und für deine Frau einstehen!»

Louisa starrte sie mit großen Augen an, als hätte sie eine Gotteslästerung begangen. Larry lachte laut auf. «Schwesterchen, hör auf, so ein Theater zu machen! Lou, möchtest du, daß ich mitkomme?» Die Kleine nickte. Da legte er ihr schützend die Hand auf den Rücken und sagte: «Dann komme ich mit.»

Als jetzt das Mädchen sagte: «Danke, Larry», begann Octavia laut zu lachen. Verwundert sah sie, daß ihr die Mutter einen drohenden Blick zuwarf, und staunte, daß nicht die Mutter den Sohn gezwungen hatte, zu tun, was sich gehörte. Als Lucia Santa dann aber höflich zu Larry sagte: «Ich halte es für besser, wenn du mitkommst, Lorenzo», da merkte sie, daß ihre Mutter eine neue Rolle übernommen hatte, daß sie sich nicht mehr als Herrscherin über dieses Kind fühlte und daß sie den Sohn mit einer erschreckenden Härte aus ihrem Herzen verstieß – nicht etwa aus Zorn, Bösartigkeit oder Mangel an Liebe, sondern als Last, die sie abwarf, um desto mehr Kraft für ihre anderen Bürden zu haben. Als alle zusammen gegangen waren, fühlte Octavia sich so deprimiert, daß sie nicht einmal ihr Buch wieder öffnete, sondern die ganze Wäsche bügelte.

Das Leben hat für kleine Jungen so viele Überraschungen bereit, daß Gino nicht ein bißchen staunte, als er am nächsten Morgen das lange, schwarze Haar eines Mädchens im Bett seines Bruders entdeckte. In seiner bescheidenen Winterunterwäsche stand Gino da und betrachtete die beiden. Larry war plötzlich so anders geworden, und auch das Mädchen sah so merkwürdig aus. In diesen beiden blassen Gesichtern, schneeweiß vom Schlaf in der kalten Wohnung, wehrlos in ihrer erschreckenden, tiefen Bewußtlosigkeit, stand hohlwangig die klare Reinheit des Todesschlafs. Sie hatten beide pechschwarzes Haar, wirr, unordentlich und ineinander verflochten, als wäre es eine einzige seidige Masse, die, beide Gesichter umrahmend, miteinander verwachsen war. Dann aber begann sich Larry zu rühren; Kraft, Stärke und Leben kehrten zurück, das Blut stieg ihm in die Wangen und färbte sie rosig. Die schweren, geraden schwarzen Brauen bewegten sich, er hob die Lider, und seine dunklen Augen blitzten. Larry rückte von seinem Mädchen ab, so daß ihre Haare jetzt nicht mehr ineinanderflossen und er für sich lag. Er sah, daß Gino ihn beobachtete, und grinste.

Vinnie hatte bereits die oberste Schicht aus der Milchflasche stibitzt, die eisig gefrorene dicke Sahne, Lohn für den Frühaufsteher. Gino wollte noch eine Milchflasche öffnen, die Mutter aber versetzte ihm mit der flachen Messerklinge einen brennenden Schlag über den Handrükken.

Als Gino durch die Schlafzimmer zurückschlenderte, um sich fertig anzuziehen, saß Bruder Larry an das Kopfteil des Bettes gelehnt und rauchte eine Zigarette, während das Mädchen mit dem Gesicht zur Wand weiterschlief und der Welt ihren schmalen Rücken zukehrte. Weiße Unterrockträger rahmten Schulterknochen so mager wie Hühnerflügel. Als Gino vorbeiging, zog Larry schützend die Bettdecke über seine Frau und ließ dabei über der langen, dicken Unterwäsche die dichtbehaarte Männerbrust sehen.

Dieses Jahr sollte Gino niemals vergessen, denn Larrys Heirat war nur das erste von vielen bedeutsamen Ereignissen.

Als er eines Tages aus der Schule kam, sah er Joey Bianco auf Runkels Laderampe sitzen. Seine Schulbücher waren auf dem Gehsteig verstreut. Zu Ginos größtem Erstaunen weinte Joey dicke Tränen. Gino näherte sich ihm behutsam und fragte: «Was ist denn los, Joey? Ist deinem Vater oder deiner Mutter was passiert?»

Noch immer weinend, schüttelte Joey den Kopf. Gino stemmte sich auf die Rampe hinauf und setzte sich neben ihn. «Möchtest du ‹Seven-and-a-half› mit mir spielen?» erkundigte er sich. «Ich hab sechzehn Cent.»

«Ich habe kein Geld», erwiderte Joey leise. Dann jammerte er los: «Ich habe mein ganzes Geld verloren! Mein Vater hat gesagt, daß ich es auf die Bank bringen soll, und jetzt hat die Bank mein ganzes Geld verloren. Diese verdammten Hunde! Und meinem Vater ist das egal, der lacht mich nur aus. Immer haben sie alle gesagt, daß ich das Geld ganz für mich allein haben darf, wenn ich erst groß bin, und jetzt haben sie es mir gestohlen. Und jetzt lachen mich alle aus.» Er weinte und fluchte, war völlig gebrochen.

Gino war tief erschüttert. Er wußte besser als alle anderen, was für ein grausamer Schlag dies war. Wie oft hatte sich Gino Zitroneneis gekauft und Joey lecken lassen, weil Joey seine zwei Cent sparen wollte! Wie oft war Joey am Samstagnachmittag zu Hause geblieben, um das Kinogeld zu sparen. Wie oft war Joey am Würstchenverkäufer und seinem dreirädrigen Karren mit dem orangegestreiften Sonnenschirm vorübergegangen, seine fünf Cent fest in der in die Hosentasche versenkten Faust, während Gino genüßlich in das weiche, lange Brötchen, das saftig-rote heiße Würstchen, das weiße, fettige Sauerkraut und den gelbleuchtenden Senf hineinbiß – ein köstlicher Happen, ein richtiger Seelentröster! Gino empfand den Verlust beinahe ebenso schmerzlich wie Joey, denn in gewisser Hinsicht war es auch sein Geld. Wenn die anderen Kinder Joey ausgelacht hatten – Gino hatte ihn immer respektiert und ihm wenigstens einen Bissen von seinem Würstchen, einen Happen von seiner Pizza, einen Mundvoll von seinem Zitroneneis abgegeben, um ihm über die Versuchung hinwegzuhelfen. Und sogar Ostern, wenn alle sich für zehn Cent rot-weiße Zuckereier kauften – sogar dann war Joey standhaft geblieben, obwohl doch nur einmal im Jahr Ostern war. Gino war stolz auf seinen Freund, den reichsten Jungen vielleicht in Chelsea, gewiß aber von der Tenth Avenue. Darum fragte er jetzt vorsichtig und voll banger Ahnung: «Wieviel hast du verloren, Joey?»

Und Joey antwortete tief verzweifelt, beinahe selbst überwältigt, aber mit würdiger Ruhe: «Zweihundertunddreizehn Dollar.»

Die beiden sahen einander entgeistert an. Gino hätte sich niemals träumen lassen, daß es so viel sein könnte. Und Joey erkannte erst jetzt das ganze Ausmaß, die ganze Endgültigkeit seines Mißgeschicks. «O Jesus!» stöhnte er. Gino sagte: «Komm, Joey, heb deine Bücher auf. Komm, laß uns nach Hause gehn!»

Joey aber sprang von der Rampe herab, trat wütend nach den Büchern, gab ihnen Fußtritte, bis sie verstreut und zerfetzt in der Gosse landeten. Er schrie: «Ich scheiße auf die Bücher! Ich scheiße auf die Schule! Ich werde es ihnen schon heimzahlen! Ich gehe nicht mehr nach Hause!» Er rannte davon, in Richtung Ninth Avenue, wo er unter dem eisengrauen Winterschatten der Hochbahn verschwand.

Gino las die Schulbücher zusammen. Sie waren schmutzig, zerrissen und voll Pferdemist. Er wischte sie an seiner Hose ab und ging dann die Tenth Avenue hinauf zum Haus Nr. 356, wo Joey wohnte.

Die Biancos wohnten im dritten Stock. Als Gino klopfte, hörte er drinnen eine Frau weinen und wollte wieder hinunterlaufen; doch da wurde die Tür schon geöffnet, und Joeys rundliche kleine Mutter, ganz schwarz gekleidet, winkte ihn in die Küche herein.

Joeys Vater war schon zu Hause und saß am Küchentisch, und darüber wunderte sich Gino. Signor Bianco war ein kleiner, krummer Mann mit einem riesigen Schnauzbart, trug auf der Straße stets einen zerdrückten grauen Filzhut und hatte ihn seltsamerweise sogar jetzt auf dem Kopf. Vor ihm stand ein Krug mit dunkelrotem Wein, daneben ein halbvolles Glas.

«Ich wollte nur Joeys Bücher bringen», erklärte Gino. «Er kommt gleich nach, er muß erst noch dem Lehrer helfen.»

Er legte die Bücher auf den Tisch. Der kleine Mann blickte auf und sagte mit weinseliger Freundlichkeit: «*Bouno giovanetto*, brav, mein Junge! Du bist der Sohn von Lucia Santa, nicht wahr? Joeys Freund. Brav, Junge. Du hörst auf niemanden, eh? Du gehst deinen eigenen Weg. Sehr gut. Sehr gut. Komm her, trink ein Gläschen Wein mit mir. Und danke Gott, daß du keinen Vater hast.»

«Ich trinke nicht, Zi' Pasquale», sagte Gino. «Aber vielen Dank.» Es tat ihm leid, daß dem Mr. Bianco der Geldverlust seines Sohnes so naheging. Die Mutter setzte sich an den Tisch und sah ihren Ehemann an.

«Trink, trink!» drängte Zi' Pasquale Bianco. Die Frau holte ein kleines Weinglas herbei, und der Mann schenkte ein. «Auf Amerika!» sagte der kleine Mann. «Auf die amerikanischen Bankpräsidenten. Auf daß sie eines Tages die Eingeweide ihrer Mütter fressen.»

«Ruhig, ruhig!» beschwichtigte Mrs. Bianco.

In früheren Tagen hatte Gino Gelegenheit gehabt, die allabendliche Auferstehung des Zi' Pasquale in all ihrem Glanz und all ihrer Herrlichkeit zu beobachten.

Zunächst schleppte sich der kleine, gebeugte Mann, knorrig, den Körper voller Knoten und Beulen, erschöpft von der Arbeit auf dem Rangierbahnhof über die in der Avenue verlegten Bahngleise heim. Wie müde er war, wie staubig und schmutzig! Getrockneter Schweiß verstopfte seine Poren. Der runde Filzhut, schmutziggrau, schwarz eingefaßt, schützte ihn vor den gefährlichen Sonnenstrahlen; die Frühstückstasche pendelte leer von der rechten Schulter. Er stieg die düstere Treppe des Mietshauses hinauf und betrat seine Wohnung.

Dann runter mit den Kleidern, schnell warmes Wasser und Seife! Zia Bianco wusch ihm mit einem nassen Tuch den knotigen, breiten Rükken. Er zog ein sauberes blaues Hemd an, schenkte sich, während er den Krug unter dem Spülstein hervorholte, schon schnell ein erstes Glas Wein ein, und dann an den Tisch!

Zuerst sah Zi' Pasquale allen, auch Gino, fast vorwurfsvoll in die Augen, dann schüttelte er ein wenig den Kopf, als wolle er zeigen, daß er nicht ihnen die Schuld an seinem etwaigen Kummer gab. Dann kam wieder ein Schluck aus dem Glas. Langsam, vorsichtig, als kehre damit die Kraft in seinen Körper zurück, streckte er den Rücken. Seine Frau stellte ihm einen großen, tiefen Teller voll Bohnen und *pasta* hin, aus dem der Duft nach Knoblauch und brauner Bohnensauce aufstieg. Zi' Pasquale ergriff den Löffel, als gelte es, eine Schaufel zu halten, und schon ließ er mit der geübten Drehung des Streckenarbeiters einen hohen Berg Bohnen und *pasta* hinter dem furchteinflößenden

Schnauzbart verschwinden. Nach drei Fuhren legte er den Löffel hin und riß ein großes Stück von dem Brotlaib ab.

Den Löffel in der einen, das Brot in der anderen Hand füllte er seine Seele mit Leben und Energie. Mit jedem Bissen wurde er sichtbarlich stärker und kraftvoller. Immer größer wuchs er auf seinem Stuhl, wuchs über sie alle hinaus. Sein Gesicht wurde rosig, weiß blitzten die Zähne, und der mit Sauce vollgesogene Schnurrbart gab hier und da sogar die schwarzroten Lippen frei. Zwischen den Zähnen krachte das knusprige braune Brot wie Maschinengewehrfeuer, und der große Blechlöffel fuhr wie ein blitzendes Schwert um ihre Köpfe. Er leerte das Weinglas. Und fast so, als habe er alles, was auf dem Tisch stand, in seinen Naturzustand zurückgepreßt, begann es nach Trauben, Mehl und rohen Bohnenwurzeln im Erdreich zu duften.

Zuletzt ließ sich Zi' Pasquale von seiner Frau ein Messer geben und schnitt von dem schwarz überzogenen Wagenrad einen dicken Brocken des krümeligen, körnigen Käses herab. Er hielt ihn ans Licht, so daß sich alle an dem Aroma erfreuen konnten. Mit der anderen Hand nahm er den Rest des Brotlaibes vom Tisch, und dann wandte er sich lächelnd, machtvoll, ruhig, mit beinahe heiliger Autorität an alle und fragte in seinem rauhen Süditalienisch: «Wem geht es besser als mir?»

Die Frau stieß ein kurzes, zustimmendes «Eh!» heraus, als habe er soeben eine Überzeugung bestätigt, die sie seit jeher gehegt, die er aber stets geleugnet hatte. Die beiden Jungen aber starrten ihn nachdenklich an und suchten ihn zu verstehen.

Sie sahen es ja. Wem schmeckte an diesem Abend das Essen besser, wem strömte der Wein feuriger durchs Blut? Wessen Fleisch, Knochen und Nerven entspannten sich in so glücklicher Ruhe, so gnädigem Frieden? Vor Behagen begann Zi' Pasquale zu stöhnen, während die schmerzende Müdigkeit aus seinem Körper entwich. Er hob sich ein wenig an, um zu furzen, und anschließend folgte ein Seufzer tiefster Erleichterung. Wer denn auf Gottes Welt genoß in diesem Augenblick größere Wonnen?

Heute abend jedoch war Gino bemüht, ihm etwas Tröstliches zu sagen. «Es ist nicht so schlimm, Zi' Pasquale. Joey kann ja wieder sparen. Ich werde ihm helfen, Kohlen von der Eisenbahn zu verkaufen, und im Sommer können wir Eis verkaufen. Es wird bestimmt nicht sehr lange dauern.»

Der große Schnauzbart begann zu beben, und das Gesicht verzog sich zu runzligem Lachen. «Mein Sohn und sein Geld! Ah, *figlio mio*, wenn das nur alles wäre! Weißt du, was ich verloren habe? Weiß mein Sohn, was ich verloren habe? Fünftausend Dollar! Zwanzig Jahre aufstehen im Dunkeln, arbeiten in der bitteren Kälte und dieser schrecklichen amerikanischen Hitze. Beleidigungen einstecken vom Chef, meinen eigenen Namen ändern, einen Namen, der in Italien seit tausend Jahren existiert, den Namen Baccalona» – seine Stimme donnerte den Namen heraus – «aus Salerno in Italien. Das alles habe ich aufgeben müssen. Und mein Sohn sitzt auf der Straße und weint.» Er kippte wieder ein ganzes Glas Wein. «Fünftausend Dollar, zwanzig Jahre meines Lebens! Meine Knochen schmerzen von dem Geld, das sie aus ihrem Mark schwitzen mußten. Verflucht sei der Himmel und Jesus Christus! Sie haben es mir gestohlen – ohne Pistole, ohne Messer, am hellichten Tag. Wie nur, wie ist so etwas möglich?»

Die Frau warnte: «Pasquale, hör auf zu trinken! Du mußt morgen arbeiten. Du hast schon heute nicht gearbeitet. Jetzt, in der Depression, werden so viele arbeitslos. Iß jetzt ein wenig und geh zu Bett. Komm!»

Liebevoll antwortete Zi' Pasquale: «Keine Angst, Frau, ich werde morgen zur Arbeit gehen. Nur Ruhe. Bin ich nicht auch zur Arbeit gegangen, als unsere kleine Tochter starb? Eh? Bin ich nicht auch zur Arbeit gegangen, als du die Kinder bekamst? Als du krank warst und als die Kinder krank waren? Keine Angst, ich werde zur Arbeit gehen. Aber du, arme Frau, die erst das elektrische Licht angemacht hat, wenn es zu dunkel war, um etwas zu sehen – nur um einen Penny zu sparen! Wie oft hast du Spinat ohne Fleisch gegessen und in der Wohnung Pullover getragen, um Kohlen zu sparen! Bedeutet dir dies denn gar nichts? Ah, Frau, du bist aus Stahl! Hörst du, kleiner Gino? Fürchte sie, diese Frauen!» Abermals leerte Zi' Pasquale ein ganzes Glas Wein und sank danach ohne ein weiteres Wort bewußtlos zu Boden.

Jetzt, da ihr Mann sie nicht hören konnte, brach Zia Bianco in lautes Klagen aus. Gino half ihr, Mr. Bianco ins Schlafzimmer zu schleppen, während sie weinte und laut ihren Kummer hinausjammerte. Er sah ihr zu, wie sie ihren Ehemann auszog, bis er in seiner gelblichweißen Unterwäsche nichts weiter war als eine rührende, zusammengesunkene Gestalt, die trunken durch den Schnauzbart schnarchte – so komisch, daß es in eine Komödie gepaßt hätte.

Die Frau bat Gino, sich zu ihr in die Küche zu setzen. Wo Joey sei, fragte sie ihn. Und dann begann sie zu reden. Ihr armer Mann, er war ihre Hoffnung, er war ihre Rettung, er durfte sich nicht den Furien beugen! Das Geld war verloren – ja, es war schrecklich –, aber doch nicht so schlimm wie der Tod.

Amerika, Amerika, was für Träume werden in deinem Namen geträumt! Welch gotteslästerliche Vorstellungen von Glück gebierst du! Der Preis muß bezahlt werden – und dennoch träumt man immer, das Glück könnte eines Tages auch ohne diesen entsetzlichen Preis zu einem kommen. Hier *gab* es Hoffnung, in Italien nicht. Sie würden von neuem anfangen, er war ja erst achtundvierzig. In seinem Körper steckten noch mindestens zwanzig Jahre Arbeit. Denn jeder menschliche Körper ist eine Goldmine. Das Erz der schweren Arbeit ergibt Berge von Lebensmitteln, Schutz vor der Kälte, Hochzeitsfeste und Totenkränze. Dieser komische kleine, knorrige Körper in der langen Winterunterwäsche, mit dem grauen, buschigen Schnauzbart barg noch einen Schatz, den er herausgeben mußte, und so machte sich Mrs. Bianco mit ihrem weiblichen und daher praktischen Verstand weit größere Sorgen um ihren Mann als um das verlorene Geld.

Es dauerte lange, bis Gino sich endlich davonmachen konnte.

Er kam zu spät; sie saßen schon alle um den Tisch. Wie wohl es tat, in die warme Küche zu kommen, wo es nach Knoblauch, Olivenöl und der Tomatensauce duftete, die in ihrem Topf sprudelte wie dunkler, heißer Wein!

Sie füllten sich ihre Teller aus der in der Mitte des Tisches stehenden, hoch mit Spaghetti vollgehäuften dampfenden Schüssel. Am Donnerstag gab es keine Fleischklößchen, sondern nur ein Stück Rinderkamm, so zart allerdings vom langen Kochen in der Sauce, daß man schon beim Hineinstechen mit der Gabel faserige Stücke herausholen konnte. Noch während sie aßen, kam Larry mit seiner Frau von unten herauf und setzte sich zu ihnen an den Tisch.

Sie freuten sich alle, daß Larry kam, besonders die kleineren Jungen. Er brachte Leben ins Haus, mit seinen Scherzen und seinen Geschichten von der Eisenbahn, und außerdem kannte er allen Familienklatsch der Avenue. Octavia und Lucia Santa waren fröhlich und beschwingt, sobald er erschien, und hörten sogar auf, die Kinder zu schelten.

Gino merkte, daß Louisa dick, ihr Gesicht jedoch immer kleiner wurde.

«Ja», sagte Larry gerade, «der *panettiere* hat zehntausend Dollar an der Börse und noch mehr Geld auf der Bank verloren, aber der mit seinem Laden braucht sich bestimmt keine Sorgen zu machen. Von den Leuten hier an der Avenue haben sehr viele ihr Geld verloren. Du kannst Gott danken, Mamma, daß du arm bist.»

Octavia und die Mutter sahen sich lächelnd an. Das Geld war ein Geheimnis, von dem niemand etwas wußte, und außerdem lag es auf einem Postsparkonto. Lucia Santa wandte sich an Louisa. «Iß nur, mein Kind, du mußt dich bei Kräften halten!» Sie nahm ein dickes Stück Fleisch von Larrys Teller und gab es Louisa auf den ihren. Zu Larry sagte sie: «*Animale*, du bist stark genug. Iß du nur Spaghetti, deine

Frau braucht Fleisch.»

Ein seltsamer Ausdruck der Genugtuung trat auf das Gesicht der jungen Frau. Sie war sehr still; sie sagte nur selten etwas, doch jetzt sagte sie mit schüchterner Stimme: «Danke, Mamma.» Gino und Vinnie warfen sich einen Blick zu; sie fanden, hier konnte etwas nicht stimmen. Sie kannten ihre Mutter genau. Sie war soeben nicht aufrichtig gewesen, denn eigentlich mochte sie Louisa nicht, und die junge Frau hatte sich viel zu untertänig bedankt.

Larry grinste und zwinkerte den Brüdern zu. Er nahm einen Löffel voll Sauce und sagte zutiefst erstaunt: «Nun seht doch mal da, die Küchenschaben! Da, an der Wand!» Es war das uralte Spiel, das sie am Samstag zu spielen pflegten, wenn sie sich gegenseitig die Bratkartoffeln vom Teller stehlen wollten. Vinnie und Gino ließen sich nicht mehr täuschen, Louisa aber drehte sich rasch herum, und schon spießte sich Larry das große Stück Fleisch von ihrem Teller, biß einen großen Brokken heraus und legte es schnell wieder zurück. Die Kinder lachten; als aber Louisa merkte, daß sie hereingelegt worden war, brach sie in Tränen aus. Alle waren verblüfft darüber.

Larry tröstete sie: «Ah, komm, das ist doch nur ein alter Familienspaß! Ich habe nur Spaß gemacht.» Die Mutter sagte: «Louisa, dein Ungeheuer von Ehemann benimmt sich wie ein richtiges Biest. Das nächste Mal wirfst du ihm heiße Sauce ins Gesicht!»

Louisa aber sprang auf und lief in ihre Wohnung im ersten Stock hinunter.

«Lorenzo, geh schnell hinterher und bring ihr etwas zu essen», befahl die Mutter.

Larry jedoch verschränkte die Arme. «Den Teufel werde ich!» gab er zurück. Und machte sich wieder über die Spaghetti her. Niemand sprach. Schließlich sagte Gino: «Joey Bianco hat zweihundertdreizehn Dollar auf der Bank verloren, und Joeys Vater fünftausend.»

Er sah das Gesicht seiner Mutter in grimmigem Triumph aufleuchten. Den gleichen Ausdruck hatte er an ihr bemerkt, als sie von dem Verlust des *panettiere* hörte. Als Gino aber berichtete, wie Zi' Pasquale sich betrunken hatte, veränderte sich die Miene der Mutter, und sie sagte müde: «Auch die Klugen sind auf dieser Welt nicht sicher. So ist es nun mal.» Sie tauschte mit Octavia wiederum einen zufriedenen Blick. Es war reiner Zufall, es war reines Glück gewesen, daß sie ihr Geld auf ein Postsparkonto getragen hatten. Denn damals, als sie das Konto eröffneten, hatten sie zu große Hemmungen gehabt, mit ihrem bescheidenen Spargeld durch jenes Portal mit den weißen Säulen zu gehen und die riesige Marmorhalle der Bank zu betreten.

Mit unpersönlichem Bedauern, als habe sie Gewissensbisse wegen ihres bösen Triumphgefühls, sagte die Mutter: «Der arme Mann, er hat das Geld so sehr geliebt, daß er aus echter Zuneigung eine geizige Frau geheiratet hat! Aber sie waren glücklich, die beiden. Eine gute Ehe. Na ja, es geht eben alles schief, was man auch tut.»

Niemand beachtete Lucia Santa. Sie kannten sie. Ihre Einstellung zum Leben war grundsätzlich pessimistisch, und das drückte sich in allem aus, was sie sagte und dachte. Und doch lebte sie wie ein Mensch, der fest an das Glück glaubt. Am Morgen stand sie fröhlich auf und biß mit der festen Gewißheit ins Brot, daß es ihr süß schmecken werde. Ihre Hoffnung war eine körperliche Energie, verstärkt noch durch die Liebe zu ihren Kindern und die Notwendigkeit, für sie kämpfen zu müssen. Sie alle waren überzeugt, daß sie sich niemals fürchtete. Darum besaßen ihre Worte keine Bedeutung, drückten sie nichts aus als Aberglauben. Sie aßen in Frieden. Als sie fertig waren, lehnte sich Larry gemütlich zurück und steckte sich eine Zigarette an, während Octavia und die Mutter sich mit ihm unterhielten und von seinen Eskapaden als Junggeselle erzählten. Vinnie nahm Louisas Teller mit den Spaghetti und legte das Fleisch noch einen Moment in die heiße Sauce. Dann deckte er es mit einem zweiten Teller zu.

Lucia Santa sah es und sagte: «Vinnie, du bist ein guter Junge. Geh hin und bring deiner Schwägerin etwas zu essen!» Gehorsam stieg Vinnie mit den beiden Tellern und einer halben Flasche Sahnesprudel die Treppe hinab. Wenige Minuten später kam er mit leeren Händen wieder herauf und setzte sich an den Tisch.

Larry hob den Kopf, sah ihn an und fragte ihn: «Geht es ihr wieder besser?» Und fuhr, als Vinnie nickte, gelassen mit der Geschichte fort, die er den anderen gerade erzählte.

10

An einem Sonntagnachmittag Ende März stand Octavia Angeluzzi in der Küche und starrte auf die Hinterhöfe hinab. Innerhalb des Mietshausblocks lag ein großer freier Platz, den Holzzäune in viele Einzelhöfe aufteilten.

Octavia sah steinerne Gärten, betonierten Lehmboden. Irgendein heimwehkranker *paesano* hatte eine dreieckige Kiste voll faserigen Schmutz hinterlassen, aus der ein knochiger Stock herausragte. An seinem Fuß trugen kleine, zehengleiche Stengel winzige Blätter von tödlichem Gelb. Im silbrigen Winterlicht hob sich ein leerer roter Blumentopf aus einem grau zementierten Beet. Über alles hinweg zogen sich unzählige zerfranste, schmutzigweiße Wäscheleinen von Fenstern zu fernen, hohen Holzpfählen. Sie kreuzten sich in der Luft so dicht, daß nicht einmal eine Hexe die Hinterhöfe hätte überfliegen können.

Octavia war unendlich müde. Es ist so kalt, dachte sie – der lange Winter ohne Sonne, die langen Arbeitsstunden ... Mit Eintritt der Depression waren die Löhne gesunken, und jetzt mußte sie für weniger Geld mehr Stunden arbeiten. Des Abends mußten sie und die Mutter in Heimarbeit Knöpfe auf Pappkartons nähen, und manchmal halfen ihnen sogar die kleineren Kinder dabei. Die Jungen aber lachten verächtlich über den niedrigen Stücklohn – ein Penny pro Karte – und ließen sich nur selten zur Mitarbeit herbei. Octavia mußte über sie lächeln. Kinder konnten es sich leisten, unabhängig zu sein.

Sie hatte Schmerzen in der Brust, in den Augen und im Kopf. Ihr Körper war heiß. Und dann ging ihr unablässig der Gedanke im Kopf herum, was aus ihnen werden sollte, jetzt, da Larrys Geld wegfiel und die vier Kinder großzuziehen waren. Jede Woche mußte sie zum Postamt gehen und Geld vom Sparkonto abheben. Der große Traum war zerstört; die Ersparnisse schmolzen dahin, sie waren wieder um Jahre vom eigenen Haus entfernt.

Während sie auf diese trostlose Landschaft hinabblickte, der nur eine auf einem Zaun entlangstreichende Katze einen seltsamen Hauch Menschlichkeit verlieh, dachte sie an Gino und Sal, die nun zu ungebildeten Arbeitern heranwachsen mußten, plump, grob, zum Leben in den Slums verdammt und gezwungen, ihre Kinder in eine Welt voll Armut hineinzusetzen. Eine heftige, übermächtige Angst stieg in ihr auf, begleitet von dem tatsächlichen Gefühl physischer Übelkeit. Sie sah sie schon kriecherisch und schöntuend um Wohltätigkeit betteln, wie ihre Eltern es vor ihnen getan hatten. Die Armen, die darum betteln, leben zu dürfen.

Und was sollte aus Vinnie werden? Erschrocken begriff Octavia, daß sie Vinnies Zukunft schon abgeschrieben hatte. Er würde früh arbeiten müssen, um seinen Geschwistern zu helfen. Es gab keine andere Möglichkeit.

Oh, dieser niederträchtige Schuft Larry – die Familie zu verlassen, gerade als diese seine Hilfe am dringendsten brauchte! Und dann den Nerv zu haben, vom ersten Stock zum Essen heraufzukommen! Aber Männer waren nun einmal niederträchtig. Plötzlich stieg eine Vision in ihr auf: ein Mann, behaart wie ein Gorilla, nackt, mit einem riesigen erigierten Penis – das Urbild des Mannes. Sie errötete tief, ihr wurde so schwach, daß sie nicht mehr stehen konnte. Sie ging zum Küchentisch und setzte sich hin. In ihrer Brust bohrte ein erstickender Schmerz, und voller Entsetzen wurde ihr klar, daß sie krank sein mußte.

Gino kam als erster herauf. Er fand Octavia, weinend vor Angst und Schmerz, über den Tisch gebeugt. Sie spie kleine rote Blutstropfen auf das weiß-blaue Wachstuch und flüsterte mühsam: «Geh, hol Mamma von Zia Louche.» Gino war so erschrocken, daß er sich wortlos umdrehte und die Treppe hinunterlief.

Als er mit Lucia Santa wiederkam, hatte Octavia sich schon ein wenig erholt und saß aufrecht da. Den Tisch hatte sie nicht abgewischt. Sie hatte es zwar tun wollen, um ihre Mutter nicht zu beunruhigen, doch ihr Verlangen nach Mitleid und ihre Angst, von der Familie als Drückeberger vor ihrem Lebenskampf angesehen zu werden, waren so groß, daß sie alles unberührt ließ.

Lucia Santa kam ins Zimmer gestürzt. Ihr erster Blick fiel auf das jammervolle, kranke, schuldbewußte Gesicht ihrer Tochter, dann sah sie die Blutspritzer. Sie rang die Hände, rief: «O du mein Gott!», und brach in Tränen aus. Diese dramatische Geste ärgerte Octavia, und Gino, der hinter der Mutter kam, murmelte: «Jesus!»

Aber das dauerte nur einen Augenblick. Sogleich gewann Lucia Santa die Selbstbeherrschung zurück, nahm ihre Tochter bei der Hand und führte sie durch die Schlafzimmerflucht. Über die Schulter rief sie Gino zu: «Schnell, lauf zu Dr. Barbato!» Und Gino, begeistert über die Aufregung und seine eigene wichtige Rolle darin, sprang abermals die vier Treppen hinab.

Als Octavia wohlversorgt in ihrem Bett lag, holte Lucia Santa eine Flasche Alkohol und setzte sich, um bei der Tochter Wache zu halten, bis Dr. Barbato kam. Sie goß reichlich Alkohol in die hohle Hand und wusch damit Octavias heißes Gesicht. Sie waren beide jetzt ruhiger geworden, aber Octavia merkte, daß die Miene der Mutter jenen bekannten Ausdruck strenger Sorge angenommen hatte, der die übrige Welt ganz und gar auszuschließen schien. Sie versuchte es mit einem Scherz. «Keine Angst, Mamma», sagte sie, «mir geht es bald wieder gut. Wenigstens bekomme ich kein Kind ohne dazugehörigen Ehemann. Ich bin immer noch eine *anständige Italienerin.*»

Lucia Santa aber hatte in einer solchen Situation keinen Sinn für Humor. Das Leben hatte sie gelehrt, Respekt vor dem Stirnrunzeln des Schicksals zu haben.

Sie saß am Bett ihrer Tochter wie ein kleiner schwarzgewandeter Buddha. Während sie auf den Doktor wartete, eilten ihre Gedanken voraus, überlegten, was diese Krankheit für sie bedeuten, welch neues Elend sie ihr bringen würde. Sie fühlte sich vom Unglück bezwungen: der Ehemann in der Heilanstalt, der Sohn viel zu früh verheiratet, die wirtschaftliche Depression mit ihrer Arbeitslosigkeit und jetzt noch die Krankheit ihrer Tochter. Sie saß da und sammelte Kraft, denn dies war kein persönliches Unglück. Diesmal geriet die gesamte Familie in Gefahr. Jetzt ging es nicht mehr um einzelne Niederlagen; jetzt drohte die Ausrottung, das Absinken auf das tiefste Niveau der menschlichen Existenz.

Dr. Barbato stieg hinter Gino die Treppe hinauf, betrat die Wohnung und folgte ihm durch die Zimmer bis dahin, wo Octavia lag. Er war, wie immer, sehr elegant gekleidet, sein Schnurrbart war sauber gestutzt. Er hatte Karten für die Oper in der Brooklyn Academy of Music und war in Eile. Fast wäre er gar nicht erst gekommen, fast hätte er dem Jungen gesagt, sie sollten lieber ins Bellevue gehen.

Und als er das Mädchen sah, ihre Geschichte hörte, da wußte er, daß sein Besuch Zeitverschwendung war. Sie mußte ins Krankenhaus. Trotzdem setzte er sich zu ihr ans Bett. Er merkte, daß sie verlegen war, weil sie von einem so jungen Mann untersucht werden sollte, und daß die Mutter sie beide aufmerksam beobachtete. Angewidert dachte er: «Diese Italiener glauben wirklich, daß ein Mann eine Frau noch auf dem Totenbett beschlafen würde!» Aber er nahm sich zusammen und sagte ruhig: «Signora, ich muß Ihre Tochter untersuchen. Schicken Sie den Jungen so lange hinaus.» Er beugte sich vor, um ihr die Decke herunterzuziehen.

Die Mutter drehte sich um und sah, daß Gino Stielaugen machte. Mit dem Handrücken verabreichte sie ihm einen Klaps. «Verschwinde!» befahl sie ihm. «Ausnahmsweise *mit* meiner Erlaubnis.» Und Gino, der für seine flinken Botengänge in dieser Notsituation ein Lob erwartet hatte, ging leise fluchend in die Küche zurück.

Dr. Barbato setzte das Stethoskop auf Octavias Brust und starrte mit sachlicher Miene ins Leere; in Wirklichkeit aber betrachtete er den Körper des Mädchens genau. Voll Überraschung stellte er fest, wie mager sie war. Der volle Busen und die breiten, runden Hüften täuschten. Sie hatte stark abgenommen. Ihr schweres, großflächiges Gesicht verbarg den Gewichtsverlust, denn es war zwar fein gezeichnet, würde aber niemals knochig sein. Die Augen, groß, feucht und braun, beobachteten ihn voll Angst. Außerdem registrierte der Arzt in Gedanken, doch ohne jede Begehrlichkeit, wie reif dieser Körper für die Liebe war. Er wirkte wie diese großen Nacktgemälde, die er auf seiner Examenreise in Italien gesehen hatte. So war der klassische Typ, wie geschaffen fürs Kinderkriegen und den anstrengenden Dienst im Ehebett. Ob krank oder nicht, am besten, sie heiratete möglichst bald.

Er stand auf, deckte sie wieder zu, sagte beruhigend: «Sie werden bald wieder ganz gesund», und winkte der Mutter, ihm in das anschließende Schlafzimmer zu folgen.

Zu seinem Erstaunen jedoch hörte er Octavia sagen: «Herr Doktor, bitte, sprechen Sie ruhig in meiner Gegenwart. Meine Mutter muß mir ohnehin alles sagen, weil sie nicht weiß, was getan werden muß.»

Der Arzt hatte schon früh gelernt, daß die kleinen, rücksichtsvollen Gesten seines Berufes bei diesen Menschen verschwendet waren, und zwar mit Recht. Darum sagte er ruhig zu beiden Frauen: «Sie haben eine Rippenfellentzündung – nicht sehr schwer, aber Sie müssen ins Krankenhaus; Sie brauchen Ruhe und müssen geröntgt werden. Daß Sie Blut gespuckt haben, ist ein schlechtes Zeichen. Kann sein, daß mit den Lungen etwas nicht stimmt.» Flüchtig mußte er an die Oper denken, die er gleich anschließend sehen würde. Die Heldin, die an Tuberkulose starb und unter dem grellen Rampenlicht aus vollem Hals sang; die nichts weiter zurückließ als einen Liebhaber, als ihr Vergnügen; deren Tod so dargestellt wurde, daß er sogar ein wenig frivol wirkte. Aufrichtig sagte er: «Nun, machen Sie sich nur keine Gedanken! Selbst wenn es die Lungen sind, kann es nicht allzu schlimm sein. Sie brauchen keine Angst zu haben. Das Schlimmste, was passieren kann, ist, daß Ihre Tochter sich ein paar Monate ausruhen muß. Bringen Sie sie also morgen ins Bellevue Hospital. Für heute nacht werde ich ihr etwas geben.» Er holte ein Ärztemuster heraus und übergab es der Mutter. «Und vergessen Sie auf keinen Fall: morgen muß sie unbedingt ins Bellevue. Hier in der Wohnung ist es kalt, die Kinder machen zuviel Lärm, und sie braucht Ruhe. Sie muß geröntgt werden. Also, Signora, ich verlasse mich auf Sie.» Und etwas freundlicher fügte er noch hinzu: «Keine Angst!»

Als Dr. Barbato die Wohnung verließ, empfand er sowohl Abscheu vor sich selbst als auch eine gewisse Genugtuung. Er hätte gut und gern fünfzehn Dollar verdienen können anstatt armselige zwei. Er hätte sie die ganze nächste Woche hindurch behandeln und sie in seiner eigenen Praxis röntgen können – mit allem, was dazugehörte. Aber er wußte, wie arm diese Familie war. Etwas später ärgerte er sich über sich selber, empfand tiefe Enttäuschung darüber, daß er seine Kunst so wohlfeil verkaufen mußte, daß die Opfer seines Vaters so saure Früchte trugen. Er besaß eine hochwirksame ökonomische Waffe, die er nicht voll einsetzen konnte. So ein Pech, daß es nicht die Tochter des *panettiere* gewesen war! Den Bäcker hätte er weißbluten lassen, hätte den letzten

Tropfen aus ihm herausgepreßt. Und das durchaus mit Berechtigung, ohne ihn zu betrügen, in aller Fairness. Oh, eines Tages würde er mit seiner Praxis in ein Viertel umziehen, wo er arbeiten und guten Gewissens ein Vermögen verdienen konnte! Dr. Barbato konnte nun einmal den Anblick und den Geruch der Armut nicht ertragen. Seine uneingeplante Mildtätigkeit machte ihn jedesmal noch tagelang hinterher unglücklich. Er sah in ihr nicht eine Tugend, sondern ein Laster.

Sal und Vinnie waren vom sonntäglichen Kinobesuch heimgekehrt und saßen schweigend am Tisch in der Küche. Sie aßen dicke, knusprige, mit Essig und Olivenöl getränkte Brotscheiben. Gino saß mißgelaunt über seinen Hausaufgaben. Lucia Santa musterte sie alle düster. «Gino», sagte sie, «geh, hol dir zehn Cent aus meiner Handtasche. Und dann ruf Lorenzo herauf – *subito.*» Liebevoll sah sie, wie er glücklich aufsprang, um ihrem Wunsch Folge zu leisten, wie er immer wieder schnell bereit war, jeden Streit zu vergessen. Es war Balsam für ihre Seele.

Am nächsten Morgen tat Lucia Santa etwas so Ungeheuerliches, daß sie das Mitgefühl aller Bewohner der Tenth Avenue verlor – all jener Menschen, die sie in diesem neuen Unglück von Herzen bedauert hätten. Sie machte Dr. Barbato damit so böse, daß er zum erstenmal seit seinem Eintritt in die medizinische Fakultät auf italienisch fluchte. Und selbst Zia beschimpfte Lucia Santa. Es war töricht, unmoralisch, schokkierend; und dennoch tat sie es nur aus Liebe. Denn Lucia Santa brachte Octavia nicht ins Bellevue, ins Wohlfahrtskrankenhaus, sondern sie ließ sich mit ihr von Larry zum French Hospital an der 30th Street zwischen Ninth und Eighth Avenue fahren, knapp einen Häuserblock von ihrer Wohnung entfernt. Es war ein fröhliches, sauberes und teures Krankenhaus. Die Schwestern waren höflich, die Ärzte reizend, die kirchlichen Helferinnen zuvorkommend. Hier gab es kein stundenlanges Warten in düsteren Korridoren. Hier würde Lucia Santas Tochter behandelt werden wie ein Mensch, will sagen wie ein solventes Mitglied der menschlichen Gesellschaft.

Und niemand war darüber tiefer erstaunt als Lucia Santa selber. Es war ein unvorstellbar törichter Schritt, der die Ersparnisse von Jahren auffraß, und das gerade zu einer Zeit, da sie am dringendsten benötigt wurden, weil die Familie ihren Ernährer verlor. Es war Arroganz – reine Arroganz!

Aber sie hatte Gründe für ihren Entschluß. Die ganze Nacht hatte sie wach gelegen und Albträume gehabt, ohne zu schlafen. Sie sah ihre schöne junge Tochter in den Türmen von Bellevue gefangen, in den finsteren Korridoren verloren, vernachlässigt wie ein hilfloses Tier. Und dann war da der Aberglaube. Ihr Ehemann war ins Bellevue gekommen und niemals wiedergekehrt. Es war ein Totenhaus; ihre Tochter würde sterben, und dann würden sie ihren Körper in kleine Stücke schneiden und in Flaschen stecken.

Aus all diesen Gründen faßte Lucia Santa in den Morgenstunden ihren Entschluß und war so unsagbar erleichtert darüber, daß es ihr gleichgültig war, was die Welt – ihre Freunde, ihre Verwandten und ihre Nachbarinnen – davon hielt. Im Dunkeln, in ihrem Bett, hatte sie geweint, das einsame, schreckliche Weinen, das man nur ganz allein tun kann, wenn niemand es sieht: kein Zeichen des Kummers, sondern ein Sichbefreien von Angst, das an die Stelle des Getröstetwerdens durch einen Freund oder einen geliebten Menschen tritt. Lucia Santa weinte um Kraft, denn sie besaß niemanden auf der Welt, der ihr Kraft schenken konnte. Sie war in der furchtbaren Lage eines Menschen, der sein Verlangen nach Mitleid nicht zeigen darf. Als dann der Morgen kam, riß sie sich zusammen, und als sie aufstand, war ihr Gesicht wieder voll Kraft und Zuversicht.

Nachdem sie die Kinder auf den Schulweg geschickt hatte, kam Larry herauf und half ihr, Octavia, die schon warm angezogen war, in dicke, weiche Decken zu packen. Sie führten sie die Treppe hinab und halfen ihr in Larrys Auto hinein. Als Lucia Santa einstieg, befahl sie dem Sohn: «Zum French Hospital.» Octavia wollte Protest erheben, aber die Mutter herrschte sie an: «Ruhe! Kein Wort!»

Die Formalitäten waren schnell erledigt. Octavia kam in ein ruhiges, sauberes, hübsches Zimmer, das sie mit einem anderen jungen Mädchen teilte. An der Wand hingen Bilder. Auf dem Heimweg erklärte Larry der Mutter, daß er der Familie fünf Dollar pro Woche geben würde, bis Octavia wieder arbeiten konnte – und das obwohl er, wie immer, auf seine Schwester eifersüchtig war. Die Mutter legte ihm kurz die Hand auf den Arm und sagte auf italienisch: «Ah, Lorenzo, du bist ein guter Junge.» An ihrem Ton aber erkannte Larry, daß sie ihn abgeschrieben hatte; daß sie nicht auf ihn zählte, ihm nicht vertraute, daß sie in dieser Krise keinen Respekt vor ihm hatte. Doch er an Octavias Stelle wäre nicht zusammengebrochen, hätte Mamma ihn gewählt statt sie.

11

Wie ein belagerter General versuchte Lucia Santa Angeluzzi-Corbo das Schicksal und die Heimsuchungen ihrer Familie zu überblicken; sie erwog Taktiken, überlegte Strategien, zählte Reserven und schätzte die Loyalität ihrer Verbündeten ein. Octavia mußte für sechs Monate ins Sanatorium. Sie würde vermutlich ein Jahr lang nicht arbeiten können. Ein ganzer Jahresverdienst dahin!

Lorenzo gab einen Beitrag von fünf Dollar pro Woche, gelegentlich zwei oder drei Dollar mehr. Vincenzo würde in der Bäckerei arbeiten müssen: weitere fünf Dollar und außerdem Brotgeld gespart. Gino war nutzlos. Sal und Aileen waren zu jung.

Und Lorenzos Frau war schwanger – ein weiterer Riß in der Rüstung. Vielleicht sollte sie lieber auch mit Lorenzos Geld nicht allzu fest rechnen.

Nein, man mußte einen anderen Ausweg finden. Vincenzo hatte noch drei Jahre Realschule vor sich. War es denn nötig, daß er die Schule abschloß? Gino war eigensinnig, er mußte gezähmt werden, er mußte helfen, sie war viel zu nachsichtig mit ihm.

Immer deutlicher wurde der Mutter klar, wie unentbehrlich Octavia für die Familie war, und das nicht nur in Geldangelegenheiten. Es war Octavia, die dafür sorgte, daß die Kinder gute Noten in der Schule bekamen, sie war es, die mit ihnen zur kostenlosen Zahnbehandlung der Hudson Guild ging. Octavia schmiedete Pläne, wie man ein bißchen Geld sparen und es aufs Postsparbuch tragen konnte – ohne Rücksicht darauf, wie dringend man es für Lebensmittel und Kleidung brauchte, Octavia gab ihr jene Kraft, auf die sie sich verlassen konnte, die ihr in Augenblicken der Schwäche eine Stütze war.

Und jetzt bin ich wieder allein, dachte Lucia Santa. Die furchtbaren Schlachten mußten noch einmal geschlagen werden. Doch da sie älter war, härter, erfahrener, empfand sie nicht mehr die hilflose Verzweiflung und das Entsetzen, die sie als junge Witwe durchgemacht hatte. Sie war ein im Kampf gegen das Unglück gestählter Kämpe, und ihr Verstand war nicht mehr geschwächt von jungen und törichten Träumen. Sie kämpfte jetzt so verzweifelt, wie man um das nackte Leben kämpft.

Und so kam die Mutter zu dem Entschluß, zu dem sie kommen mußte. Es ging nicht anders, sie mußte Wohlfahrtsunterstützung beantragen, mußte die Fürsorge in Anspruch nehmen. Bei ihrem Kampf um diesen Entschluß sprachen sehr viele Dinge mit.

Was keineswegs mitsprach, war das Gewissen oder der Wunsch, den

Behörden gegenüber fair zu sein. Sie stammte aus einem Land, in dem das Volk und der Staat unversöhnliche Feinde waren. Nein, nein, es gab einen viel stichhaltigeren Grund.

Wohltätigkeit ist Salz in der Wunde. Sie schmerzt. Der Staat teilt Wohltätigkeit mit dem bitteren Haß des Opfers auf seinen Erpresser aus. Der Empfänger des Geldes muß sich ständig belästigen, kränken und zutiefst demütigen lassen. Zeitungen werden dazu eingespannt, Hohn über die arroganten Lumpen auszuschütten, die lieber betteln statt zu sterben oder ihre Kinder sterben zu lassen. Es wird so hingestellt, als bäten die Armen nur zum Spaß um Wohltätigkeit, als wäre diese Bitte nichts weiter als eine einzige, große, unerhörte Schikane, die ihrem persönlichen Vergnügen dient. Und das trifft in einigen Fällen auch zu. Genau wie es einigen Menschen Vergnügen macht, sich glühende Nadeln tief in den Bauch zu stechen oder die Scherben einer zerbrochenen Flasche zu schlucken. Jeder nach seinem Geschmack. Im allgemeinen jedoch muß man sagen, daß die Armen beim Annehmen von Wohltätigkeit so tiefe Scham empfinden und dadurch so viel an Selbstachtung verlieren, daß es wahrhaft bejammernswert ist, sie leiden zu sehen.

Larry unternahm die Wege, damit man einen Mann von der Fürsorge ins Haus schickte, aber er weigerte sich, bei der Unterredung anwesend zu sein. Er fühlte sich in seinem männlichen Stolz gekränkt. Er wollte nichts damit zu tun haben, er distanzierte sich von der Sache. Lucia Santa jedoch versteckte noch schnell das importierte Olivenöl, das sie auf keinen Fall missen wollte; es wäre ein schwerwiegender Minuspunkt für sie gewesen.

Der Mann erschien am Spätnachmittag. Er war ein ernster, komisch wirkender junger Mensch mit großen, runden schwarzen Augen. Über den Augen wölbten sich dicke Brauen, und unter ihnen lagen tiefdunkle Ringe, so daß er aussah wie eine olivfarbene Eule. Aber er war höflich. Er klopfte höflich an die Tür. Unter Entschuldigungen inspizierte er die Wohnung, öffnete Schranktüren und wanderte durch die Zimmer, als sei er kein Wohlfahrtsinspektor, sondern ein zukünftiger Mieter. Er titulierte Lucia Santa mit «Signora». Sein Name war sehr klangvoll. Er hieß La Fortezza.

Er hörte sich Lucia Santas Geschichte an und schrieb alle Einzelheiten in sein Notizbuch; dabei nickte er ständig und murmelte, wenn sie von einem besonders harten Mißgeschick berichtete, bedauernde Worte auf italienisch. Er sprach College-Italienisch, war aber zu verstehen.

Formulare wurden ausgebreitet, Fragen gestellt. Nein, nein; sie hatte kein Geld auf der Bank; nein, ihre Kinder auch nicht; sie besaß nichts, keine Versicherung; nichts. Sie hatte auch keinen Schmuck zu verkaufen, nur ihren Ehering, doch der, versicherte der Inspektor, sei ausgenommen. Als sie schließlich fertig waren, beugte sich Mr. La Fortezza auf seinem Stuhl weit zu ihr vor; seine Hände umklammerten die Tischkante wie Klauen, der Blick seiner schwarz umrandeten runden Augen war vorwurfsvoll.

«Signora Corbo», begann er, «es ist mir sehr unangenehm, aber ich muß Ihnen sagen, daß es einige Schwierigkeiten geben wird. Jedes ihrer drei älteren Kinder hat von dem schrecklichen Unfall Ihres Mannes Geld in einem Treuhandfonds. Genaugenommen müßte das Geld erst verschwinden, bevor Sie Wohlfahrt beziehen können. So will es das Gesetz. Und wenn ich dieses Geld, das Sie haben, nicht melde, bekomme ich selber Ärger.» Er sah sie ernst und feierlich an.

Lucia Santa war sprachlos vor Staunen. Daß dieser höfliche junge Mann – ein Italiener! –, daß er den Spion gespielt, sich bei den Nachbarn nach ihr erkundigt und ihr dann eine Falle gestellt hatte, empörte sie. Voll Bitterkeit antwortete sie: «Na schön. Ich werde das Geld zum Fenster rauswerfen.»

Er lächelte über den Scherz und wartete ab. Sie ahnte, daß noch nicht alles verloren war. «Können Sie nichts für mich tun?» fragte sie.

Mr. La Fortezza machte ein etwas unbehagliches Gesicht; er sah aus wie eine Eule, die eine besonders widerspenstige Maus verschluckt. «Ah, Signora», sagte er, «eine Hand wäscht sich nicht allein.» Und dann erklärte er, noch immer ein wenig verlegen (er war zu jung, um bei einer Unredlichkeit gelassen zu bleiben), daß er seine Stellung aufs Spiel setzen und ihr alle vierzehn Tage sechzehn Dollar verschaffen werde, daß sie ihm dafür aber jedesmal, wenn er ihr den Scheck bringe, drei Dollar abgeben müsse. Es handle sich schließlich um Geld, das ihr nicht zustehe, er übertrete das Gesetz und so fort. Man wurde handelseinig. Lucia Santa war so dankbar, daß sie ihm zu seinem Kaffee noch Kuchen anbot, obwohl auch Kaffee allein den Gesetzen der Gastlichkeit genügt hätte. Beim Kaffee berichtete Mr. La Fortezza ihr dann von seinen eigenen Sorgen. Wie er nach zahllosen Opfern seiner Eltern, Leuten wie die Signora es war, das Jurastudium abgeschlossen hatte; und jetzt gab es keine Arbeit für ihn, und er hatte diese bescheidene Stellung bei der Stadt annehmen müssen. Wie konnte er, bei seinem Gehalt, dem Vater jemals das Geld zurückzahlen? Es schmerze ihn tief, zu solchen Mitteln greifen zu müssen, doch wenn er sich nicht einen geringen Nebenverdienst verschaffte, könne er niemals hoffen, eine

Kanzlei zu eröffnen. Und schließlich profitierten sie alle beide davon, da die Signora im Grund ja gar nicht zu einer Unterstützung durch die Wohlfahrt berechtigt war. Und so fort. Sie schieden als Freunde.

Von nun an erschien Mr. La Fortezza alle zwei Wochen mit dem Scheck. Sein Besuch entwickelte sich zu einem Ritual. Gino wurde zum Lebensmittelhändler geschickt, um die ausstehenden Rechnungen zu bezahlen und den Scheck einzulösen. Dort kaufte er gleich ein Viertelpfund amerikanischen Schinken, schön rosig in seinem rechteckigen Rand aus weißem, sahnigem Fett, dazu geschnittenes weiches amerikanisches Brot und gelben amerikanischen Käse. Denn Mr. La Fortezza hatte einen schwachen Magen und rümpfte über anständige italienische Salami und Pepperoni, über den brennend scharfen *provolone* und das knusprige, in den Gaumen schneidende italienische Brot die Nase.

Mit großen Augen beobachtete Gino die kleine Szene, die nun gespielt wurde: die dünnen rosa und gelben Scheiben auf einer langen, flachen Schüssel angerichtet, der große Becher Kaffee und Mr. La Fortezza, der voll Behagen die geschwollenen Füße zum Ausruhen auf einen zweiten Stuhl gelegt hatte und Lucia Santa von seinen Plagen und Heimsuchungen erzählte, während die Mutter mitfühlend den Kopf schüttelte. Der Arme, er mußte zahllose Treppen steigen und sich mit den primitiven Italienern herumärgern, die immer wieder versuchten, die Arbeit ihrer Söhne vor ihm zu verheimlichen, die fluchten, wenn er ihren Wohlfahrtsantrag nicht befürworten wollte, und schimpften, er sei ein Jude, kein Italiener, denn kein Italiener würde für diese Regierung und gegen die eigenen Landsleute arbeiten. «Ah», seufzte Mr. La Fortezza jedesmal, «haben meine armen Eltern dafür jeden Penny dreimal umgedreht? Haben sie dafür tagtäglich *scarola*, *pasta* und Bohnen gegessen? Damit ihr Sohn sein Brot auf Kosten seiner Gesundheit verdienen muß?» Lucia Santa schnalzte mitfühlend mit der Zunge.

Die Eulenaugen blickten traurig. Bei jedem Wetter war Mr. La Fortezza unterwegs. Es ging ihm gar nicht gut. Vier Jahre hartes Studium an der Universität! «Signora», sagte er, «ich gehöre nicht zu den Gescheiten. Schließlich waren meine Vorfahren seit tausend Jahren ungebildete Bauern, und sogar jetzt sind meine Eltern schon zufrieden, daß ich keine Muskelarbeit leisten muß.»

Wenn Schinken und Käse gegessen waren, erhob er sich, um sich zu verabschieden, und Lucia Santa überreichte ihm seine drei Dollar mit ausgesuchtem Takt: sie nahm seine Hand und drückte die Geldscheine hinein, als würde er sie entschieden zurückweisen, wenn sie sie ihm nicht geradezu aufdrängte. Zunächst machte Mr. La Fortezza auch eine abwehrende Geste und schob ihre Hand zurück, dann aber seufzte er, zog die Brauen hoch und sagte in ergebenem Ton: «Eh!» – als wollte er damit zeigen, daß er auf Grund seiner verzweifelten Lebensumstände die Annahme unmöglich verweigern könne.

Wirklich, sie waren einander zugetan. Er schätzte die ältere Frau wegen ihrer Höflichkeit und ihrer Rücksicht auf seine Gefühle, er schätzte ihren kleinen, fürsorglichen Imbiß zum Kaffee. Sie wiederum empfand für den traurig dreinblickenden Jungen aufrichtige Sympathie und dankte Gott, daß ihre Söhne nicht so wenig Freude am Leben hatten wie er. Daß sie ihm Tribut zahlen mußte, verübelte sie ihm nicht.

Nach wenigen Wochen verschaffte Mr. La Fortezza Lucia Santa eine Mietbeihilfe von fünfzehn Dollar pro Monat. Unaufgefordert drückte sie ihm daraufhin statt der drei Dollar einen Fünfdollarschein in die Hand. Das Übereinkommen ruhte auf einem Fundament wie aus Fels.

Es wuchs. Er verschaffte ihr weitere vier Dollar pro Woche. Lucia Santa ließ es sich angelegen sein, ihm kleine Lebensmittelpakete mitzugeben: ein Pfund rosigen, milden Schinken, eine Flasche hausgebrannten, feurigen Anisette für die Verdauung. Da nun Larry einen klapprigen alten Ford besaß, an dem er herumbastelte, wenn er nicht arbeitete, ließ Lucia Santa den Inspektor nach jedem Besuch von ihrem Sohn nach Hause, in die Arthur Avenue in der Bronx, kutschieren.

Dann saßen die drei, Larry, Mr. La Fortezza und Gino, in dem rüttelnden, stoßenden Auto, das sich flink zwischen Pferdewagen, Trolleybussen und anderen Automobilen hindurchwand. Gino merkte, daß Larry zwar immer höflich war, daß er aber eine gewisse Geringschätzung für den jungen Anwalt zu hegen schien, die sich in kleinen, spöttischen Bemerkungen niederschlug. Mr. La Fortezza jedoch ahnte anscheinend nicht, daß Larry sich über ihn lustig machte. In ernsthaftem Ton zählte er seine Sorgen wie Perlen an einer Kette ab. Das niedrige Gehalt, das die Wohlfahrt den Inspektoren gab, die Raten, die für das Haus in der Bronx gezahlt werden mußten, und seine Eltern, die jetzt so alt waren, daß sie nicht mehr arbeiten konnten und er sie unterstützen und dazu allein die Hypothek abtragen mußte. Es lag echte Furcht, beinahe Schrecken in seiner Stimme, wenn er von seinem verzweifelten Geldmangel sprach, und das verstand Gino nicht. Denn Mr. La Fortezza war reich. Er hatte das College besucht, besaß ein Zweifamilienhaus, und seine Familie machte im Sommer eine Urlaubsreise.

Was die Bewohner der Tenth Avenue nach vierzigjähriger Schwerarbeit zu erreichen hofften – dieser junge Mann hatte es schon erreicht. Er lebte traumhaft und hatte größere Angst als der primitivste Hilfsarbeiter in Ginos Mietshaus.

Wenn Mr. La Fortezza, die kleine braune Lebensmitteltüte unter dem Arm, aus dem Wagen stieg, zündete Larry sich eine Zigarette an und zwinkerte dem kleineren Bruder zu. Gino zwinkerte zurück. Dann fuhren sie heim in die Tenth Avenue – munter und zuversichtlich, als läge ihnen die Welt zu Füßen.

Dr. Barbato stieg die vier Treppen zur Wohnung der Angeluzzi-Corbos hinauf und war finster entschlossen, sich diesmal sein Honorar zahlen zu lassen. Das walte Gott! Er versuchte ihnen zu helfen, und jemand anders verdiente das Geld. Warum sollte er das Geld, das ihm zustand, an das French Hospital verlieren?

Das Bellevue war nicht gut genug für dieses arme, ungebildete Makkaronigesindel? Sie wollten beste ärztliche Pflege? Wofür hielten die sich denn eigentlich, diese *miserabili*, diese elenden Bettler, die kaum einen Pißpott besaßen – lebten von der Wohlfahrt und hatten die Tochter im Sanatorium Raybrook?

Die Tür war offen, als der Doktor die Treppe heraufkam, und in der Öffnung stand, wie eine Schildwache, der kleine Sal. Der Tisch in der Küche war mit schmutzigem Abendbrotgeschirr bedeckt, auf dem gelben Wachstuch lagen Kartoffel- und Eierreste herum. Und an diesem Tisch saßen Gino und Vincent und spielten Karten! Ein paar saubere Banditen, dachte der Doktor böse, war aber besänftigt, als Vincent aufstand, ihn mit natürlicher, bescheidener Höflichkeit durch die Zimmer führte und leise sagte: «Meine Mutter ist krank.»

Im dunklen, fensterlosen Schlafzimmer ruhte die massige Gestalt der Lucia Santa auf dem Bett. Daneben stand Aileen, das kleine Mädchen, und ließ sich von der Mutter mit einem Tuch, das diese in eine Waschschüssel neben dem Bett tauchte, Gesicht und Hände waschen. Die Szene erinnerte den Arzt an ein religiöses Bild, das er in Italien gesehen hatte – nicht wegen des sentimentalen Gehalts, sondern wegen der Komposition: die ruhende Mutter, die ihr Kind versorgte, und die Beleuchtung im Raum, das matte Gelb der elektrischen Glühbirne, das einen frommen Glanz über die dunklen Wände warf.

Er versuchte die Ähnlichkeit zu definieren. Dann erinnerte er sich an das, was er gelesen hatte, und erkannte, daß es ganz einfach die bäuerliche Erziehung, die vollkommene Abhängigkeit des Kindes von seiner Mutter war. Menschen wie diese hatten die berühmten Maler dargestellt.

Dr. Barbato stand am Fußende des Bettes und sagte ernst: «Ah, Signora Corbo, Sie haben viel Pech in diesem Winter!» Es war ein Ausdruck des Mitgefühls und gleichzeitig eine Mahnung an ihr unmögliches Verhalten im Fall Octavia.

Selbst jetzt, da sie hilflos ans Bett gefesselt war, konnte Lucia Santa so wütend werden, daß ihre Wangen sich röteten und ihre großen schwarzen Augen funkelten. Aber die Ehrfurcht der Armen vor einer so hochstehenden Persönlichkeit wie einem Arzt veranlaßte sie, ihre Zunge im Zaum zu halten – obwohl sie ihn ebensogut daran hätte erinnern können, daß auch er früher aus ihrer Hand ein Stück grobes Brot mit Weinessig und Olivenöl entgegengenommen hatte. Bedrückt sagte sie: «Ah, Doktor, mein Rücken, meine Beine! Ich kann weder gehen noch arbeiten.»

Der Doktor sagte: «Schicken Sie das Kind in die Küche.» Das kleine Mädchen drängte sich näher ans Bett und streckte die Hand nach der Mutter aus. Die Mutter aber sagte sanft: «Geh, Lena. Geh in die Küche und hilf deinen Brüdern Geschirr spülen.» Der Doktor lächelte. Als Lucia Santa das Lächeln sah, rief sie auf italienisch: «Vincenzo, Gino, ihr *mascalzoni*! Habt ihr gespült? Oder sieht es in der Küche aus wie in einem Schweinestall? Wartet nur, ich schlage euch beide windelweich! Lena, geh hin und sag mir, ob sie ihre Arbeit getan haben.»

Die Kleine, begeistert von ihrer Rolle als Spion, lief in die Küche.

Dr. Barbato ging um das Fußende herum und nahm auf der Bettkante Platz. Er schlug die Decke zurück und setzte seiner Patientin das Stethoskop auf die Brust – zuerst über dem Nachthemd. Doch als er sie bitten wollte, das Nachthemd zu heben, stand schon wieder die Kleine da und schaute mit neugierigen braunen Augen zu. Der Mutter berichtete sie: «Gino und Vincent spülen Geschirr, und Sal räumt den Tisch ab.»

Die Mutter sah, daß der Arzt ärgerlich wurde. «Schon gut, Lena. Und jetzt geh wieder hinüber, hilf ihnen und paß auf sie auf. Niemand darf hier herein, bis ich euch rufe. Sag ihnen das.» Die Kleine hüpfte davon.

Lucia Santa hatte die Hand ausgestreckt, um ihre Tochter zu streicheln; dabei hatte der Arzt die geschwollenen Gelenke gesehen und wußte, was ihn erwartete. Sowie sie allein waren, bat er sie, sich auf den Bauch zu drehen, und schob das einfache Wollnachthemd hoch. Er sah die knotigen Erhebungen am unteren Ende der Wirbelsäule und sagte mit einem beruhigenden Lachen: «Ah, Signora, Sie haben Arthritis. Ein Monat in Florida, und Sie sind wie neugeboren. Sie brauchen Sonne, Wärme und Ruhe.» Er untersuchte sie gründlich, drückte energisch an ihrem Körper herum, um festzustellen, wo es schmerzte. Die schwellenden Hinterbacken dieser über vierzigjährigen Bäuerin entgingen ihm keineswegs. Wie bei der Tochter war es das Hinterteil einer jener nackten, sinnlichen Italienerinnen, die in den florentinischen Galerien hingen: groß, rund und ebenso breit wie tief. Aber es rief keine Begehrlichkeit in ihm wach. Das konnte keine von diesen Frauen. Für ihn waren sie unrein – unrein vor Armut. Er zog das Nachthemd herunter.

Die Frau drehte sich um. Der Arzt musterte sie mit ernstem Blick und sagte streng: «Was ist, Signora? Sie können nicht gehen, Sie können keine Hausarbeit verrichten? So schlimm ist es doch gar nicht! Gewiß, Sie brauchen Ruhe, doch gehen müßten Sie eigentlich können. Ihre Gelenke an Händen, Füßen und Rücken sind zwar geschwollen, aber so schlimm ist das nun auch wieder nicht.»

Lucia Santa maß ihn mit einem langen Blick, ehe sie sagte: «Helfen Sie mir auf.» Behutsam schwang sie die Beine aus dem Bett, während er sie zu stützen versuchte. Als sie den Rücken zu strecken begann, stieß sie einen unterdrückten Schmerzensschrei aus und sackte wie Blei in seinen Armen zusammen. Er ließ sie vorsichtig auf das Bett zurückgleiten. Dies war ganz eindeutig kein Theater.

«Nun gut, Signora, Sie müssen ruhen», sagte der Doktor. «Aber dies wird vorübergehen. Nicht ganz – Sie werden immer Beschwerden haben –, aber ich werde Sie bald so weit haben, daß Sie wieder am Kochherd stehen.»

Lucia Santa lächelte über den kleinen Scherz. «Vielen Dank», sagte sie.

Als Dr. Barbato das Haus verließ, in dem die Corbos wohnten, sog er die frische Luft der Tenth Avenue in die Lungen; er dachte über die Welt und über die Menschen nach und empfand so etwas wie ehrfürchtige Scheu. Mit spöttischem Humor begann er die Unglücksfälle dieser Familie aufzuzählen. Der Ehemann in der Klapsmühle, die Tochter mit dem großen, weißen Wurm hinter den herrlichen Titten (und nicht zu vergessen den ersten Mann, der bei dem Unfall umkam), der Sohn in einer trostlosen Ehe mit einem von Armut geschlagenen, unreifen Mädchen. Und jetzt die Frau, belastet mit unmündigen Kindern, noch selber zum Krüppel geworden! Lag da mit ihrem großen, schönen Arsch und dem schweren, marmorweißen Körper und hatte den Nerv, sich über seine Bemerkungen aufzuregen!

Er sah die Reihe der Mietshäuser entlang, deren Fenster vor dem

Winterhimmel wie kleine, rechteckige Feuer brannten. Ihm wurde ganz elend, und er murmelte, ohne zu wissen, was er damit meinte: «Was wollen die eigentlich?» Der kalte Wind blies über das Eisenbahngelände vom Hudson herauf und ließ sein Blut schneller kreisen. Er war zornig, empört, daß so etwas vor seinen Augen geschehen konnte – als hätte man ihn ins Gesicht geschlagen, als hätte man ihn herausgefordert, in eine kosmologische Tyrannei einzugreifen. Sein Blut kochte. Das war zuviel. Zuviel! Na schön, dachte er, sehen wir zu, was wir machen können. Sein Blut war trotz der beißenden Kälte so heiß geworden, daß er den Mantelkragen und den Wollschal, den ihm seine Mutter gestrickt hatte, lockern mußte.

Während der nächsten zwei Monate praktizierte Dr. Barbato die Kunst des Heilens – aus purem Zorn. Er machte Lucia Santa an jedem zweiten Tag einen Besuch, gab ihr Injektionen, versuchte es mit Wärmebehandlung und schwatzte jedesmal mindestens zwanzig Minuten mit ihr über die alten Zeiten, während er sie massierte. Ihr Befinden besserte sich, doch aufstehen konnte sie immer noch nicht. Dr. Barbato sprach von Octavia, die bald aus dem Sanatorium heimkommen sollte, und wie bekümmert die Tochter sein würde, wenn sie ihre Mutter so krank vorfand. Wenige Tage vor Octavias Rückkehr gab er Lucia Santa Vitamin- und Anregungsspritzen, und dann fand er die Mutter am Abend vor Octavias Ankunft wieder in der Küche, wo sie am Tisch saß und bügelte und sich von den Kindern Wasser holen und Wäsche falten ließ. «Sieh an, sieh an! Na ausgezeichnet!» lobte Dr. Barbato munter. «Ein sicheres Zeichen der Genesung, daß Sie wieder arbeiten können, eh, Signora?»

Lucia Santa lächelte. Mit diesem Lächeln gab sie zu, in seiner Schuld zu stehen, und wies zugleich seinen Scherz zurück. Denn wenn es Arbeit gab, würden die Menschen sogar vom Sterbebett aufstehen, um sie zu tun; das wußten sie beide. Als Dr. Barbato eine Spritze aufzog, die er ihr geben wollte, murmelte sie auf italienisch: «Ah, Doktor, wie soll ich Sie jemals bezahlen?» Und ausnahmsweise war er darüber nicht ärgerlich. Mit tröstendem Lächeln sagte er: «Laden Sie mich zu Octavias Hochzeit ein.» Ein Hinweis darauf, daß es auch Freuden im Leben gab, daß auf das Leid immer der Lohn folgte, daß nach dem Unglück auch Glück kommen konnte, daß alles gut werden, daß sich die Tochter erholen, die Kinder heranwachsen, die Zeit vergehen würde.

12

Octavia war sechs Monate fort gewesen. In dieser Zeit hatte Lucia Santa die Tochter nicht ein einziges Mal besucht. Es ging nicht anders. Die Reise war zu weit, ihre Pflichten im Haus zu zahlreich, und außerdem hatte sie kein großes Vertrauen zu Larry und seinem klapprigen Auto. Die Kinder allein zu lassen kam nicht in Frage.

An dem Tag, als Octavia kam, holten Larry und Vinnie sie an der Grand Central Station ab. Die übrige Familie erwartete sie zu Hause – die Kinder im Sonntagsstaat, Lucia Santa in ihrem vornehmsten Schwarz. Auch Zia Louche huschte in der Küche umher, füllte verkochendes Wasser auf und rührte in der Tomatensauce.

Gino stand am Vorderfenster Wache. Endlich kam er in die Küche gerannt und schrie: «Sie kommen, sie kommen!»

Lucia Santa wischte die Tränen ab, die ihr in die Augen traten. Zia Louche warf die Ravioli ins kochende Wasser. Die Wohnungstür stand offen, die Kinder liefen an die Treppe und beugten sich über das Geländer, um auf die Schritte zu lauschen, die jetzt die Treppe heraufkamen.

Als Octavia dann erschien, hätten sie sie beinahe nicht erkannt. Sie hatten ein blasses, kränkliches Mädchen erwartet, jemanden, den sie sehr liebevoll umsorgen mußten – eine niedergedrückte, kaum von den Toten auferstandene Octavia. Statt dessen sahen sie ein junges Mädchen, das durch und durch Amerikanerin war. Octavias Haut war nicht mehr so fahl wie früher. Ihre Wangen waren rosigrot, ihr Haar im amerikanischen Stil dauergewellt. Sie trug Rock, Pullover und eine Jacke mit Gürtel. Was sie jedoch besonders fremd machte, war vor allem ihre Stimme, ihre Ausdrucksweise und die Art ihrer Begrüßung.

Sie lächelte süß, ein sehr beherrschtes Lächeln, bei dem die Zähne durch die nur leicht geöffneten Lippen blitzten. Sie stieß einen entzückten, aber gedämpften Freudenschrei aus, umarmte Sal und Aileen und sagte zu jedem der beiden Geschwister: «O Liebling, Liebling, wie habe ich dich vermißt!» Dann ging sie auf Lucia Santa zu, küßte sie auf die Wange statt auf den Mund und sagte mit ehrlicher Freude in der Stimme: «Ich freue mich, wieder zu Hause zu sein!»

Larry und Vincenzo kamen, jeder mit einem Koffer, die Treppe herauf; sie blickten ein wenig verlegen.

Octavia drückte auch Gino einen Kuß auf die Wange und sagte: «Himmel, bist du aber hübsch geworden!» Gino wich vor ihr zurück. Alle starrten sie fassungslos an. Was war mit ihr geschehen?

Als einzige begeistert von Octavias verändertem Wesen waren Sal und Aileen, die beiden Kleinen. Sie wichen ihr nicht von der Seite, verschlangen sie mit Augen, Ohren und ganzem Körper und zitterten vor Freude, wenn sie ihnen mit der Hand über die Haare strich, sie immer wieder in die Arme schloß und immer wieder voll Herzlichkeit sagte: «Nein, wie groß ihr geworden seid!»

Lucia Santa verlangte, daß sich Octavia sofort setzte. Sie beachtete dieses Getue nicht. Sie wollte, daß sich die Tochter vom Treppensteigen erholte. Zia Louche, die schon das Essen auftrug, sagte zu Octavia: «Gott sei Dank, daß du wieder da bist, Mädchen! Deine Mutter braucht dich.» Bevor Octavia jedoch antworten konnte, eilte sie schon geschäftig zum Herd zurück.

Die Mahlzeit war wohl die unbehaglichste, die man im Haushalt der Angeluzzi-Corbos je eingenommen hatte. Die Unterhaltung bestand nur aus einem höflichen Austauschen von Informationen. Es war, als wären sie alle Fremde. Gino und Vinnie zankten sich nicht. Sal und Aileen waren die reinsten Engel und stritten sich nicht ein einziges Mal, wer die größten Fleischklößchen bekäme. Louisa kam mit dem Baby herauf und küßte Octavia hinters Ohr – vorsichtig, um sich nur ja nicht anzustecken. Dann setzte sie sich neben Larry und hielt das Baby so auf dem Schoß, daß es Octavia nicht zu nahe kam. Octavia gab sich sehr liebevoll mit dem Kleinen, berührte ihn aber nicht. Larry aß und entschuldigte sich dann, weil er zur Arbeit mußte. Er hatte die Schicht von vier Uhr bis Mitternacht und war in Eile.

Als Octavia Anstalten machte, den Tisch abzudecken, erhoben sich alle Anwesenden entsetzt. Selbst Gino sprang auf, ergriff ein paar Teller und trug sie zum Spülstein. Lucia Santa rief erregt: «Willst du wieder krank werden?» Und so nahm Octavia wieder Platz, während der kleine Sal und Aileen an ihren Knien lehnten und voll Bewunderung zu ihr aufblickten.

Nur die Mutter ahnte die Traurigkeit hinter Octavias Lächeln und ihrem fröhlichen Geplauder. Denn die Tatsache, daß sie wieder hier saß, in dieser Wohnung, wo die Zimmer vollgestopft waren mit Betten, Kleiderschränken und Kindersachen, rief in Octavia ein Gefühl der Verzweiflung hervor. Während der Nachmittag in den Abend überging, beobachtete sie ihre Mutter bei all den vertrauten, nie endenden Pflichten: die Mutter spülte Geschirr, bügelte die frisch gewaschene Wäsche, entzündete den Kerosinofen in der Küche und den Kohlenofen im Vorderzimmer, steckte beim Nahen der Dämmerung das Gaslicht an, das den Raum durch seine Schatten einengte, und brachte schließlich die Kinder zu Bett. Octavia überlegte, was sie wohl jetzt, in diesem Augenblick, im Sanatorium tun würde. Sie würden im Garten spazierengehen, sie und ihre Freundin. Oder sie würden in ihren Zimmern auf das Abendessen warten und über die Liebesaffären der Patienten tratschen. Dann würden sie alle zusammen essen und hinterher im Spielzimmer Bridge spielen. Octavia sehnte sich nach dem Leben zurück, das sie im Sanatorium geführt hatte, dem einzigen Leben, in dem sie sich ausschließlich der Pflege ihrer eigenen Person, ihrer Gesundheit und ihres Vergnügens hatte widmen können und weder Sorgen noch Verantwortung zu tragen gehabt hatte. Sie fühlte sich unbehaglich hier, in ihrem richtigen Heim, und die Familie war ihr fremd geworden. Sie war so in ihre Gedanken vertieft, daß sie nicht merkte, wie steif die Bewegungen der Mutter waren, wenn sie im Haus herumging.

Zur Schlafenszeit, als Gino und Vinnie sich neben dem Klappbett im Vorderzimmer auszogen, flüsterte Gino dem Bruder zu: «Sie hat den ganzen Tag nicht geflucht!»

«Vielleicht darf man im Krankenhaus nicht fluchen, und jetzt hat sie's verlernt», meinte Vinnie.

Und Gino antwortete: «Na hoffentlich! Es klingt gräßlich, wenn ein Mädchen flucht, vor allem wenn es die eigene Schwester ist!»

Und nun waren sie allein in der Küche, Octavia und Lucia Santa. Sie saßen an dem großen runden Tisch mit der gelben Wachstuchdecke. Die Kaffeetassen standen weißglänzend vor ihnen. In einer Ecke wartete Bügelwäsche auf die Mutter. Auf dem Kerosinofen summte ein Kessel Wasser. Aus den Zimmern kam das leise Atmen der schlafenden Kinder. Sie saßen einander im gelblichen Licht der Küche gegenüber, und die Mutter berichtete von den Problemen der vergangenen sechs Monate. Wie ungehorsam Gino gewesen war, und nicht nur er, sondern auch Vinnie und sogar die Kleinen. Daß Larry und seine Louisa ihr nicht genügend geholfen hatten, daß sie selber sehr krank gewesen war, in ihren Briefen an Octavia aber nie etwas erwähnt hatte, was die Tochter hätte beunruhigen können.

Es war eine lange Liste, und Octavia unterbrach die Aufzählung nur gelegentlich, um zu sagen: «Aber Mamma, warum hast du mir nichts davon geschrieben? Warum hast du mir gar nichts gesagt?» Und dann erwiderte die Mutter: «Weil ich wollte, daß du gesund wirst.»

Die beiden tauschten nicht eine einzige liebevolle Geste. Aber Octavia sagte leise: «Keine Angst, Mamma, nächste Woche gehe ich wieder arbeiten. Und werde auch dafür sorgen, daß die Kinder ihre Hausaufgaben richtig machen und dir im Haushalt helfen.» Ein starkes Gefühl der Kraft und Zuversicht stieg in ihr auf, und sie war stolz darauf, daß ihre Mutter sie brauchte. In diesem Augenblick fiel die Fremdheit von ihr ab. Sie war wieder zu Hause. Als Lucia Santa zu bügeln begann, ging Octavia in ihr Zimmer und holte sich ein Buch, um ihrer Mutter Gesellschaft zu leisten.

Als Octavia eine Woche zu Hause war, lernte sie schließlich auch den Wohlfahrtsinspektor kennen. Octavia war die ganze Zeit sanft und freundlich gewesen – glücklich, wieder zu Hause zu sein; sie hatte die Herrschsucht abgelegt und fluchte und schrie auch nicht mehr.

Um vier Uhr nachmittags kam sie eilig die Treppe herauf und sah zu ihrem Erstaunen Mr. La Fortezza in der Küche sitzen; er hatte die Füße auf einen Stuhl gelegt, trank leichten Kaffee und aß sein gewohntes Schinkenbrot. Eingehend musterte er Octavias auffallend hübsches Gesicht, legte das Sandwich beiseite und erhob sich, wie es sich für einen Gentleman gehört, von seinem Stuhl. «Das ist meine Tochter Octavia», stellte Lucia Santa vor. «Die Älteste.»

Mr. La Fortezza vergaß seine italienischen Manieren und sagte in forschem, lässigem Ton mit typisch amerikanischer Freundschaftlichkeit in der Stimme: «Ich habe schon viel von Ihnen gehört, Octavia. Ihre Mutter und ich haben uns oft und lange unterhalten. Wir sind alte Freunde.»

Octavia nickte kühl, und der Ausdruck ihrer großen, dunklen Augen verwandelte diese Bewegung in eine Geste des Widerwillens, eines Widerwillens, den sie hatte verbergen wollen.

Lucia Santa, bestürzt über diese Unhöflichkeit, forderte sie auf: «Komm, trink eine Tasse Kaffee und unterhalte dich mit dem jungen Mann.» Und zu Mr. La Fortezza gewandt: «Das ist eine ganz Gescheite. Sie muß immerzu Bücher lesen.»

«Ja, kommen Sie, trinken Sie eine Tasse Kaffee, Octavia», sagte auch La Fortezza. «Ich würde mich gern ein wenig mit Ihnen unterhalten.»

Octavia war so beleidigt, daß sie beinahe zu fluchen begonnen hätte. Der herablassende Gebrauch ihres Vornamens, seine ganze Vertraulichkeit empörte sie so, daß sie ausspucken mußte – aber ins Taschentuch, wie es sich für einen frisch geheilten Lungenkranken gehört. Die beiden sahen sie mitfühlend und verständnisvoll an. Also setzte sie sich und hörte sich an, wie ihre Mutter diesem Wohlfahrtsinspektor um den Bart ging.

Nun hatte er Romane gelesen, der Herr, in denen immer wieder ein junger Mann besseren Standes der armen, jungen Arbeiterin nur ein Lächeln zu schenken und sich herablassend mit ihr zu unterhalten brauchte, und schon fiel die Glückliche fast in Ohnmacht vor Wonne, legte sich auf den Rücken und strampelte wie ein Hund mit den Beinen.

Nicht wegen des Geldes, wohlverstanden, sondern schlicht überwältigt von dieser edlen Geste. Doch leider mangelte es Mr. La Fortezza am eindrucksvollen Auftreten, am Blondhaar, am strahlenden Lächeln, an dem gepflegten, lässigen Charme der Amerikaner und an den Dollarmillionen (immer die Dollarmillionen!), die aber der Heroine natürlich nie etwas bedeuteten. Und so wurde La Fortezza immer angeregter, immer redseliger und so bestrickend, wie es die dunklen, kreisrunden Eulenaugen erlaubten. Octavias Miene dagegen wurde zunehmend kälter. Gino und Vincent kamen herein, sahen das Gesicht ihrer Schwester und blieben voll fröhlich-erwartungsvoller Erregung im Zimmer.

Gerade sprach La Fortezza von Literatur. «Ah, Zola – ja, der wußte, wie man über die Armen schreibt! Ein großer Künstler, wissen Sie. Franzose.»

«Ich weiß», entgegnete Octavia ruhig, doch La Fortezza fuhr fort: «Ich wünschte, er wäre noch am Leben und könnte darüber schreiben, wie die Armen von den paar kläglichen Pennies der Wohlfahrt leben müssen. Welch eine Farce! Also, das ist ein Mann, dessen Bücher Ihre Tochter lesen sollte, Signora Corbo. Das würde für ihre Bildung schon genügen. Und Ihnen, Octavia, würde es helfen, sich selber und Ihre Umgebung zu verstehen.»

Octavia hätte ihm am liebsten ins Gesicht gespuckt, aber sie nickte nur stumm mit dem Kopf.

La Fortezza war erfreut, ebenso die Mutter. Mit ernstem Blick sagte er: «Sie sind wirklich ein intelligentes Mädchen. Würden Sie gern mal mit mir ins Theater gehen? Ich frage Sie hier, in Gegenwart Ihrer Mutter, um meinen Respekt zu beweisen. Ich bin sehr altmodisch, das kann Ihre Mutter bestätigen. Nicht wahr, Signora, das bin ich doch?»

Lucia Santa nickte lächelnd. Sie sah ihre Tochter schon mit einem Anwalt verheiratet, der in der City einen guten Job hatte. Denn Mütter stecken ihre Hoffnungen nicht einmal in den Büchern so hoch wie die Heldinnen selber. Gütig sagte sie: «Er ist ein braver italienischer Junge.»

La Fortezza fuhr fort: «Wir haben oft lange Gespräche geführt, Ihre Mutter und ich, und wir haben uns gut verstanden. Ich bin überzeugt, daß sie nichts dagegen hat, wenn Sie mit mir freundschaftlich ausgehen. Durch die Stadt bekommen wir vergünstigte Theaterkarten. Das wird für Sie endlich mal etwas anderes sein als immer nur Kino.»

Octavia war mit ihren Freundinnen schon oft im Theater gewesen. Die Schneiderei bekam nämlich auch vergünstigte Theaterkarten. Octavia hatte die gleichen Romane gelesen wie er und deren Heldinnen zutiefst verachtet – jene leichtsinnigen, einfältigen Mädchen, die sich der Schande aussetzten, während sie Männern, die ihren Reichtum als Köder benutzten, Vergnügen verschafften. Doch daß dieser dämliche, hungernde Makkaroni-College-Bengel glaubte, sie in sein Bett zu kriegen! Ihre Augen begannen zu funkeln, und dann schrie sie ihre Antwort auf seine Einladung mit schriller Stimme hinaus: «Sie können in Ihren Hut scheißen, Sie widerwärtiger Saukerl!» Gino, der mit Vinnie in einer Ecke hockte, sagte: «Siehst du, schon geht's wieder los!» Lucia Santa saß da wie ein Nichtsahnender auf einem Pulverfaß, der merkt, daß die Zündschnur schon brennt, und sah sich benommen um, als wüßte sie nicht, wohin sie fliehen sollte. Heiß stieg Mr. La Fortezza das Blut ins Gesicht, bis sogar seine Eulenaugen rot wurden. Er war wie versteinert.

Denn es gibt nichts Furchterregenderes als eine junge italienische Xanthippe. Octavia beschimpfte ihn mit hohem, kraftvollem Sopran. «Sie nehmen meiner armen Mutter, die vier kleine Kinder versorgen muß und eine kranke Tochter hat, acht Dollar im Monat ab. Sie schröpfen eine Familie mit so großen Sorgen und haben den Nerv, mich einzuladen? Sie sind ein widerwärtiger Schuft, ein lausiger, schleimiger Kriecher! Meine kleinen Geschwister müssen auf Kino und Schokolade verzichten, damit meine Mutter Sie bezahlen kann, und ich soll mit Ihnen ausgehen?» Ihr Ton war schrill und fassungslos. «O ja, Sie sind wahrhaftig altmodisch! Nur ein echter Saukerl von Makkaroni aus Italien mit diesem respektvollen Signora-Scheißdreck bringt so etwas fertig. Aber ich habe die Realschule abgeschlossen, ich habe Zola gelesen, und ich bin schon oft ins Theater gegangen. Wenn Sie also unbedingt auf jemand Eindruck machen wollen, dann suchen Sie sich so ein Greenhorn direkt vom Schiff und versuchen Sie die zu verführen. Denn ich weiß genau, was Sie sind: ein Scheißangeber, weiter nichts!»

«Octavia, Octavia, hör doch auf!» rief Lucia Santa voller Entsetzen. Erklärend wandte sie sich an den jungen Mann. «Sie ist krank, sie hat Fieber.» Doch La Fortezza floh bereits aus der Tür und die Treppe hinab. Sein braunes Päckchen hatte er liegenlassen. Sein Gesicht, als er sich zur Flucht wandte, war das Gesicht eines Mannes, den man bei einer der schändlichsten Sünden in flagranti ertappt hat, und darüber hinaus ein Gesicht, das sie nie wieder zu sehen bekamen. Zwei Wochen später erschien ein neuer Inspektor, ein alter Amerikaner, der ihre Wohlfahrtsbeihilfe herabsetzte, aber erklärte, das Geld auf dem Treuhandkonto werde von der Wohlfahrt nicht als Aktivposten der Familie gewertet, da der Magistrat es nur freigeben würde, wenn sich das Kind, dem es zustand, in einer extremen Notlage befände. Und außerdem könne das Geld eines Kindes nicht für die anderen beiden Kinder oder die Mutter verwendet werden.

Doch Gino und Vincent vergaßen die letzte Szene mit Mr. La Fortezza nie. Sie schüttelten den Kopf über Octavias gräßliche Flüche und faßten den ernsten Entschluß, niemals ein Mädchen wie ihre Schwester zu heiraten. Die Szene aber beendete wenigstens die unbehagliche Atmosphäre, die Sonderbehandlung, die man einer Kranken angedeihen ließ, die angestrengte Höflichkeit einem Familienmitglied gegenüber, das aus dem Krankenhaus oder von einer langen Reise zurückgekehrt war. Denn daran bestand kein Zweifel: dies war die alte Octavia. Sie war wieder gesund. Und selbst die Mutter konnte sich nicht lange über das Betragen ihrer Tochter ärgern, obwohl sie niemals begriff, warum Octavia so böse auf Mr. La Fortezza geworden war. Schließlich muß jeder, der leben will, dafür bezahlen.

13

An dem Tag, als der Brief aus Ravenswood kam, las Octavia ihn der Mutter erst vor, als alle Kinder sicher im Bett lagen. Es war eine sehr kurze offizielle Mitteilung, die besagte, der Vater könne versuchsweise zu seiner Familie entlassen werden, wenn seine Frau die entsprechenden Papiere unterzeichne. Das Schreiben stellte klar, daß er ständiger Pflege und Aufsicht bedürfe. Zugleich mit dem Brief kam ein Fragebogen, der auszufüllen war. Man fragte darin nach dem Alter der Kinder, dem Gesamteinkommen der Familie und dem Verdienst der einzelnen Mitglieder. Alles in allem war aus dem Brief zu ersehen, daß der Vater noch immer ein kranker Mann, wenn auch gesund genug war, um vorläufig entlassen zu werden.

Nervös trank Lucia Santa ihren Kaffee. «Aber er ist noch nicht ganz gesund, wie? Sie wollen nur einen Versuch machen?» vergewisserte sie sich.

Octavia wollte fair sein. «Es geht ihm gut. Er kann nur nicht arbeiten oder sonst etwas tun. Man muß ihn pflegen wie einen Kranken. Vielleicht kann er nach einer Weile doch wieder arbeiten gehen. Willst du, daß er wiederkommt?» fragte sie errötend und mit niedergeschlagenen Augen, denn sie dachte von ihrer eigenen Mutter beschämende Dinge.

Lucia Santa sah interessiert, wie die Tochter errötete. «Warum nicht?» gab sie zurück. «Er ist der Vater von dreien meiner Kinder. Er ist zehn Jahre lang unser Ernährer gewesen. Wenn ich einen Esel oder ein Pferd hätte, die schwer gearbeitet haben, dann würde ich sie auch gut behandeln, wenn sie krank oder alt wären. Warum sollte ich meinen Mann nicht zurückhaben wollen?»

«Ich werde keine Schwierigkeiten machen», erklärte Octavia.

«Schwierigkeiten wird es genügend geben», sagte Lucia Santa. «Wer weiß, vielleicht tut er sogar den Kindern etwas an. Und wer kann diese Jahre noch einmal durchstehen? Wir würden alle leiden müssen, unser Leben aufs Spiel setzen, und nur um ihm eine Chance zu geben. Nein, nein, es ist zuviel. Es ist einfach zuviel!»

Octavia schwieg. Sie saßen lange beisammen, es schienen Stunden zu sein. Octavia hielt Tinte, Feder und Papier bereit, um die Antwort an die Anstalt zu schreiben.

Die Mutter dachte lange nach. Es war ein schwieriges Problem. Sie erinnerte sich an Erzählungen von ähnlichen Fällen, in denen liebe Verwandte nach Hause zurückgekehrt waren und in ihrem Wahnsinn Mord oder andere Greueltaten verübt hatten.

Sie dachte an ihre Tochter Octavia, die darunter leiden und schließlich aus dem Haus getrieben würde, die vielleicht zu früh heiratete, nur um wegzukönnen.

Das durfte sie nicht riskieren. Im vollen Bewußtsein der Tragweite ihrer Entscheidung (in ihren Gedanken sah sie ein Tier, das endlose Jahre in einen Käfig aus Eisen und Stein gesperrt wurde), verurteilte sie ihren Mann, den Vater ihrer Kinder, den Partner jenes einen Sommers der Freuden, zu einer menschlichen und weltlichen Ewigkeit der Verzweiflung. «Nein, ich unterschreibe nicht. Er soll bleiben, wo er ist.»

Octavia war überrascht und sogar ein wenig schockiert. Die Erinnerung an den Tod ihres eigenen Vaters stieg in ihr auf; wieder empfand sie zutiefst den Verlust, genauso tief, wie sie ihn als kleines Mädchen empfunden hatte. Was, wenn er durch ein Wunder ins Leben zurückgeholt worden wäre, wie sie jetzt den Stiefvater ins Leben zurückholen könnten? Sie glaubte plötzlich, Gino, Sal und der kleinen Aileen nie wieder in die Augen sehen zu können, wenn sie jetzt ihren Vater nicht nach Hause holte.

«Ich finde, wir sollten mit Sal und Gino sprechen», sagte sie. «Schließlich ist es ihr Vater. Laß uns hören, was sie meinen. Vielleicht sollten wir ihn doch herholen, Mamma.»

Lucia Santa warf ihrer Tochter einen forschenden Blick zu, einen Blick, der abzuwägen und für zu leicht zu befinden schien, einen Blick, der Octavia Unbehagen verursachte, weil er so unpersönlich war. Dann sagte die Mutter: «Was können Kinder schon wissen? Laß sie in Ruhe, sie werden später genug Sorgen haben. Und wir können es uns nicht leisten, ihren Vater nach Hause zu holen.»

Octavia senkte den Kopf über die Kaffeetasse. «Mamma, wir wollen es wenigstens versuchen – den Kindern zuliebe. Er fehlt ihnen doch.»

Als ihre Mutter jetzt antwortete, sprach sie in überraschend verächtlichem Ton. Kopfschüttelnd sagte sie: «Nein, meine Tochter. Du hast leicht gutmütig und großzügig sein. Aber bedenke: Wenn alles so schwierig wird, daß du deine Großzügigkeit bereust, wirst du leiden müssen. Und wie ärgerlich wirst du dann darüber sein, daß deine Großzügigkeit dir Ungelegenheiten bereitet. So ist es mir auch schon ergangen. Hüte dich vor den gutherzigen, den mitleidigen Menschen, die geben, weil sie nicht wissen, was ihre Gutmütigkeit sie kosten wird. Und die dann später, wenn du auf ihre Menschlichkeit zählst, ärgerlich werden und dir die Tür vor der Nase zuschlagen. Wie meine Nachbarn sich um mich kümmerten und mir halfen, als dein Vater starb! Wie ich über ihre Güte geweint habe! Aber nun, wir können nicht ewig gut sein, nicht ewig großzügig sein, wir sind zu arm, wir können es uns nicht leisten. Und selbst deine Tante, die reich war, hat rebelliert. Es tut so gut, es ist ein so wunderbares Gefühl, für kurze Zeit großzügig zu sein! Als Dauerzustand aber geht es den Menschen gegen den Strich, ist es gegen ihre Natur. Dein Stiefvater wird dir lästig fallen, es wird Streit, Geschrei und Flüche geben, und dann wirst du den Erstbesten heiraten, der dir über den Weg läuft, und von hier verschwinden. Und ich muß für dein gutes, freigebiges Herz bezahlen.» Sie hielt inne. «Er wird krank bleiben, solange wir leben.» Mit diesen Worten überantwortete sie ihren Mann seinem Schicksal und verbannte ihn für immer aus ihrem Haus.

Die Frauen spülten die Kaffeetassen. Die Mutter blieb in der Küche zurück, um den Tisch abzuwischen und den Boden zu fegen. Octavia ging in ihr Zimmer; sie überlegte, wie sie es morgen den Kindern beibringen sollte, und merkte, daß sie sich damit von Schuld reinwaschen wollte.

Im Bett dachte Octavia an ihre Mutter, an ihre Härte, an ihren kalten Entschluß. Dann fiel ihr ein, daß sie den Brief in der Küche vergessen hatte. Sie stand auf und ging im Unterrock hinüber. Das Licht brannte noch.

Lucia Santa saß am Küchentisch und füllte aus großen Beuteln Zukker, Salz und Mehl in Zuckerdose, Salzstreuer und Kupferne Mehlbüchse. Der Brief mit dem großen schwarzen Amtssiegel und dem gedruckten Umschlag der Regierung lag vor ihr. Sie starrte darauf, als ob sie lesen könnte, und schien jedes einzelne Wort zu studieren. Als ihre Tochter kam, blickte sie auf und sagte: «Ich werde den Brief behalten. Du kannst ihn morgen früh beantworten.»

Gino lag neben dem schlafenden Sal und hörte durch das offene Guckfenster zwischen dem Schlafzimmer und der Küche alles mit an. Er war nicht böse, nicht empört über den Entschluß seiner Mutter, nur ganz leicht übel war ihm, als hätte er Magenschmerzen. Ein wenig später ging in der Küche das Licht aus, er hörte die Mutter an seinem Bett vorbei in ihr eigenes Zimmer gehen, dann schlief er ein.

Lucia Santa fand keinen Schlaf. Im Dunkeln streckte sie die Hand nach Aileen aus und berührte die glatte Haut, die knochigen Schultern, den kleinen Körper, der sich an der kühlen Gipswand zusammengerollt hatte. Dieser Kontakt mit dem unschuldigen, hilflosen Fleisch gab ihr Kraft. Was sie berührte, war das Leben, und es war ihrer Obhut anvertraut. Sie war ihrer aller Beschützerin, sie hielt ihr Geschick in der Hand. Von ihr kam das Gute und das Böse, kam sowohl Freude als auch Arbeit. Wegen dieses Lebens hatte sie ihren Mann in den Abgrund verbannt.

Doch das genügte ihr nicht als Rechtfertigung. Sie hielt sich vor Augen, wie oft er sie geschlagen, auf seine Stiefkinder geschimpft, in der Nacht getobt und seine eigenen Kinder geängstigt hatte. Sie erinnerte sich an seine unregelmäßige Arbeit, an seine kostspielige Religiosität. Doch sie verwarf das alles wieder mit einem einzigen, verzweifelten, stummen Schrei: «Frank, Frank, warum hast du nicht auf dich achtgegeben? Warum bist du so krank geworden?» Sie dachte an damals, wie er das im Schweiß seines Angesichts verdiente Geld zerrissen hatte, an den Ausdruck verletzten Stolzes auf seinem Gesicht und an seine Freundlichkeit zu ihr, der hilflosen Witwe. Mit tiefem Seufzer akzeptierte sie die Wahrheit. Sie hatte keinerlei Mittel, sie war zu arm, um es sich leisten zu können, dem Mann, den sie liebte, Barmherzigkeit zu erweisen. Nein, keine Barmherzigkeit, dachte sie, keine Barmherzigkeit, keine Barmherzigkeit! Wieder tastete sie nach dem kleinen, schlafenden Körper, der jungen, seidenweichen Haut des winzigen Menschenwesens neben ihr. Dann verschränkte sie die Arme, starrte ins Dunkel und wartete geduldig auf den Schlaf. Sie hatte Frank Corbo dazu verdammt, niemals seine Kinder heranwachsen zu sehen, niemals mehr das Bett mit ihr zu teilen, niemals ein Enkelkind kennenzulernen. Auf italienisch murmelte sie: «Mein Gott, behüte mich, hilf mir», als könne sie jetzt selber nicht mehr auf die Barmherzigkeit hoffen, die sie verweigert hatte.

Am nächsten Abend nach dem Essen holte Octavia Sal und Gino ins

Wohnzimmer, um mit ihnen zu sprechen. Sie waren beide ein wenig mißtrauisch, weil Octavia so lieb, so sanft und lehrerinnenhaft war, doch als sie zu sprechen begann, wußte Gino, was kommen würde. Er dachte an das, was er am Abend zuvor mit angehört hatte.

Als Octavia ihnen erklärte, warum der Vater nicht heimkommen konnte, mußte Gino daran denken, wie oft der Vater mit ihm zum Haarschneiden gegangen war. Dann hatten sie einander beobachtet: der kleine Junge hatte geradeaus in den Spiegel geschaut und dort auf wunderbare Weise den Vater, der hinter sich ebenfalls eine Spiegelwand hatte, auf einem Eisenstuhl sitzen sehen. Und der Vater hatte im Spiegel das Gesicht seines Sohnes gesehen. Obwohl sie beide in dieselbe Richtung schauten und einer hinter dem anderen saß, hatten sie einander ungehindert im Schutz des Glases ansehen können. Er hatte immer den Eindruck gehabt, diese Spiegelwand, die sie auf so wunderbare Weise einander sehen ließ, biete so großen Schutz, daß jeder die Augen des anderen betrachten und erkennen könne, daß er Teil dieses anderen war.

Zwischen ihnen schnippelte der Barbier mit seinem weißen Schnurrbart Haarspitzen auf den schwarz-weiß gestreiften Umhang und unterhielt sich mit dem Vater auf italienisch. Gino war wie gebannt vom Klappern der Schere und dem lautlosen Fallen der abgeschnittenen Haare, vom weißgefliesten Fußboden, von dem weißen Marmorverkaufstisch mit den grünen Haarwasserflaschen, die rings von den Spiegeln reflektiert wurden. Sein Vater lächelte ihm durch die Glaswand zu und versuchte auch ihn zum Lächeln zu bringen. Das Kind aber, geschützt durch das Glas, verweigerte dieses Lächeln; sein Gesicht blieb ernst. Es war das einzige Mal, daß er seinen Vater längere Zeit hatte lächeln sehen.

Als Octavia mit ihrer Erklärung fertig war, wollten Gino und Sal möglichst schnell zum Spielen hinunter auf die Straße laufen. Ihr Vater war krank, das bedeutete, daß er eines Tages nach Hause kommen würde, und in ihrem Alter hatte die Zeit keine Bedeutung. Octavia musterte sie eingehend und wartete, ob sie an ihnen Anzeichen von Traurigkeit feststellen konnte. Sie fragte liebevoll: «Möchtet ihr, daß er jetzt nach Hause kommt?» Und der kleine Sal antwortete beinahe weinend: «Ich will nicht, daß er nach Hause kommt. Ich habe Angst vor ihm.» Octavia und Gino waren verwundert, denn Sal hatte den Vater mehr geliebt als die anderen Kinder.

Gino fühlte sich unbehaglich, weil er sich für seinen Vater verantwortlich glaubte. Wie oft, wenn er sich wieder einmal geweigert hatte zu helfen, wenn er ungezogen gewesen war, keine Pflichten übernehnem wollte, hatte die Mutter zu ihm gesagt: «Du bist genau wie dein Vater.» Daher hatte er es als eine Tatsache akzeptiert, daß alle Schwierigkeiten der Familie von seinem Vater und somit von ihm selber kamen. Leise sagte er: «Mamma wird es schon richtig machen.» Und fügte nach einer Pause hinzu: «Mir ist es gleich.»

Octavia ließ die beiden laufen. Sie trat ans Fenster und sah sie unten aus der Haustür stürzen. Eine unendliche Trauer überkam sie – keine klar bestimmbare, sondern eine allgemeine Trauer, als erleide ihr Stiefvater ein Schicksal, das für die Menschheit nicht ungewöhnlich war, als wisse sie, daß über sie auch eines Tages ein Urteil gesprochen werde.

14

Larry Angeluzzi begann ein wenig zu verstehen, was Leben hieß, als sein zweites Kind geboren wurde und die Eisenbahn ihn nur noch an drei Tagen der Woche beschäftigte. Außerdem bekam er sein Bild gleichsam in einem menschlichen Spiegel zu sehen.

Eines Tages, auf dem Weg zu einem Besuch bei Freunden, standen Larry und Louisa an der Ecke 34th Street und Tenth Avenue und warteten auf den Trolleybus. Louisa hielt ein Kind an der Hand, das andere trug Larry auf dem Arm. Auf einmal sah er auf der anderen Straßenseite seinen kleinen Bruder Gino stehen. Der dunkle, drahtige Junge sah sie mit einem Ausdruck verwirrten, traurigen Mitgefühls und einem gewissen Widerwillen an. Larry winkte Gino zu, und als der Junge über die Avenue kam, mußte Larry an die Zeiten denken, als Gino noch klein gewesen war und sich zurückgebeugt hatte, um seinen großen Bruder auf dem Pferd zu bewundern. Er lächelte Gino freundlich zu. «Da kannst du sehen, wie es dir ergeht, wenn du verheiratet bist, Kleiner», sagte er scherzend und ohne zu wissen, daß sein jüngerer Bruder die Worte niemals vergessen würde.

Louisa, deren Gesicht schon jetzt knochig und eingetrocknet wirkte, runzelte die Stirn und sagte grob: «Gefällt es dir nicht?»

«Aber ich mach ja nur Spaß», erwiderte Larry lachend. Doch Gino sah die beiden tiefernst und fasziniert an, schien hinter ihnen noch etwas anderes zu sehen.

Aus gebotener Höflichkeit blieb Gino bei ihnen, bis der Bus kam. Larry dachte: Der Junge wird erwachsen; als ich so alt war wie er, habe ich schon gearbeitet. Laut fragte er: «Was macht die Schule, Kleiner?» Gino zuckte die Achseln. «Ist ganz okay», antwortete er.

Als Larry mit seiner Familie in den Bus gestiegen war und der Wagen anfuhr, sah er, daß Gino ihnen nachblickte.

Während er von dem stählernen Fahrzeug in der klaren, goldenen Luft dieses Sonntagmorgens wie durch Zauberhand von seinem jüngeren Bruder hinweggetragen wurde, hatte Larry das Gefühl, einen Verlust zu erleiden, hatte er das Gefühl, daß sein Leben zu Ende war. Und dieser Morgen war es, diese Begegnung, dieser Augenblick der Einsicht, die ihn auf seinen neuen Weg führten, die ihn veranlaßten, die Eisenbahn, die Vorteile seiner acht Arbeitsjahre und eine Lebensstellung aufzugeben.

Eines Morgens in der folgenden Woche ging Larry zur *panetteria*, um Frühstücksbrötchen zu kaufen. In der vorangehenden Nacht hatte er nicht gearbeitet, da es bei der Eisenbahn immer noch wenig zu tun gab. Guido, der Bäckersohn mit dem schmalen Bärtchen auf der Oberlippe, begrüßte ihn mit aufrichtiger Freude. Sie unterhielten sich. Guido hatte die Schule aufgegeben, um in der Bäckerei zu helfen. Ganz Geschäftsmann, erkundigte er sich: «Larry, hättest du Interesse an einem guten Job?»

Larry lächelte. «Natürlich», antwortete er mit seiner angeborenen Gutmütigkeit, in Wirklichkeit jedoch ohne die geringste Absicht, der Eisenbahn ade zu sagen.

«Komm mit», forderte Guido ihn auf. Sie gingen ins Hinterzimmer. Dort saß der *panettiere* bei einem Glas Anisette und plauderte mit einem Mann seines Alters, der eindeutig Italiener, aber amerikanisch gekleidet und in keiner Weise ein Greenhorn war: Das Haar trug er kurz geschnitten, seine Krawatte war schmal, schlicht und unifarben.

Guido deutete auf den Fremden und sagte: «Das ist Zi' Pasquale, Larry, Mr. di Lucca. Er ist mit meinem Vater zusammen in Italien aufgewachsen. Zi' Pasquale, ich möchte dir Larry vorstellen, meinen Freund, von dem ich dir schon erzählt habe.»

Larry errötete vor Freude, daß man über ihn gesprochen hatte. Er fragte sich, ob dieser Mann tatsächlich Guidos Onkel war oder ob der Freund diese Anrede nur aus Höflichkeit einem guten Freund der Familie gegenüber benutzte. Larry lächelte alle breit an und schüttelte dem Fremden kräftig die Hand. «Setz dich», sagte der *panettiere* und schenkte ihm ein Glas Anisette ein. Larry lachte. «Ich trinke keinen Alkohol, aber eine Tasse Kaffee könnte ich vertragen.» Er merkte, daß Mr. di Lucca ihn mit einem unverhüllt abschätzenden Blick musterte, etwa wie ein italienischer Vater, der einen Bewerber seiner Tochter betrachtet: mit zusammengekniffenen Augen, aufmerksam, mißtrauisch, abwägend.

Guido servierte Kaffee und füllte das Glas des Fremden mit Anisette. Beiläufig sagte er: «Pa, Zi' Pasquale hat dir doch gesagt, daß er einen neuen Mann sucht. Nicht wahr, Zi' Pasquale? Ich habe genau den Richtigen für dich – hier, meinen Freund Larry. Erinnerst du dich an das, was ich dir von ihm erzählt habe?»

Die beiden älteren Männer lächelten mit freundlicher Toleranz; der *panettiere* hob abwehrend die Hand, und Zi' Pasquale zuckte die Achseln, als wolle er sagen: «Macht nichts – die Jugend!» In Italien wurden diese Dinge anders gehandhabt. Zi' Pasquale sagte auf italienisch zum *panettiere*: «Der da, ist er ein guter Junge?» Der *panettiere* antwortete zögernd: *«Un bravo.»* Alle lächelten einander an. Sie tranken gelassen, und die beiden Älteren steckten sich De-Nobili-Zigarren an. Mr. di Lucca war sichtlich beeindruckt.

Larry war daran gewöhnt. Er hatte gelernt, daß an seinem Lächeln und an seinem Verhalten etwas überaus Anziehendes sein mußte, irgend etwas, das ihn bei Männern und Frauen gleichermaßen beliebt machte. Er wußte es und freute sich in aller Bescheidenheit darüber; er war für diese Gabe dankbar, und das machte ihn nur noch liebenswerter.

«Glaubst du, daß dir ein Job bei mir gefallen würde?» erkundigte sich Mr. di Lucca bei ihm.

Jetzt kamen auch Larrys übrige Vorzüge zur Geltung, sein instinktives Gefühl für das, was sich bei diesen speziellen Personen schickte. Dies war eine sehr persönliche Frage. Respektierst du mich als Mann? Akzeptierst du mich als Stammeshäuptling, als zweiten Vater, als Ehrenpaten? Hätte er sich jetzt herausgenommen, zu fragen, was für ein Job das war, wieviel Geld er verdienen würde, wo, wann, wie und welche Garantien – alles wäre vorbei gewesen.

Darum sagte Larry, obwohl er den Job nicht wollte, sich gar nicht vorstellen konnte, die Vorteile seiner achtjährigen Arbeit bei der Eisenbahn aufzugeben, darum sagte er nun aus angeborener Höflichkeit und nichtssagender Liebenswürdigkeit tiefernst: «Es wäre mir ein Vergnügen, für Sie zu arbeiten.»

Mit donnerndem Knall schlug Pasquale di Lucca die Hände zusammen. Seine Augen leuchteten, seine Miene zeigte einen Ausdruck angenehmer Überraschung. «Bei Gott im Himmel», sagte er, «ist es tatsächlich möglich, daß die Italiener hier in Amerika noch solche junge Männer heranziehen?» Guido brach in ein glückliches Lachen aus, und der *panettiere* sah alle drei strahlend an. Larry Angeluzzi verzog die Lippen zu einem bescheidenen Lächeln.

«Jetzt werde ich dir zeigen, was für ein Mann ich bin», erklärte Pasquale di Lucca. Er zog eine Rolle Banknoten heraus und reichte Larry drei Zwanziger. «Dein Lohn für die erste Woche», sagte er. «Du kommst morgen früh zu mir ins Büro und fängst mit der Arbeit an. Du kleidest dich in einen Anzug mit Krawatte – gepflegt, aber nicht auffallend – wie ein Amerikaner. Wie ich. Hier, das ist mein Büro.» Er holte eine kleine Karte aus der Brusttasche seines Jacketts und gab sie Larry. Dann lehnte er sich, seine Zigarre paffend, im Sessel zurück.

Larry nahm Geld und Karte entgegen. Er war viel zu verblüfft, um noch etwas zu sagen, und murmelte nur einen Dank. Die Summe war doppelt so hoch wie das, was er bei der Eisenbahn verdiente, auch wenn er voll beschäftigt war.

Guido sagte stolz: «Was habe ich dir gesagt, Zi' Pasquale?» Und Mr. di Lucca nickte zustimmend.

Sie bekamen alle einen frischen Drink, und jetzt konnte sich Larry nach seinen neuen Pflichten erkundigen. Mr. di Lucca erklärte ihm, daß er als Beitragskassierer für die Bäckergewerkschaft arbeiten werde, daß er einen sehr ruhigen, leichten Bezirk bekomme und, wenn er seine Sache gut mache, in ein bis zwei Jahren ein Gebiet, das mehr abwarf. Er setzte ihm auseinander, daß nicht nur die Angestellten, sondern auch die Bäckereibesitzer selber Abgaben entrichteten und daß es sich dabei um höhere Beträge handelte. Larry würde Kontobücher führen müssen wie ein Versicherungsvertreter, er mußte Takt beweisen, stets höflich sein und sich mit allen auf freundlichen Fuß stellen, dürfe während der Arbeitszeit niemals Alkohol trinken und sich nicht mit den Frauen der Bäcker einlassen. Er würde hart arbeiten, würde sein Geld wirklich verdienen müssen. Mr. di Lucca leerte sein Glas Anisette, erhob sich, schüttelte Larry die Hand und sagte: «Morgen um zehn.» Dann schloß er den *panettiere* nach Männerart kräftig in die Arme, gab Guido einen freundlichen Klaps auf die Wange, steckte ihm einen gefalteten Geldschein zu und sagte: «Hilf deinem Vater schön, eh? Er ist zu nachsichtig, wie ein Amerikaner. Aber wenn ich Geschichten höre – dann kommt dein Onkel Pasquale und macht einen guten italienischen Sohn aus dir!» Unter dem freundlichen Ton spürte man deutlich den Stahl.

Guido boxte ihn gutmütig in die Seite und sagte: «Mach dir um mich keine Sorgen, Zi' Pasquale.» Er hakte ihn ein, begleitete ihn zur Tür, und beide lachten, als sie hinausgingen. Zi' Pasquale sagte: «Heirate ein gutes italienisches Mädchen, das auch im Laden fest mit zupacken kann.»

Als Guido zurückkam, tanzte er fröhlich um Larry herum und rief:

«Du hast es geschafft, du hast es geschafft!» Dann beruhigte er sich und fuhr fort: «Larry, ich sage dir, in zwei Jahren hast du dein eigenes Haus auf Long Island. Mein Zi' Pasquale ist nicht knausrig. Stimmt's, Pap?»

Der *panettiere* trank bedächtig seinen Anisette; dann seufzte er. «Ah, Lorenzo, Lorenzo, mein Guter! Jetzt wirst du erfahren, wie es in der Welt zugeht. Jetzt wirst du ein Mann werden!»

Larry Angeluzzi hatte ein gutes Leben. Er schlief morgens lange, nahm das Mittagessen zu Hause ein und machte dann die Runde bei den Bäkkereien seines Bezirks. Die italienischen Bäcker waren in Ordnung; sie gaben ihm Kaffee und Kuchen. Die polnischen Bäcker waren mürrisch, ließen sich aber bald schon von seinem Charme einfangen, obwohl er sich weigerte, Schnaps mit ihnen zu trinken. Sie freuten sich über seinen Erfolg bei den jungen Polinnen, die oft auf einen Kaffee hereinkamen und sitzen blieben, bis Larry weiter mußte. Manchmal benutzte er sogar die Hinterstube einer Bäckerei für einen schnellen Seitensprung; er wußte, der Bäcker war froh, etwas gegen das Mädchen in der Hand zu haben, und würde dann selber regelmäßig mit ihr nach hinten gehen.

Die Italiener zahlten ihre Abgaben widerspruchslos, wie es sich für Menschen gehörte, die in der alten Heimat dem Pfarrer Eier gaben, wenn er ihnen einen Brief vorlas, und dem Dorfschreiber Wein mitbrachten, damit er ihnen die Gesetze erklärte. Die Polen zahlten, weil sie ihn gern hatten, und freuten sich, wenn er ihnen Gesellschaft leistete. Schwierigkeiten machten ihm einzig und allein die Deutschen.

Es war nicht so, daß sie gar nicht zahlen wollten, aber er hatte das Gefühl, sie wollten nicht an einen Italiener zahlen. Nur sehr selten boten sie ihm Kaffee und Brötchen an oder schwatzten mit ihm, um guten Willen zu zeigen. Sie bezahlten ihn, wie sie den Brotlieferanten oder den Milchmann bezahlten. Das war okay, er mußte ohnehin jetzt viel zuviel Kaffee trinken; aber er kam sich dabei wie ein Gangster vor.

Vielleicht aber kam er sich nur so vor, weil er ausschließlich mit einer einzigen Bäckerei Ärger hatte, und das war eine deutsche. Und was das Ganze aus irgendeinem Grund für ihn noch unangenehmer machte, das war die Tatsache, daß dieser Bäcker das beste Brot, die köstlichsten, schönsten Geburtstagstorten, das feinste Gebäck herstellte. Er machte ein unglaublich gutes Geschäft, aber er weigerte sich, Abgaben zu entrichten. Er war der einzige, aus dem Larry kein Geld herausholen konnte. Als er das Mr. di Lucca berichtete, zuckte der nur die Achseln. «Du hast ein gutes Einkommen? Dann verdien es dir auch. Versuch es noch zwei Monate lang, wenn du dann keinen Erfolg hast, komm zu mir.»

Eines Tages hatte sich Larry bei seiner Runde ein bißchen verspätet. Bei einem Kunden hatte er aus purer Nervosität mit einem furchtbar häßlichen Mädchen geschlafen, das dann auch noch den Nerv hatte, ein großes Theater deswegen zu machen. Das hob seine Stimmung auch nicht gerade. Es graute ihn vor dem Besuch bei Hooperman. Der kurze, breite, dickschädelige Deutsche machte sich jetzt tatsächlich über ihn lustig, behandelte ihn wie einen Idioten, verspottete ihn! Und jedesmal endete es damit, daß Larry Brot und Kuchen kaufte – nicht nur, um guten Willen zu zeigen, nicht nur, weil diese Ware die beste der ganzen Stadt war, sondern um Hooperman Gelegenheit zu geben, sie ihm umsonst zu überlassen und damit eine gewisse freundschaftliche Beziehung herzustellen.

Bis jetzt war sein neuer Job großartig gelaufen. Larry begriff zwar, worum es ging, verschloß aber vor seiner eigenen Rolle die Augen, schloß sie vor der Tatsache, daß er Hooperman eines Tages zum Zahlen zwingen mußte. Um Schwierigkeiten zu vermeiden, zahlte Larry Hoopermans Abgaben aus seiner eigenen Tasche. Das ging recht gut bis zu dem Tag, als ihm zwei andere deutsche Bäcker ebenfalls den Tribut verweigerten. Sie rieten ihm mit hinterhältigem Grinsen, in einer Woche noch einmal wiederzukommen. Larry erwog bereits, auf seinen alten Job bei der Eisenbahn zurückzukehren.

Er ging an Hoopermans Bäckerei vorbei und bog um die Ecke. Dort lag eine Polizeistation. Kein Wunder, daß dieser Saukerl so mutig war! Die Bullen direkt um die Ecke. Larry ging immer weiter und versuchte das Problem in Gedanken zu lösen. Wenn er Hooperman nicht zum Zahlen zwingen konnte, dann hieß es zurück zur Eisenbahn und zu den miesen fünfzehn Dollar pro Woche. Er wollte warten, bis Hooperman allein war, und ihm dann sagen, daß Mr. di Lucca ihn persönlich aufsuchen werde. Doch dann wurde ihm schockartig klar, daß Mr. di Lucca nur wieder ihn, Larry, hinschicken würde. Jetzt wollte er zunächst mal versuchen, den «Kraut» ins Bockshorn zu jagen, und wenn ihm das nicht gelang, würde er diesen Job eben aufgeben. Ein Gangster! Octavia würde laut lachen. Und seine Mutter würde vermutlich den Stock nehmen und ihm eine Tracht Prügel verabreichen. Ach was, zum Teufel. Die Sache war restlos verfahren, und alles nur wegen dieses einen miesen, dickschädeligen Kerls!

Als er eine Stunde gelaufen war, kam er zum zweitenmal an Hoopermans Schaufenster vorbei und sah, daß der Laden jetzt leer war. Er ging hinein. Das Mädchen hinter der Theke nickte, und er ging weiter bis in die hinteren Räume mit ihren Backöfen und den Tischen voller Tabletts. Und da saß Hooperman wiehernd vor Lachen mit zwei Gästen: den beiden Bäckern, die Larry vor ein paar Stunden die Tür gewiesen hatten. Auf dem Tisch stand eine große Blechdose voll Bier, und vor den Männern standen drei schwere, goldfarbene Bierkrüge.

Larry fühlte sich hintergangen, und dann erfaßte ihn bitterer Groll. Als die Männer ihn sahen, brachen sie alle drei in grölendes, fröhliches Lachen aus. Die Tatsache, daß dieses Lachen nicht die geringste Spur von Bösartigkeit enthielt, war direkt beleidigend. Larry begriff, was sie von ihm hielten, daß sie ihn durchschaut hatten, begriff, daß es ihm niemals gelingen würde, Hooperman zum Zahlen zu zwingen, begriff, daß er nichts weiter war als ein kleiner Junge, der den Erwachsenen spielt, nur weil er zu Hause Frau und Kinder hat.

Stöhnend vor Lachen stieß Hooperman heraus: «Oooh, da ist ja unser Kassier! Wieviel soll ich dir denn heute geben – zehn Dollar, zwanzig, fünfzig? Sieh her, ich bin bereit!» Er stand auf, leerte seine Taschen, holte Kleingeld und zerknüllte grüne Geldscheine hervor.

Larry brachte weder ein Lächeln noch seinen gewohnten Charme zustande. So ruhig er konnte, sagte er: «Sie brauchen mir nichts zu zahlen, Mr. Hooperman. Ich bin nur gekommen, um Ihnen zu sagen, daß Sie aus der Gewerkschaft ausgeschlossen sind. Mehr nicht.»

Die beiden anderen Männer hörten auf zu lachen, doch Hooperman konnte sich nicht beruhigen. «Ich war ja gar nicht in der Gewerkschaft!» brüllte er. «Ich scheiße auf eure Gewerkschaft. Ich zahle keine Abgaben, und ich gebe dir auch nicht kostenlos Kaffee und Kuchen. Also geh, ich scheiß auf eure Gewerkschaft!»

Ein letztes Mal versuchte Larry es noch im guten. «Ich habe Ihre Abgaben gezahlt, Mr. Hooperman. Ich wollte nicht, daß Sie Ärger kriegen – ein so guter Bäcker, wie Sie es sind!»

Das ernüchterte den anderen. Er streckte den Finger aus und zeigte auf Larry. «Du Rumtreiber!» sagte er voll kalter Wut. «Du Gangster. Zuerst willst du mich einschüchtern, dann kommst du mit der freundlichen Tour. Warum arbeitest du nicht wie ich? Warum kommst du und willst mir mein Geld stehlen, mein Brot? Ich arbeite. Ich arbeite zwölf, vierzehn Stunden am Tag, und ich soll dir Geld geben? Du kleiner Miesling, mach, daß du rauskommst! Hinaus aus meinem Haus!»

Larry war so verblüfft über diesen Wutausbruch, daß er sich wortlos umdrehte und die Backstube verließ. Noch immer benommen, aber bemüht, die Selbstbeherrschung zurückzugewinnen und zu beweisen, daß er sich nicht einschüchtern ließ, blieb er im Verkaufsraum stehen und bat das Mädchen hinter dem Ladentisch um einen Laib Maisbrot und einen Käsekuchen. Das Mädchen nahm die schwere Blechdose mit Puderzucker hoch und begann den Kuchen damit zu bestäuben. Jetzt tönte Gebrüll aus der Hinterstube. «Diesem Lumpenkerl verkaufst du nichts!» Hooperman kam hereingestampft und stellte sich selbst hinter den Ladentisch. Er riß dem Mädchen die Zuckerbüchse aus der Hand und zischte Larry haßerfüllt an: «Hinaus! Sofort hinaus!» Larry starrte ihm, gebannt vor Überraschung und Schock, ins Gesicht. Der Bäcker streckte den Arm aus und machte eine kurze Handbewegung. Larry spürte, wie ihm der Puderzucker ins Gesicht stob und der süße Geruch in die Nase stieg. Ohne zu denken, aus einem Reflex, stieß seine Linke vor und schloß sich wie Stahl um den Arm des Bäckers. Dann holte Larry mit der Rechten aus und rammte die Faust in das breite, stumpfe Gesicht. Der Kopf flog in den Nacken, prallte zurück wie ein Gummiball und krachte wieder in Larrys Faust. Larry ließ los.

Das Gesicht war entstellt. Die Nase war plattgeschlagen und sprenkelte die zuckerbestäubte Marmortheke mit Blut. Die Lippen waren eine einzige rote Fleischmasse, und links waren die Zähne eingeschlagen. Benommen starrte der Bäcker auf das Blut; dann kam er, schwankend wie ein Betrunkener, um den Ladentisch und verstellte Larry den Weg zur Tür. Erstickt keuchte er: «Die Polizei! Geh, hol die Polizei!»

Das Mädchen lief durchs Hinterzimmer hinaus; die beiden anderen Bäcker folgten eilig. Hooperman stand mit ausgebreiteten Armen vor der Tür, in den Augen über dem zerschlagenen Gesicht einen wilden, wahnsinnigen Ausdruck.

Larry wollte um den Ladentisch herum zum Hinterausgang fliehen, doch Hooperman stürzte hinter ihm drein und umklammerte ihn: nicht um ihn zu schlagen – das schien er nun doch nicht zu wagen –, sondern um ihn festzuhalten. Larry schleuderte ihn zur Seite. Weil er es nicht fertigbrachte, den Mann noch einmal zu schlagen, und weil er jetzt einsah, daß er Schande über seine Familie gebracht hatte und im Gefängnis landen würde, holte er mit dem Fuß aus und trat mitten in die große, blanke Glasscheibe der Ladentischfront, daß die Scherben um ihn herumflogen. Dann trat er noch die ausgestellten großen Tabletts mit Kuchen herunter. Der Bäcker brach in ein Zornesgeheul aus und riß ihn wütend zu Boden, und so wurden sie von der Polizei gefunden: hin und her rollend über den mit Scherben und Backwerk bedeckten Boden, verstrickt in einer Umarmung, die heftiger war als die der Liebe.

Auf der Polizeiwache gingen zwei riesige Kriminalbeamte mit Larry ins Hinterzimmer. Einer sagte: «Okay, Junge. Was ist passiert?»

«Ich wollte Kuchen kaufen, und er hat mir Zucker ins Gesicht gekippt», antwortete Larry. «Sie können das Mädchen fragen.»

«Wolltest du ihn erpressen?»

Larry verneinte.

Ein dritter Kriminalbeamter steckte den Kopf zur Tür herein. «He, der ‹Kraut› sagt, der Junge kassiert für di Lucca.» Der Kriminalbeamte, der Larry verhört hatte, stand auf und ging hinaus. Nach fünf Minuten kam er zurück und steckte sich eine Zigarette an. Er stellte keine weiteren Fragen. Sie warteten.

Larry war niedergeschmettert. Er konnte nur noch daran denken, daß nun sein Name in die Zeitung kam, daß er seiner Mutter Schande gemacht hatte, daß er ein Verbrecher war, ins Gefängnis mußte und daß ihn alle verabscheuen würden. Und jetzt hatte er auch noch für Mr. di Lucca alles verkorkst.

Der Kriminalbeamte sah auf die Uhr, ging hinaus und kam nach einigen Minuten zurück. Mit dem Daumen zeigte er auf die Tür. «Okay, Junge, hau ab. Du bist unschuldig.»

Larry begriff nicht; er konnte nicht glauben, was er da hörte. «Dein Boss wartet draußen», erklärte der Kriminalbeamte.

Einer der Kriminalbeamten hielt Larry die Tür auf. Als er hinausging, sah er an der Treppe vor der Station Mr. di Lucca stehen.

Mr. di Lucca sagte gerade: «Danke, danke», und schüttelte dem Kriminalbeamten unbeholfen die Hand. Dann packte er Larry am Arm und führte ihn die Straße entlang zu einem wartenden Wagen. Der Fahrer war ein Junge, mit dem Larry zur Schule gegangen war und den er seitdem nie mehr gesehen hatte. Er stieg mit Mr. di Lucca hinten ein.

Und nun kam die zweite Überraschung. Mr. di Lucca ergriff seinen Arm und sagte auf italienisch: «*Bravo*, du bist ein wunderbarer Bursche! Ich habe sein Gesicht gesehen, die Visage von diesem Kerl. Du hast deine Sache großartig gemacht! Dieses Schwein! Oh, Lorenzo, du bist großartig! Als man mir sagte, du hättest ihn geschlagen, weil er dir kein Brot verkaufen wollte, war ich im Himmel. Ah, wenn du doch mein Sohn wärst!»

Sie waren auf der Tenth Avenue und fuhren in Richtung Stadt. Larry starrte aus dem Fenster zum Eisenbahngelände hinüber. Es war fast, als verwandle er sich allmählich, mit jeder Sekunde, bis auf den letzten Tropfen Blut, bis auf das letzte Stückchen Haut, in einen anderen Menschen. Nie wieder würde er zur Eisenbahn gehen, nie wieder würde er so große Angst verspüren wie auf der Polizeiwache. Mit dem Händedruck zwischen Mr. di Lucca und dem Kriminalbeamten, mit seiner schnellen Rettung und mit der Bewunderung und dem

Respekt, die seine Freiheit umgaben, war vor seinen Augen die ganze Erhabenheit des Gesetzes in sich zusammengebrochen. Er dachte an das Blut des Bäckers, an seine ausgebreiteten Arme, die Larrys Flucht verhindern sollten, an den wahnsinnigen, starren Blick in dem zerschlagenen, geschwollenen Gesicht, und ihm wurde ein wenig übel.

Larry mußte die Wahrheit sagen. «Mr. di Lucca», begann er, «ich kann nicht rumlaufen und die Menschen wegen dem Geld zusammenschlagen. Geld eintreiben, das macht mir nichts aus, aber ein Gangster bin ich nicht.»

Mr. di Lucca klopfte ihm beruhigend auf die Schulter. «Nein, nein. Wer tut denn so etwas zum Vergnügen? Bin ich ein Gangster? Habe ich nicht Kinder und Enkel? Bin ich nicht Pate bei den Kindern meiner Freunde? Aber weißt du, was es bedeutet, in Italien geboren zu sein? Du bist ein Hund, und wie ein Hund scharrst du in der Erde nach einem schmutzigen Knochen zum Abendessen. Du gibst dem Pfarrer Eier, um deine Seele zu retten, du steckst dem Stadtschreiber eine Flasche Wein zu, damit er dir was erklärt. Wenn dann der *padrone* kommt, der Grundbesitzer, um den Sommer auf seinem Gut zu verbringen, gehen die Dorfmädchen hin, putzen sein Haus und füllen es mit frischen Blumen. Er bezahlt sie mit einem Lächeln und zieht den Handschuh aus, damit sie ihm die Hand küssen können. Und dann das Wunder: Amerika. Das genügt, um einem den Glauben an Jesus Christus wiederzugeben.

In Italien waren sie stärker als ich. Wenn ich dem *padrone* eine Olive, eine Karotte oder – Gott behüte! – einen Laib Brot wegnahm, mußte ich fliehen, mußte ich mich vor seiner Rache in Afrika verstecken. Hier aber, hier herrscht Demokratie, und der *padrone* hat nicht so viel Macht. Hier kannst du deinem Schicksal entgehen. Aber du mußt dafür bezahlen.

Wer ist dieser Deutsche, dieser Bäcker, daß er seinen Lebensunterhalt verdienen, daß er sein Brot backen kann, ohne dafür zu bezahlen? Die Welt ist ein grausamer Ort. Mit welchem Recht backt er an jener Ecke, in jener Straße sein Brot? Nach dem Gesetz? Arme Leute können sich nicht an alle Gesetze halten. Dann wäre keiner von ihnen mehr am Leben. Nur die *padroni* würden übrigbleiben.

Nun, dieser Mann, dieser Deutsche, der tut dir leid. Nicht doch! Hast du gesehen, wie nett die Polizei zu dir ist? Natürlich, du bist mein Freund. Doch dieser Bäcker, der wohnt direkt um die Ecke von der Polizei, und er schickt ihnen nicht einmal Kaffee und Brötchen hinüber, um ihnen seine Freundschaft zu beweisen. Was sagst du dazu? Der Mann, der auf Streife geht – der Bäcker läßt ihn für seinen Kaffee bezahlen. Was ist denn das für ein Mensch?»

Mr. di Lucca hielt inne, und seine Miene drückte einen fast ungläubigen, leicht affektierten Abscheu aus.

«Er ist ein Mensch, der glaubt, daß ihm nichts geschehen kann – nur weil er hart arbeitet, ehrlich ist und kein Gesetz übertritt. Er ist ein Narr. Und jetzt hör mir zu.»

Mr. di Lucca machte abermals eine Pause. In ruhigem, mitfühlendem Ton fuhr er dann fort: «Denk mal an dich selber. Du hast schwer gearbeitet, du warst ehrlich, du hast kein Gesetz übertreten. Hart gearbeitet? Sieh dir doch deine Arme an: vor lauter harter Arbeit wie die eines Gorillas!

Aber es gibt keine Arbeit. Niemand kommt und gibt dir Lohn, weil du ehrlich bist. Du übertrittst kein Gesetz, und sie stecken dich nicht ins Gefängnis. Gut, das ist schon etwas, aber kannst du damit deine Frau und deine Kinder ernähren? Also, was sollen Menschen wie wir machen? Wir sagen: Gut. Es gibt keine Arbeit. Wir bekommen keinen Lohn. Wir können das Gesetz nicht übertreten, und wir können nicht stehlen, weil wir ehrlich sind. Also werden wir verhungern, ich, meine Kinder und meine Frau. Stimmt's?» Er wartete darauf, daß Larry lachte.

Larry ließ die Augen nicht von Mr. di Lucca; es mußte noch mehr kommen. Mr. di Lucca sah es und sagte ernst: «Es wird nicht immer so bleiben, daß wir von Erpressung leben müssen. Genug. Arbeitest du noch für mich? Einhundert Dollar pro Woche und einen besseren Bezirk. Einverstanden?»

Larry erwiderte ruhig: «Danke, Mr. di Lucca. Ja, mir ist es recht.»

Mr. di Lucca hob einen väterlich mahnenden Finger. «Und zahl nie mehr für einen Kunden die Abgaben!»

Larry lächelte. «Nein», sagte er.

Als Mr. di Lucca ihn an der Tenth Avenue absetzte, wanderte Larry eine Zeitlang am Rangierbahnhof entlang. Es war ihm klar, daß man nicht immer nett zu den Leuten sein und erwarten konnte, daß sie taten, was man von ihnen verlangte – jedenfalls nicht was das Geld anging. Man mußte gemein werden. Was ihm aber Rätsel aufgab, das war die Bewunderung der Menschen für einen Mann, der etwas Grausames tat. Er dachte an das zerschlagene Gesicht des Deutschen und wunderte sich, daß Mr. di Lucca so begeistert davon gewesen war. Wegen dieses zerschlagenen Gesichtes würde er jetzt Geld verdienen, würden seine Frau und seine Kinder wie Menschen leben, denen ein richtiges Geschäft gehörte, würde er seiner Mutter und seinen Geschwistern helfen können. Und ehrlich gesagt, er hatte den Deutschen ja gar nicht wegen des Geldes geschlagen. Hatte er denn nicht immer die Abgaben des Mannes gezahlt?

15

Lucia Santa sorgt dafür, daß der Familienorganismus den Beschwernissen der Zeit standhält: dem Heranwachsen der Kinder, dem Tod der Eltern und allen Veränderungen der Lebensumstände. Fünf Jahre durchlebt sie in einem Augenblick und zieht die schweren Schatten der Erinnerung hinter sich her, aus denen die wahre Substanz des Lebens und die Kraft der Seele entstehen.

In fünf Jahren war ihre Umwelt kleiner geworden. Der Kreis schwatzender schwarzer Frauen war geschrumpft, die Kinder, die an dunklen Sommerabenden lärmten und spielten, schienen nicht mehr so zahlreich. Die metallklirrenden Lokomotiven auf der anderen Seite der Avenue fuhren jetzt über einen Bahndamm, und die Dummy Boys mit ihren knopfgeschmückten Schirmmützen, den Sporen aus Segeltuch und den roten Laternen waren für immer verschwunden. Die Fußgängerbrücke über die Tenth Avenue war überflüssig und darum abgerissen worden.

In wenigen Jahren sollte der ganze westliche Stadtwall verschwinden und seine Bewohner sich wie Asche in alle Winde verstreuen – diese Menschen, deren Väter in Italien tausend Jahre lang in derselben Dorfstraße gewohnt hatten, deren Großväter in denselben Zimmern gestorben waren, in denen sie geboren worden waren.

Lucia Santa aber hielt das Bollwerk gegen die unmittelbar drohenden Gefahren – Gefahren, die sie in den vergangenen fünf Jahren besiegt hatte: Tod, Heirat, Pubertät, Armut und jenen Mangel an Pflichtgefühl, der sich in den Kindern breitmachte, die in Amerika aufwuchsen. Sie wußte nicht, daß sie sich eines nie endenden Ansturms erwehrte, daß sie immer schwächer werden mußte, da sie sich gegen das Schicksal persönlich stellte.

Aber sie hatte sich eine Welt geschaffen, deren Stützpfeiler sie war. Im frühen Morgengrauen, wenn die Kinder verschlafen aus den warmen Betten krochen, fanden sie die Mutter am Herd, wo sie das Brot röstete, und ihre Schulkleider hingen schon über den Stuhllehnen am Kerosinofen. Kamen sie von der Schule heim, war die Mutter mit Bügeln und Nähen beschäftigt, oder sie stand am Küchenherd vor den großen braunen Kochtöpfen. Wie eine dienende Göttin bewegte sie sich in dichten Dampfwolken, verschwand darin, tauchte auf, immer umgeben von Düften nach warmer Baumwolle, Knoblauch, Tomatensauce, kochendem Fleisch und Gemüse. Ihre irdische Vergänglichkeit verriet das alte, unförmig wie eine Kathedrale aussehende Radio, das Olivenölschlager von Carlo Buti plärrte, dem italienischen Bing Crosby und Liebling aller italienischen Matronen, dessen Gesicht, schmal, leidend und wie bei einem Neueinwanderer von einem weißen Filzhut gekrönt, in jedem Lebensmittelschaufenster der Tenth Avenue an den Salamis lehnte.

Kein Kind, das von der Schule oder vom Spielen heimkam, fand jemals die Haustür verschlossen. Weder Geburt noch Tod konnten verhindern, daß dampfende Schüsseln auf dem Eßtisch erschienen. Und abends wartete Lucia Santa, bis alles ganz still und ruhig war, bevor sie selbst schlafen ging. Nie hatten ihre Kinder sie mit geschlossenen Augen, wehrlos der Welt ausgeliefert, gesehen.

Es gab Tage, Monate oder ganze Jahreszeiten in ihrem Leben, die wie Kameen waren. Ein Winter existierte nur, weil Gino aus der Schule nach Hause gekommen war, die Mutter allein vorgefunden hatte und die beiden dann, ohne ein Wort zu sprechen, einen ganzen glücklichen Nachmittag miteinander verbrachten.

Gino beobachtete seine Mutter, die im kalten Grau der hereinbrechenden Dämmerung stand und bügelte. Er hielt die Nase über den Herd, hob Topfdeckel an und war enttäuscht, weil er den grünen, in Olivenöl schwimmenden Spinat nicht mochte. Der Topf mit den Salzkartoffeln machte ihn noch verdrießlicher, so daß er den Deckel zuknallte und ärgerlich sagte: «Ah, Mamma – hast du gar nichts Anständiges zu essen?» Dann beugte er sich vor und stellte das Radio auf einen amerikanischen Sender. Die Mutter hob drohend die Hand, und Gino zuckte zurück. Im Grunde hörte er den italienischen Sender recht gern, vor allem wenn es *romanze* gab, wie die, der seine Mutter jetzt zuhörte. Es klang darin immer, als würden die Leute sich gegenseitig umbringen, und so viel Italienisch, daß er der Handlung folgen konnte, verstand er auch. Das war doch etwas ganz anderes als diese amerikanischen Seifenopern! Hier gab es Schläge; hier waren Eltern nicht voller Verständnis, sondern intolerant und streng; hier brachten die Männer die Liebhaber ihrer Ehefrau um – mit voller Absicht, und nicht aus Zufall. Hier vergifteten die Ehefrauen ihre Männer, und zwar gewöhnlich mit einer Substanz, die gräßliche Schmerzen verursachte, und dazu gab es dann grausige Schreie. Die Qualen der fiktiven Personen waren den lebenden Menschen ein Trost.

Gino holte seine Leihbücher und begann am Küchentisch zu lesen. Auf der anderen Tischseite stand die Mutter und bügelte; der heiße Dampf machte es warm im Zimmer. Es war sehr still in der Wohnung: alle waren sie fort, Sal und Lena zum Spielen auf der Straße, Vinnie bei seiner Arbeit. Es wurde immer dunkler, bis Gino nicht mehr lesen konnte. Er hob den Kopf und sah, daß seine Mutter ihn beobachtete, daß sie regungslos dastand, mit einem ganz seltsamen Ausdruck im Gesicht. Es roch nach Knoblauch, heißem Olivenöl und mehligen Kartoffeln; der Wasserkessel auf dem Kerosinofen zischte. Dann hob die Mutter die Hand und drehte das Licht an.

Gino lächelte ihr zu und senkte den Kopf wieder über sein Buch. Lucia Santa hörte auf zu bügeln und klappte das Brett zusammen. Sie beobachtete den lesenden Gino. Er lächelte nur selten, er war ein finster dreinschauender, ruhiger Junge geworden. Wie Kinder sich doch veränderten! Aber er war immer noch eigensinnig, immer noch dickköpfig und manchmal sogar genauso verrückt wie sein Vater. Sie trug die gebügelte Wäsche ins Schlafzimmer und packte sie in die Kommode. Dann kehrte sie in die Küche zurück. Stumm, gelassen schälte sie ein paar frische Kartoffeln, schnitt sie in dünne Scheiben und machte auf dem Herd Platz für die große, schwere Bratpfanne. Ein Eßlöffel braunes, selbst ausgelassenes Schmalz war rasch zerschmolzen. Sie briet die Kartoffeln goldbraun und schlug zwei Eier darüber. Sie füllte alles auf einen Teller und schob ihn wortlos über das Buch unter Ginos Nase.

Gino stieß einen Freudenschrei aus. Lucia Santa mahnte: «Iß schnell, bevor die anderen kommen und es sehen; sonst mag niemand mehr meinen guten Spinat.» Er schlang die Kartoffeln hinunter und half ihr, den Tisch für die anderen zu decken.

Ein anderer Winter lebte, gehörte zu ihrem Leben, weil Zia Louche starb. Sie hatte um die Alte mehr Tränen vergossen, als sie es für ihre eigene Mutter getan hätte. Die Arme war mutterseelenallein gestorben, im kalten Winter, in den zwei kahlen Zimmern, die während der letzten zwanzig Jahre ihr einsames Heim gewesen waren. Sie war wie ein Käfer gestorben, die schuppige Haut steif vor Kälte, die stockdürren Beine ineinander verschlungen, die Adern eisblau vom Tod und ihr einziger Tröster ein schwarzer Kerosinofen mit einem Wassertopf aus weißer Emaille darauf.

Zia Louche, Zia Louche, wo waren deine Lieben, um deinen Leichnam zu versorgen? Wo waren die Kinder, um an deinem Grab zu weinen? Und sie hatte die stolze Alte um ihr verantwortungsfreies, ihr sorgenloses Dasein beneidet! Jetzt sah Lucia Santa ein, wie gut sie daran war! Sie hatte sich eine Welt geschaffen, die niemals enden würde, die sie niemals ausstoßen würde. Und sie würde nicht allein sterben und in die Erde gebettet werden wie ein vergessenes Insekt!

Doch welch ein Wunder, daß sie ihre Lieben alle so weit gebracht hatte! Ein Wunder, das ohne die furchtgebietende Zia Teresina Coccalitti nicht möglich gewesen wäre, die im selben Winter, in dem Zia Louche verschied, die intime Freundin Lucia Santas und eine Verbündete der Familie Angeluzzi-Corbo wurde.

Teresina Coccalitti wurde auf der Tenth Avenue von allen Frauen am meisten gefürchtet und respektiert. Groß, grobknochig, immer in Schwarz, das sie für ihren vor zwanzig Jahren verstorbenen Ehemann trug, terrorisierte sie Obstverkäufer, Lebensmittelhändler und Schlächter. Nie wagte der Hausbesitzer sie wegen verspäteter Mietzahlungen zu beschimpfen, und die Inspektoren der Wohlfahrt gestatteten ihr, die notwendigen Papiere zu unterzeichnen, ohne ihr jemals eine peinliche Frage zu stellen.

Ihre Zunge war ätzend, die scharfen Züge ihres Gesichts spitzten sich zu einer wahrhaft teuflischen Maske der Verschlagenheit. Und doch konnte sie, wenn es ihr zweckmäßig erschien, einen einschmeichelnden Charme an den Tag legen, der die Gefährlichkeit einer Schlange besaß.

Trotz vier voll arbeitender Söhne bezog sie Wohlfahrtsunterstützung. Wenn sie ein Dutzend Früchte kaufte, nahm sie sich nach dem Bezahlen eine dreizehnte. Sie schüchterte den Schlächter so ein, daß er ihr Kalbfleischreste oder das Fett von einem geschnittenen Braten gab. Sie spielte allein gegen die ganze Welt.

Es war Zia Coccalitti, die Lucia Santa lehrte, wie man aus einem Dollar mehr herausholen konnte. Die Eier mußte man einfach einem netten jungen Burschen abkaufen, der die Kisten von den Lastwagen der Geflügelzüchter stahl und manchmal sogar ein frisches Huhn anbot. Anzüge und Bananen kamen von den furchtlosen Schauerleuten, die Schiffsladungen löschten – obwohl man sich fragte, was Anzüge mit Schiffen zu tun haben mochten. Kleiderstoffe, gute Seide und echte Wolle wurden von höflichen, wortgewandten Schmugglern von Tür zu Tür feilgeboten; es waren Jungen aus der Nachbarschaft, die ganze Lastwagenladungen davon stahlen. Und alle diese Leute handelten ehrlicher als die Ladenbesitzer aus Norditalien, die wie die römischen Aasgeier auf der Ninth Avenue horsteten.

Wer lebte anders? In ihrer Welt niemand.

Und so vergingen die Jahre. Nur fünf? Es schienen viel mehr; sie vergingen so rasch. Nur der Tod markierte den Ablauf der Zeit.

Der *panettiere* fand eines Tages seine Frau. Tot. Sie war wie der Drache gestorben, der sie gewesen war: die Fänge tief in einen Kasten voll schwerer Silberstücke geschlagen, auf dem Gesicht den friedlichen Ausdruck des Menschen, der seinen Jesus gefunden hat. Und dann – wie sich der *panettiere* veränderte! Er, dieses Arbeitspferd, überließ nun alles seinem Sohn Guido, der von der Arbeit an den heißen Backöfen abmagerte. Er schloß die Bäckerei früh, machte kein Speiseeis mehr und hielt auch den Glaskasten für die Pizza nicht mehr sauber. Tag und Nacht hockte er mit seinen alten Freunden im Hinterzimmer des Barbiers und verlor alle Kästen voll Silber und Kupfer, die sein Drachen von Weib so eifrig gehütet hatte, beim Kartenspiel. Außerdem ging er regelmäßig an die Luft, spazierte, die brennende Zigarre im Mund, wie ein Fürst, ein feister Amerikaner auf der Tenth Avenue herum.

Und so war es auch der *panettiere*, der als erster entdeckte, wie Octavia, ihren zukünftigen Ehemann im Schlepptau, von der 31st Street herum die Ecke in die Tenth Avenue einbog. Interessiert und voll Mitgefühl sah er die beiden auf Lucia Santa zugehen, die nichtsahnend vor ihrem Haus auf dem Hocker saß. Ein Blick auf den jungen Mann hatte genügt: Der Familie Angeluzzi-Corbo drohte neues Unheil!

Dieser Fatzke trug einen Stoß Bücher unter dem Arm – ein erwachsener Mann! – und gab sich mit seiner schwarzen Haartolle, der horngefaßten Brille und der schmalen, stark gebogenen Nase sofort als Jude zu erkennen. Und nicht nur als Jude, sondern als Jude mit angegriffener Gesundheit.

Prompt sprach es sich also herum, daß Octavia Angeluzzi einen Heiden heiraten wollte. Skandal! Nicht weil der Mann Jude war, sondern weil er kein Italiener war. Schlimmer noch aber war der krasse Widerspruchsgeist dieses Mädchens. Denn wo um Gottes willen hatte sie einen Juden gefunden? Nach Süden und Norden, auf der Eastside wie auf dem westlichen Stadtrand der Tenth Avenue gab es ganze Häuserblocks weit ausschließlich katholische Iren, Polen und Italiener. Aber was konnte man auch von einer Italienerin erwarten, die ihren Busen unter männlich anmutenden Kostümen versteckte?

Vorurteile und Feindseligkeit gab es nicht. Die Alten, die Onkel, Tanten und Paten, waren froh, daß diese Verwandte so spät im Leben noch einen Ernährer gefunden hatte. Sie mußte mindestens fünfundzwanzig sein – reif für Ärger.

Doch jetzt würde sie, dem lieben Jesus sei Dank, endlich heiraten und das Leben kennenlernen: kurz gesagt, sie würde die Beine auseinandergeben. Sie brauchte niemals die taktvolle Höflichkeit zu ertragen, die man alten Jungfern, Krüppeln und Verwachsenen entgegenbrachte.

Sie freuten sich, daß Octavia nun nicht verfaulen mußte wie eine ungegessene Frucht. Und nicht zu vergessen – die Juden waren erstklassige Geldverdiener! Octavia Angeluzzi würde es an nichts fehlen, und als gute italienische Tochter würde sie auch ihre Mutter und ihre kleinen Geschwister an ihrem Wohlleben teilhaben lassen. So sprachen die Nachbarn, der *panettiere*, Zia Coccalitti und der verrückte, eifersüchtige Barbier, der die Haartolle des Juden mit entzündeten, lüsternen Augen betrachtete.

Lucia Santa teilte diese optimistischen Prognosen nicht. Gewiß, der junge Mann war ansehnlich, hellhäutig, schlank gebaut und sanft wie ein Mädchen. Und was sein Judentum betraf, so hatte sie nicht etwa ein Vorurteil, sondern ihr Argwohn war einfach so groß, daß er Christen, Iren, Türken und Juden gleichermaßen umfaßte. Doch dieser Bursche trug ein Stigma: Wo er ging und stand, hielt er ein Buch unter dem Arm oder offen in seiner Hand!

Es ist leicht lachen über die Vorurteile der Armen; ihre Logik entspringt ganz besonderen Erfahrungen. Wie irritierend, einen diebischen sizilianischen Halunken sagen zu hören: «Wenn du Gerechtigkeit suchst, leg ein Geschenk auf die Waagschale.» Wie beleidigend für einen ehrenhaften Berufsstand, wenn die gerissene Teresina Coccalitti flüsterte: «Sagst du Rechtsanwalt, meinst du Dieb.» Lucia Santa hatte ein eigenes Sprichwort: «Wer Bücher liest, läßt seine Familie verhungern.»

Hatte sie nicht mit eigenen Augen gesehen, wie Octavia bis tief in die Nacht hinein Bücher verschlang (sie hatte es nie auszusprechen gewagt, aber konnte das vielleicht der Grund für die Krankheit der Tochter und ihren Sanatoriumsaufenthalt sein?), während sie doch für die aufblühenden Töchter der Santini, des *panettiere* und des verrückten Barbiers hätte Kleider nähen und damit Gott weiß wieviel Geld verdienen können? Und auch ihre Söhne – Vinnie, Gino und jetzt sogar der kleine Sal – gingen zur Bibliothek und holten sich Bücher voll Unsinn, die sie blind und taub für die Umwelt und für ihre Pflichten machten. Und wozu? Um ihr Gehirn mit Geschichten vollzustopfen, die nicht einmal wahr waren, um Welten zu betreten, in denen sie niemals leben konnten. Welch eine Torheit!

Sie, die Ungebildete, war vor Verderbnis sicher und ahnte nichts vom Zauber der Bücher. Dennoch verspürte sie ihre Macht und protestierte nur selten einmal. Aber sie hatte es zu oft erlebt, daß Menschen, die das Leben zu qualvoll fanden, sich diesem Kampf einfach entzogen. Wie ein Armer seine Zeit und sein Geld nicht auf Alkohol und Karten verschwenden soll, wie eine Frau ihre Kraft und ihren Willen nicht auf

Träume vom Glück verschwenden soll, so sollte die Jugend, vor der schwere Kämpfe lagen, ihre Willenskraft nicht mit Märchen und Träumen vergiften, jenen Verführern zwischen den Seiten, in denen sie bis tief in die Nacht hinein blätterten.

Wenn Lucia Santa gewußt hätte, wie recht sie haben sollte, sie hätte Norman Bergeron mit dem Prügel aus dem Haus gejagt. Als echter Renegat weigerte er sich, sich sein Brot gegen seine Mitmenschen zu erkämpfen. Töricht, voll argloser Gutmütigkeit, ließ er seinen Collegegrad ungenutzt und wurde Sozialhelfer; dabei ließ er aber die sture Charakterfestigkeit vermissen, die doch für alle, die Wohltätigkeit austeilen, unerläßlich ist. Er war wie ein Schlächter, der beim Anblick von Blut ohnmächtig wird. Ein Onkel verschaffte ihm einen untergeordneten Angestelltenposten in seiner Bekleidungsfirma, und dort lernte er dann Octavia kennen.

Wie alle schwächlichen Männer hatte Norman Bergeron ein heimliches Laster. Er war ein Poet. Nicht nur in Englisch, sondern – viel schrecklicher! – in Jiddisch. Noch schlimmer: er kannte sich nur auf einem einzigen Gebiet gründlich aus, in der jiddischen Literatur – ein Talent, für das, wie er selber zugab, weniger Nachfrage bestand als für irgendein anderes auf der Welt.

Doch alles das wurde erst nach und nach bekannt. Und Lucia Santa schien trotz ihrer vielen Zweifel erfreut, daß ihre Tochter keinen Italiener heiratete.

Zwar wünschte sich Lucia Santa, daß ihre Söhne gute Italienerinnen heirateten; Mädchen, die von der Wiege an gelernt hatten, daß es der Mann ist, der regiert, daß er wie ein Fürst behandelt werden und gutes Essen bekommen muß, dessen Zubereitung Stunden dauert; Mädchen, die ihre Kinder allein großgezogen und das Haus versorgten, ohne um fremde Hilfe zu betteln. Jawohl, ihre Söhne sollten gute Italienerinnen heiraten. Ihr Sohn Lorenzo hatte mit Louisa sein Glück gemacht, und das war der beste Beweis.

Anderseits: Welche Mutter, die unter männlicher Tyrannei zu leiden gehabt hat, könnte ihrer zarten Tochter einen solchen Makkaronityrannen wünschen, einen von diesen despotischen Ausländern, die ihre Frau zu Hause einschlossen, niemals mit ihr ausgingen, es sei denn zu einer Hochzeit oder Beerdigung, die einen Spektakel machten wie wildgewordene Ziegenböcke, wenn die Spaghetti nicht haargenau in dem Augenblick auf dem Tisch dampften, da sie die Schwelle betraten, die nicht einen Finger rührten, um ihrer schwangeren Frau zur Hand zu gehen, und gleichmütig dasaßen und stinkende De-Nobili-Zigarren qualmten, während ihre Frau mit dem dicken Bauch auf der Fensterbank stand und die schmutzigen Scheiben putzte – so überlastig, daß sie Gefahr lief, wie ein Ballon auf das Pflaster der Tenth Avenue hinunterzustürzen.

Doch Gott sei Dank heiratete Octavia einen Mann, der kein Italiener war und daher den Frauen gegenüber vielleicht Gnade walten ließ. Nur ein einziges Mal machte Lucia Santa eine abfällige Bemerkung über die Wahl ihrer Tochter, und das erst Jahre später. Eines Abends, als sie bei einem Gespräch ihre Kinder eines um das andere wegen ihrer Undankbarkeit und Halsstarrigkeit verfluchte, an Octavia jedoch keinen Fehler fand, sagte sie mit müder Verachtung: «Und sie, mein klügstes Kind, hat ausgerechnet den einzigen Juden geheiratet, der unfähig ist, Geld zu verdienen!»

Alles in allem jedoch war diese Heirat die angemessene Krönung fünf glücklicher Jahre. Lucia Santa bestand auf einer großen Hochzeit und einer kirchlichen Trauung – wie es sich schickte. Norman Bergeron machte keine Schwierigkeiten. In dieser Beziehung war sein vieles Lesen ein Vorteil. Er hatte nichts dagegen, christlich getraut zu werden und seine Kinder christlich zu erziehen. Auch seine Verwandten erhoben keinerlei Einwände. Wie er Lucia Santa erklärte, hatten sie ihn wegen dieser Heirat für tot erklärt und ausgestoßen. Lucia Santa war froh über diese gute Nachricht. Das würde alles vereinfachen. Octavia und Norman würden allein ihr gehören.

16

Lucia Santa scheute keine Ausgaben. Die Hochzeitsfeier in ihrem Haus verlief in bestem Stil. Große, dunkelrote Krüge voll Wein aus dem Keller des *panettiere* standen draußen im Flur vor der Wohnung, entlang der Wand, Berge von saftigem *prosciutto* und Blöcke von scharf riechendem Käse bedeckten den Tisch und warteten auf den mit Leintüchern bedeckten Betten, süßes Hochzeitsgebäck und gezuckerte Mandeln füllten geborgte Silbertabletts. In der Küche stapelten sich die Kartons mit den Sprudelgetränken – Orange, Sahne und Erdbeer – bis an die Decke.

Jedermann von der Tenth Avenue kam, seine Aufwartung zu machen, und selbst die hochnäsigen Verwandten mit eigenen Häusern auf Long Island erschienen, um ein bißchen zu schwatzen und sich den armen Bauern gegenüber, die sie so weit hinter sich gelassen hatten, als große Herren aufzuspielen. Denn wer konnte einer solchen Hochzeit und dem für manche erstmaligen Zusammentreffen mit einem heidnischen Bräutigam widerstehen?

Die jungen Leute tanzten im Vorderzimmer unter bunten Papierschlangen zu den Klängen eines Grammophons, das man sich von dem verrückten Barbier geliehen hatte. Am anderen Ende der Wohnung, im Eßzimmer, saßen die alten Italiener auf Reihen geliehener Stühle entlang der blaugestrichenen Gipswände und plauderten. Octavia vertraute den großen, traditionellen Seidenbeutel für die Briefumschläge mit den Geldgeschenken der Mutter an, die ihn liebevoll an ihre Hüfte drückte. Mit großer Würde zog sie an den Silberschnüren, damit er sein Maul öffnete und die dargebotenen Schätze verschlang.

Für Lucia Santa war es ein glorreicher Tag. Aber kein Tag ist so vollkommen, daß er nicht auch Verdruß mit sich bringt.

Eine alte Mitschülerin aus Octavias Realschulzeit, eine Italienerin, deren Familie ein eigenes Haus mit Telefon bewohnte, ein Mädchen namens Angelina Lambrecora, kam für kurze Zeit herüber, um Octavia zu beglückwünschen und ihr ein teures, protziges Geschenk zu bringen. Doch dieses Luder begann sogleich allen jungen und sogar einigen alten Männern den Kopf zu verdrehen. Ihr schönes, glattes Gesicht war aufgemacht wie das einer Professionellen, mit Rouge, sogar Lidschatten und einem zartfarbenen Lippenstift, der die Frivolität ihres voll geschnittenen Mundes verbarg und ihn so verlockend machte wie die tiefroten Trauben Italiens. Sie war nach Gott weiß was für einer Mode angezogen, halb Kleid, halb Kostüm, und die obere Hälfte ihres hochgepreßten Busens wölbte sich so aufreizend heraus, daß sich die Augen aller daran delektieren konnten. Sämtliche Männer tanzten mit ihr. Larry verließ um ihretwillen seine Frau, bis die arme Louisa zu weinen begann. Er wich diesem Flittchen nicht von den Fersen, produzierte sich vor den bemalten Augen, ließ ganze Wolken seines betörenden Charmes los und zeigte ihr mit seinem entwaffnendsten und einschmeichelndsten Lächeln die weißen, ebenmäßigen Zähne. Angelina flirtete mit allen und wackelte beim Tanzen mit ihrem Hinterteil, während der *panettiere*, sein Sohn Guido, der schmaläugige Barbier und sogar der weißhaarige fünfundsiebzigjährige Angelo, der doch sonst nur für seinen Süßwarenladen lebte, Gespräche und Wein im Stich ließen und sie umringten; und nun dastanden wie Hunde mit lechzender Zunge, mit krummen Knien, weil sonst der Druck auf die Lenden zu schmerzhaft wurde, und sie mit den Blicken verschlangen. Bis Angelina endlich spürte, daß sich in der stickigen Wohnung die Schminke aufzulösen begann, und so verkündete sie, sie müsse jetzt aber gehen, weil sie sonst den Zug nach Long Island verpasse. Octavia gab ihr einen hastigen Abschiedskuß, um sie so schnell wie möglich loszuwerden, denn selbst Norman Bergeron hatte, für diesen einen Abend seiner Bücher beraubt, sein horngefaßtes Dichterauge auf Angelina geworfen.

Schön und gut. Die Welt war nicht ohne die entsprechende Zahl von Flittchen geschaffen worden. Eines Tages würde auch *die* Kinder haben, dick und alt werden und schwatzend in der Küche sitzen, während andere ihren jetzigen Platz einnahmen. Doch dieses aufgeputzte und affektierte Stück Leichtfertigkeit verschmähte kaltblütig die ganze Blüte der Tenth Avenue, ob alt oder jung, ging in die Küche, um sich von Lucia Santa zu verabschieden, und girrte nach bester amerikanischer Art, als wäre sie ihr ebenbürtig, nur weil sie jung und ansehnlich war. Lucia Santa lächelte so kühl und abweisend wie eine Königin, während sie sich erfreut die schönen Worte anhörte, und dachte insgeheim: Wenn die kleine Lena sich in dem Haus, das sie auf Long Island kaufen würden, auch so entwickelte, dann würde sie mit Sicherheit eine junge Amerikanerin sein, deren rot und blau geschlagener Hintern die gleiche Farbe aufwies wie die Malerei in ihrem Gesicht.

Angelina wandte sich schon zum Gehen, da geschah das Malheur. Ihr Blick fiel auf Gino, knapp sechzehn, doch groß, dunkel, stark und sehr hübsch in seinem neuen grauen Anzug, den man ihm für diese Gelegenheit von dem schmuggelnden Schauermann gekauft hatte.

Gino machte sich nützlich, öffnete Sprudelflaschen und Weinkrüge und bediente die Italiener in der Küche. Er war still und zurückhaltend, und seine flinken, geschmeidigen Bewegungen wirkten sonderbar anziehend. Aus diesem Grund sahen sie alle in ihm einen respektvollen jungen Mann, einen zuvorkommenden Diener der Älteren nach bester italienischer Tradition. Nur Santa Lucia wußte, was sein Verhalten in Wahrheit bedeutete: daß ihm die Menschen in diesem Raum vollkommen unwichtig waren. Er sah ihre Gesichter nicht, er hörte nicht, was sie sagten, es war ihm gleichgültig, ob sie gut oder schlecht von ihm dachten, und es war ihm gleichgültig, ob sie lebten oder starben. Er bewegte sich in einer Welt, die nicht existierte, in der er aber für diesen Abend gefangen und eingesperrt war. Er bediente sie, damit die Zeit verging.

Doch da die Verwandten das ja nicht wissen konnten, waren sie tief beeindruckt – vor allem Piero Santini, ein entfernter Vetter aus Tuckahoe, mit dunklem Bart und von vieler und harter Arbeit lattendürr geblieben. Er besaß vier Lastwagen, eine fette, dümmliche Frau, die sich mit unechtem Schmuck behängt hatte und augenblicklich tonnenweise Gebäck in sich hineinstopfte, und eine schüchterne, siebzehnjährige Tochter, die zwischen Vater und Mutter saß und ihren Blick nicht von Gino abwenden konnte.

Piero Santini bemerkte den erhitzten Blick seiner Tochter, und das war kein Wunder, denn er behütete sie wie ein Drachen. Zuerst war er ungehalten, dann dachte er nach. Seine kleine Caterina war im alten italienischen Stil streng erzogen worden. Bei ihr gab es kein «Freunde dies» und «Verabredung das» oder etwa gar Tanzerei außerhalb des Familienkreises. «Ha, ha, ha! Zum Teufel mit dem Tanzen», war Piero Santinis einzige Antwort gewesen. Dazu vollführte er einen unanständigen Hopser.

Er hämmerte in Caterinas Schädel hinein, was Männer wollten: ihr etwas zwischen die Beine stecken und ihren Bauch dick machen; und dann gingen sie auf und davon und überließen sie ihrer Schande, dem Elend und dem Selbstmord der Eltern. Aber sie war reif. Wie lange konnte es noch so weitergehen? Seine Frau war ein Dummkopf und er selber bereit, zwei weitere Lastwagen zu kaufen. Er würde bis in die Nacht damit zu tun haben, sein Geld zu zählen und seine Angestellten zu überwachen, damit sie ihm nicht noch die Eier zwischen den Beinen wegstahlen.

Und so lenkte Piero Santini seine Gedanken in eine andere Richtung – mit eben jener Anpassungsfähigkeit, die ihm den geschäftlichen Erfolg gesichert hatte, als er seine Lastwagen das eine Mal Naturprodukte, das andere Mal Müll und manchmal, wenn der Preis stimmte, sogar Whisky transportieren ließ. Vielleicht war die Zeit jetzt gekommen. Er hatte Gino beobachtet und war beeindruckt. Ein ruhiger Junge, und alles andere als faul. So wie der sich bewegte, hatte er einen kräftigen, flinken Körper und konnte zweifellos einen Lastwagen in der Hälfte der Zeit beladen, die sonst zwei faule Angestellte und der Fahrer dazu brauchten. Er würde sein Gewicht in Gold wert sein. (Wie wohl Lucia Santa und ihre Freunde und Nachbarn über die Vorstellung, die er sich von Gino machte, gelacht hätten, Gino, dem Meister aller Jobverlierer von der Tenth Avenue, dem absolut hoffnungslosen Fall!) Santini behielt Gino im Auge. Während seine Frau sich über einen neuen Berg Kekse hermachte und Gino ihm ein Glas Wein servierte, klopfte er auf den leeren Stuhl neben sich und sagte auf italienisch: «Komm, setz dich eine Minute zu mir. Ich möchte mich mit dir unterhalten.»

Diese Auszeichnung erregte allgemeines Aufsehen. Piero Santini, der reiche Vetter aus Tuckahoe, so liebenswürdig zu diesem verhungerten, mit Armut geschlagenen Jungen? Alle verschlangen die beiden mit den Augen. Teresina Coccalitti stieß Lucia Santa an, die trotz ihres

Mangels an Pfiffigkeit sofort begriff, was sich da tat.

Denn wie von einem Magnet gezogen, wanderten alle Blicke von den beiden Männern zu dem jungen Mädchen hinüber. Caterina Santini war eine Legende, ein Mythos, eine italienische Blume, die in dieser verdorbenen amerikanischen Erde blühte, ohne sich von ihr verderben zu lassen. Sie machte ihren Eltern Ehre. In zartem Alter schon bewandert in allen Geheimnissen der Kochkunst, bereitete sie sonntags für ihren Vater handgemachte Makkaroni, schminkte sich nicht und trug keine hohen Absätze, die doch nur das Becken schwächten.

Nun aber war ihr Tag gekommen, wie er sogar für Heilige kommt. In ihrem Gesicht standen Sünde und Begehren geschrieben. Ihre Wangen waren heiß und gerötet, ihre Brust hob und senkte sich und schien die Haut fast sprengen zu wollen. Man spürte die Hitze, die von ihr ausging, und mit ihren scheu zu Boden geschlagenen Augen konnte sie niemanden irreführen.

Was für ein Treffer für Lucia Santa und ihren Sohn mit dem häßlichen Gesicht! Obgleich er, um ehrlich zu sein, ein herrliches junges Tier war. Und warum auch nicht, wenn er den ganzen Tag in der Sonne spielte, statt nach der Schule zu arbeiten? Welch ein Segen für dieses Hochzeitsfest! Lucia Santa, gierig wie ein Wolf, der Blut wittert, beugte sich eifrig vor, um zu hören, was der gerissene Santini zu ihrem Sohn sagte, doch diese verdammte Musik aus dem Vorderzimmer übertönte die Worte, die sie so gern erlauscht hätte.

Und jetzt fragte dieser düstere Piero Gino in öligem Italienisch: «Nun, junger Mann, was tust du, was hast du für Pläne, eh? Gehst du noch zur Schule?» Doch seltsamerweise musterte ihn der junge Mann mit ernstem Blick, als verstehe er gutes Italienisch nicht. Dann lächelte er ein wenig, und Piero begriff: der Bengel war einfach überwältigt von der Tatsache, daß eine so hochgestellte Persönlichkeit ihm Aufmerksamkeit schenkte, und viel zu schüchtern, um eine Antwort zu geben. Um ihm die Befangenheit zu nehmen und um der Sache näherzukommen, schlug Piero dem jungen Mann auf die Schulter und sagte: «Meine liebe Tochter kommt um vor Durst. Geh, sei nett, und hol ihr ein Glas Sprudel. Caterina, nicht wahr, du kommst fast um vor Durst?»

Caterina blickte nicht auf. Sie erstarrte vor Angst bei dem Gedanken an das, was mit ihr geschah. Sie nickte nur.

Gino fing das Wort «Sprudel» auf und sah, daß das Mädchen nickte. Er stand auf, um ihr das Getränk zu holen. Er begriff nicht, was sich hier abspielte. Und wie konnte er auch, da diese Menschen ja nicht existierten! Als er den Sprudel gebracht hatte, wandte er sich sofort wieder ab und sah daher nicht, daß Piero Santini abermals auf den Stuhl klopfte. Verblüfft über diese Kränkung, verzog Piero Santini das Gesicht und zuckte die Achseln, daß alle es sahen, als wolle er sagen: «Was hat es für einen Sinn, zu solchen unerzogenen armen Schluckern höflich und freundlich zu sein?» Alle kicherten über diese Demütigung des stolzen, knauserigen, reichen Santini und seufzten voll Mitgefühl für seine arme Tochter, die ihre rote, ungepuderte Nase beleidigt in das Sprudelglas steckte. Und dann war es wie im Theater, wenn man die Wut auf Lucia Santas Gesicht beobachtete, die Wut über das Betragen des Sohnes Gino, von dem alle wußten, daß er genauso verrückt war wie sein Vater und ebenso enden würde – und war dies nicht der beste Beweis?

Es war gegen Ende dieser Komödie, daß sich der Auftritt der schönen Angelina vollzog, die sich verabschieden wollte. Und nun machte Gino zu aller Verwunderung die zweite Eroberung des Abends. Die allerdings logischer war als die erste. Denn erstens war Gino der einzige Mann, der Angelina gar nicht sah, wenn er sie anschaute, und das erweckte sofort ihr Interesse. Und dann spürte auch sie die allgemeine Mißbilligung der Rolle, die sie hier spielte, und spielte sie nun aus Trotz weiter bis zum Schluß. Sie schnappte sich Gino, lehnte sich an ihn und sagte zu Lucia Santa: «Was haben Sie für hübsche Söhne!» Und Gino wurde aus seinen Träumen gerissen; er roch ihr Parfum, spürte ihren warmen Arm und sah die vollen, gekonnt bemalten Lippen, die sich in dem ihm zugewandten Gesicht schmollend verzogen. Er wußte nicht, wie ihm geschah, aber er war durchaus bereit, stillzuhalten und abzuwarten. Als Angelina nach ihrem Mantel fragte, erboten sich sämtliche Männer, ihn ihr zu holen, und mehr noch, sie erboten sich als galante Kavaliere, sie bis zur Subway zu begleiten. Sie aber sagte geziert: «Vielen Dank. Gino wird mich zur Subway bringen. Der ist noch zu jung, um unartig zu werden.»

Da alle Betten voll kalter Platten standen, die noch serviert werden sollten, mußte Larrys und Louisas Wohnung im ersten Stock als Garderobe herhalten. Angelina sagte: «Ich werde gleich mit nach unten gehen.» Sie nahm Ginos Arm, und die beiden verschwanden. Die Hochzeitsfeier ging weiter. Lucia Santa erwog, ob sie Vincenzo unter einem Vorwand in Larrys Wohnung hinunterschicken sollte, um sicherzustellen, daß nichts passierte, entschied sich dann aber doch dagegen. Ihr Sohn war alt und erwachsen genug, um es mit einer Frau zu probieren, und hier war eine gute Gelegenheit, bei der er nicht in Gefahr geriet. Er würde in keiner Form bezahlen müssen. Sei's drum!

Auch Dr. Barbato kam auf ein Glas Wein, ein bißchen Gebäck und einen Tanz mit der Braut. Er sah Lucia Santa Hof halten wie eine Königin und ging hinüber, um auch einen Umschlag in ihren großen Seidenbeutel zu stecken. Er wurde mit hoheitsvoller Zurückhaltung empfangen. Das ärgerte ihn; er hatte erwartet, daß man sich nach allem, was er für diese lausige Familie getan hatte, ein bißchen um ihn bemühen würde. Doch was hatte sein Vater gesagt? «Von einem Esel und einem Bauern erwarte keinen Dank.» Aber ein gutes Glas Wein stimmte Dr. Barbato versöhnlich, und ein zweites Glas stimmte ihn noch versöhnlicher. Ohne es zu wollen, ohne Zuneigung zu verspüren, hatte er Verständnis für diese Leute. Wie konnte ein Mensch wie Lucia Santa jedem Dankbarkeit erweisen, der ihr geholfen hatte? Dann müßte sie ununterbrochen auf den Knien liegen. Für sie war eine solche Hilfe Schicksal. Genau wie sie keinem lebenden Menschen die Schuld an ihrem Unglück zuschrieb, so rechnete sie auch niemandem das Verdienst für kleine Glückszufälle an, zu denen auch die sporadische Barmherzigkeit Dr. Barbatos zu zählen war.

Dr. Barbato strich sich den Schnurrbart und zog sich die Weste stramm. Er hatte viele dieser Italiener behandelt, und einige von ihnen waren mit seinem Vater zusammen in Italien Kinder gewesen. Aber sie verhielten sich ihm gegenüber so kühl, als wäre er ein Wucherer, ein *padrone* oder sogar ein Leichenbestatter. Oh, er wußte sehr gut, welche Gefühle sich hinter ihrem respektvollen, honigsüßen «Signor Dottore dies und Signor Dottore das» verbargen! Er lebte von ihrem Unglück; ihre Schmerzen waren sein Profit; er kam, wenn sie in bitterster Not und voller Angst vor dem Tod waren, und verlangte Geld dafür, daß er ihnen half. Auf ihre primitive Art hatten sie das Gefühl, daß die Kunst des Heilens magisch, daß sie göttlich sein müsse und nicht gekauft und verkauft werden dürfe. Aber wer sollte dann das College, die Schulen, die langen Stunden des Lernens und der nervenzermürbenden Schwerarbeit bezahlen, während sie, die ungebildeten Bauerntrampel und -tölpel, ihren Wein tranken und ihr verschwitztes Silber auf das Umdrehen einer schmutzigen Spielkarte verwetteten? Sollen sie mich doch hassen, dachte er; sollen sie in die unentgeltlichen Krankenhäuser gehen, sollen sie stundenlang warten, bis irgendein Mistkerl von Assistenzarzt sie begutachtet wie einen Stier oder eine Kuh! Sie konnten ruhig abkratzen, im Bellevue; er arbeitete dann auf Long Island, wo sich die Leute darum reißen würden, seine Liquidationen zu bezahlen, weil sie wußten, was sie dafür bekamen. Um ihnen zu zeigen, daß diese armseligen Ausländer ihn in keiner Weise berührten, lächelte Dr. Barbato sein schönstes Abschiedslächeln und verabschiedete sich in seinem besten Universitätsitalienisch, so daß man ihn kaum verstehen konnte. Dann machte er sich zur allgemeinen Erleichterung davon.

Während über ihnen das Fest weiterging, versuchten Gino und Angelina den Mantel in dem Kleiderhaufen in Larrys Wohnung zu finden. Lucia Santas Befürchtungen waren unbegründet. Angelina war nicht das leichtsinnige Mädchen, das sie spielte, und Gino war noch zu naiv, um ihre Schwäche auszunutzen. Bevor er sie zur Subway brachte, gab sie ihm einen langen Kuß, bei dem die Wärme ihres vollen Mundes vom Lippenstift überdeckt wurde. Ihr Körper preßte sich an ihn, aber so flüchtig, daß Gino das Gefühl höchstens in seinen Träumen auskosten konnte.

Jawohl, die Hochzeit war ein Erfolg, eine der besten der Avenue, ein Pluspunkt für die Familie Angeluzzi-Corbo und ein Grund zum Stolz für Lucia Santa. Die nicht auf ihren Lorbeeren ausruhte, sondern die Familie Piero Santini zum Sonntagsessen einlud, damit Gino Caterina vielleicht die Sehenswürdigkeiten der Großstadt zeigen konnte, die ihr das Leben da oben in den fernen Wäldern von Tuckahoe bisher vorenthalten hatte.

Ein Mann wie Piero Santini kauft nicht vier Lastwagen, schließt nicht Verträge für den Abtransport von städtischem Müll und reagiert dann empfindlich, wenn man ihn kränkt. Am nächsten Sonntag schon kamen die Santinis zum Essen.

Lucia Santa übertraf sich selbst. Am Sonntagmorgen schlug sie Gino einen Holzlöffel so über den Kopf, daß seine Haut platzte, damit endlich ein bißchen Vernunft in ihn hineinkomme und sie ihn überzeugen könne, es sei klüger, nicht auf die Straße zu gehen und Ball zu spielen. Dann kochte sie eine Sauce, wie sie des Königs von Neapel würdig gewesen wäre, und rollte aus selbstgemachtem Teig breitbändrige Makkaroni aus. Für den grünen Salat öffnete sie die Flasche beinahe geheiligten Olivenöls, das ihre arme Schwester aus Italien geschickt hatte – ein Öl, wie man es niemals zu kaufen bekam: das allererste Blut der Oliven.

Nebeneinander saßen Gino in seinem neuen grauen Anzug und Caterina in ihrem roten Seidenkleid in der Falle. Vincenzo, der Liebling der alten Damen, unterhielt die unförmige Signora Santini mit Kartenlegen. Salvatore und Lena räumten den Tisch ab und spülten das Geschirr – fleißig und grimmig-geschickt wie Hausgeister. Endlich fragte Gino – wie seine Mutter es ihm eingepaukt hatte – Caterina, ob sie mit ihm ins Kino gehen wolle; und sie, die stets gehorsame Tochter, sah fragend den Vater an, ob er die Erlaubnis dazu gebe.

Für Piero Santini war dieser Augenblick fürchterlich. Es war wie bei den wenigen Gelegenheiten, da er gestattet hatte, daß seine Lastwagen Whisky beförderten, und er die Fahrzeuge dann tagelang nicht zu Gesicht bekam, nicht wußte, wo sie waren und was mit ihnen geschah. Jetzt litt er fast ebenso. Aber es half nichts; dies war Amerika. Er nickte zustimmend, sagte jedoch: «Kommt nicht zu spät nach Hause, eh? Morgen früh wird gearbeitet.»

Lucia Santa strahlte, als das junge Paar die Wohnung verließ. Siegesgewiß knackte sie Walnüsse und fütterte Salvatore und Lena, die beiden Fleißigen, mit dicken, knotigen Stücken. Sie füllte Piero Santinis Weinglas und rückte eine Platte voll Sahneschnitten an Signora Santinis Ellbogen. Zum Kaffee, der schwarz und vom Anisette fettglänzend in den Tassen dampfte, kamen auch Larry und Louisa herauf. Piero Santini und Lucia Santa tauschten vielsagende, zufriedene Blicke und schwatzten mit der neuen Vertraulichkeit jener, die bald verwandt sein werden. Doch kaum eine Stunde war vergangen, als auf der Treppe Absätze klapperten und Caterina hereingestürzt kam – allein, mit irrem Blick und tränenüberströmtem Gesicht. Wortlos setzte sie sich an den Tisch.

Bestürzung. Santini fluchte, Lucia Santa faltete flehend die Hände. Was war passiert? Hatte Gino, dieses *animale*, sie auf der Straße oder im Kino vergewaltigt? Hatte er sie mit aufs Dach genommen? Was, um Gottes willen? Zuerst antwortete Caterina nicht, doch schließlich flüsterte sie, sie habe Gino im Kino zurückgelassen. Er sah sich einen Film an, den sie nicht sehen wollte. Passiert war nichts.

Wer konnte ihr glauben? Niemand. Vorbei war es mit der gemütlichen Vertraulichkeit, der guten Laune. Haltung und Reden wurden kalt. Doch was im allerheiligsten Namen Jesu konnte denn nur passiert sein? Ah, diese jungen Naseweise! Wieviel Böses sie anrichteten, selbst unter den nachteiligsten Umständen! Aber da half kein Zureden, Caterina ließ sich ihr Geheimnis nicht entlocken. Und schließlich traten die Santinis verstört den Rückzug an.

Die Familie Angeluzzi-Corbo – Lucia Santa, Vinnie, Larry mit Louisa, der ernste Sal und die kleine Lena – wartete, um den Tisch gruppiert wie ein Strafgericht, auf die Rückkehr des Übeltäters. Endlich kam Gino, nach vier Stunden Kino hungrig wie ein Wolf, die Treppe heraufgesprungen, schoß zur Tür herein und bremste, als ihn die volle Wucht der vorwurfsvollen Blicke traf, so hart, daß er beinahe ins Schwanken geriet.

Lucia Santa stand auf, zögerte jedoch; innerlich tobte sie, war aber hilflos. Welches Verbrechens hatte er sich schuldig gemacht? Sie begann zunächst auf sicherem Boden. «*Animale, bestia,* was hast du dem armen Mädchen im Kino angetan?»

Mit vor Überraschung großen Augen antwortete Gino: «Nichts!»

Seine Unschuld war so offensichtlich, daß Lucia Santa vermutete, er sei wahnsinnig geworden und könne Recht nicht mehr von Unrecht unterscheiden.

Sie nahm sich zusammen. Ruhig, geduldig fragte sie: «Warum ist Caterina allein weggegangen?»

Gino zuckte die Achseln. «Sie hat gesagt, daß sie auf die Toilette wollte. Ihren Mantel hat sie mitgenommen. Als sie nicht wiederkam, habe ich mir gedacht, daß sie mich nicht mag, darum habe ich mir gedacht, zum Teufel, was soll's, und habe mir den Film angesehen. Mamma, wenn sie mich doch nicht mag, was hat es dann für einen Sinn, daß du und ihr Vater sie zwingt, mit mir zu gehen? Sie war die ganze Zeit so komisch und hat überhaupt kein Wort gesagt.»

Larry schüttelte bedauernd den Kopf über die Angelegenheit. Zu seiner Mutter sagte er scherzend: «Siehst du, Mamma, wenn ich es gewesen wäre, dann hätten wir jetzt einen Lastwagen in der Familie.»

Louisa schniefte, und Vinnie sagte freundlich zu Gino: «Du Idiot, die ist doch angeblich in dich verknallt!»

Jetzt wurde das Ganze für die meisten Mitglieder der Familie ein Scherz. Lucia Santa aber, die einzige, die erkannte, was dahintersteckte, wurde böse. Sie erwog ernsthaft, Ginos Kopf mit dem Stock noch ein bißchen weiter zu öffnen, denn ganz gewiß war er genauso verrückt wie sein Vater.

Das Mädchen möge ihn nicht – wie er das gesagt hatte, wie so ein alberner Heiliger, ohne eine Spur von Groll, ohne ein winziges bißchen gekränkten Männerstolz! Was war denn diese Caterina für ihren überheblichen Sohn? Ein Dreck? Die Tochter eines reichen Mannes, der seine Zukunft und seinen Lebensunterhalt sichern konnte, war sie; hübsch, mit kräftigen Beinen und Brüsten, viel zu gut für diesen Nichtsnutz, diesen Anwärter auf den elektrischen Stuhl – und ihm war das ganz egal? Er war zu fein, bitte schön, es zu beachten, wenn ein Juwel von italienischem Mädchen ihn nicht mochte? Ja wofür hielt er sich denn – für den König von Italien? Welch ein Dummkopf, wenn er nicht sah, wie ihn die arme Caterina mit den Augen verschlang! Oh, aber er war hoffnungslos, hoffnungslos – genau wie sein Vater. Und auf dem Weg zu einem gräßlichen Unglück. Sie nahm den Stock, um ihn zu verprügeln – zu Unrecht, zu ihrem eigenen Vergnügen und nur um die bittere Galle loszuwerden. Doch ihr Sohn Gino fuhr mit dem

Instinkt eines echten Verbrechers, der flieht, auch wenn er unschuldig ist, augenblicklich herum und rannte die Treppe hinab. So wurde wieder ein Traum Lucia Santas zerstört; und so töricht und komisch das Ganze auch war – es pflanzte den ersten Samen des Hasses in ihre Brust.

17

Sieben Jahre lang hatte Frank Corbo seine Familie in Ruhe gelassen. Jetzt sollte er sie wieder belästigen. Weit draußen auf Long Island, im Pilgrim State Hospital for the Insane, beschloß er, allem endgültig zu entfliehen. Er versteckte sich in einer dunklen Nacht in seinem Käfigbett, um heimlich seine Hirnmasse gegen die Knochen des Schädels zu schleudern. Langsam, unbeugsam entsandte er die große Flut des Zerebralblutes in die Gehirnzellen zur Auslösung jenes letzten großen Nervenimpulses, der seinen Körper auf den gefliesten Fußboden aufschmettern ließ und endlich jenen winzigen Funken, der der Überrest seiner Seele war, für immer löschte.

Als das Telegramm eintraf, saß Lucia Santa mit der furchtgebietenden Teresina Coccalitti beim Vormittagskaffee. Und um ihre große Freundschaft zu beweisen, entdeckte ihr diese schreckliche Frau eines ihrer Geheimnisse. Sie konnte Englisch lesen! Das überraschte Lucia Santa weit mehr als die Nachricht, die das Telegramm enthielt. Wie gut diese Frau gegen die Welt gerüstet war! Und wie kühl sie jetzt Lucia Santa betrachtete und auf ihre Reaktion wartete. Vor diesen klugen Augen konnte es keine geheuchelte Trauer geben.

Es ist entsetzlich, wenn man weiß, daß man für ein anderes Wesen, für dessen Leben man die Verantwortung trägt, kein Mitleid mehr empfinden kann. Sich selbst gegenüber war Lucia Santa ganz und gar aufrichtig: Frank Corbos Tod war für sie eine Erleichterung; für sie bedeutete er, endlich befreit zu sein von der heimlichen, nagenden Angst, daß sie ihn eines Tages ein zweites Mal in seinen Käfig verbannen mußte. Sie fürchtete ihn; sie fürchtete für ihre Kinder; es tat ihr leid um die Opfer, die sein Weiterleben fordern würde.

Mehr noch. Vertrauen auf Gottes Gnade. Der Tod ihres Mannes nahm ihr eine furchtbare Last von der Seele. Immer wenn sie ihn bei ihren seltenen Besuchen hinter vergitterten Fenstern gefangen gesehen hatte, war ihr der Glaube an das Leben verlorengegangen, hatte sie danach tagelang keine Kraft mehr gehabt.

Lucia Santa empfand keine Trauer; nur eine ungeheure Entspannung der Nerven. Der Mann, der drei ihrer Kinder gezeugt hatte, war während der Jahre, die er in der Anstalt verborgen lebte, allmählich in ihrem Herzen gestorben. Sie konnte sich sein lebendiges Fleisch nicht mehr vor Augen rufen.

Jetzt aber bewies Teresina Coccalitti jenen eisernen Verstand, der in der Tenth Avenue Legende war. Sie brachte Lucia Santa auf den richtigen Weg. Warum ihren toten Mann nach New York überführen, warum so viel Geld für den Beerdigungsunternehmer ausgeben, ein großes Theater machen, alle daran erinnern, daß ihr Mann als Verrückter gestorben war? Warum nicht mit der ganzen Familie zur Anstalt hinausfahren und ihn dort beerdigen lassen? Frank Corbo besaß in diesem Land keine Familie, die gekränkt sein oder ihm die letzte Ehre erweisen konnte. Hunderte von Dollar konnten gespart, dem Klatsch Einhalt geboten werden.

Eine Königin hätte nicht mit kühlerem Verstand kalkulieren können.

Lucia Santa kochte ein reichhaltiges Abendessen, das eigentlich viel zu schwer war für das warme Sommerwetter, und dann saß an jenem Abend die ganze Familie Angeluzzi-Corbo zusammen beim Essen. Niemand trauerte allzusehr um den Vater. Lucia Santa war schockiert, als Gino die Nachricht gleichmütig hinnahm, ihr in die Augen sah und die Achseln zuckte. Von Salvatore und Aileen konnte man nicht erwarten, daß sie sich an ihn erinnerten, doch Gino war sieben gewesen, als man seinen Vater fortbrachte.

Beim Essen begannen sie alles zu planen. Larry hatte schon ein Ferngespräch mit der Anstalt geführt, die Beerdigung auf zwölf Uhr mittags bestellt und angeordnet, daß ein Grabstein auf dem Anstaltsfriedhof gesetzt wurde. Er hatte sich die Limousine seines Chefs ausgeborgt – Mr. di Lucca hatte darauf bestanden – und wollte sie alle zusammen hinfahren. Am Abend wollten sie wieder zu Hause sein. Auf diese Art würde nur ein einziger Arbeitstag verlorengehen. Octavia und ihr Mann wollten in Lucia Santas Wohnung, in Octavias ehemaligem Zimmer, übernachten. Für dieses eine Mal konnte Lena wieder bei ihrer Mutter schlafen. Alles war zur Zufriedenheit arrangiert.

Gino aß hastig und zog dann sofort ein frisches Hemd und eine frische Hose an. Als er zur Tür hinausging, rief Lucia Santa besorgt hinter ihm her: «Gino, komm aber zeitig nach Hause! Wir fahren morgen früh um sieben Uhr.»

«Okay, Mamma», antwortete er und polterte die Treppe hinab.

Larry war ärgerlich. «Muß er denn heute abend unbedingt weg?» fragte er seine Mutter.

Lucia Santa zuckte die Achseln. «Er geht jeden Abend zu seiner Hudson Guild. Er ist der König in diesem Club von Rotznasen.»

Larry sagte darauf mit Recht: «Es gehört sich nicht, es ist eine Respektlosigkeit gegen seinen Vater. Wenn es dunkel ist, komme ich manchmal an der Guild vorbei und sehe, wie er und seine Freunde da mit den Mädchen rumpoussieren. Das solltest du ihm heute abend verbieten.»

Octavia lachte laut auf. Larry als Moralprediger brachte sie immer zum Lachen. «Das sagst ausgerechnet du?» fragte sie. «Weißt du nicht mehr, was du dir geleistet hast, als wir so alt waren wie Gino?»

Larry grinste und warf seiner Frau einen raschen Seitenblick zu. Sie war mit dem Baby beschäftigt. «Ah, komm, Schwesterchen», begann er, und dann wurden, als sei nichts geschehen, die Abenteuer und Histörchen der Familie erzählt, während Lena und Sal den Tisch abräumten. Norman Bergeron schlug einen Gedichtband auf. Vinnie stützte sein fahles Gesicht in die Hand und hörte aufmerksam zu. Lucia Santa holte zwei Schalen voll Walnüsse, einen Krug Wein und ein paar Flaschen Sprudel herbei. Teresina Coccalitti schaute herein, und da sie nun neues Publikum hatten, erzählten sie alle alten Geschichten über Frank Corbo von neuem. Octavia begann mit dem üblichen Satz: «Als er sagte, Vinnie wäre ein Engel, da wußte ich, daß er verrückt geworden war . . .» Sie plauderten, bis es Schlafenszeit wurde.

Am nächsten Morgen stellte Lucia Santa fest, daß Gino die ganze Nacht nicht nach Hause gekommen war. Während der heißen Sommermonate blieb er oft fort; er trieb sich mit seinen Freunden herum und unternahm weiß Gott welche Dinge. Doch ausgerechnet heute, wo sie seinetwegen vielleicht zu spät zur Beerdigung kamen? Die Mutter war ehrlich empört.

Sie hatten das Frühstück beendet, und Gino kam immer noch nicht. Lucia Santa hatte ihm den guten Anzug, ein weißes Hemd und eine Krawatte aufs Bett gelegt. Jetzt schickte sie Vinnie und Larry auf die Suche nach ihm. Mit dem Wagen fuhren sie am Hudson Guild Settlement House in der 27th Street vorbei und dann weiter zum Süßwarenladen an der Ninth Avenue, wo die Jungen manchmal die ganze Nacht hindurch Karten spielten. Der triefäugige Besitzer sagte, ja, Gino sei bis vor einer Stunde dagewesen und dann mit ein paar Freunden in die Morgenvorstellung gegangen – ins Paramount-Kino, ins Capitol oder ins Roxy, genau wußte er es nicht.

Als sie zurückkamen und Lucia Santa Bericht erstatteten, wirkte die

Mutter wie benommen. Alles, was sie dazu sagte, war: «Ja, dann wird er wohl nicht mitkommen können.»

Gerade als sie in den Wagen stiegen, bog Teresina Coccalitti um die Ecke der 31st Street, um ihnen gute Reise zu wünschen. In ihrem gewohnten Schwarz, mit dem dunklen, fahlen Gesicht und dem rabenschwarzen Haar sah sie aus wie ein letzter Rest der Nacht, der sich geweigert hatte, zu verschwinden. Da Ginos Platz im Wagen leer geblieben war, lud Lucia Santa die Freundin ein mitzukommen. Teresina fühlte sich hoch geehrt – ein Tag auf dem Land war eine schöne Abwechslung für sie. Unverzüglich stieg sie ein und setzte sich auf Vinnies Fensterplatz. Und so kam es, daß sie später allen Freunden von der Tenth Avenue die ganze Geschichte erzählen konnte: wie die Familie Angeluzzi-Corbo nach Long Island hinausgefahren war, um Frank Corbo dort zu begraben; wie sein ältester Sohn Gino verschwunden war und das Gesicht seines leiblichen Vaters nicht mehr gesehen hatte, bevor es unter die Erde kam; und wie als einzige Lucia Santa geweint hatte – doch Tränen so voll Bitterkeit, daß sie nicht der Trauer, sondern dem Zorn entsprungen sein mußten. «Der Tag der Abrechnung kommt», prophezeite die Coccalitti und schüttelte den schwarzen Raubvogelkopf. «Er ist eine Schlange am Herzen seiner Mutter.»

18

Lucia Santa Angeluzzi-Corbo ruhte sich aus, ihr Schatten hing schwer im Dämmerlicht. Sie saß am runden Küchentisch und wartete auf die Kraft, hinunterzugehen auf die Tenth Avenue und die kühle Abendluft zu genießen.

Im Laufe des Tages war sie ohne besonderen Grund und auf ganz rätselhafte Weise in eine tiefe Niedergeschlagenheit verfallen, die für diesen Abend die Kraft, mit der sie sich an das Leben klammerte, lähmte. Sie versteckte sich in der leeren, dunklen Küche, wo niemand sie erreichen konnte, taub und blind gegen alles, was sie liebte und was ihr teuer war. Sie sehnte sich danach, in tiefen Schlaf zu sinken, in einen Schlaf, in dem sie von keinen Träumen gestört wurde.

Doch wer kann die Welt unbehütet lassen? Lena und Sal spielten auf der Straße, Gino stromerte wie ein wildes Tier im Dschungel der Stadt herum, Vincenzo, der bei der Eisenbahn arbeitete, schlief wehrlos im Hinterzimmer, das einmal Octavia gehört hatte, und wartete darauf, für seine Schicht von vier bis Mitternacht geweckt und mit Essen versorgt zu werden. Ihre Enkel, Lorenzos Kinder, warteten darauf, daß die Großmutter sie zu Bett brachte. Lorenzos Frau, krank und verbittert, mußte mit einer Tasse heißen Kaffee aufgemuntert und ihr Glaube an das Leben wiederhergestellt werden; sie mußte lernen, daß ihre Träume vom Glück nichts weiter als Kindermärchen waren, die jede Frau ablegen muß.

Lucia Santa wußte nicht, daß ihr der Kopf auf die große, runde Tischplatte sank. Einen Augenblick genoß sie das kühle Wachstuch an ihrer Wange, dann fiel sie in jenen abgrundtiefen Schlaf, in dem alles ruht, nur nicht der Verstand. Ihre Gedanken und Sorgen schlugen wie kleine Wellen immer höher, bis sie den Körper ganz überschwemmten und ihn im Schlaf erzittern ließen. Sie litt, wie sie im Wachen noch niemals gelitten hatte. Lautlos schrie sie um Erbarmen.

Amerika, Amerika, wie anders sind die Knochen, das Fleisch und das Blut, die in deinem Namen heranwachsen! Meine Kinder verstehen mich nicht, wenn ich spreche, und ich verstehe sie nicht, wenn sie weinen. Warum sollte Vincenzo weinen, der törichte Junge, warum sollten ihm Tränen über die Wangen laufen, die blau waren vom Bart seines Mannestums? Sie hatte sich auf sein Bett gesetzt und sein Gesicht gestreichelt, als wäre er noch ein Kind – ein furchtbar verängstigtes Kind. Er hatte Arbeit, er verdiente sein Brot, er war hier im Schoße seiner Familie, hatte ein Heim und ein Kissen, auf das er sein Haupt betten konnte. Und dennoch weinte er und klagte: «Ich habe keine Freunde.» Doch was meinte er damit?

Armer Vincenzo, was wünschst du dir vom Leben? Genügt es denn nicht, am Leben zu bleiben? *Miserabile, miserabile*, dein Vater starb, bevor du geboren warst, und sein Geist überschattet für immer dein Leben. Lebe für deine kleinen Geschwister und später für deine Frau und Kinder, und die Zeit wird vergehen, alt wirst du werden, und dann ist alles nur ein Traum, wie auch ich ihn jetzt träume.

Doch niemals ihm sagen, daß das Schicksal ein Dämon ist! Vincenzo und Octavia, ihre besten Kinder, und beide unglücklich. Wie konnte das sein, wenn Lorenzo und Gino, diese beiden Halunken, ihr falsch ins Gesicht lächelten und dann, die Freude zwischen den Zähnen, ihren eigenen Weg durchs Leben gingen? Wo war denn Gott und Gerechtigkeit? Oh, aber auch sie würden leiden müssen – sie waren nicht unüberwindlich; die Bösen sind dem Schicksal unterworfen. Immerhin, sie waren ihre Kinder, und die samenlosen Hexen, die heimlich herumerzählten, daß ihr Lorenzo ein Dieb und Mörder sei, waren eben falsch wie Gott.

Nein. Lorenzo würde niemals ein richtiger Mann werden, einer, wie die Bauernväter der Tenth Avenue es waren, wie ihr Vater in Italien ein richtiger Mann gewesen war: Ehemann, Beschützer der Kinder, Ernährer, Schöpfer ihrer eigenen Welt, Träger des Lebens und des Schicksals, die sich in Stein verwandeln ließen, damit ihre Familie einen Fels hatte, auf dem sie stehen konnte. Das würden ihre Kinder niemals sein. Aber mit Lorenzo war sie fertig; sie hatte ihre Pflicht getan, er gehörte nicht mehr unmittelbar zu ihrem Leben.

Tief unten in ihrem Traum regte sich ein heimliches Ungeheuer. Lucia Santa versuchte aufzuwachen, bevor sie es genau erkannte. Sie wußte, daß sie in der dunklen Küche saß, glaubte aber, es sei nur ein Moment vergangen und gleich werde sie ihren Hocker nehmen und die Treppe hinab auf die Avenue gehen. Abermals sank ihr Kopf auf das kühle Wachstuch hinab. Das Ungeheuer erhob sich drohend und nahm Gestalt an.

«Du bist wie dein Vater.» So war sie immer der Rebellion in ihrem innigstgeliebten Sohn begegnet. Und Ginos tief verwunderter Blick blieb bei ihr, während er selber das Haus verließ. Aber er war niemals böse gewesen. Am nächsten Tag tat er immer, als wäre nichts geschehen.

Es war tatsächlich ein Fluch. Er hatte die gleichen blauen Augen, die in dem dunklen Italienergesicht so verblüffend wirkten; er hatte das gleiche zurückhaltende Wesen, die gleiche Einsilbigkeit, die gleiche Uninteressiertheit für die Belange seiner nächsten Blutsverwandten. Er war ihr Feind, wie vor ihm sein Vater, und sie träumte rachsüchtig von seinen Missetaten: Er behandelte sie wie eine Fremde, gehorchte ihren Befehlen nicht. Er beleidigte sie und den Namen der Familie. Aber er würde es lernen, ihr Sohn; sie würde dem Leben helfen, sein Lehrer zu sein. Wer war er denn, daß er sich bei Nacht auf der Straße vergnügte und tagsüber im Park herumtrieb, während sein Bruder Vincenzo das Brot verdiente? Er war jetzt fast achtzehn; er mußte endlich lernen, daß er nicht immer ein Kind bleiben konnte. Ah, wenn es endlich soweit wäre.

Im Schlaf hörte Lucia Santa, wie das Ungeheuer den Kopf hob und zu lachen begann. Was waren denn seine Verbrechen? Bagatellen! Sogar in Italien gab es Söhne, die ihr Vergnügen in selbstsüchtiger Faulheit und Ehrlosigkeit fanden. Doch jetzt dieses Verbrechen, das sie ihm nie vorgeworfen hatte, für das er nie hatte büßen müssen, für das es aber niemals Pardon geben konnte: er hatte sich geweigert, noch einmal in das Gesicht seines toten Vaters zu sehen, bevor es für immer unter der Erde verschwand. Darum begann sie jetzt im Traum zu schreien und ihn auf ewig in den tiefsten Pfuhl der Hölle zu verdammen.

Licht überflutete die Küche, und Lucia Santa hörte Schritte auf die Tür zukommen, wußte, sie würde erwachen, bevor sie jene unwiderruflichen Worte der Verdammnis aussprach. Dankbar hob sie den Kopf und sah ihre Tochter Octavia vor sich stehen. Sie hatte jene schrecklichen Worte über Gino nicht ausgesprochen; sie hatte ihren geliebtesten Sohn nicht in die Hölle verdammt!

Octavia lächelte. «Mamma, du hast so laut gestöhnt, daß ich dich bis in den ersten Stock gehört habe.»

Lucia Santa seufzte. «Mach uns eine Tasse Kaffee», bat sie. «Ich möchte heute abend nicht mehr nach draußen gehen.»

Wie viele tausend Abende hatten die beiden zusammen in der Küche gesessen?

Durch das Zwischenfenster, das auf die Reihe der Schlafzimmer ging, hatten sie stets auf das gleichmäßige Atmen der kleineren Kinder gelauscht. Gino war schon vor langer Zeit der Unruhestifter gewesen, hatte sich unter dem runden Tisch hinter den riesigen Löwenprankenfüßen versteckt. Octavia war alles vertraut hier. Das Bügelbrett, das senkrecht und gebrauchsfertig in der Fensterecke stand, das unförmige Radio, die kleine Kommode mit den Schubladen für das Besteck, Geschirrtücher, Knöpfe und den Flickenstoff.

Es war ein Raum, um darin zu leben, zu arbeiten und zu essen. Octavia vermißte ihn. Ihre peinlich saubere Wohnung in der Bronx hatte einen Marmortisch und Chromstühle. Der Spülstein glänzte schneeweiß wie eine Wand. Hier aber waren die Trümmerstücke des Lebens. Nach einer Mahlzeit sah die Küche aus wie ein Schlachtfeld – mit angeschwärzten Töpfen, riesigen, fettverschmierten Schüsseln, noch schlüpfrig von Olivenöl und Spaghettisauce, und so viel schmutzigem Geschirr, daß es eine ganze Badewanne gefüllt hätte.

Lucia Santa saß regungslos. Ihr Gesicht, jede Linie ihres gedrungenen Körpers verrieten ungeheure seelische Müdigkeit. Es war ein Anblick, wie er Octavia als Kind Furcht eingeflößt hatte, doch jetzt wußte sie, daß dieser Zustand vorübergehen, daß ihre Mutter sich am nächsten Morgen auf geheimnisvolle Weise verjüngt erheben würde.

Nur um ihr Mitgefühl zu zeigen, fragte Octavia sanft: «Mamma, fehlt dir etwas? Soll ich Dr. Barbato holen?»

Mit absichtlich dramatischer Bitterkeit antwortete Lucia Santa: «Ich habe meine Kinder satt, ich habe das Leben satt!» Aber diese Worte hoben schon ihre Lebensgeister. Die Farbe kehrte in ihr Gesicht zurück.

Octavia lächelte. «Weißt du, das fehlt mir eigentlich am meisten –

daß du mich ständig beschimpfst.»

Lucia Santa seufzte. «Ich habe dich nie beschimpft. Du warst mein bestes Kind. Ah, wenn nur die anderen Bestien so wären wie du!»

Die sentimentale Stimmung der Mutter beunruhigte Octavia. Sie sagte: «Mamma, du tust immer, als wären sie alle so schlecht. Dabei gibt Larry dir jede Woche Geld. Vinnie bringt seine Lohntüte nach Hause, ohne sie zu öffnen. Gino und die Kleinen machen dir keine Schwierigkeiten. Was willst du denn eigentlich, um Christi willen?»

Lucia Santa straffte sich; die Müdigkeit fiel zusehends von ihr ab. Ihre Stimme begann zu tremolieren, und sie rüstete sich zu einem Streit, der im Grunde nichts weiter war als eine wahrhaft leidenschaftliche Diskussion, das schönste Vergnügen, das es für sie gab. Auf italienisch, der Sprache, die sich am besten zum Höhnen eignete, höhnte sie nun: «Lorenzo, mein Ältester! Er gibt mir jede Woche zehn Dollar – mir, seiner Mutter, damit ich seine armen, kleinen, vaterlosen Geschwister sättigen kann. Aber die Nutten, mit denen er sich herumtreibt, für die gibt er das Vermögen aus, das er bei der Gewerkschaft verdient. Seine arme Frau wird ihn noch eines Tages im Bett ermorden. Und ich, ich werde nicht ein einziges Wort vor Gericht gegen sie sagen!»

Octavia lachte fröhlich auf. «Dein Liebling Lorenzo? Aber Mamma, mach mir doch nichts vor! Heute abend kommt er mit seinen zehn Dollar und seinem Schmus, und du behandelst ihn wie einen König. Genau wie die Flittchen, die auf sein schönes Gerede hereinfallen.»

Lucia Santa sagte geistesabwesend auf italienisch: «Jetzt, wo du verheiratet bist, hätte ich doch gedacht, daß dein Mund sauberer würde, wenn schon das andere schmutziger geworden ist.» Octavia errötete tief. Lucia Santa war zufrieden. Die oberflächliche Vulgarität ihrer Tochter – amerikanisch – konnte sich mit der ihren, jedem Italiener tief in den Knochen steckenden, nicht messen.

Sie hörten Schritte durch die Schlafzimmer kommen, und dann betrat Vinnie die Küche. Sein Blick war noch benommen vom Schlaf. Er trug nur Hose, Unterhemd und Leinenschuhe.

Er war zu einem gedrungenen jungen Mann mit grobem Knochenbau herangewachsen, an dem nicht ein einziges Gramm Fleisch zuviel war, so daß er hager und schlaksig wirkte. Sein Gesicht war dunkel und sah ungesund aus, außerdem hatte er einen dichten Bartschatten. Mit seinen kantigen Zügen, den dicken Lippen und der schweren Nase hätte er eigentlich finster und hart wirken müssen, aber die großen dunklen Augen hatten einen sonderbar wehrlosen und schüchternen Blick, und er lächelte nur selten. Er hatte immer etwas anziehend Sanftes, Verbindliches an sich gehabt; er war immer auf eine sehr natürliche Art freundlich und zuvorkommend gewesen. Jetzt aber, obgleich er der Mutter stets gehorchte und anderen Leuten gegenüber hilfsbereit war, oblag er seinen kleinen Dienstleistungen unter bitteren, ironischen Beschwerden. Octavia hätte es lieber gesehen, wenn er allen ganz einfach gesagt hätte, sie sollen sich zum Teufel scheren. Sie machte sich Sorgen um ihn, aber sie ärgerte sich auch über ihn. Er war eine Enttäuschung. Bei diesem Gedanken lächelte sie grimmig. Sind wir das nicht alle? Sie dachte an ihren Mann, der in der Bronx allein zu Hause saß, las oder schrieb und auf sie wartete.

Vinnie knurrte empört und verschlafen. Seine Stimme war gleichzeitig männlich-tief und kindlich-schmollend. «Mamma, warum hast du mich nicht geweckt? Ich habe dir doch gesagt, daß ich weg muß. Wenn ich zur Arbeit gemußt hätte, dann hättest du mich bestimmt pünktlich geweckt.»

Octavia sagte scharf: «Sie ist eingeschlafen. Es ist kein Kinderspiel, für euch Strolche zu sorgen.»

Lucia Santa wandte sich gegen Octavia. «Warum hackst du auf ihm herum? Er hat die ganze Woche schwer gearbeitet. Wann sieht er seine Schwester schon mal? Und dann beschimpft sie ihn. Komm, Vincenzo, setz dich, trink ein bißchen Kaffee und iß etwas. Komm, mein Sohn, vielleicht findet deine Schwester doch noch ein freundliches Wort für dich.»

Octavia sagte ärgerlich: «Mamma, was bist du doch für eine Heuchlerin!» Aber ein Blick auf Vinnies Gesicht ließ sie verstummen. Zuerst, als die Mutter Octavia Vorwürfe machte, hatte Vinnies Miene selbstgefällige Genugtuung ausgedrückt, war er in seiner Dankbarkeit für ihre Unterstützung rührend gewesen. Doch als Octavia lachte, hatte er plötzlich gemerkt, daß ihm die Mutter nur Honig ums Maul schmierte. Er lächelte säuerlich, weil er sich so leicht hatte trösten lassen, und dann lachte er gemeinsam mit Octavia über sich selber und seine Mutter. Sie tranken Kaffee und schwatzten mit jener tiefen Vertrautheit, die es nur in einer eng verbundenen Familie gab und die bewirkte, daß sie einander niemals langweilten, ganz gleich wie stumpfsinnig das Gesprächsthema auch war.

Octavia sah, daß Vinnies mürrische Miene sich aufhellte, gelassener wurde, und dachte an seine Sanftmut und Liebenswürdigkeit. Er lächelte, ja er lachte sogar über Octavias Erzählungen aus der Kleiderfabrik, in der sie Aufseherin war. Er machte Scherze über seinen Job bei der Eisenbahn. Und Octavia spürte, wie sehr der Bruder sie vermißte, daß sie mit ihrer Ehe die Struktur der Familie zerstört hatte. Und wofür? Oh, sie wußte jetzt, was es war; sie folgte selber dem Ruf, ihr Körper ging auf in der Leidenschaft, sie konnte es jetzt nicht mehr so verachtungsvoll abtun wie einst, aber sie war noch immer nicht glücklich geworden.

Nein, sie war mit ihrem Mann nicht so glücklich, wie sie es jetzt, in diesem Augenblick, war – glücklich darüber, daß sie den Ausdruck des Leidens und der Einsamkeit aus dem Gesicht des jüngeren Bruders vertrieben hatte, das sich, gleich nach dem Erwachen, so nackt und leer gezeigt hatte. Sie hatte so viel für ihn tun wollen und hatte gar nichts getan. Und wofür? Das Verlangen des Fleisches war übermächtig geworden in ihr, und sie hatte einen behutsamen Ehemann gefunden, dem es gelang, ihre Angst zu besiegen. Kinder würden nicht kommen, daher würden sie und ihr Mann dank dieser Tatsache und dank anderer elementarer Vorsichtsmaßnahmen gegen das Schicksal aus ihrer Armut zu einem besseren Leben aufsteigen. Eines Tages würde sie glücklicher sein.

Als Vinnie sich angezogen hatte, betrachteten Lucia Santa und Octavia ihn mit jener besonderen Zärtlichkeit, die die Frauen einer Familie für ihre jungen männlichen Verwandten empfinden. Sie stellten sich beide vor, wie Vinnie die Straße entlangging und sich die Mädchen mit dem Stock vom Leib halten mußte. Sie nahmen an, daß er einen vergnügten Abend voll interessanter Eroberungen vor sich hatte, einen Abend mit Freunden, die ihn bewunderten, wie es dem Prinzen gebührte, der er in den Augen der Mutter und Schwester war.

Vinnie zog seinen blauen Sergeanzug an, dazu die verwegene Seidenkrawatte mit den großen rot-blauen Wirbelmotiven. Er glättete sein Haar mit Wasser und rahmte sein knochiges, sensibles Gesicht mit sauber gekämmten, symmetrischen Blöcken aus dichtem, schwarzem Haar.

Octavia fragte ihn neckend: «Na, Vinnie, wer ist denn die Glückliche? Warum bringst du sie nicht mit nach Hause?» Und die Mutter sagte, nicht streng, sondern amerikanisch genug für einen Scherz: «Ich hoffe, du hast dir ein anständiges italienisches Mädchen ausgesucht und nicht so eine irische Schlampe von der Ninth Avenue.»

Vinnie lächelte – ein prahlerisches, selbstzufriedenes Lächeln, als lägen ihm die Mädchen dutzendweise zu Füßen. Doch als er sich die Krawatte richtete und sein Gesicht mit diesem falschen Lächeln im Spiegel sah, wurde er deprimiert und runzelte finster die Stirn.

Er war an die Schmeicheleien seiner Familie gewöhnt, an solche Bemerkungen wie: «Ah, das ist ein ganz Stiller, einer, bei dem man nie weiß, woran man ist, und das sind diejenigen, vor denen man sich in acht nehmen muß. Weiß Gott, wie viele Mädchen er in anderen Stadtvierteln hat!» Er konnte zu diesen Lobreden nur einfältig dreinblicken, aber verdammt, wie kamen die eigentlich auf so einen Unsinn?

Zum Teufel, er arbeitete von vier Uhr nachmittags bis Mitternacht, dienstags bis sonntags. Wo in aller Welt sollte er da ein Mädchen kennenlernen? Er kannte ja nicht einmal gleichaltrige Jungen, sondern nur die Männer, mit denen er die letzten vier Jahre im Frachtbüro zusammengearbeitet hatte. Rasch und verdrossen verabschiedete er sich.

Lucia Santa seufzte tief. «Wohin mag er so spät noch gehen?» fragte sie. «Mit was für Leuten ist er zusammen? Was tun sie? Sie werden ihn ausnutzen, er ist doch so naiv!»

Octavia setzte sich auf ihrem Stuhl bequem zurecht. Sie sehnte sich nach einem Buch und wünschte, ihr Bett wäre hier, nur ein paar Schritte entfernt. Aber dort, in der stillen, aseptischen Wohnung in der Bronx, blieb ihr Mann wach, bis sie kam. Er würde im Wohnzimmer mit dem teppichbelegten Fußboden, den Vorhängen und Stehlampen lesen oder schreiben, sie mit seinem liebevollen, aber mitleidigen Lächeln begrüßen und fragen: «Na, war es schön bei deiner Familie?» Und dann würde er sie mit jener sanften Traurigkeit küssen, die sie einander so fremd machte.

Lucia Santa sagte: «Bleib nicht zu lange hier. Ich möchte nicht, daß du mit der Subway fährst, wenn alle diese Mörder unterwegs sind.»

«Ich habe Zeit», entgegnete Octavia. «Ich mache mir Sorgen um dich. Vielleicht sollte ich ein paar Tage hierbleiben und mich um die Kinder kümmern, damit du mal zur Ruhe kommst.»

Lucia Santa zuckte die Achseln. «Kümmere du dich um deinen Mann, sonst bist du bald Witwe und wirst erfahren, was deine Mutter gelitten hat.»

«Dann werde ich zu dir zurückkommen, Mamma», erklärte Octavia fröhlich. Zu ihrem Erstaunen jedoch schaute Lucia Santa sie grimmig und forschend an, als wäre es gar kein Scherz gewesen. Octavia errötete.

Die Mutter sah, daß sich ihre Tochter gekränkt fühlte, und sagte: «Du hast mich zu einem ungünstigen Zeitpunkt geweckt. Im Traum wollte ich gerade meinen Teufel von Sohn verfluchen, wie ich ihn eigentlich im Wachen verfluchen sollte.»

«Mamma, denk doch nicht mehr daran!» sagte Octavia.

«Oh, das werde ich niemals vergessen!» Lucia Santa hob die Hand an die Augen. «Und wenn es einen Gott gibt, dann wird er dafür büßen müssen.» Sie senkte den Kopf, und ihre ungeheure Müdigkeit drückte sich in ihrem Gesicht und in ihrer Haltung aus. «Sein Vater wurde in die Erde gebettet – ohne Tränen von seinem ältesten Sohn.» Ihr Ton verriet aufrichtigen Schmerz. «Dann war Frank Corbo nichts auf dieser Welt, dann hat er umsonst gelitten und muß in der Hölle brennen. Und du hast mich überredet, Gino ins Haus kommen zu lassen, ohne Prügel, ohne ein Wort. Unsere Gefühle interessieren ihn nicht. Ich dachte, es wäre ihm etwas Schreckliches zugestoßen, er wäre verrückt geworden wie sein Vater. Und dann kommt er zurück, ganz ruhig, und will nicht sprechen. Ich habe meine Galle geschluckt, ich bin daran erstickt, und ich ersticke jetzt noch daran. Was ist das für eine Bestie, was für ein Ungeheuer! Er bringt die Verachtung der Welt über seinen toten Vater und über sich selbst, und dann kommt er nach Hause und ißt und trinkt und schläft, ohne sich zu schämen. Er ist mein Sohn, aber im Traum verfluche ich ihn und sehe ihn tot in seines Vaters Sarg.»

Octavia schrie die Mutter an: «Scheiße! Scheiße! Scheiße!» Ihr Gesicht war vor Wut verzerrt. «Ich bin zu seiner Beerdigung gegangen, und ich habe ihn gehaßt. Na und? Du bist zu seiner Beerdigung gegangen und hast keine einzige Träne geweint. Du hast ihn in dem ganzen Jahr vor seinem Tod nicht ein einziges Mal in der Anstalt besucht.»

Das machte die beiden Frauen ruhiger. Sie tranken ihren Kaffee. Octavia sagte: «Gino wird schon durchkommen, der hat doch Grips. Vielleicht wird noch mal was aus ihm.»

Lucia Santa lachte geringschätzig. «O ja, natürlich: ein Herumtreiber, ein Verbrecher, ein Mörder. Aber eines wird er niemals werden: ein Mann, der nach ehrlicher Arbeit seine Lohntüte nach Hause bringt.»

«Siehst du, das ist ja der einzige Grund, warum du so böse bist – weil Gino nach der Schule nicht arbeiten will. Weil er der einzige ist, der sich von dir nicht herumkommandieren läßt.»

«Wer sollte ihn kommandieren, wenn nicht seine Mutter?» fragte Lucia Santa. «Oder glaubst du, daß er sich niemals kommandieren zu lassen braucht? Er denkt das anscheinend. Er glaubt, daß er sein Leben lang umsonst essen kann. Aber das geht nicht. Was soll aus ihm werden, wenn er merkt, wie das Leben wirklich ist, wie schwer es ist? Er stellt zu große Ansprüche, er hat zu viel Genuß am Leben. Ich war auch so in seinem Alter und habe dafür büßen müssen. Ich möchte, daß er von mir lernt, wie das Leben ist, und nicht von Fremden.»

«Mamma, das ist unmöglich.» Octavia zögerte. «Sieh dir doch Larry an, deinen Liebling! All die Mühe, die du dir gegeben hast, und jetzt ist er praktisch ein Gangster, treibt Geld für diese Schwindelgewerkschaft ein.»

«Was redest du da für Unsinn?» Lucia Santa machte eine wegwerfende Gebärde. «Ich konnte ihn nicht mal dazu kriegen, die Kleinen zu verprügeln, wenn sie schlimm waren, so feige war er.»

Octavia schüttelte den Kopf. Langsam, verwundert sagte sie: «Mamma, manchmal bist du so gescheit. Wie kannst du jetzt nur so dumm sein?»

Lucia Santa trank geistesabwesend ihren Kaffee. «Ach was, er gehört nicht mehr in mein Leben.» Sie sah nicht, daß Octavia den Kopf abwandte, und fuhr fort: «Gino ist es, der mir Kopfschmerzen macht. Hör dir doch an: dieser schöne Job im Drugstore – zwei Tage ist er geblieben. Zwei Tage! Andere Leute behalten ihren Job fünfzig Jahre, und mein Sohn zwei Tage.»

Octavia mußte lachen. «Ist er gegangen, oder haben sie ihn rausgeschmissen?»

«So, du findest das komisch?» erkundigte sich Lucia Santa in ihrem höflichsten Italienisch und zeigte dadurch ihre tiefe Verzweiflung. «Sie haben ihn rausgeschmissen. Eines Tages hat er nach der Schule Fußball gespielt und ist dann erst zur Arbeit gegangen. Sicher hat er gedacht, sie würden den Laden zumachen, bis er sich bequemt, und es wäre nicht weiter schlimm. Daß der *padrone* aber keine Lust hatte, Geschäft Geschäft sein zu lassen, und selber bediente, daran hat er wohl nicht gedacht. Nein, nicht mal eine Woche hat unser lieber Gino es ausgehalten.»

«Ich muß mich mal mit ihm unterhalten», sagte Octavia. «Um wieviel Uhr kommt er immer nach Hause?»

Lucia Santa zuckte die Achseln. «Wer weiß? Ein König kommt und geht, wie es ihm paßt. Aber sag mir eines: Worüber reden diese Rotznasen bis drei Uhr früh? Ich sehe aus dem Fenster, und da sitzt er unten auf der Treppe und redet und redet, schlimmer noch als alte Klatschweiber.»

Octavia seufzte. «Ehrlich, ich weiß es nicht.» Sie machte sich zum Gehen bereit. Lucia Santa räumte die Kaffeetassen fort. Es gab weder eine liebevolle Geste noch einen Abschiedskuß. Es war, als gehe Octavia nur zu einem kurzen Besuch fort und käme bald wieder heim. Die Mutter trat im Vorderzimmer ans Fenster, um ihrer Tochter mit den Blicken zu folgen, bis sie von der Tenth Avenue zur Subway abbog.

19

Der Montagabend war Vinnie Angeluzzis freier Abend bei der Eisenbahn. Es war der Abend, an dem er seinen Körper für die Entsagungen des Lebens entschädigte.

Die Neckereien seiner Mutter und seiner Schwester hatten ihn in Verlegenheit gebracht, denn sein Programm für den Abend war, sich für fünf Dollar einen einfachen, aber gekonnten Beischlaf zu verschaffen. Er schämte sich deswegen, weil er es für ein weiteres Zeichen seines Versagens hielt. Er erinnerte sich an den unüberhörbaren Stolz im Ton seiner Mutter, wenn sie Larry Vorwürfe machte, weil er die jungen Mädchen verführte. Sie und Octavia wären entsetzt gewesen, wenn sie gewußt hätten, was er jetzt vorhatte.

Vinnie arbeitete seit seinem Schulabgang von vier bis Mitternacht bei der Eisenbahn. Nie war er auf eine Party gegangen, nie hatte er ein Mädchen geküßt, nie hatte er an stillen Sommerabenden mit einem Mädchen geplaudert. Sein einziger freier Tag war der Montag, und an diesem Wochentag war abends nichts los. Seine Schüchternheit machte alles noch schlimmer.

Und so begab sich Vinnie zum Zwecke dieser armseligen, aber unschuldigen Vergnügungen in ein ehrbares Freudenhaus, das der Vorsteher des Frachtbüros ihnen empfohlen hatte, weil er nicht wollte, daß sich seine Männer in Bars herumtrieben und möglicherweise verseuchten Prostituierten oder noch Schlimmerem in die Hände fielen. Manchmal kam der Bürovorsteher sogar selber mit.

Zu dieser Gelegenheit trugen alle Angestellten korrekte Kleidung, als gingen sie auf Postensuche. Sie trugen Anzug, Krawatte, Hut und Mantel – die Uniform für den freien Tag, den siebenten Tag, an dem man ruhte und die Seele erquickte. Die anderen zogen Vinnie mit seinem schwarzen Filzhut immer ein wenig auf und sagten, er sähe wie ein Gangster aus, obwohl er der Jüngste von ihnen war. Sie trafen sich in der «Diamond-Jim»-Bar, in der es gegrillte Würstchen, heiße Roastbeefsandwiches und kalten Braten gab, der ebenso grau war wie die Haut des Bürovorstehers. Feierlich bestellten sie Whisky; einer der Angestellten erklärte energisch: «Das ist meine Runde», und legte sein Geld auf die Theke. Wenn jeder gewissenhaft eine Runde bezahlt hatte, traten sie auf die 42nd Street hinaus, mitten ins lodernde Neonfeuer der Kinos, das sich zu beiden Seiten der Straße erstreckte. Inzwischen gab es hier so viele flanierende Menschen, daß sie sich ängstlich bemühten, zusammen zu bleiben, als würde derjenige, der von ihnen getrennt wurde, vom Strom davongetragen werden und nicht wieder zu ihnen zurückkehren. Wenn sie die 42nd Street entlangwanderten, kamen sie an den großen bemalten Pappmädchen vorbei, die in hohen Holzrahmen die Männer anlockten und deren Nacktheit in grellem Rot und Purpur gezeichnet war.

Das Haus war ein ruhiges vierstöckiges Hotel, unauffällig und in diesem Feuer aus kaltem, brennendem Pappefleisch kaum zu entdekken. Wenn sie es betraten, marschierten sie geradewegs zum Lift. Sie brauchten nicht durch die Halle zu gehen, denn Leute wie sie benutzten immer den Sondereingang. Der Fahrstuhlführer zwinkerte ihnen zu – mit einem ernsthaften, geschäftsmäßigen Zwinkern, das keineswegs eine frivole Anspielung auf ihr Vorhaben war – und fuhr sie in den obersten Stock. Der Fahrstuhlführer ließ seinen Eisenkäfig offen und unbewacht, geleitete sie einen teppichbelegten Flur entlang, klopfte an die entsprechende Tür, flüsterte die Parole und musterte sie neugierig, wenn sie, einer hinter dem anderen, das Zimmer betraten.

Es war das Wohnzimmer einer Suite mit zwei Schlafzimmern, in dem zu viele kleine Ledersessel herumstanden. Gewöhnlich saß da ein Mann, der in einer Zeitschrift las und wartete, bis er an die Reihe kam. In der Kochnische hockte, fast nicht sichtbar, eine Frau, die Kaffee trank und den Ablauf der Dinge organisierte. In ihrem Schrank hatte sie Whiskyflaschen und Gläser stehen. Wer einen Drink wollte, trat in die Nische und legte einen Dollar hin; gewöhnlich aber ging alles so schnell, daß gar keine Zeit mehr dazu blieb. Diese Frau hatte mit den Kunden wenig zu tun; sie schien eher eine Wächterin dieser Welt zu sein.

Was Vinnie niemals vergaß, war das Gesicht dieser Frau – nicht die Mädchen, die in den Schlafzimmern arbeiteten. Sie war klein, und ihr Haar war schwer und tiefschwarz; obwohl man ihr Alter nicht schätzen konnte, war sie ganz eindeutig zu alt für dieses Geschäft. Doch ihr Gesicht und ihre Stimme waren es, was sie so unmenschlich machte.

Die Stimme war jene schreckliche, heisere Stimme, die manche Huren besitzen: als hätten Ströme verseuchten Samens den Körper überschwemmt und die Stimmbänder zerstört. Sie sprach nur mit großer Anstrengung. Ihre Stimme wirkte fürchterlicher als jede entstellende Narbe. Ihre Züge bildeten in Vinnies jungen Augen die fleischgewordene Maske des Bösen. Der Mund war dick und formlos und fest über den Zähnen zusammengepreßt, die ihre Lippen nach außen drückten. Wangen und Kinn hingen schwer herab wie bei einer Matrone, aber die Nase war kühn und von einer Geschwulst aufgebläht, die geheimnisvoller schien als die Natur selbst, und die Augen beinahe schwarz und seelenlos wie Kohlestücke. Darüber hinaus lag in all ihren

Worten und Gesten etwas, das zeigte, daß sie die Welt zwar nicht haßte oder verachtete, daß sie aber für nichts und niemanden darin noch eine körperliche Emotion empfand. Sie war geschlechtslos. Wenn sie an einem vorbeiging, drehte sie wie ein Hai den Kopf zur Seite. Einmal, als sie vorüberglitt, schrak Vinnie zurück, als könne sie ihm ein Stück Fleisch aus dem Körper beißen. Wenn ein Mann aus einem der Schlafzimmer kam, deutete sie auf den nächsten Kunden; nicht ohne vorher die Schlafzimmertür geöffnet und heiser krächzend gefragt zu haben: «Okay, Schätzchen?» Beim Ton dieser Stimme gefror Vinnies Blut.

Doch er war jung. Wenn er das Schlafzimmer betrat, wurde sein Blut wieder heiß. Nur vage sah er das angemalte Gesicht der Frau, die immer dieselbe war. Fast immer blond, bewegte sie sich im goldenen Kreis einer Lampe unter schwerem Schirm, so daß die Farben in ihrem Gesicht das Licht zu brechen schienen: der rot bemalte Mund, die lange, blasse Nase, die unter dem knochenweißen Puder glänzte, die totenähnlichen, geistergleichen Wangen und die schwarz verschmierten, grünschimmernden Augenhöhlen.

Was dann kam, war Vinnie immer äußerst peinlich. Die Frau führte ihn zu einem niedrigen Tisch in der Zimmerecke, auf dem ein Becken mit heißem Wasser stand. Er zog Schuhe, Socken und Hose aus, und sie begann nach einem sachlich prüfenden Blick seine Geschlechtsteile zu waschen.

Anschließend – er trug noch immer Hemd und Krawatte (einmal hatte er, von Leidenschaft überwältigt, sich ganz ausziehen wollen, und die Frau hatte gesagt: «Nicht doch, um Himmels willen! Ich habe nicht die ganze Nacht Zeit!») –, anschließend also führte sie ihn zu dem Bett an der anderen Wand, ließ ihren Morgenrock von den Schultern gleiten und stand im Licht der fransenbesetzten Nachttischlampe splitternackt vor ihm.

Die rot geschminkten Brustwarzen, der runde Bauch mit den Speckfalten, das klar gezeichnete schwarze Dreieck und die beiden langen, dick gepuderten Säulen der Oberschenkel – das alles erfüllte seinen Zweck. Sobald die Hure den Mantel abwarf und ihm diesen Körper zeigte, stieg Vinnie so machtvoll das Blut ins Gehirn, daß er den ganzen Abend an Kopfschmerzen litt.

Die Umarmung selbst war funktionell, eine ernste Pantomime. Die Frau ließ sich auf das mit einem Überwurf bedeckte Bett sinken, zog Vinnie über sich, Vinnie fiel auf ein Knie und senkte seinen Körper hinab, in die Zange der ihn umklammernden Beine.

Er war verloren. Fleisch; heißes, weiches Fleisch an dem seinen; schmelzendes Wachs; warmes, weiches, klebriges Fleisch ohne Blut oder faserige Nerven. Sein Körper, fremdes Gewebe, eingeschlossen, sog auf, was dieses Fleisch ausschied. Seine gestreckte, gespannte Gestalt drückte sich in dieses Wachs, das der Form seiner Knochen nachgab, und einen einzigen grellen Augenblick lang war er frei, erlöst von seiner Einsamkeit.

Das war alles. Draußen erwarteten ihn die Kollegen. Sie gingen chinesisch essen, anschließend ins Paramount-Kino oder zum Kegeln und tranken zu guter Letzt im «Automat» Kaffee. Wenn einer der Kollegen ein festes Mädchen fand oder sich verlobte, stellte er seine Besuche im Hotel zwar nicht ein, trennte sich aber hinterher sofort von den anderen, um seine Freundin zu besuchen. Entschärft.

Für Vinnie war es wie das Essen, das er zu sich nahm, das Bett, in dem er schlief, das Geld, das er verdiente: Bestandteil einer Routine, die notwendig war, um am Leben zu bleiben. Mit der Zeit jedoch hatte er das Gefühl, daß er sich von der Welt um ihn herum und von ihren Bewohnern immer mehr löste.

20

Wo waren jene armen Teufel, die Amerika und seinen Traum verfluchten? Und wer konnte nun noch daran zweifeln? Durch den Krieg in Europa, in dem die Engländer, Franzosen, Deutschen und sogar Mussolini Millionen verschleuderten, nur um zu morden, hatte jeder Italiener entlang des westlichen Stadtrandes die Taschen voll Geld. Die schreckliche Zeit der Depression war vorüber, man brauchte nicht mehr um Brot zu betteln, man konnte sogar, übers Treppengeländer gelehnt, die Wohlfahrtsinspektoren beschimpfen. Man schmiedete Pläne für den Erwerb eines Hauses auf Long Island.

Gewiß, das Geld wurde damit verdient, daß man den Menschen half, sich gegenseitig umzubringen. Der Krieg in Europa war es, der alle diese Jobs mit sich brachte. So oder ähnlich grollten alle jene, die einen vorlauten Verstand hatten, und forderten damit Ärger heraus. Aber in welchem Land sonst hatten sogar die Armen Gelegenheit, sich am Unglück der Welt zu bereichern?

Als Leute aus dem Süden, aus Sizilien, den Abruzzen, Neapel, interessierten sich die Italiener der Tenth Avenue nicht dafür, ob Mussolini den Krieg gewann. Sie hatten das Land ihrer Geburt nie geliebt; es bedeutete ihnen nichts. Seit Jahrhunderten war die Regierung dort der erbittertste Feind ihrer Väter und davor der Väter ihrer Väter gewesen.

Die Reichen hatten auf die Armen gespien. Zuhälter aus Rom und dem Norden hatten ihnen das Blut ausgesogen. Welch ein Glück, hier in Amerika in Sicherheit zu sein!

Nur Teresina Coccalitti war unzufrieden. In diesen guten Zeiten konnte sie nicht mehr behaupten, daß ihre Söhne arbeitslos seien, und nun hatte man ihr die Fürsorgeunterstützung entzogen. Jetzt lief sie heimlich herum und kaufte riesige Säcke Zucker, Dosen mit Fett und zahllose Ballen Stoff. Geheimnisvoll sagte sie zu Lucia Santa: «Warte nur, eines Tages ... Ja, ja, eines Tages ...» Doch dann legte sie den Finger auf den Mund und sagte kein weiteres Wort. Was meinte sie? Gewiß, es gab Einberufungen zum Militär, doch nur ein einziger junger Mann von der Tenth Avenue hatte einrücken müssen. Kein Grund zur Besorgnis.

Lucia Santa war viel zu beschäftigt, um sich die Worte der Coccalitti im Kopf herumgehen zu lassen. Ströme von Gold überschwemmten die Mietshäuser. Die Kinder arbeiteten nach der Schule. Sal und Lena halfen nachmittags in der neuen Medikamentenfabrik an der Ninth Avenue. Vinnie arbeitete sieben Tage in der Woche. Sollten sich die Leute in Europa nach Herzenslust gegenseitig umbringen, wenn ihnen das Spaß machte! Das Dorf, in dem Lucia Santas Eltern lebten, war so klein, der Boden so wertlos, daß keiner ihrer Verwandten gefährdet war.

Nur Gino, dieser Gauner, arbeitete nicht. Aber dies war der letzte Faulenzersommer für ihn! Im Januar war er mit der Realschule fertig, und dann gab es keine Ausreden mehr. Freunde zu bitten, daß sie ihm einen Job verschafften, war sinnlos. Lucia Santa hatte es versucht, doch Gino hatte es jedesmal fertiggebracht, daß man ihn feuerte.

Eines jedoch konnte dieser *mascalzone* tun: Vinnie hatte wieder einmal seine Lunchtüte vergessen, die konnte Gino ihm nun bringen. Lucia Santa vertrat ihm den Weg, als er sich, den Baseballschläger unter dem Arm, diesen Hebammenhandschuh an der Hand, an ihrer umfangreichen Gestalt vorbeidrücken wollte. Wie ein feiner Herr mit Stock und Hut. «Hier, das bringst du deinem Bruder zur Arbeit», befahl sie und hielt ihm die fettige braune Tüte entgegen. Sie hätte lachen mögen, als sie sein angewidertes Gesicht sah. Wie eingebildet er war! Genau wie alle Menschen, die nicht ihr Brot im Schweiße ihres Angesichtes verdienen müssen. Wie empfindlich!

«Ich komme schon jetzt zu spät, Mamma», beschwerte er sich, ohne die Tüte zu beachten.

«Zu spät? Wofür?» fragte Lucia Santa ungeduldig. «Zu spät zum Heiraten? Zu spät, um all das viele Geld, was du in dieser Woche verdient hast, zur Bank zu tragen? Zu spät, um einen Freund um ehrliche

Arbeit zu bitten?»

Gino seufzte. «Mamma, Vinnie kann doch im Restaurant essen.»

Das war zuviel. Lucia Santa sagte bitter: «Dein Bruder gibt sein Leben für dich hin – er spielt nicht, er läuft nicht im Park herum. Du forderst ihn nie auf, mit dir auszugehen, und er ist so einsam. Aber du kannst ihm nicht einmal sein Brot bringen. Du bist eine Schande für mich. Geh, spiel nur Baseball und treib dich mit deinen Freunden herum. Ich werde es ihm schon selber bringen.»

Beschämt nahm Gino ihr die Lunchtüte ab. In ihren Augen sah er das Licht des Sieges aufblitzen, aber das war ihm gleich. Er wollte wirklich etwas für Vinnie tun.

Mit leichten Schritten trabte er die Tenth Avenue bis zur 37th Street hinauf, dann bog er ab und lief zur Eleventh Avenue. Er liebte es sehr, so durch die schwere Sommerluft zu laufen: sein Körper fühlte sich dann so frei! Als er noch kleiner gewesen war, hatte er oft Riesensprünge gemacht, um einmal zu sehen, ob er nicht fliegen konnte, weil es ihm doch so vorkam. Jetzt aber war er zu alt dazu. Kurz bevor er das Frachtgebäude erreichte, warf er die braune Papiertüte hoch in die Luft nach vorn und sprintete los, um sie zu erwischen, bevor sie zu Boden fiel.

Geruhsam wurde er von einem eisernen Gitteraufzug durch das alte, nach Ratten stinkende Gebäude nach oben getragen. Der Fahrstuhlführer in seiner grauen, schmutzigen Uniform mit wurmähnlichen gelben Insignien an den Aufschlägen öffnete ihm die Metalltür mit jener rätselhaften Verachtung, die manche Erwachsene für die Jugend hegen, und dann betrat Gino ein Dachbodenbüro, das sich bis an das andere Ende des Hauses erstreckte.

Es war wie ein Albtraum: man sieht sich in einem Gefängnis, von dem man genau weiß, daß man eines Tages darin leben muß. Die Schreibtische mit den Fakturiermaschinen standen in Reihen hintereinander, und die Maschinen spien lange Rollen von Frachtbriefen aus. Die Männer an den Maschinen trugen alle Westen, weiße Hemden und lose hängende Krawatten. Sie waren älter als Vinnie und arbeiteten sehr schnell. Die Maschinen klapperten hektisch. Jeder Schreibtisch hatte eine gelbliche Lampe; der übrige Raum lag im Dunkeln – bis auf einen langen Tisch, auf dem sich fertige Frachtbriefe stapelten. An diesem Tisch stand ein langer, dünner, gebeugter Mann mit dem grauesten Gesicht, das Gino jemals begegnet war, und sortierte unter einem riesigen Scheinwerfer die Frachtbriefe aus. Stimmen waren nicht zu hören. Vom Tageslicht draußen drang kein Schimmer herein. Es war, als wären diese Männer hier, hoch über dem Rumpeln der ein- und auskuppelnden Güterwagen, die unten, im untersten Grund des Hauses rangierten, eingesargt. Suchend sah Gino sich um, und endlich entdeckte er Vinnie.

Vinnie war der einzige Mann ohne Weste, und außerdem trug er ein farbiges Hemd, damit er es zwei oder drei Tage lang anziehen konnte. Sein lockiges schwarzes Haar wirkte feucht unter der gelben Stahlarmlampe. Gino sah, daß Vinnie langsamer arbeitete als die anderen und daß sein Gesicht verzerrt war vor intensiver Konzentration. Die Mienen der anderen waren leer wie bei Schlafwandlern.

Auf einmal hob Vinnie den Kopf. Ausdruckslos starrte er zu Gino hinüber. Er zündete sich eine Zigarette an. Verwundert erkannte Gino, daß Vinnie ihn nicht sehen konnte, daß niemand ihn sehen konnte. Er stand im Dunkeln, außerhalb ihrer Welt. An der ersten Schreibtischreihe vorbei trat er in den gelben, den lebendigen Teil des Raumes. Als hätte er die Sonne verdunkelt, fuhren die Köpfe hoch. Auch Vinnie sah auf.

Sein Gesicht war so glücklich, daß es Gino das Herz brach. Sein Lächeln war wieder so sanft wie in der Kinderzeit. Gino hob die Lunchtüte hoch und warf sie dem Bruder zu. Vinnie fing sie geschickt, und Gino trat unbeholfen zu ihm an den Schreibtisch heran.

«Danke, Kleiner», sagte Vinnie. Die Männer links und rechts von ihm hörten auf zu tippen, und er erklärte ihnen: «Das ist Gino, mein kleiner Bruder.»

Der Stolz in Vinnies Stimme war Gino peinlich. Die beiden Männer sagten: «Tag, Junge», und maßen ihn mit kaltem Blick. Er dachte an seine blauen Drillichhosen und den weißen Wollpullover und kam sich fehl am Platze vor, etwa so, als sei er in einem frivolen Aufzug bei einer todernsten Versammlung erschienen. Der Graugesichtige rief: «Los, arbeiten, Jungens, wir haben aufzuholen!» Dann kam er zu Vinnie herübergewatschelt und legte ihm einen Stoß Frachtbriefe hin. Er sah aus wie eine alte Ratte. «Du bist weit zurück, Vinnie», sagte er.

Nervös rief Vinnie hinter dem sich entfernenden Rücken her: «Ich werde die Pause durcharbeiten.» Gino wollte gehen. Vinnie stand auf und ging mit ihm aus dem Lichtkreis zum Fahrstuhl. Sie warteten, lauschten auf das Surren der Eisenkabel und das Stöhnen des näher kommenden Käfigs.

«Nimm die Abkürzung über den Rangierbahnhof», sagte Vinnie. «Aber paß auf, wenn die Lokomotiven kommen.» Er legte Gino die Hand auf die Schulter. «Danke, daß du mir meinen Lunch gebracht hast. Wirst du am Sonntag spielen?»

«Ja», antwortete Gino. Der Fahrstuhl brauchte sehr lange. Er wollte weg. Er sah die nervösen Blicke, die Vinnie zu den klappernden Maschinen im Lichtkreis warf, und wie er zusammenzuckte, als sich das graue Rattengesicht umdrehte und blind die Dunkelheit nach ihm absuchte.

«Wenn ich rechtzeitig aufstehe, komme ich zusehen», versprach Vinnie. Dann war der Fahrstuhl da, die Eisentüren glitten zurück, Gino trat ein, und die langsame Abfahrt begann. Der Geruch nach Verfall, nach Ratten und alter Scheiße verursachte ihm Übelkeit. Als er aus dem Haus trat, hob er den Kopf der warmen, zitronenfarbenen Septembersonne entgegen. Er stand ganz still und überließ sich einem beinahe seligen Gefühl der Freiheit und Erleichterung.

An Vinnie verschwendete er keinen Gedanken mehr. Im Laufschritt machte er sich auf den Weg durch den Rangierbahnhof, durch dieses weite Feld voll glänzendweißem Stahl, der im Sonnenlicht geheimnisvoll ausfächerte und wieder zusammenlief. Er bog den rechten Arm, als trage er einen Fußball, jagte dahin über die Holzschwellen und schlug Haken um Stahlschienen, die sich vereinigten, um seine fliehenden Füße zu fangen. Schwarze Lokomotiven kamen auf ihn zu, während er ihnen leichtfüßig rechts oder links auswich und immer schneller wurde. Eine Lokomotive kam von hinten; der Führer saß auf Ginos Seite am Fenster. Gino rannte mit ihr um die Wette, raste mit Höchstgeschwindigkeit neben der Lokomotive über die Schwellen, überholte; doch dann warf ihm der Lokomotivführer einen flüchtigen Blick zu, die schwarze Lokomotive schnaufte lauter und tuckerte an ihm vorbei. Als sie in einen Irrgarten von stillstehenden braunen und gelben Güterwagen abbog, machte Gino außer Atem halt. Er fühlte ein wenig Schweiß unter dem weißen Wollpullover und war auf einmal fürchterlich hungrig und durstig. Doch dann fühlte er sich wieder stark und frisch. Er setzte sich in Bewegung – mit langen, raumgreifenden Schritten, die ihn beim Chelsea Park aus dem Gelände und auf die Straße hinaustrugen. Seine Freunde waren schon da; sie warteten auf ihn und warfen sich gegenseitig den Baseball zu.

21

Eine Woche später wachte Lucia Santa des Morgens auf, weil sie spürte, daß etwas nicht in Ordnung war. Sal und Lena lagen noch im Bett. Irgendwann in den frühen Morgenstunden hatte Lucia Santa gehört, daß Gino nach Hause kam; sie erkannte ihn an seinem rücksichtslosen, lauten Verhalten beim Ausziehen. Vinnie aber hatte sie nicht gehört. Dann fiel ihr ein, daß er ja montags den freien Abend hatte und daß er an diesen Abenden manchmal noch später als Gino nach Hause kam.

Obgleich sie wußte, daß niemand die Wohnung betreten konnte, ohne sie aufzuwecken, kontrollierte sie Vinnies Bett. Er schlief jetzt in Octavias altem Zimmer, dem einzigen verschließbaren der ganzen Wohnung. Das Bett war unberührt, aber Lucia Santa machte sich dennoch keine sehr großen Sorgen. Später, als sie die Kinder zur Schule geschickt hatte, lehnte sie sich mit einem Kissen auf die Fensterbank und wartete, daß er an der Avenue auftauchte. Die Zeit verging; sie sah die Streckenwärter der Frühschicht zum Mittagessen über die Avenue kommen und wußte, daß es gleich zwölf sein mußte. Zum erstenmal wurde sie unruhig. Sie zog eine dicke wollene Strickjacke an und ging zu Lorenzo hinunter.

Sie wußte, daß ihr Ältester des Vormittags schlecht ansprechbar war, aber sie war zu nervös, um noch länger zu warten. Sie fand Larry beim Morgenkaffee; er trug nur ein verdrücktes Unterhemd über der dichtbehaarten Brust. Während er seinen Kaffee trank, sagte er ungeduldig: «Um Gottes willen, Mamma, er ist doch kein Baby mehr! Jetzt ist es für ihn sowieso zu spät, um noch nach Hause zu kommen. Wo immer er ist, wenn er aufwacht, wird er bestimmt gleich zur Arbeit gehen.»

«Aber wenn ihm nun etwas passiert ist?» fragte Lucia Santa voll Angst. «Woher sollen wir es denn wissen?»

«Keine Angst, die Bullen stecken ihre Nase in alles», gab Larry trokken zurück.

Louisa schenkte der Mutter Kaffee ein. Ihr schönes, fleischiges Gesicht, sonst immer gelassen, zeigte jetzt ebenfalls Unruhe. Sie mochte Vinnie; sie kannte ihn besser als alle anderen, bis auf die Mutter, und fand sein Ausbleiben sonderbar. «Larry, bitte, geh nachsehen», sagte sie.

Das war so ungewöhnlich an ihr, daß Larry nachgab. Er klopfte seiner Mutter die Schulter. «Ich geh mal rüber zu Vinnies Büro, ja, Mamma? Aber zuerst laß mich meinen Kaffee austrinken.» Und so mußte Lucia Santa nach oben zurückkehren und warten.

Um drei Uhr kamen Gino und die Kinder von der Schule nach Hause, und Larry war immer noch nicht wieder da. Die Mutter wollte Gino zum Bleiben bewegen, aber er schien das nicht zu begreifen. Er machte sich, ohne ihr auch nur zu antworten, auf und davon und nahm seinen Fußball mit. Sal und Lena machten am runden Küchentisch ihre Hausaufgaben, und sie gab ihnen Brot mit Olivenöl und Essig. Endlich, um fünf Uhr, kam Larry, um ihr zu sagen, daß Vinnie nicht im Büro war und daß auch niemand etwas von ihm gehört hatte. Sie sah, daß Larry sich jetzt auch Sorgen machte, begann die Hände zu ringen und Gott auf italienisch anzurufen.

Louisa kam mit den Kindern herauf, um die Mutter ein bißchen zu beruhigen. In diesem Durcheinander hörte niemand die Schritte, die hinter ihr die Treppe heraufkamen. Plötzlich erschien die schwarze Uniform eines Eisenbahnbullen an der Tür und daneben das graue Gesicht des *panettiere*. Der *panettiere* stellte sich vor den Bullen, als wollte er verhindern, daß Lucia Santa den Uniformierten hörte und sah, und hob unbewußt beide Hände, die Innenflächen ihr zugekehrt, in einer so unaussprechlich mitleidigen Geste, daß es Lucia Santa die Sprache verschlug. Statt ihrer war es Louisa, die unvermittelt in lautes Klagen ausbrach.

Gino saß ruhig mit seinen Freunden auf der Treppe des Hudson Guild House, als Joey Bianco vorbeikam und zu ihm sagte: «Du solltest lieber nach Hause gehen, Gino. Da gibt's eine ziemliche Aufregung.»

Gino hatte kaum noch Kontakt mit Joey Bianco. Sie waren, wie alle Kinder, ihrer Freundschaft entwachsen, und jetzt, wenn sie sich sahen, immer ein wenig verlegen. Daher hielt Gino Joey auch nicht zurück, als dieser weiterging, fragte ihn nicht, was denn geschehen sei. Beinah wäre er nicht einmal nach Hause gegangen; dann aber entschloß er sich doch, nachzusehen, was eigentlich los war.

Er nahm die Abkürzung schräg durch den Chelsea Park und lief mit leichten Schritten die Tenth Avenue entlang. Als er zur Ecke 30th Street kam, sah er vor ihrem Haus einen Menschenauflauf und ging nur noch ganz langsam weiter.

Von seiner Familie war niemand unter den Leuten. Gino eilte die Treppe hinauf und trat in die Wohnung.

Drinnen drängten sich die Nachbarn. In der Ecke am Fenster standen Sal und Lena – steif, allein, das Gesicht starr vor Entsetzen. Ein Teil der Leute wich zurück, und nun konnte er seine Mutter sehen. Sie saß auf einem Stuhl. Dr. Barbato hob eine Injektionsspritze hoch. Larry hielt seine Mutter mit all seiner Kraft gepackt, um zu verhindern, daß sie sich unter Krämpfen aufbäumte.

Sie sah grauenhaft aus – als wären die Muskeln, die ihre Gesichtszüge zusammenhielten, zerschmettert. Ihr Mund war seltsam verzerrt, sie schien etwas sagen zu wollen. Ihre Augen hatten das merkwürdig direkte Starren der Blinden. Ihr Unterleib zuckte immer wieder vom

Stuhl hoch, doch dann stieß ihr Dr. Barbato die Nadel in den Arm. Er blieb über sie gebeugt stehen und beobachtete sie.

Allmählich flossen Lucia Santas Züge wieder zusammen, bis ihr Gesichtsausdruck eine Art friedlicher Ruhe verkündete. Die Lider sanken herab, ihr Körper entspannte sich.

«Bringt sie zu Bett», befahl Dr. Barbato. «Sie wird jetzt eine Stunde schlafen. Ruft mich, wenn sie aufgewacht ist.»

Zusammen mit einigen Frauen trug Larry die Mutter ins Schlafzimmer hinüber. Gino sah, daß er direkt neben Teresina Coccalitti stand. Sehr leise – es war das erste Mal, daß er überhaupt mit ihr sprach – fragte er sie: «Was ist mit meiner Mutter los?»

Zia Teresina gab nur zu gern Auskunft. Es freute sie, an diesem schwarzen Tag einiges klarstellen zu können. «Oh, deiner Mutter ist gar nichts passiert», sagte sie würdig. «Es ist dein Bruder Vincenzo. Sie haben ihn auf dem Rangierbahnhof gefunden – von einer Lokomotive überfahren. Was deine Mutter betrifft, nun, so geht es den Eltern eben, wenn sie um ihre Kinder trauern. Zeig ihr wenigstens jetzt ein bißchen Mitgefühl!»

Gino konnte niemals den haßerfüllten Ausdruck auf ihrem schwarzen Raubvogelgesicht vergessen; er konnte niemals vergessen, wie wenig Trauer er beim Tod seines Bruders empfand und wie schockiert er war, daß ein Mensch, seine Mutter oder jemand anders, so sehr von Leid zerrissen sein konnte.

Als Larry aus dem Schlafzimmer kam, winkte er Gino, mit ihm zu kommen. Sie liefen die Treppe hinab und stiegen in Larrys Wagen. Es wurde dunkel. Sie fuhren zuerst die 36th Street, dann die Ninth Avenue hinauf und hielten schließlich vor einem Sandsteinmietshaus. Jetzt erst sagte Larry etwas. «Geh rauf in den zweiten Stock und hol Lefty Fay herunter. Ich muß mit ihm sprechen.» In diesem Augenblick sahen sie eine Gestalt die Vortreppe herunterkommen. Larry kurbelte sein Fenster auf und rief: «He, Lefty!» Dann sagte er zu Gino: «Laß ihn auf deinen Platz und steig du hinten ein.»

Lefty Fay war ein großer, breitschultriger Ire. Gino erinnerte sich, daß er mit Larry aufgewachsen war, daß er sogar der einzige Junge im Block gewesen war, der Larry bei einem Boxkampf besiegen konnte. Während die beiden Männer Zigaretten anzündeten, kauerte sich Gino auf dem Rücksitz zusammen. Zia Teresinas brutale Auskunft war für ihn immer noch nichts weiter als Worte. Er hatte nicht das Gefühl, daß Vinnie tot war.

Ruhig klang Larrys Stimme durch das Dunkel. Resigniert. «Mann, was für ein gräßlicher Tag – für uns alle!»

«Ja», stimmte Lefty Fay ihm zu. Seine Stimme war von Natur aus heiser, jetzt aber enthielt sie den Ton aufrichtiger Trauer. «Ich wollte gerade etwas trinken gehen. Ich konnte heute abend einfach nichts essen.»

«Wieso wußtest du nicht, daß es mein Bruder war, nachdem du ihn mit der Lokomotive überfahren hast?» Larrys Ton war keineswegs vorwurfsvoll; dennoch erwiderte Lefty Fay böse: «Jesus, Larry, du gibst doch nicht etwa mir die Schuld? Es war ganz hinten auf dem Gelände, bei der 42nd Street.» Als Larry nicht antwortete, fuhr er etwas ruhiger fort: «Ich habe ihn nur als kleinen Jungen gekannt, als wir, du und ich, immer zusammen waren. Er hat sich seitdem sehr verändert. Und außerdem hatte er keine Papiere bei sich.»

«Ich gebe dir nicht die Schuld», antwortete Larry. Seine Stimme klang unendlich müde. «Aber die Bullen sagen, du hast in deinem Bericht geschrieben, daß sich mein Bruder vor deine Lokomotive geworfen hätte. Wieso?»

Im Dunkeln wartete Gino auf Fays Antwort. Aber es dauerte sehr lange, bis die heisere Stimme seltsam erstickt sagte: «Larry, ich schwöre zu Gott, daß ich es so gesehen habe. Wenn ich gewußt hätte, daß es dein Bruder war, dann hätte ich das niemals in den Bericht geschrieben. Aber so habe ich es gesehen.»

Gino spürte, daß Larry ein bißchen Kraft in seine Stimme zwang. «Hör zu, Lefty», sagte er. «Du weißt genau, daß mein Bruder Vinnie so etwas nicht tun würde. Er hatte ja schon als kleiner Junge Angst vor dem eigenen Schatten. Vielleicht war er betrunken oder irgendwie nicht ganz bei sich. Du kannst den Bericht doch abändern.»

Fay erwiderte rasch: «Das kann ich nicht, Larry, das weißt du genau. Die Bullen würden über mich herfallen, und außerdem würde ich meinen Job verlieren.»

Larrys Stimme war schneidend: «Ich garantiere dir einen Job.»

Keine Antwort. Larry fuhr fort: «Lefty, ich weiß, daß du dich irrst. Aber wenn du bei deinem Bericht bleibst, weißt du, was dann mit meiner Mutter passiert? Sie dreht durch. Du hast so oft bei uns zu Hause gegessen, als wir noch klein waren. Willst du ihr das wirklich antun?»

Fays Stimme schwankte. «Ich muß an meine Frau und meine Kinder denken.» Larry antwortete nicht. «Wenn ich den Bericht ändere, muß die Eisenbahn deiner Mutter vielleicht eine Entschädigung zahlen. Und das bedeutet, daß sie auf meinen Kopf aus sein werden – so sicher wie das Amen in der Kirche. Ich kann es einfach nicht tun, Larry. Bitte, verlange es nicht von mir.»

«Du bekommst die Hälfte der Summe», versprach ihm Larry. «Und ich verlange es von dir.»

Fay lachte nervös und ärgerlich. «Nur weil du für di Lucca arbeitest, willst du mich jetzt erpressen, Larry?» Es klang fast wie eine Herausforderung, ein Überbleibsel aus der Zeit, als sie noch Jungen waren und Lefty Larry kräftig zusammengeschlagen hatte.

Auf einmal sprach eine Stimme, die Gino zuerst nicht erkannte und die sein Blut vor tierischer Angst erstarren ließ. Es war eine Stimme, in die mit voller Absicht das ganze Gift, die ganze Grausamkeit und der ganze Haß gelegt wurde, die ein Mensch aus den Tiefen seines Wesens hervorholen kann. Es war Larrys Stimme. «Ich werde es dir heimzahlen», sagte er. Es war mehr als eine Drohung: es war ein tödliches Versprechen – ein unmenschliches.

Die Angst, die den Wagen erfüllte, verursachte Gino körperliche Übelkeit. Er stieß die Tür auf und stieg aus, an die frische Luft. Er wäre gern fortgegangen, aber er fürchtete, daß Larry dann Fay etwas antun könnte. Gleich darauf aber sah er Fay aus dem Wagen steigen und sah, daß Larry ihm durch das offene Fenster ein paar gefaltete Scheine reichte. Als Fay verschwunden war, ging Gino zum Vordersitz. Er konnte den Bruder nicht ansehen. Auf der Heimfahrt sagte Larry mit müder Stimme: «Den Unsinn, den dieser Kerl verzapft hat, den darfst du nicht glauben, Gino. Jedesmal, wenn es einen Unfall gibt, fangen alle an zu lügen. Niemand will die Schuld auf sich nehmen. Und der Bulle hat mir gesagt, daß Vinnie betrunken war; er hat den Alkohol genau gerochen. Es war Vinnies eigene Schuld, gewiß, aber er hat sich nie und nimmer vor die Lokomotive geworfen.» Er hielt inne, und dann sagte er noch, als müsse er eine Erklärung abgeben: «Ich mache mir Sorgen um unsere Alte Dame, Gino. Mein Gott, ich mache mir Sorgen um unsere Mutter!» Keiner von ihnen erwähnte Vinnie.

22

Sogar der Tod bringt Mühe und Arbeit. Da muß für die engeren Trauergäste Kaffee gemacht und Wein serviert, da muß für das pflichtgetreu bekundete Beileid von Freunden und Verwandten Dank und Zuneigung gezeigt werden.

Unbedingt mußte jeder einzelne offiziell vom engsten Blutsverwandten des Verstorbenen benachrichtigt werden. Da waren die Pateneltern, die in New Jersey wohnten, die schwierigen Vettern in ihren Häusern auf Long Island, die alten Freunde in Tuckahoe. Sie alle mußten an diesem Tag wie die Fürsten behandelt werden, denn die Hinterbliebenen stehen im Blickpunkt der Öffentlichkeit, und ihr Verhalten muß fehllos sein.

Und dann mußte die Totenwache in einem Beerdigungsinstitut gehalten werden, denn nur die Neueinwanderer trauerten im eigenen Haus, und ein Mitglied der Familie mußte stets zur Hand sein, die Trauergäste zu begrüßen. Der arme tote Vincenzo durfte, solange er noch über der Erde war, keinen Augenblick allein sein. Im Tod würde er mehr Gesellschaft haben als jemals in seinem Leben.

Am ersten Abend der Totenwache für Vincenzo versammelte sich die Familie Angeluzzi-Corbo schon früh in der Küche der Wohnung an der Tenth Avenue. Der Raum war kalt. Da alle erst sehr spät zurückkehren würden, hatte man den Kerosinofen ausgehen lassen.

Lucia Santa saß am Tisch – aufrecht, schwer und breit in ihrem Schwarz, die Augen klein und geschwollen. Sie trank ihren Kaffee, ohne jemanden anzusehen. Ihr fahles Gesicht war beinahe gelb. Neben ihr, ein wenig ihr zugewandt, saß Octavia, bereit, sie tröstend zu streicheln, bereit, ihrem kleinsten Wink zu gehorchen. Die strenge Reglosigkeit der Mutter erschreckte die Tochter.

Lucia Santa blickte im Zimmer umher, als sehe sie alle, die anwesend waren, erst jetzt. Endlich sagte sie: «Gebt Salvatore und Lena etwas zu essen.»

«Ich mach's schon», erbot sich Gino sofort. Er trug einen schwarzen Anzug mit Trauerflor am linken Arm. Er war hinter der Mutter, so daß sie ihn nicht sehen konnte, am Fensterbrett gelehnt. Jetzt ging er rasch zum Eiskasten im Treppenhaus. Es war für ihn eine Erleichterung, das Zimmer verlassen zu können, und sei es auch nur für einen Augenblick.

Den ganzen Tag war er zu Hause geblieben, um seiner Mutter an die Hand zu gehen. Er hatte Kaffee gereicht, Geschirr gespült, Besucher begrüßt und sich um die Kinder gekümmert. Den ganzen Tag hatte die Mutter kein einziges Wort mit ihm gesprochen. Einmal hatte er sie gefragt, ob sie etwas essen wolle. Sie hatte ihn lange und kalt angesehen und sich dann wortlos abgewendet. Er hatte sie nicht mehr angesprochen und sich möglichst abseits vom Geschehen aufgehalten.

«Möchte sonst noch jemand was?» erkundigte er sich nervös. Die Mutter sah auf, direkt in seine Augen; hoch oben auf ihren Wangen brannten zwei rote Flecke.

«Gib Mamma noch etwas Kaffee», sagte Octavia. Sie sprach, wie alle, sehr leise, fast flüsternd.

Gino holte die Kaffeekanne und schenkte der Mutter ein. Dabei berührte er zufällig ihren Körper, und sie zuckte vor ihm zurück, blickte mit einer Miene zu ihm auf, daß er erstarrte und ungeschickt die große braune Kanne über dem Tisch in der Luft hielt.

Larry sagte: «Ich glaube, wir müssen gehen.» Er sah in dem schwarzen Anzug, der schwarzen Krawatte und dem schneeweißen Hemd hinreißend aus. Der Trauerflor an seinem Arm hatte sich gelöst. Lucia Santa steckte ihn mit einer Nadel zusammen.

Octavia fragte: «Was ist mit Zia Coccalitti?»

«Die hole ich später», erklärte Larry. «Zusammen mit dem *panettiere* und Louisas Eltern.»

Octavia sagte nervös: «Ich hoffe nur, daß nicht zu viele Kinder da rumlaufen. Hoffentlich sind sie vernünftig genug, die Kinder zu Hause zu lassen.»

Niemand antwortete. Alle warteten darauf, daß Lucia Santa das Zeichen zum Aufbruch gab. Gino stand wieder so, daß seine Mutter ihn nicht sah, an der Fensterbank – in sich zusammengesunken, mit hängendem Kopf und ohne jemanden anzuschauen.

Endlich hielt Octavia es nicht mehr aus. Sie erhob sich und zog ihren Mantel an. Dann steckte sie Sal und Lena schwarze Trauerflore an die Ärmel. Louisa stand auf und zog sich ebenfalls an. Larry stand ungeduldig an der Tür. Lucia Santa rührte sich immer noch nicht. Ihre Ruhe erschreckte die anderen ein wenig. Octavia sagte: «Gino, hol Mammas Mantel.» Gino ging ins Schlafzimmer, zog seinen eigenen Mantel an und kam dann zurück. Er stellte sich neben den Stuhl seiner Mutter und hielt ihren Mantel so, daß sie beim Aufstehen leicht hineinschlüpfen konnte. Die Mutter beachtete ihn nicht. «Komm, Mamma», sagte er leise, und in seiner Stimme lag ein wenig von dem tiefen Mitleid, das er für sie empfand.

Und jetzt erst drehte sie sich auf ihrem Stuhl herum und sah mit einem Gesicht zu ihm auf, so unbarmherzig und kalt, daß Gino erschrocken davor zurückwich. Endlich sagte sie sehr ruhig: «So, zu dieser Beerdigung willst du also mitkommen, wie?»

Einen Augenblick waren alle wie vor den Kopf geschlagen, konnten nicht glauben, nicht begreifen, was sie gesagt hatte, weil es zu grausam war – bis sie entdeckten, daß Ginos Gesicht schneeweiß wurde und sich gequält verzog. Er hielt den Mantel zwischen sich und die Mutter, als wolle er ihn als Schutzschild benutzen. Seine Augen hatten einen kranken, gebannten Blick.

Die Mutter starrte ihn immer noch mit dieser furchtbaren Unbarmherzigkeit an. Und wieder begann sie sehr ruhig zu sprechen. «Aber wie kommen wir zu dieser Ehre? Du bist nicht mitgekommen, um deinen Vater im Sarg zu sehen. Und als dein Bruder noch lebte, hast du ihm nie geholfen, hattest du immer nur Zeit für deine kostbaren Freunde und niemals Zeit, dein eigenes Fleisch und Blut zu trösten. Du hattest niemals Mitleid mit ihm, du hast ihm nie etwas gegeben.» Sie hielt inne und legte dann eine kränkende, herablassende Geringschätzung in ihren Ton. «Du willst jetzt zeigen, wie leid es dir tut? Du schenkst Kaffee ein, du hältst mir den Mantel. Dann bist du vielleicht doch kein Tier. Dann weißt du vielleicht sogar, wie sehr dein Bruder dich liebte, wie gut er war.» Sie wartete – vielleicht auf eine Antwort –, doch dann sagte sie: «Geh fort. Ich will dein Gesicht nicht sehen.»

Alles, was sie jetzt sagte, hatte er schon erwartet. Ohne es zu wissen, blickte er sich im Zimmer um, ob ihm nicht jemand zu Hilfe käme; aber er sah auf den Gesichtern nur das kranke Entsetzen von Menschen, die das gräßlich zugerichtete Opfer eines Unfalls betrachten. Dann war es auf einmal, als wäre er blind und könne überhaupt nichts mehr sehen. Er ließ den Mantel zu Boden fallen und trat zurück, bis er wieder an die Fensterbank stieß.

Er wußte nicht, ob er die Augen geschlossen hatte oder nur das Gesicht der Mutter einfach nicht sehen wollte, weil sie jetzt wieder begann, ihn anzuschreien. «Ich will nicht, daß du mitkommst! Zieh deinen Mantel aus! Bleib zu Hause und verkriech dich wie ein Tier, das du bist!» Doch dann erhob Octavia ebenfalls ihre Stimme – ärgerlich und dennoch bittend: «Mamma, bist du verrückt geworden? Halt doch um Himmels willen den Mund!» Er hörte, wie Lena vor Angst wimmerte. Und dann endlich kamen Geräusche, die ihm sagten, daß die anderen das Zimmer verließen und die Treppe hinabstiegen. Gino hörte ein fremdes Lachen, das er als das seiner Mutter identifizierte, das Rascheln steifer, neuer Kleider. Dann flüsterte Octavias Stimme: «Hör nicht auf das, was Mutter sagt. Warte ein bißchen, und komm dann nach. Sie will, daß du kommst.» Nach einer Pause sagte sie noch: «Gino, ist alles in Ordnung mit dir?» Er nickte nur in die Richtung der Stimme.

Es war sehr still. Allmählich konnte er wieder sehen. Die elektrische Glühbirne warf einen schmutziggelben Lichtkreis, und darin schwebte der große, runde Tisch mit den Kaffeetassen und den bräunlichen Pfützen verschütteten Kaffees, der sich in den Falten des verschrammten Wachstuches fing. Da er noch warten mußte, bis er zum Beerdigungsinstitut gehen konnte, räumte er die Küche auf und spülte das Geschirr. Dann zog er das Jackett mit dem Trauerflor an und verließ das Haus.

Mit dem großen Messingschlüssel verschloß er die Tür und legte ihn dann unter den Eiskasten. Als er unten aus der Haustür trat, stieß er gegen den Trauerkranz, der dort angenagelt war. In der Dunkelheit waren die Blumen schwarz.

Gino ging durch die Tenth Avenue in Richtung Stadt, vorbei an der Stelle, wo früher die Brücke gewesen war, folgte dem Bahndamm, bis dieser von einem Riesengebäude verschluckt wurde. Er sah ein Straßenschild mit der Aufschrift «St. John's Park», aber er sah keine Bäume. Er dachte daran, daß Larry immer gesagt hatte, er reite auf seinem Pferd vom St. John's Park herunter, und daß er, Gino, als Kind immer geglaubt hatte, das wäre ein richtiger Park mit vielen Bäumen, mit Gras und mit Blumen.

Das Beerdigungsinstitut lag an der Mulberry Street, also mußte er sich nach Osten wenden. Unterwegs ging er in ein Restaurant, um sich Zigaretten zu kaufen.

Die Männer, die an der Theke saßen, waren Nachtarbeiter, und sogar die Büroangestellten trugen grobe Kleidung. Eine erschreckende Einsamkeit lag in der verräucherten Luft, als gäbe es nichts, was diese Menschen verbinden könnte. Gino ging wieder hinaus.

Draußen waren die Straßen dunkel bis auf die kleinen Lichtkreise der Straßenlaternen. Weiter unten im Block sah er ein kleines Neonkreuz. Auf einmal spürte Gino, wie seine Knie weich wurden und so zu zittern begannen, daß er sich auf eine Haustreppe setzen mußte. Er rauchte eine Zigarette. Zum erstenmal wurde ihm klar, daß er in Vinnies totes Gesicht sehen mußte. Er dachte daran, wie er und Vinnie oft spät in der Nacht allein im Haus gewesen waren und wie sie dann, halb schlafend schon, auf der Fensterbank ihrer Kindheit gesessen und die Sterne über dem Jerseyufer gezählt hatten.

Er schlug die Hände vors Gesicht; die Tränen überraschten ihn. Ein Grüppchen Kinder kam durch die gelben Lichtkreise die Straße entlanggetobt. Sie blieben stehen und beobachteten ihn lachend. Sie waren furchtlos. Endlich stand er auf und ging eilig davon.

Von der Tür des Beerdigungsinstitutes bis zum Bordstein zog sich, wie um die Trauernden vor dem Himmel zu schützen, eine lange, schwarze Markise. Gino trat ein und kam in einen kleinen Vorraum, von dem aus ein Durchgang in eine riesige gewölbte Halle voll Menschen führte.

Selbst die Bekannten wirkten wie Fremde. Da war der *panettiere,* in seinem alten schwarzen Anzug massig und schwer wie ein Berg Kohle, und Guido, sein Sohn, finster und schwarz von seinem dunklen Bartschatten. Der Barbier, dieser einsame Verrückte, saß still auf einem

Stuhl, der bohrende Blick seiner Augen gemildert durch die Gegenwart des Todes.

Die Frauen der Tenth Avenue thronten in feierlichen Reihen entlang der Wand, und Vinnies Kollegen von der Nachtschicht standen in Gruppen herum. Da war Piero Santini aus Tuckahoe und seine Tochter Caterina, verheiratet jetzt, mit gewölbtem Bauch, rosigem Gesicht und Augen, die vor wissendem und befriedigtem Begehren kühl und selbstsicher blickten. Louisa, das schöne Gesicht von der Trauer seltsam verwandelt, saß mit ihren Kindern in einer Ecke und beobachtete ihren Mann.

Larry stand bei einigen Männern von der Eisenbahn. Gino war schockiert, weil sie sich ganz normal verhielten und lächelnd von Überstunden und dem Kauf eines Hauses auf Long Island sprachen. Larry erzählte vom Bäckergewerbe, und sein gewinnendes Lächeln nahm allen die Nervosität. Es war, als säßen sie beim Kaffee in der Bäckerei.

Larry entdeckte Gino und winkte ihn zu sich heran. Er stellte Gino den Männern vor, die ihm zum Zeichen respektvollen Mitgefühls kraftvoll und feierlich die Hand schüttelten. Dann nahm Larry Gino beiseite und flüsterte ihm zu: «Geh zu Vinnie hinein und sprich mit Mamma.» Einen Augenblick war Gino verwirrt, weil Larry gesagt hatte: «Geh zu Vinnie», als wäre der Bruder noch am Leben. Larry führte ihn quer durch den Raum bis dorthin, wo ein paar Männer vor einem zweiten, kleineren Durchgang standen und ihn mit ihren Körpern verdeckten.

Zwei kleine Jungen flitzten, gefolgt von empört geflüsterten Rufen ihrer Mütter, an Gino vorbei über den blankgebohnerten schwarzen Fußboden. Ein junges Mädchen von höchstens vierzehn Jahren jagte hinter ihnen drein, versetzte ihnen ein paar kräftige Ohrfeigen und schleppte sie zu den Stühlen an der Wand zurück. Endlich bahnte sich Gino einen Weg durch die zweite Türöffnung in einen anderen, kleineren Raum. Der Sarg stand an der hinteren Wand.

Vinnie lag auf weißem Satin. Seine Knochen, seine Brauen, seine große, schmale Nase stießen wie Hügel rings um die geschlossenen, eingesunkenen Augen hervor. Das Gesicht war vertraut, und dennoch war dies nicht sein Bruder. Vinnie war nicht hier, war überhaupt nicht hier. Alles Charakteristische an ihm war dahin: die schlaksige Körperhaltung, die tiefliegenden, verwundeten Augen, das Bewußtsein der Niederlage und die sanftmütige, verletzliche Freundlichkeit. Was Gino sah, war eine seelenlose, unbesiegbare Statue ohne Wärme.

Und trotzdem empfand er die Anwesenheit der Frauen in diesem kleinen Raum als störend. Sie saßen im rechten Winkel zum Sarg an der

Wand und unterhielten sich zwar leise, doch über ganz allgemeine Themen. Seine Mutter sprach wenig, aber in völlig natürlichem Ton. Ihr zuliebe trat Gino an den Sarg, stellte er sich neben den Bruder, betrachtete eher die seidene Decke als den Toten und fühlte nichts, weil das ja gar nicht Vinnie war, sondern nur ein unpersönlicher Beweis für den Tod.

Er wandte sich wieder zum Gehen, aber Octavia stand auf, nahm seinen Arm und führte ihn zu seiner Mutter. Lucia Santa erklärte den neben ihr sitzenden Frauen: «Das ist Gino, mein ältester Sohn nach Vincenzo.» So brachte sie ihnen bei, daß er ein Kind ihres zweiten Mannes war.

Eine der Frauen, mit einem Gesicht so runzlig wie eine alte Walnuß, sagte beinahe böse zu ihm: «Eh, *giovanetto*, da siehst du, wie Mütter um ihre Söhne leiden! Gib acht, daß du ihr nicht auch Kummer machst.» Sie war eine Blutsverwandte, daher durfte sie ungestraft so sprechen, aber Octavia biß sich trotzdem vor Zorn auf die Lippen.

Gino senkte den Kopf, und Lucia Santa fragte: «Hast du was gegessen?» Gino nickte. Er konnte nicht sprechen, konnte die Mutter nicht ansehen. Er verspürte eine körperliche Angst – Angst davor, daß sie ihn vor allen Anwesenden schlagen würde. Aber ihr Ton war vollkommen normal. Die Mutter entließ ihn. «Geh, hilf Lorenzo, mit den Leuten zu sprechen. Tu, was er dir sagt.» Und Gino hörte voll Staunen, daß sie mit Genugtuung in der Stimme zu den anderen sagte: «Es sind so viele Leute gekommen. Vincenzo hatte so viele Freunde!» Es machte ihn krank. Keiner dieser Besucher hatte Vinnie richtig gekannt oder sich je für ihn interessiert.

Die Mutter sah diesen Blick und hatte Verständnis dafür. Es war die unreife, arrogante Verachtung der Jugend für Vorspiegelung falscher Tatsachen. Denn die Jugend ahnt nichts von der schrecklichen Notwendigkeit, sich vor den Schlägen des Schicksals zu schützen. Sie ließ ihn gehen. Er würde schon lernen.

Die Zeit wurde zu einem Schatten in diesem dunklen Raum. Gino begrüßte die Neuhinzukommenden und führte sie über den spiegelnden, schwarzen Boden zu seiner Mutter und zu Vinnie in seinem Sarg. Er sah, daß diese Leute, die ihr und seinem toten Bruder nichts bedeuteten, dennoch ein Trost für die Mutter waren. Nur Zia Louche hätte den Patensohn aufrichtig betrauert, doch Zia Louche war tot. Sogar Octavia schien nicht so tief berührt, wie er es von ihr erwartet hätte.

Wie im Traum zeigte Gino all diesen Fremden, wo sie sich in die Kondolenzliste eintragen, wo sie ihr Scherflein in den Kasten an der Wand einwerfen mußten. Dann ließ er sie frei wie Brieftauben, damit sie sich den Rückflug über den schwarzgebohnerten Fußboden allein suchten, den Weg zu ihren Verwandten, die sie seit der letzten Beerdigung nicht mehr gesehen hatten.

Zum erstenmal in seinem Leben spielte er die Rolle eines Familienmitgliedes. Er geleitete Leute hinein und geleitete sie wieder hinaus. Er plauderte, erkundigte sich nach den Familien, schüttelte höflich den Kopf zu ihrem Entsetzen über den Unfall, der zu diesem tragischen Ereignis geführt hatte, sagte ja, er sei der älteste Sohn des zweiten Mannes, und sah, wie sie ihn als die *disgrazia* identifizierten. Die Santinis konnten ihre Erleichterung darüber, daß sie in diese Familie und ihr Unglück nicht hineingezogen worden waren, kaum verbergen. Dr. Barbato erschien auf ein paar Minuten, klopfte Gino mit unerwarteter Freundlichkeit auf die Schulter und sah diesmal ausnahmsweise nicht schuldbewußt oder überheblich aus. Der *panettiere*, intimer mit der Familie befreundet als die anderen, fast ein Familienmitglied sogar (schließlich war er eine Zeitlang der Brotherr des Verstorbenen gewesen), sagte zu Gino: «Eh, war es wirklich ein Unfall? Der arme Junge, er war immer so traurig!» Gino antwortete nicht.

Zia Teresina Coccalitti, dieser Hai in Menschengestalt, sagte zu keinem Anwesenden ein Wort. Sie saß neben Lucia Santa – gelähmt vor Angst, als müsse der Tod, auf einmal so nah, plötzlich auch sie und ihre vier Söhne entdecken, müsse ihren Betrug mit der Wohlfahrtsunterstützung entdecken – und ihr Haus, bis obenhin vollgestopft mit Zukker, Mehl und Fett, den Vorräten, mit denen sie so sicher war eines Tages noch ein Vermögen zu machen.

Guido, der Sohn des *panettiere*, war in seiner Soldatenuniform gekommen. Er war einer der ersten, die noch während des Friedens eingezogen worden waren, und hatte zum erstenmal Urlaub. Er schien aufrichtig zu trauern. Als er den Kopf neigte, um Lucia Santa auf die Wange zu küssen, hatte er Tränen in den Augen. Don Pasquale di Lucca war aus Teilnahme für Larry gekommen, dem Toten die letzte Ehre zu erweisen, und zweifellos stammte der Hundertdollarschein im Spendenkasten von ihm, obwohl er, wie es sich für einen Gentleman geziemt, keinen Namen auf den Umschlag geschrieben hatte. Die riesige Halle war voller Menschen; die Kinder waren auf den Stühlen an der Wand eingeschlafen.

Gegen elf, als keine Leute mehr kamen, nahm Larry Gino beim Arm. «Komm, wir trinken einen Kaffee», schlug er vor. «Ich habe Guido gebeten, solange für uns einzuspringen.»

Sie gingen hinaus, nur im Jackett, die Straße entlang zu einem kleinen Restaurant. Beim Kaffee sagte Larry freundlich zu Gino: «Mach dir nur keine Gedanken, weil dich die Alte Dame angeschrien hat. Morgen hat sie es wieder vergessen. Und hör mal, Kleiner, ich und Octavia werden dir helfen, die Last zu tragen. Ich gebe euch fünfzig pro Monat, und sie will auch fünfzig geben.»

Einen Augenblick lang wußte Gino nicht, wovon zum Teufel Larry eigentlich sprach. Dann sah er plötzlich, daß sich seine Welt verändert hatte. Die Mutter und seine Geschwister verließen sich jetzt auf ihn. So viele Jahre waren vergangen, nur um ihn letztlich zu dem zurückzuführen, was immer auf ihn gewartet hatte. Er würde zur Arbeit gehen, schlafen, es würde keinen Schutzschild mehr zwischen ihm und der Mutter geben. Er würde in den Lebenskreis der Familie und in ihr Schicksal hineingezogen werden. Nie würde er mehr davonlaufen können. Und er war überrascht von der Ergebenheit, ja beinahe Erleichterung, die ihn überkam – jetzt, da er endlich begriff. Es war fast eine gute Nachricht.

«Ich muß mir Arbeit suchen», sagte er zu Larry.

Larry nickte. «Ich werde mich darum kümmern. Du übernimmst Vinnies Job bei der Eisenbahn. Wirst du weiter zur Schule gehen?»

Gino grinste. «Na klar!»

Larry streckte die Hand aus und legte sie auf Ginos Arm. «Du bist immer ein guter Junge gewesen, Gino. Aber jetzt mußt du dich ein bißchen zusammennehmen. Du weißt, was ich meine?»

Gino wußte, was Larry meinte. Daß er an die Familie denken mußte. Daß er aufhören mußte, immer nur das zu tun, was ihm paßte. Daß er seiner Mutter mehr helfen mußte. Daß er aufhören mußte, ein Kind zu sein. Er nickte. Mit leiser Stimme fragte er: «Glaubst du, daß Vinnie sich wirklich vor die Lokomotive geworfen hat?»

Die Veränderung, die jetzt mit Larrys Gesicht vorging, war einschüchternd. Er war noch immer hübsch, aber sein Gesicht nahm die Farbe und das Gewicht von Bronze an, und diese Bronze schien sich mit dem Gift der Wut zu überziehen.

«Das ist nichts als ein Haufen Scheiße! Also, den Lokomotivführer und den Feuerwehrmann habe ich konfirmiert. Wenn du hörst, daß irgend jemand – irgend jemand – den Mund aufreißt, dann sag mir Bescheid, und ich werde ihm den Kopf zurechtrücken.» Er wartete einen Augenblick. «Und sag keinem Menschen, was ich mit Lefty Fay besprochen habe!» Die Wut verschwand aus seinem Gesicht, und seine Haut wurde heller. «Wenn dich die Alte Dame deswegen fragt, dann schwörst du auf das Kreuz, daß es ein Unfall war!»

Gino nickte.

Dann kehrten sie zum Beerdigungsinstitut zurück. Larry hielt Ginos

Arm umklammert und sagte: «Mach dir nicht allzuviel Sorgen, Kleiner. In ein paar Jahren bin ich im ganz großen Geschäft, mit dem Krieg und so, dann hole ich die Familie aus dem Dreck, und du kannst tun, was du willst.» Er lächelte. «Ich war auch einmal so wie du.»

Unter der schwarzen Markise stand Octavia, zitternd vor Kälte, und wartete auf die Brüder. Mit schriller Stimme fragte sie: «Wo seid ihr gewesen? Mamma ist ganz aufgeregt. Sie glaubt, daß Gino weggelaufen ist.»

«Oh, Himmel!» sagte Larry. «Ich werde mit Mamma schon reden. Bleib du solange hier in der Halle, Gino.»

Gino verspürte die inzwischen vertraute körperliche Angst und merkte, daß er verängstigt aussah. Larry beschützte ihn. Er war bestürzt über das Entsetzen, das ihn überfiel.

Nach wenigen Minuten kam Larry lächelnd zurück und sagte: «Octavia hat mal wieder aus einer Mücke einen Elefanten gemacht. Die Alte Dame wollte nur sichergehen, daß wir hier sind, wenn zugemacht wird.»

Nach und nach wurden die Leute weniger. Der Beerdigungsunternehmer, Blutsverwandter des Todes, kam und half Larry und Gino, die Trauergäste zu verabschieden, bis nur noch die engste Familie zurückblieb. Der riesige Raum war leer, und Gino hörte auch hinter dem kleinen Durchgang Stühle scharren. Die Mutter und ihre Freundinnen machten sich bereit, den Sarg zu verlassen. Der lange Abend war vorüber. Im anderen Raum herrschte eine merkwürdige Stille, und Gino nahm sich vor, als erster von hier zu verschwinden. Er wollte unbedingt seiner Mutter aus dem Weg gehen. An diesem Tag fürchtete er sie, wie er noch nie in seinem Leben etwas gefürchtet hatte.

Der markerschütternde Schrei traf Gino wie ein Keulenschlag, ließ ihn vor Schreck erstarren. Gleich darauf folgte ein zweiter Schrei, der auslief in ein langgezogenes Klagen und die Stimme der Mutter, die jammerte: «Vincenzo! Vincenzo!» – in so abgrundtiefem Leid, daß Gino am liebsten zur Tür hinausgestürzt wäre und sich an einem Ort versteckt hätte, wo er nichts mehr hören konnte. Doch der Beerdigungsunternehmer legte ihm ruhig, als habe er genau das erwartet und als könne er Ginos Gedanken lesen, besänftigend die Hand auf die Schulter.

Auf einmal war der Durchgang von schwarzen Gestalten erfüllt – vier Frauen, die wie ineinandergewundene Schlangen miteinander kämpften und rangen. Octavia, Louisa und Zia Teresina versuchten Lucia Santa durch die Türöffnung zu ziehen. Ihr Kampf war ernst und verbissen.

Sie hatten es am Sarg mit Worten und liebevollem Streicheln versucht – ohne Erfolg. Sie hatten versucht, Lucia Santa ihre Pflichten als Mutter von fünf weiteren Kindern vor Augen zu halten, aber sie hatte nur die Nägel in den Sarg ihres toten Sohnes geschlagen. Jetzt zeigten die drei Frauen kein Mitleid mehr. Sie wollten sie nicht bleiben lassen. Sie wollten nicht dulden, daß sie dem Leben und ihren Pflichten den Rücken kehrte. Sie waren unbarmherzig. Octavia hielt einen Arm und die Schulter gepackt. Louisa zog am anderen Arm, aber nicht kräftig genug, so daß Lucia Santas schwerer Körper einseitig herumgerissen wurde. Zia Teresina umklammerte brutal Lucia Santas Hals und Brust und zerrte die Freundin über den spiegelnd schwarzen Fußboden vorwärts.

Aber die Mutter krümmte wie ein störrisches Tier den schweren Körper zu trotziger Abwehr und ließ sich nicht von der Stelle bewegen. Sie protestierte nicht. Sie jammerte auch nicht mehr. Ihr schwarzer Hut mit dem Schleier verrutschte und saß schief auf dem Kopf. Ihr Gesicht war geschwollen, eigensinnig, unmenschlich in einem fast tierischen Schmerz. Und dennoch war sie nie schreckenerregender, unüberwindlicher gewesen: als müsse die Welt des Todes vor ihrer majestätischen Trauer in Stücke zerbrechen und untergehen.

Die drei Frauen ließen von ihr ab und traten zurück. Louisa brach in Tränen aus. Octavia schlug die Hände vors Gesicht und rief mit gedämpfter Stimme: «Larry, Gino, helft uns doch!»

Die Söhne durchquerten den Raum und standen mit den drei Frauen um die Mutter herum. Gino wagte es nicht, sie anzurühren. Lucia Santa hob den Kopf. Sie sagte zu Gino: «Laß deinen Bruder nicht allein. Laß ihn heute nacht nicht allein. Er war nie mutig. Er war zu gut, um mutig zu sein.»

Gino senkte zustimmend den Kopf.

«Du hast mir nie gehorcht», sagte sie.

Gino antwortete sehr leise: «Ich werde die ganze Nacht hierbleiben. Das verspreche ich dir.» Dann zwang er sich, die Hand auszustrecken und ihr mit einer sehr scheuen Bewegung den Hut zurechtzurücken. Es war das erste Mal in seinem Leben, daß er so etwas für sie tat. Langsam hob die Mutter die Hand an den Hut und nahm ihn herunter. Als sie zur Tür ging, hielt sie ihn in der Hand, als könne sie es nicht ertragen, ihr Gesicht zu verstecken, als könne sie jetzt, mit unbedecktem Kopf, wieder dem Leben entgegentreten, dem Leben, seiner unumstößlichen Gerechtigkeit, seiner unvermeidlichen Niederlage.

Der Beerdigungsunternehmer erbot sich, Gino eine Liege zu bringen, und entschuldigte sich, daß er die Haustür verschließen müsse. Aber er zeigte Gino eine Klingel in der Registratur, die er benutzen konnte, falls er hinaus wollte. Er selber schlief in einem Zimmer direkt darüber. Gino nickte immer wieder mit dem Kopf – ja, er habe verstanden –, bis der Mann durch eine Tür verschwand.

Allein geblieben in dem dunklen Aufbahrungsraum, allein mit der Leiche des toten Bruders im Sarg, gleich hinter dem kleinen Durchgang, fühlte sich Gino sicherer als jemals seit seines Bruders Tod. Er stellte die hölzernen Klappstühle in eine Reihe, so daß sie eine Art Sofa bildeten, und rollte seinen Mantel als Kopfkissen zusammen. So lag er da, einen Arm an der kühlen Wand, rauchte und dachte darüber nach, wie sehr seine Welt sich verändert hatte.

Er dachte an all die Dinge, die er erfahren hatte. Larry war tatsächlich ein Gangster, und die Leute fürchteten, daß er sie umbringen werde. Wie albern das war! Nicht einmal die kleinen Brüder hatte Larry jemals geschlagen. Und Lefty Fay war ein Scheißkerl, wenn er behauptete, Vinnie habe sich vor die Lokomotive geworfen. Vinnie, der so ängstlich war, daß er sich nicht einmal mehr auf die Fensterbank setzen wollte! Und seine Mutter mit ihrem Geheul und Geschrei und dem Riesentheater . . . Schläfrig ließ er zu, daß seine Gedanken ihm zeigten, was er tatsächlich empfand: daß ihre Trauer übertrieben war, daß sie aus dem Tod eine Zeremonie machte. Und dann fielen ihm die eigenen Tränen auf jener Haustreppe ein. Aber er hatte um den kleinen Jungen Vinnie geweint, um den Vinnie, mit dem er gespielt und abends im Licht der Sterne auf der Fensterbank gesessen hatte. Allmählich erkannte er, daß in der Trauer nur wenig Mitleid für die Toten liegt. Daß Trauer die Klage um einen Verlust ist, der nur von sehr wenigen empfunden wird, und daß es daher notwendig ist, aus dem Tod eine Zeremonie zu machen – um zu verbergen, was alle erkannt haben mußten: daß der Tod eines Menschen so unendlich wenig bedeutet.

Armer Vinnie! Wer trauerte um ihn? Er war zu einem weinerlichen, unglücklichen jungen Mann herangewachsen, mit dem niemand zusammen sein wollte. Selbst seine Mutter war manchmal ungeduldig mit ihm. Sie hatte um die vielen verschiedenen kleinen Vincents geweint, die er einmal gewesen war. Genau wie ich, dachte Gino. Später habe ich ihn nicht mehr besonders gern gehabt. Und Larry auch nicht. Sogar Octavia hatte ihn im Grunde nicht mehr so gern. Nur Larrys Frau, die hatte ihn gern; Louisa hatte ihn aus irgendeinem Grund aufrichtig gern. Und die alte Zia Louche hätte geweint. Kurz vor dem Einschlafen verspürte Gino auf einmal den Wunsch, durch den Türbogen zu treten und seines toten Bruders Gesicht zu betrachten, sich zu zwingen, stärkeren Schmerz zu empfinden; aber er war zu müde dazu. Seine Zigarette fiel auf den glänzenden, schwarzen Fußboden, ihre winzige rote Glut wie eine Kohle der Hölle. Im Schlaf rollte er sich auf den Stühlen zusammen; es war kalt an der getäfelten Wand. Er versuchte sich vom Schlaf freizukämpfen, ohne zu wissen, daß er einen Schrei ausgestoßen hatte, von dem der Beerdigungsunternehmer oben aufgewacht war.

Es war nicht wahr! Er hatte seinen Bruder nicht umgebracht! Er hielt seiner Mutter den Mantel vors Gesicht, doch seine Arme waren so schrecklich müde. Ihr vorwurfsvoller Blick trieb ihn zurück, und in dem Verlangen nach Erbarmen flüsterte er: «Ich habe auf der Treppe geweint, dort hinten an der Straße. Sieh nur, mein Gesicht ist noch naß davon.» Doch seine Mutter lächelte nur höhnisch und sagte: «Das ist doch wieder nur einer von deinen Tricks. *Animale . . . animale . . . animale . . .*»

Und dann lächelte sie ihn an. Mit dem strahlenden Lächeln einer jungen Frau. Fast wäre Gino ihr in die Falle gegangen, die ihnen beiden Vernichtung gebracht hätte. Fast hätte er von dem Tag gesprochen, da er vor dem Haus gestanden und darauf gewartet hatte, daß sie seinen Vater nach Hause brachte. Doch klug, listig, senkte er nur den Kopf. Wie sie ihn im Leben nicht beschuldigte, würde er sie in seinen Träumen nicht beschuldigen. Zitternd gelobte er, ein zweiter Vinnie zu werden, bei der Eisenbahn zu arbeiten, zu heiraten, in einem der Mietshäuser der Avenue zu wohnen, mit einem Kind auf dem Arm an Bushaltestellen zu warten und sich an jene vertraute, lichtlose Welt zu ketten, in die er hineingeboren worden war.

23

Die alten Frauen der Tenth Avenue saßen in der Sommernacht beisammen und besprachen die Heimsuchungen der Familie Angeluzzi-Corbo.

Zuerst riefen alle voll Mitgefühl: Ah, welch ein grausames Leben! Die arme Lucia Santa: ihr erster Mann tot, der zweite fürs Leben zerstört, und nun ein erwachsener Sohn, ein Brotverdiener, verunglückt! Welch eine Tragödie, welch ein Leid! Fluch über Gott, über Seine Welt und über all Seine mysteriösen Heiligen und Schicksale!

Zustimmendes Kopfnicken. Doch eine andere Frau, der ebenfalls das Unglück kein Fremdling war und die man wegen ihres schweren

Lebens achtete, nickte mit ihrem grauen Kopf und sagte: Gewiß, gewiß. Aber sie hat eine erwachsene Tochter, die Aufseherin ist – intelligent, mit einem verständigen Mann verheiratet. Sie hat jüngere Söhne, die jeder Mutter Ehre machen würden. Lorenzo, verheiratet, hat ihr Enkel geschenkt und verdient bei der Bäckergewerkschaft ein Vermögen; Gino, ein braver, pflichtgetreuer Junge geworden, ein Familienoberhaupt, das an Italien erinnert, so schwer arbeitet er, und nie hat er Ärger mit der Polizei. Salvatore, der in der Schule Medaillen gewinnt und ganz gewiß noch einmal Lehrer wird. Lena, eine italienische Tochter der alten Schule, immer fleißig zu Hause, immer gehorsam, immer pflichtbewußt. Seht an, wie Lucia Santa von allen geachtet wird! Die beiden Verheirateten geben ihr immer noch Geld; Gino hat Vincenzos Job.

Fünf gute Kinder. Gewiß, kein Ehemann, doch wenn man so einige Ehemänner der Tenth Avenue betrachtete, dann war das nicht einmal ein echtes Unglück. Wenigstens hatte Lucia Santa jetzt nur noch eine kleine Familie. Sogar der arme Vincenzo, gestorben, war niemals eine *disgrazia* für die Familie gewesen. Er hatte sich nicht wohl gefühlt und war unter eine Lokomotive gekommen. Es war ein Unfall. Man hatte ihn in geweihter Erde begraben. Den armen Vincenzo, unter einem unglücklichen Stern geboren, hatte ein Schicksal ereilt, das ihm bei Urbeginn aller Zeiten bestimmt worden war.

So wurde Bilanz gezogen. Viele Frauen hatten ebensoviel und mehr erdulden müssen. Ehemänner waren am Arbeitsplatz umgekommen, Säuglinge mißgestaltet geboren, Kinder an harmlosen Erkältungen, an kleinen Verletzungen gestorben. Nicht eine einzige Frau in diesem Kreis, die nicht mindestens ein Kind begraben hatte.

Und denkt doch an all das Mißgeschick, das Lucia Santa erspart geblieben ist: schwangere Töchter ohne einen Ehemann weit und breit; Söhne, die zu gewohnheitsmäßigen Knastbrüdern geworden sind oder Gelegenheit hatten, die ungehorsamen Füße auf dem elektrischen Stuhl auszuruhen; trunksüchtige, glücksspielende, hurende Ehemänner.

Nein, nein. Lucia Santa konnte sich glücklich schätzen, auf so lange Zeit jenem Maß an Unglück entronnen zu sein, das ihrer Stellung im Leben unweigerlich zufiel. Alle ihre Kinder waren stark, gesund, hübsch, hatten die Welt vor sich. Bald würden sie den Lohn für all ihre Mühe und Arbeit ernten. Darum nur Mut! Amerika war nicht Italien. In Amerika konnte man seinem Schicksal entrinnen. Söhne wurden groß und arbeiteten in Büros, mit Schlips und Kragen – weit entfernt von Wind und Erde. Töchter lernten lesen und schreiben, trugen

Schuhe und Seidenstrümpfe, anstatt blutige Schweine zu schlachten und auf ihrem Rücken Holz zu schleppen, damit die Kraft der wertvollen Esel geschont wurde.

Hatte das Unglück nicht sogar im Himmel Einzug gehalten? Wer konnte dem Leid entgehen? Wer konnte durchs Leben kommen, ohne zu weinen? Nur die Toten litten nicht. Ah, die glücklichen, glücklichen Toten! Die alten Frauen falteten die Hände, um für den Tag zu danken, an dem sie diese Erde, dieses jammervolle Tal der Tränen verlassen durften. Ja, ja, die glücklichen Toten, die nicht mehr zu leiden brauchten!

Ihre Augen funkelten feurig, Kraft strahlte von ihren schwarzgekleideten, knotigen Körpern aus. Während sie sprachen, verschlangen sie alles, was auf der Avenue vor sich ging, mit ihren Augen. Auf Kinder, die Unheil im Schilde führten, schleuderten sie ihre Flüche wie Donnerkeile hinab. Gierig lutschten sie an Papierbechern voll erfrischendem Zitroneneis und nahmen große Bissen von dampfendheißer Pizza, schlugen die braunen, unzerstörbaren Zähne tief durch die Lava der heißen Tomatensauce und fließenden Käseströme bis hinein in den verborgenen hefigen Teig. Allzeit bereit, einen jeden zu töten, der auch nur einer Brotkruste für sie selber oder für ihre Kinder im Wege stand, unversöhnliche Feindinnen des Todes. Sie lebten. Die Steine der Stadt, Stahl und Glas, die schiefergrauen Gehsteige, die Straßen mit dem Kopfsteinpflaster – all das würde zu Staub werden; sie aber würden leben.

24

Kann sich ein Teufel in einen Engel verwandeln? Der *panettiere*, der verrückte Barbier, Dr. Barbato und sogar die gerissene Teresina Coccalitti wunderten sich über die Veränderung, die mit Gino Corbo vorgegangen war. Wahrhaftig: das Unglück hatte den Jungen zum Mann gemacht, denn Gino schuftete jetzt bei der Eisenbahn wie ein Pferd, griff gierig nach Überstunden und brachte der Mutter seine Lohntüte ungeöffnet nach Hause.

Lucia Santa war so erfreut darüber, daß sie Gino doppelt soviel Taschengeld gab wie früher Vinnie, und sie schwor ihrer Tochter, das tue sie nur, weil Vinnie immer seine Überstunden gestohlen habe. «Siehst du», sagte die Mutter bei Octavias regelmäßigen Besuchen am Freitagabend, «Gino war immer ein guter Junge.» Und Octavia mußte ihr beipflichten, denn trotz seiner Nachtarbeit und seiner sonntäglichen Überstunden beendete Gino sein letztes Realschuljahr und sollte im Januar den Abschluß machen. Zum erstenmal sollte er sogar auf die Ehrenliste kommen. Das freute Lucia Santa besonders. «Na, hatte ich recht?» fragte sie ihre Tochter. «Das Spielen auf der Straße ist es, was das Gehirn der Kinder schwächt – nicht ehrliche Arbeit!»

Octavia, noch immer erschüttert von Vinnies Tod, sah verblüfft und verwirrt, wie schnell sich ihre Mutter zu erholen schien. Sie war zwar ruhiger und nachsichtiger mit Sal und Lena, war sonst aber ganz die alte. Nur einmal verriet sie Emotionen. Eines Abends, als sie von Vinnie sprachen, als er noch klein gewesen war, sagte Lucia Santa in bitterem Selbstvorwurf: «Wenn ich ihn in Jersey bei Filomena gelassen hätte, dann wäre er jetzt noch am Leben.» Ein Verzicht auf ihre stolzeste Erinnerung. Und dennoch durchlebte sie jeden Tag mit dem eifrigen Vertrauen des Menschen, der an sein Glück glaubt.

Und warum auch nicht? Noch nie hatte das Schicksal die Familie Angeluzzi-Corbo so gut behandelt. Gino verdiente bei der Eisenbahn ein Vermögen. Sal war hervorragend auf der Realschule und würde bestimmt aufs College gehen. Lena war eine ebenso ausgezeichnete Schülerin und würde Lehrerin werden. Beide arbeiteten nach der Schule in der *panetteria*, wo sie Brot verkauften und gut verdienten.

Lucia Santa saß an den Freitagabenden mit Octavia über den Sparbüchern und triumphierte. Sie konnte ihren gefährlichen Optimismus nur mit dem Gedanken dämpfen, daß kurz vor Weihnachten, in wenigen Monaten also, Guido, der Sohn des *panettiere*, sein Jahr Militärdienst beendet haben und Sal und Lenas Platz in der Bäckerei übernehmen würde. Sie konnte sich nicht darauf verlassen, daß diese Geldflut ewig anhalten würde.

Sogar Octavias Mann arbeitete. Der arme Norman Bergeron, er fühlte sich so elend beim Schreiben von Prospekten für irgendeine Regierungsstelle – trotz Staatsdienst, Versicherung und gutem Geld! Octavia wußte, wie unglücklich er war, fand aber, dann habe er eben Pech gehabt. Gedichte konnte er immer noch schreiben, sobald die Leute in Europa aufhörten, einander umzubringen, und es wieder einmal eine Depression gab.

Am schönsten für Lucia Santa jedoch war die Tatsache, daß Gino ein Mann wurde, ein Bestandteil der wirklichen Welt. Sie brauchte nicht mehr mit ihm zu streiten, ja sie hatte ihm beinahe alle Kränkungen verziehen, die er ihr jemals zugefügt hatte. Sogar ernster war er geworden. Konnte es sein, daß ihr Kampf ein Ende hatte? Lucia Santa glaubte nicht eine Sekunde daran, doch nie würde sie von sich behaupten lassen, sie sei einer jener Jammerlappen, die sich am Glück nicht freuen wollten, wenn es endlich kam.

Gino ging jeden Abend mit dem gleichen Gefühl des Unglaubens zur Arbeit. Wenn er mit dem Lift durch das Frachtgebäude nach oben fuhr und in den Lichtkreis mit den klappernden Fakturiermaschinen trat, kam es ihm vor, als sei dies der Beginn eines Traumes. Allmählich jedoch begann er daran zu glauben.

Die Eisenbahn hatte ihn für die Schicht von Mitternacht bis acht Uhr morgens eingeteilt, und das verstaubte Büro war mit seinen Aktenschränken, den toten, schwarzen Schreibmaschinen und dem fast unsichtbaren Maschendraht um den Käfig des Kassenverwalters in diesen Stunden richtig unheimlich. In dieser Umgebung tippte Gino die Nacht hindurch. Er machte seine Arbeit sehr gut; das Koordinierungsvermögen des Sportlers und seine ausgezeichnete Sehkraft kamen ihm dabei zugute. Die Sollquote war 350 Frachtbriefe pro Nacht, und die bewältigte er mühelos. Manchmal hatte er sogar eine Stunde Zeit zum Lesen, weil er darauf warten mußte, daß von der Laderampe neue Frachtbriefe heraufgeschickt wurden.

Mit seinen Kollegen sprach er nie, beteiligte sich auch niemals an der allgemeinen Unterhaltung. Der Nachtchef teilte ihm die schwierigsten Frachtbriefe zu, aber er protestierte nie. Es war ihm egal. Er haßte diese Arbeit so sehr, daß ihm das alles gleichgültig war. Er haßte das Gebäude und das nach Ratten stinkende Büro. Er haßte das schmutzige metallische Gefühl der Maschinentasten. Er haßte es, in jenen gelben Lichtkreis zu treten, in dem die sechs Fakturierer und der Bürovorsteher gefangen saßen.

Es war ein reiner körperlicher Haß; manchmal wurde sein Körper richtig kalt, sträubten sich ihm die Haare und wurde das Blut so sauer in seinem Mund, daß er aus dem Licht zu den dunklen Fenstern hinübergehen mußte, um auf die eingesperrten, von gelben Laternenpfählen bewachten Straßen hinabzuschauen. Wenn der Bürovorsteher, ein junger Mann namens Charlie Lambert, rief: «Okay, Gino, an die Arbeit!» – in jenem Ton, den Männer benutzen, wenn sie andere Männer demütigen wollen –, dann antwortete er nie, kehrte auch niemals sofort an seine Maschine zurück. Selbst als er wußte, daß man es auf ihn abgesehen hatte, konnte er Charlie Lambert nicht hassen. Seine kalte Verachtung für diesen Mann war so groß, daß er ihn nicht als menschliches Wesen betrachten konnte, ja sie ging so weit, daß er nicht einmal mit irgendeinem Gefühl auf ihn reagieren konnte.

Arbeiten, einfach um existieren zu können, das Leben dahinfahren lassen, nur um am Leben zu bleiben, war etwas, was er bisher noch nicht kennengelernt hatte. Doch seine Mutter hatte es kennengelernt, Octavia hatte es kennengelernt, sein Vater hatte es mit Sicherheit kennengelernt. Tausendmal mußte Vinnie des Nachts an diesem dunklen Fenster gestanden haben, während er selber mit seinen Freunden durch die Straßen der Stadt streifte oder friedlich in seinem Bett lag und schlief.

Doch als die Monate vergingen, fiel ihm das Durchhalten allmählich leichter. Der einzige Gedanke, den er nicht ertragen konnte, war, daß es nie aufhörte. Er begriff, daß es womöglich bis in alle Ewigkeit unverändert so weitergehen würde.

Wie es sich für die Mutter einer Familie in so guten Verhältnissen gehörte, führte Lucia Santa ihren Haushalt jetzt wie eine richtige Signora. Die Wohnung war immer warm, ohne Rücksicht darauf, was Kohle und Kerosin kosteten. Für Freunde und Nachbarn, die kurz nach den Mahlzeiten herüberkamen, gab es noch immer genügend Spaghetti im Topf. Die Kinder konnten sich kaum erinnern, einmal den Tisch verlassen zu haben, ohne daß noch genug Fleischklößchen und Wurst mit Sauce für einen letzten Beutezug übriggeblieben wären. Es gab neue Bestecke für die Sonntagsmahlzeit, an der jedes Familienmitglied, verheiratet oder nicht, unbedingt teilnehmen mußte. Doch niemals wurde einem Befehl williger Folge geleistet.

An diesem ersten Sonntag im Dezember sollte es eine besondere *peranze* geben. Larrys Ältester ging zur Erstkommunion, und Lucia Santa wollte Ravioli machen. Sie hatte den Teig schon früh angesetzt, und nun waren Octavia und sie damit beschäftigt, auf dem großen quadratischen Backbrett eine Festung aus Mehl zu bauen. Da hinein schlugen sie ein Dutzend Eier, und noch ein Dutzend, und noch eines, bis die vier weißen Mehlwände in einen See aus Eiweiß mit runden, gelben Dottern darin stürzten. Sie kneteten alles zu einem goldgelben Teig und formten große, krümelige Kugeln. Octavia und Lucia Santa stöhnten vor Anstrengung, als sie die Kugeln zu dünnen Fladen ausrollten. Sal und Lena rührten eine tiefe Schüssel voll Ricottakäse und mischten die cremig-weiße Masse mit Pfeffer, Salz und Eiern, bis es eine geradezu himmlische Fülle war.

Während die Ravioli kochten und die kräftige Tomatensauce siedete, stellte Lucia Santa Platten voll *prosciutto* und Käse auf den Tisch. Dann folgten Platten mit gerolltem Rindfleisch, dunkelbraun und so zart vom Ziehen in der Sauce, daß sich das Fleisch fast von selbst von den Knochen löste, sobald man es mit der Gabel berührte.

Beim Essen schwatzte Octavia mit Larry, wie sie es selten tat, und lachte über alle seine Geschichten und Scherze. Norman trank still sein Glas Wein und plauderte mit Gino über Bücher. Als alle fertig waren, räumten Sal und Lena den Tisch ab und begannen den Berg Geschirr zu spülen.

Es war ein schöner Sonntag für Dezember, und auch Besucher trafen ein: der *panettiere* mit Guido, der nach seinem Dienstjahr endlich aus der Armee entlassen war; der eifersüchtige Barbier, der durch den weinroten Glasvorhang spähte und alle Köpfe mißtrauisch nach den Spuren einer fremden Schere inspizierte. Der *panettiere* sicherte sich rasch einen Teller voll warmer Ravioli; er war verrückt danach, denn seine Frau, dieser Drachen, hatte sie nie gekocht, weil sie stets zu sehr mit dem Geldzählen beschäftigt war.

Sogar Zia Teresina Coccalitti, die aus Gewinnsucht immer ein großes Geheimnis aus ihrem Leben gemacht und die mit Hilfe der Wohlfahrtsunterstützung ein Vermögen zusammengescharrt hatte, obwohl ihre vier kräftigen Söhne arbeiteten – wie sie das bewerkstelligt hatte, das wußte kein Mensch genau –, sogar sie riskierte es, mehr als ein Glas Wein zu trinken, einen Bissen Wurst zu essen und mit Lucia Santa von der glücklichen Zeit zu plaudern, als sie noch junge Mädchen in Italien gewesen waren und in den Hinterhöfen Pferdemist aufgekehrt hatten. Obwohl Zia Coccalitti sonst immer sofort den warzigen Finger auf ihre Lippe legte, wenn jemand ihr eine persönliche Frage stellte, lächelte sie heute, als der *panettiere* sie freundlich neckte, weil sie die Wohlfahrtsbehörde beschwindelt hatte. Nach zwei Glas Wein unvorsichtig und großzügig geworden, gab sie den Anwesenden kostenlos den guten Rat, nur ja alles zu nehmen, was die Regierung bot, da man dem verfluchten Staat auf die Dauer doch zehnmal soviel bezahlte, ob man es nun nahm oder nicht.

Gino setzte sich, gelangweilt von diesem Thema, auf den Fußboden vor das alte Radio und schaltete es ein. Er wollte sich das Match der «Giants» anhören. Lucia Santa runzelte über diese Unhöflichkeit die Stirn, obwohl das Radio so leise lief, daß niemand es hören konnte. Dann achtete sie nicht mehr auf ihn.

Es war Norman Bergeron, der als erster merkte, daß Gino seltsam aussah. Er hielt den Kopf ganz dicht an den Lautsprecher, behielt dabei aber alle Anwesenden genau im Auge. Dann fiel Norman auf, daß Gino die Mutter besonders durchdringend ansah. Er lächelte. Ein Lächeln, das irgendwie grausam wirkte. Octavia sah, daß ihr Mann Gino beobachtete, und drehte sich ebenfalls zum Radio um.

Sie konnte nichts hören, aber in Ginos Augen stand ein so lebhafter, glänzender Funke, daß sie laut rief: «Gino, was ist denn?»

Gino jedoch wandte sich ab, damit man sein Gesicht nicht sah. «Die Japse haben die Vereinigten Staaten überfallen», sagte er. Dann stellte er das Radio laut und übertönte damit die anderen Stimmen im Raum.

Gino wartete bis nach Weihnachten. Dann ging er eines Morgens direkt nach der Arbeit hin und meldete sich freiwillig zur Armee. Am selben Nachmittag noch rief er Octavias Mann in seinem Büro an und bat ihn, Lucia Santa mitzuteilen, wo er war. Man schickte ihn in ein Ausbildungslager in Kalifornien, von wo aus er regelmäßig schrieb und Geld nach Hause schickte. In seinem ersten Brief erklärte er, daß er sich freiwillig gemeldet habe, um Sal vor der späteren Einberufung zu schützen. Von da an aber erwähnte er diese Tatsache nie wieder.

25

«*Aiuta mi! Aiuta mi!*» Um Hilfe gegen die Geister ihrer drei toten Söhne schreiend, rannte Teresina Coccalitti, den Körper seltsam gekrümmt, das schwarze Kleid in der Morgenbrise flatternd, am Rand des Gehsteigs entlang. Als sie die Ecke erreicht hatte, machte sie kehrt und lief wieder zurück – immer noch mit dem Schrei: «*Aiuto! Aiuto!*» Doch bei dem ersten vertrauten Hilfeschrei waren alle Fenster der Tenth Avenue zugeschlagen worden.

Jetzt stand die Frau breitbeinig in der Gosse. Sie wandte das Gesicht zum Himmel und klagte sie alle an. Sie sprach in dem vulgären Italienisch ihres Heimatdorfes, und das Leid hatte all ihre angeborene List, die Habgier und die boshafte Schläue aus ihrem hageren Raubvogelgesicht gefressen. «Ihr wolltet mich bescheißen, ihr Huren und Hurentöchter! Ihr wolltet es mir heimzahlen, aber ich war zu schlau.» Mit krallenlangen Nägeln zerkratzte sie sich das Gesicht, bis es nur noch aus blutigen Streifen bestand. Dann reckte sie die Arme zum Himmel und schrie: «Nur Gott! Nur Gott!» Gerade begann sie abermals, mit hüpfendem schwarzem Hut am Bordstein entlangzulaufen, da kam ihr einziger noch lebender Sohn um die Ecke der 31st Street gebogen, um sie zu packen und mit sich nach Hause zu schleppen.

Es war schon häufig geschehen. Zuerst war Lucia Santa jedesmal auf die Straße hinuntergelaufen, um ihrer alten Freundin beizustehen; jetzt aber sah sie nur noch wie alle anderen vom Fenster aus zu. Wer hätte gedacht, daß es das Schicksal wagen würde, gegen Teresina Coccalitti einen solchen Streich zu führen? In einem Kriegsjahr drei ihrer Söhne zu töten, wo sie doch eine so listige, gerissene Frau war, immer verschwiegen und, wenn es um ihren Vorteil ging, zu jeder Niedertracht fähig! Half denn überhaupt nichts dagegen? Gab es für niemanden ein Entkommen? Denn wenn sogar das Böse nicht gegen das Schicksal bestehen kann, welche Hoffnung bleibt dann für das Gute?

26

Während der Krieg über die Welt hinwegraste, packten die Italiener am Westrand der Stadt den amerikanischen Traum endlich mit beiden schwieligen Händen. Das Geld brach über die Mietshäuser herein wie eine Flutwelle. Die Männer machten bei der Eisenbahn Überstunden um Überstunden, und diejenigen, deren Söhne gefallen oder verwundet waren, arbeiteten noch schwerer als die anderen, weil sie wußten, daß Trauer nicht so lange bestehenbleibt wie Armut.

Auch für den Clan der Angeluzzi-Corbos waren herrliche Zeiten angebrochen. Das Haus auf Long Island war gekauft – für bares Geld von Leuten, denen der Krieg seltsamerweise den Ruin gebracht hatte. Ein Zweifamilienhaus, so daß Larry und Louisa mit ihren Kindern in der einen Wohnung zwar für sich, jedoch unter den wachsamen Augen Lucia Santas leben konnten. Für jeden gab es dort ein eigenes, mit einer Tür verschlossenes Schlafzimmer – sogar für Gino, wenn er aus dem Krieg heimkehrte.

Am letzten Tag konnte Lucia Santa es nicht ertragen, den Kindern beim Ausräumen der Wohnung, beim Füllen der riesigen Fässer und Holzkisten zu helfen. Des Nachts, als sie allein in ihrem Bett lag, konnte sie nicht schlafen. Der Wind pfiff leise durch die Fensterritzen, die sonst immer von Vorhängen verdeckt gewesen waren. Im Dunkeln leuchteten dort, wo Bilder gehangen hatten, helle Flecke an der Wand. Es waren fremde Geräusche in der Wohnung, in den leeren Schränken – fast so, als wären alle Geister aus vierzig Jahren freigesetzt worden.

Lucia Santa starrte zur Decke. Endlich begann sie einzuschlummern. Sie streckte den Arm aus, um ein Kind an der Wand darin zu schützen. Während sie in tiefe Träume fiel, horchte sie, ob Gino und Vincenzo zu Bett gingen, ob Frank Corbo vom Treppenhaus hereinkam. Und wo Lorenzo nur wieder blieb! Keine Angst, beruhigte sie die kleine Octavia, solange ich lebe, kann meinen Kindern nichts geschehen. Dann stand sie zitternd vor ihrem Vater und bettelte um Leinen für ihr Brautbett. Und dann weinte sie, und der Vater tröstete sie nicht, und sie mußte für immer einsam bleiben.

Sie hatte keine Pilgerin sein wollen; sie hatte den dräuenden Ozean nicht überqueren wollen.

Die Wohnung wurde kalt, und Lucia Santa erwachte. Im Dunkeln stand sie auf, zog sich an und legte ein Kissen auf die Fensterbank. Hoch über der Tenth Avenue lehnend, wartete sie auf das Licht und hörte zum erstenmal seit Jahren bewußt die Lokomotiven und Güterwagen, die auf dem Gelände drüben gegeneinanderklirrten. Funken stoben durch die Dunkelheit, und da war das klare Geräusch von Stahl, der auf Stahl trifft. Weit hinten, am Jerseyufer, gab es wegen des Krieges kein Licht, sondern nur die mit Sternen besetzten Schatten der Nacht.

Am Morgen mußten sie lange auf den Möbelwagen warten. Lucia Santa begrüßte die Nachbarn, die kamen, um der Familie viel Glück zu wünschen. Doch von den alten Freunden kam keiner her, denn die hatten alle die Tenth Avenue schon verlassen. Der *panettiere* hatte die Bäkkerei verkauft, als Guido, sein Sohn, so schwer verwundet heimkehrte, daß er nicht mehr würde arbeiten können. Er war nach Long Island hinausgezogen, nach Babylon oder Islip. Der verrückte Barbier mit seinem Haus voller Töchter hatte sich ebenfalls zur Ruhe gesetzt; da es wegen des Krieges nur noch sehr wenige Männerköpfe zu scheren gab, war auch er nach Long Island hinausgezogen – in eine Stadt namens Massapequa, ganz in die Nähe des *panettiere*, so daß die beiden des Sonntags zusammen Karten spielen konnten. Und auch die anderen waren in all diese fremden Städte gezogen, von denen sie so lange Jahre geträumt hatten.

Dr. Barbato hatte sich zu jedermanns Verwunderung freiwillig zur Armee gemeldet und war in Afrika zum Helden geworden, dessen Fotos in den Illustrierten erschienen – zusammen mit einem so schrekkenerregenden Bericht über seine Unternehmungen, daß sein Vater aus lauter Verzweiflung über die Torheit des Sohnes einen Schlaganfall bekam. Die arme Teresina Coccalitti verließ ihre Wohnung überhaupt nicht mehr, sondern hütete eifersüchtig die zahllosen Büchsen Olivenöl und Fett, mit denen sie eines Tages ihre Söhne vom Tod freikaufen wollte. Ginos Jugendfreund Joey Bianco hatte sich mit einem cleveren Trick vor der Armee gedrückt – wie, wußte kein Mensch –, war reich geworden und hatte für seine Eltern einen Palast in New Jersey gekauft. Also wurde es wirklich Zeit, daß auch die Familie Angeluzzi-Corbo den Umzug wagte.

Endlich kam Piero Santini mit seinen Lastwagen aus Tuckahoe. Durch den Krieg war es schwierig geworden, solche Dienstleistungen zu arrangieren, Santini tat es jedoch einem Landsmann aus seinem eigenen Heimatort zuliebe. Und da er durch die Zeit reifer geworden war, freute er sich von Herzen, beim Happy-End dieser Geschichte mithelfen zu können.

Lucia Santa hatte gescheiterweise eine Kanne und ein paar abgestoßene Tassen zurückgelassen. Sie schenkte Santini Kaffee ein, und dann tranken sie, die Tassen auf der Fensterbank balancierend, und schauten auf die Tenth Avenue hinab. Octavia, Sal und Lena trugen leichte Pakete zu den wartenden Möbelwagen hinunter, während sich zwei alte, muskulöse Italiener stöhnend wie Packesel riesige Kommoden und Bettgestelle aufladen ließen.

Nach einiger Zeit blieb nur noch der Küchenhocker in der Wohnung zurück, den man zu schäbig für das schöne Haus auf Long Island fand. Jetzt kam auch Louisa mit ihren drei kleinen Kindern herauf, um ihnen beim Warten Gesellschaft zu leisten, während die kleinen Rangen durch ein wahres Meer von aussortierten Kleidungsstücken – dem Abfall aus den leergeräumten Schränken – und übriggebliebenem Zeitungspapier wateten.

Dann endlich war es soweit. Vor dem Haus wartete Mr. di Luccas Limousine, die inzwischen Larry gehörte. Octavia und Louisa scheuchten die Kinder durch die Flucht der schmutzigen, verlassenen Schlafzimmer zur Tür hinaus. Dann sagte Octavia zu Lucia Santa: «Komm, Mamma! Jetzt aber nichts wie raus aus diesem Loch!»

Doch über Lucia Santas Gesicht legte sich zu aller Erstaunen ein benommener Ausdruck – fast so, als hätte sie nie recht daran geglaubt, daß sie dieses Haus nun endgültig verlassen mußte. Dann sank sie, anstatt zur Tür zu gehen, auf ihrem Küchenhocker zusammen und fing an zu weinen.

Octavia drängte Louisa mit ihren Kindern die Treppe hinab. Dann wandte sie sich der Mutter zu. Ihre Stimme klang schrill und gereizt. «Mamma, zum Teufel noch mal, was ist denn jetzt los? Komm doch, weinen kannst du im Auto noch. Alle warten auf dich!» Aber Lucia Santa legte den Kopf in die Hände. Sie konnte die Tränen nicht mehr zurückhalten.

Dann hörte die Mutter auf einmal Lenas empörte Stimme: «Laß sie in Ruhe!» Und Sal, der sonst nie ein Wort sprach, ergänzte: «Geh nur. Wir bringen sie schon nach unten.»

Octavia stieg die Treppe hinab, und Lucia Santa hob den Kopf. Ihre beiden jüngsten Kinder standen zu ihren Seiten Wache. Sie hatte gar nicht gemerkt, wie groß sie geworden waren! Lena war sehr hübsch, sehr dunkel, hatte die blauen Augen ihres Vaters, aber Ginos Gesicht. Dann fühlte sie Salvatores Hand auf ihrer Schulter. Er hatte die Augen eines Menschen, der niemals böse werden kann. In diesem Moment mußte die Mutter daran denken, wie Sal und Lena still in ihrer Ecke gesessen, stets alle beobachtet und ganz gewiß alle beurteilt hatten. Sie konnte nicht wissen, daß sie, die Mutter, für diese beiden immer wie eine Heldin in einem erschreckenden Theaterstück gewesen war. Sie hatten sie unter den Schlägen des Schicksals, unter der Raserei des Vaters leiden sehen, sie hatten ihren hoffnungslosen Kampf gegen Larry und Gino und ihren furchtbaren Schmerz bei Vinnies Tod gesehen. Doch als sie nun die Hände nach ihnen ausstreckte, wußte sie, daß die beiden längst gerichtet und sie für unschuldig befunden hatten.

Warum dann aber weint Lucia Santa in diesen leeren Räumen? Wem geht es denn besser als ihr?

Sie wird jetzt in diesem Haus auf Long Island wohnen und ihre Enkel um sich haben. Salvatore wird Arzt, Lena Lehrerin werden. Ihre Tochter Octavia ist Aufseherin in einer Kleiderfabrik und ihr Lorenzo Gewerkschaftspräsident, der vornehm wie ein Herzog in Italien Jobs verteilt. Ihr Sohn Gino ist noch am Leben, während Millionen andere Söhne sterben. Im Alter wird sie, umgeben von ihren respektvollen und liebenden Kindern, nie Mangel an Nahrung und Geld zu leiden haben. Wem geht es besser als ihr?

Vor vierzig Jahren, in Italien, hätte sie sich das in ihren kühnsten Träumen nicht vorgestellt. Nun riefen Millionen von heimlichen Stimmen ihr zu: «Lucia Santa, Lucia Santa, du hast in Amerika dein Glück gefunden», und Lucia Santa saß weinend auf dem Küchenhocker, hob ihren Kopf und schrie ihnen entgegen: «Ich wollte dies alles, ohne leiden zu müssen! Ich wollte dies alles, ohne um zwei Ehemänner und ein geliebtes Kind weinen zu müssen! Ich wollte dies alles, ohne den Haß meines Sohnes, der in wahrhaftiger Liebe gezeugt wurde! Ich wollte dies alles ohne Schuld, ohne Trauer, ohne Furcht vor dem Tod und dem Jüngsten Gericht. In aller Unschuld.»

Amerika, Amerika, du gotteslästerlicher Traum! Du gibst so viel, warum konntest du nicht alles geben? Lucia Santa weinte über die unvermeidlichen Verbrechen, die sie gegen diejenigen begangen hatte, die sie liebte. In ihrer Welt, als Kind, war es ihr kühnster Traum gewesen, der Angst vor dem Hunger, der Krankheit und der Naturgewalt zu entgehen. Ihr Traum war es gewesen, am Leben zu bleiben. Niemand wagte es, mehr zu erträumen. Doch in Amerika waren kühnere Träume möglich, und sie hatte von ihrer Existenz nichts gewußt. Brot und Obdach genügten nicht.

Octavia hatte Lehrerin werden wollen. Was hatte Vinnie gewollt? Sie würde es nie erfahren. Und Gino – was Gino für Träume haben mußte! Bestimmt die kühnsten von allen. Doch sogar jetzt, in ihren Tränen, in ihrem Schmerz, erhob sich ein schrecklicher Haß, und sie dachte, daß Gino vor allem anderen wohl sein Vergnügen haben wollte. Er hatte das Leben eines jungen Mannes mit reichem Vater führen wollen. Dann fiel ihr ein, wie sie ihrem Vater das Herz gebrochen hatte, um Leinen für ihr Brautbett zu bekommen.

Mit schrecklicher Klarheit wußte sie nun, daß Gino nach dem Krieg nicht heimkommen würde. Daß er sie haßte, wie sie ihren Vater gehaßt hatte. Daß er ein Pilger werden und in seinen Träumen ein fremdes Amerika suchen würde. Und jetzt bat Lucia Santa zum erstenmal um Barmherzigkeit. *Laß mich seine Schritte an der Tür hören, und ich will diese vierzig Jahre noch einmal durchleben. Ich will meinen Vater noch einmal zum Weinen bringen, ich will noch einmal Pilgerin werden und den dräuenden Ozean überqueren, ich will noch einmal meinen Ehemann sterben lassen, will mit Vincenzo in den Armen vor jenem Haus in Jersey stehen, um Filomena zu verfluchen, und dann an seinem Sarg stehen und weinen. Und dann will ich alles abermals tun.*

Doch als sie all das gesagt hatte, war es zuviel. Lucia Santa hob den Kopf und sah, daß Salvatore und Lena sie besorgt beobachteten. Die ernsten Gesichter der beiden ließen sie lächeln. Die Kraft strömte in ihren Körper zurück, und sie dachte, wie hübsch doch ihre beiden jüngsten Kinder waren. Und so amerikanisch sahen sie aus! Das belustigte sie aus irgendeinem Grund – fast so, als wären sie ihr und der übrigen Familie entkommen.

Salvatore hielt ihr den Mantel, so daß sie, wenn sie aufstand, mühelos hineinschlüpfen konnte. Lena murmelte: «Ich werde Gino sofort, wenn wir da sind, die neue Adresse mitteilen.» Lucia Santa warf ihr einen durchdringenden Blick zu; sie war überzeugt, daß sie selbst nichts davon gesagt hatte. Doch als sie das Gesicht des jungen Mädchens sah, das so sehr Ginos glich, hätte sie am liebsten wieder geweint. Sie warf noch einen letzten Blick auf die kahlen Wände und verließ dann endgültig das Haus, das vierzig Jahre lang ihr Heim gewesen war.

Draußen auf der Tenth Avenue warteten mit verschränkten Armen drei schwarzgekleidete Frauen auf sie. Sie kannte sie gut. Die eine hob die welke Hand zum Gruß und rief: «*Buona fortuna*, Lucia Santa!»

Ehrlich gemeint, ohne Boshaftigkeit, und dennoch warnend im Ton, als wollte sie sagen: «Sei auf der Hut, es kommen noch viele Jahre, das Leben ist noch nicht vorbei!» Dankend neigte Lucia Santa den Kopf.

Larry trommelte einen ungeduldigen Wirbel auf dem Lenkrad, während sie alle in die Limousine kletterten. Dann fuhr er gemächlich los, damit die beiden Möbelwagen auch folgen konnten, und lenkte ostwärts zur Queensborough Bridge. Zuerst herrschte wegen der Tränen der Mutter drückendes Schweigen im Wagen; dann begannen die drei kleinen Kinder zu zappeln und sich zu streiten. Louisa schrie sie an und gab ihnen Klapse, bis sie sich wieder ruhig verhielten. Die Spannung löste sich, und alle redeten über das Haus. Larry sagte, es sei eine Fahrt von einer Stunde. Alle zwei Minuten fragten die Kinder: «Sind wir schon auf Long Island?» Und Sal oder Lena antworteten jedesmal: «Noch nicht.»

Lucia Santa kurbelte das Fenster herab, um die frische Luft zu genießen. Sie nahm einen der kleinen Jungen auf den Schoß. Larry lächelte ihr zu und sagte: «Es wird bestimmt schön, wenn wir zusammen wohnen – eh, Mamma?» Lucia Santa suchte Lenas Blick, aber diese Unschuld war, wie Gino, zu naiv, um das Grinsen der Mutter richtig zu deuten. Doch Octavia lächelte. Sie beide hatten Larry immer durchschaut. Sie wußten Bescheid. Larry war froh, daß Louisa nicht mit den Kindern allein bleiben mußte, wenn er – Tier, das er war – den durch den Krieg liebeshungrigen Mädchen nachjagte.

Dann rollten sie die Auffahrt zur Queensborough Bridge empor und durch die schrägen, blitzenden Schatten der Hängekabel. Die Kinder standen auf, um das bleigraue Wasser unten zu sehen, doch dann waren sie schon wieder von der Brücke herunter und glitten eine breite, baumbestandene Allee entlang. Die Kinder stießen Begeisterungsschreie aus, und Lucia Santa bestätigte ihnen: jawohl, jetzt seien sie auf Long Island.

Mario Puzo

Narren sterben
Roman. 600 Seiten

Der Pate
Mamma Lucia
Zwei Romane in einem Band.
Sonderausgabe. 672 Seiten

Las Vegas
Roman. 192 Seiten

Lesefutter

John Barth
Der Tabakhändler (5621)

Barbara von Bellingen
Die Tochter des Feuers (5478)

Eberhard Cyran
Der König (5638)

Fanny Deschamps
Deutsch von Uli Aumüller und
Grete Osterwald.
Jeanne in den Gärten
528 Seiten. Gebunden und als
rororo 5700
Jeanne über den Meeren
560 Seiten. Gebunden und als
rororo 5876

Robert S. Elegant
Deutsch von Margaret Carroux.
Die Dynastie
790 Seiten. Gebunden und als
rororo 5000
Mandschu
607 Seiten. Gebunden und als
rororo 5484
Mandarin
720 Seiten. Gebunden und als
rororo 5760

Pauline Gedge
Die Herrin vom Nil
rororo 5360
Pharao
Deutsch von Margaret Carroux und
Ulla H. de Herrera.
576 Seiten. Gebunden (Wunderlich Verlag)
und als rororo 12335

ro
ro
ro

C 2271/3

Lesefutter

Charlotte Link
Die schöne Helena (5490)
Wenn die Liebe nicht endet
512 Seiten. Gebunden
(Wunderlich Verlag)

Graham Masterton
Jungfernfahrt
Deutsch von Mechthild Sandberg.
576 Seiten. Gebunden
(Wunderlich Verlag)

Margaret Mitchell
Vom Winde verweht (1027)

Josef Nyáry
Ich, Aras habe erlebt . . . (5420)

Diane Pearson
Deutsch von Margaret Carroux.
Csárdás
rororo 5601
Der Sommer der Barschinskys
512 Seiten. Gebunden
(Wunderlich Verlag)

Mario Puzo
Der Pate (1442)
Mamma Lucia (1528)

Irving Stone
Vincent van Gogh (1099)

Nancy Zaroulis
Und sie nannten das Dunkel licht
rororo 5467

rororo

C 2271/3 a